如果眼睛会说谎

If the Eyes Could Lie

〔上〕

拾玥——著

新世界出版社
NEW WORLD PRESS

图书在版编目（CIP）数据

如果眼睛会说谎 ： 全2册 / 拾玥著. -- 北京 ： 新世界出版社，2018.10

ISBN 978-7-5104-6603-8

Ⅰ.①如… Ⅱ.①拾… Ⅲ.①长篇小说－中国－当代 Ⅳ.①I247.5

中国版本图书馆CIP数据核字(2018)第218132号

如果眼睛会说谎（上下册）

作　　者：拾　玥
责任编辑：黄　倩
责任印制：王宝根
责任校对：宣　慧
出版发行：新世界出版社
社　　址：北京西城区百万庄大街24号(100037)
发 行 部：(010)6899 5968　(010)6899 8705（传真）
总 编 室：(010)6899 5424　(010)6832 6679（传真）
http://www.nwp.cn
http://www.nwp.com.cn
版 权 部：+8610 6899 6306
版权部电子信箱：nwpcd@sina.com
印　　刷：北京亚通印刷有限责任公司
经　　销：新华书店
开　　本：880mm×1230mm　1/32
字　　数：370千字　印张：14
版　　次：2018年10月第1版　2018年10月第1次印刷
书　　号：ISBN 978-7-5104-6603-8
定　　价：69.80元(全二册)

目录 contents（上）

第一章　神秘者的印记

1. 敏感者

十月二十日，景阳市的夜晚，微凉宁静。位于景阳公园后门的馨蕊心理诊所里还透着淡淡的光。

简灵起身把香薰灯吹灭，转过身来将杨玉送到了诊所大门口。

“简医生，下星期见。”杨玉轻轻一笑。这个每每在诊疗室里歇斯底里的女人，最终离开简灵的心理诊所时，又总会恢复她原来的风情万种，就如同一块暗淡的石头顿时有了万千光芒。

“嗯，你路上小心。”简灵将鬓角滑落的发丝往后捋了捋。

“简灵……”杨玉刚要迈出大门，却又折返回来，“这些天新闻里说的‘斩首者’连环杀人案，闹得整个景阳市沸沸扬扬的。每一个受害者都是在夜晚独自外出的单身女性，所以，还是让我开车送你回去吧。”

简灵摇摇头：“我家就在景阳公园对面，很近的。”她边说边将外套从衣架上拿下来，“我习惯了晚上散步回去，也就十分钟而已。”

杨玉没再勉强，走向了她停在诊所外面的那辆香槟色的轿车。

门外汽车声响绝尘而去，简灵才回过神来。斩首者？嗯，就算自己今晚真的遇到了这位连环杀人犯，生命就此画上句号，又有谁真的在意呢？就在刚才，她眼神看似无意般掠过了杨玉的小腹，那微微的隆起让简灵有点儿嫉妒。也许，一个新的生命正在萌芽，这也是杨玉最近情绪极其不稳定的主要原因吧。

合上大门，简灵透过门上的玻璃，看着前台的那几个大字：馨蕊心理诊所。过去这些年来，这家诊所就是简灵的全部。在景阳市，不管是诊所还是简灵，都很有名气。但这没日没夜的工作，让简灵经常思考一个问题：所有的忙碌到底是为了自私的自我实现，还是为了让自己忙碌得没有时间去揣测某些正在发生或变异已久的人心呢？

午夜，眼前的街道蒙起了一层薄雾，整座城市安静得仿佛是一个已经酣睡的婴孩。简灵很享受这样的气氛，于是她放慢了自己的脚步。是的，她习惯每天下班之后，从事务所走路回家，或许，是为了追忆某些年月的点点滴滴吧。

她清楚记得跟周逸朗结婚不久，他每天都陪着自己走这条回家的路。慢悠悠的两人，一边说笑一边抬头看月光，憧憬未来。后来，周逸朗买了车，哪怕依旧来接自己下班，但两人却失去了漫步的机会。再后来，只剩下她一个人每天走在这条回家的路途。

穿过马路，简灵从后门走进了景阳公园，她深吸了一口微凉的空气。这样的夜，跟多年前周逸朗在学校后山的小树林里跟自己表白的情境，太相似了。

结婚后的这些年来，简灵不知多少次午夜梦回。当初的白衣少年紧握着自己的手穿过人海，看过潮汐，迈过山川，蹚过河流。当他双唇的细腻印下来时，简灵觉得似乎有花开了，蝴蝶满天飞，堕落得可以甘愿为了他毁天灭地一般……

就在简灵想得入迷时，从她身后的草丛堆里隐隐约约传来了细碎的声响。简灵站住了，转身。

那声音像是……像是什么重物被拖着前行一般。她想起了刚才在事务所杨玉临别前说的斩首者。这是景阳市近几个月来出现的专门针对午夜游荡女性下手的连环杀人案的罪犯被媒体冠以的名字。他会将那些可怜的受害者的头颅带走，留下赤裸的身体悬挂在人们需要仰视的高处。似乎只有这样，才能让每一个看到受害者尸体的人都需要用朝拜般的姿势，来仰视这位被称为“斩首者”的凶徒所营造的血腥世界。

想到这些，简灵的身体更是僵在了原地，眼睛紧盯着声响来源的方向。在察觉到莫名威胁的时候，人们会条件反射般做出一个“冻结”的动作，也就是保持身体的静止不动。人们会利用这停顿下来的时间来观察周围环境，继而伺机逃离危险。而简灵需要做的，就是在“冻结”行为之后的“逃跑”。

明明只是过去几秒钟的时间，简灵已经觉得像过了千百年一样漫长。好不容易调整好自己的呼吸，却又被莫名的一阵风扰乱。四周摇曳的树影使得她的心跳动得似乎要从嘴里蹦出来。简灵多么希望此时此刻，周逸朗就在身边紧握住自己的手。然而，所有的期望始终是要落空的。

风停歇了，或许，也只是风的吹拂而已吧。简灵深深吁出一口气，抬起脚往家的方向快步走去。她却发现，刚才那细碎的声音仿佛紧随着自己的步子一同前进，丝毫不肯消退。于是，她将手提包护到了自己胸前，加快了步伐。

哪怕已穿过了景阳公园，简灵依旧不敢掉以轻心。同时，她明显感觉到自己的脊背在这个充满凉意的夜晚，已被汗水浸透。

一直到走进了小区，简灵才稍稍地喘了两口气。虽然受了惊吓，她却并不着急上楼，而是往地下车库走去。她只是想看看周逸朗的车子在不在，以确定他回家了没。他是否记得今天是两人的结婚纪念日？如果他已经在家了，手提包里的那份礼物，是应该一进门就送给他，还是安安静静地摆在床头让他自己睡觉前发现呢？

当看到家里的停车位空荡荡时，她开始嘲笑自己是个傻瓜。本想将那份礼物随手扔进小区的垃圾桶里，在掀开垃圾桶盖子的瞬间，却又摇摇头作罢，她始终不忍糟蹋自己所曾付出的心意。于是，她紧了紧身上的大衣，抽出门卡，大步迈进了楼道的电梯间。

等电梯的时候，简灵一直盯着墙上的广告牌看。她明明记得早上出门的时候，上面还是一款前天才换上的新车广告，怎么到了晚上就变成楼盘了呢？这个世界果真是什么都变得很快，而这当中，最快的就是人心吧。

打开家门，里面一片漆黑。可能是周逸朗出门的时候忘了关阳台的门，纱帘被吹得诡异地乱飘。简灵按开了客厅的吊灯，明晃晃的水晶灯刺得人眼睛发酸，于是她赶紧关掉，转而开了天花板的暗灯。昏黄的灯光挺配自己的心情的，她这样想着想着，有点木木地走进了浴室。

她有个习惯，就是下班一回到家里就马上洗澡。记得从前，周逸朗一再叮嘱自己不要这样，说刚运动完洗澡对身体不好，会使得体内的毒素和郁热无法排出。为了阻止自己这种行为，总要变着花样地跟她打闹一阵子。而如今，自己身体好不好，他已经不那么关心了。谁叫自己的身子那么不争气呢，要是争气一点儿，能孕育出个新生命，一切都不至于像现在这样吧。

想到这儿，简灵又不知不觉地抚摸自己的小腹，在小腹的侧边有道浅浅的疤痕。她甚至猜测是不是年少的时候做的阑尾炎手术，医生给她切了什么不该切的，不然怎么会有这道疤……

她知道自己不该继续想下去了，于是赶紧拧开了莲蓬头，任由喷洒出来的热水肆掠自己那丰腴的身体。浴室里水雾弥漫，镜子上反射出来的赤裸的自己越发变得模糊起来，并开始有点使人呼吸不顺。她知道洗得差不多了。但就在她刚把水关上时，简灵听到外面客厅有了动静。

对于那个一起生活了五年的男人，她是熟悉的。周逸朗有轻微的洁癖，回到家会立马换上拖鞋，然后脱下西装外套挂在门口衣橱上，再穿过客厅到厨房，喝一杯温水。

然而此刻，简灵却听不到门口衣橱的开关声，抑或朝厨房走去的脚步声。她想到了在景阳公园的那些瘆人的声响，想到了家里没关的阳台门。于是，她快速地伸手握紧了莲蓬头的金属柄，拦在了胸前。作为一位心理医生，简灵知道，当感到不安、恐惧或忧虑时，人们会条件反射般地将手护到胸前。这样能保护自己。而这一刻，金属柄正是自己能触手可及的最好的防御武器。

她朝浴室的门轻轻迈出了两步。

“是逸朗吗?”简灵感觉到自己的声音是颤抖的。

客厅那头没有人回话。

“逸朗，是你回来了吗?”简灵吞了吞口水，壮着胆子，提高了音调，再次朝浴室门外说话。

她有点儿惶恐起来，一只手依旧握紧莲蓬头，另一只手快速扯过吊柜上的浴巾将自己裹住。

时间静止了一样，过了好几秒钟，客厅总算是传来了熟悉的声音。

“是我，有些累了。”周逸朗嗓子略带沙哑，回答道。

得到回话的简灵全身的神经总算松弛了下来，她将浴巾在身上擦拭着，想要赶紧穿好衣服，跟周逸朗说会儿话。

偏偏，等她从卧房走到客厅的时候，却发现周逸朗已经换好了家居服，倒在客厅的那张意大利真皮沙发上睡着了。他身上搭着一条羊毛毯子。简灵记得这条毯子是当初两个人度蜜月的时候，在路边的一家羊绒店里买的。店家一直说自己的商品真材实料，可价钱对于当时的小两口而言算非常奢侈了。最后，两个人有点儿失落地走出店铺。周逸朗见简灵恋恋不舍地回头，最终，当日那还留着傻傻中分头的他，狠了狠心进去买了下来。

简灵俯下身子，帮他把毯子往上提了提，转身走向卧室。她往香薰灯座上滴上一滴薰衣草精油，让人安静的气味，如同慈悲的女神将这个已经没有了爱的家怀抱住。

爱不在了，家还是家吗?

简灵躺上那张两米宽的大床，莫名苦笑。她弓着背，双手弯曲藏在了胸前，蜷缩成胎儿的姿势，拱起的背部似强有力的自我保护硬壳。当人遭受失意时，这种睡姿最能让人体会到安全，就如同回到了母体子宫一样，被呵护跟疼爱着。

似乎爱没了，连两个人的交欢都尴尬了。这是简灵进入梦乡前的想法。

2. 树上殇

简灵被电话吵醒的时候，脑子还搅着糨糊，迷迷糊糊中摸到接听键。

“是我。”能说这样开场白的人，也就只有萧静一人。

“怎么了?”简灵一手拿着电话，一手撑起了自己的身体，靠在了床头板的海绵垫上。昨晚睡前忘开暖气，这缎面的垫子贴上自己的后背，有些凉，简灵忍不住打了个喷嚏。

“我现在在景阳公园出现场，你过来一趟吧。”萧静说道。

“为什么要我去?”简灵脑子一下子清醒过来，心中莫名地害怕，又想到昨晚自己经过公园时的情形，起了一身的鸡皮疙瘩。

“你先过来看看……”萧静似乎欲言又止，停顿了几秒，“尸体不恶心的，就是……就是有些怪异，你过来再说吧。”

对于萧静这个好朋友提出的要求，简灵从来都不懂拒绝的。两人大学时期就是同窗好友，在苏门大学医学院里很难得有长得标致的女孩子，当初的简灵跟萧静不仅仅青春得逼近透明，学习表现上还十分出类拔萃。这样的两个高高冷冷的女孩子，自然不是随便就能当上好朋友的，个中的因由，简灵每次回想起来都忍不住发笑。

大学毕业后，萧静进了景阳市公安局鉴证科当法医，简灵成了一位心理咨询师。两个人不常碰面，但谁有点儿什么事，都是义不容辞的。女人之间的友谊，有时候比男人之间的还要微妙。要好时，彼此信任、依赖、赴汤蹈火；要是闹了矛盾，比恋人之间吵架还要揪心。

简灵起床，趿着拖鞋，走到套房的洗手间刷牙。随着灯光的亮起，整个洗手间呈现出一种静谧的蓝色调，像海洋，也像晴朗的天空。空间并不大，偏偏就摆放了个大浴缸。周逸朗当初挑选这款浴缸的时候，说是带有按摩功能，简灵每天下班之后，就能躺进去享受一个舒服的按摩浴。

她走过去，抚摸了一下浴缸的边缘，发现竟然有些灰尘了。都不知道从什么时候开始，两个人都只选择在客厅外的浴室洗澡了。简灵叹了一口气，真的是浪费了这么好的一个浴缸啊。

她抹好了唇膏，手指揉了揉那海藻般的长发，走出客厅，正想要喊周逸朗起来，却看到他已经洗刷完毕站在玄关的地方照着镜子。

周逸朗没有回头看她，一心整理着身上那皱巴巴的衬衣。

“你不换个衣服吗？”简灵双手环抱在胸前，站到了周逸朗身边。

“怕吵到你，就没进房间。”周逸朗说着。

“那你现在进去换吧。”简灵上前想帮他整理衬衣的领子，没料到他竟避开了。

“算了，公司有衣服，我到了换上就可以了。”周逸朗略带客气的话语，让简灵心中泛起一阵子莫名的酸楚。

“我先走了。”周逸朗拿起公文包就出门了。

简灵呆若木鸡般站在原地，不知道自己接下来应该有些什么样的情绪才对。她深呼吸，让自己快速冷静下来。走到了刚才周逸朗所站的位置，看着镜子里面的自己，微微笑笑。心理医生需要具备极具亲和力的笑容，于是对着镜子微笑也就成了简灵每天出门以前的必修课。

也许是太过于专注，简灵都没发现家的大门什么时候被再次打开。周逸朗看着眼前这个对着镜子傻笑的她，嘴角浅浅上扬。

“东西落了。”周逸朗走到客厅，拿起沙发上的那条墨绿色的围巾，麻利地缠在自己脖子上，很快又离开了。

简灵看着周逸朗回来拿那条自己送的围巾，心中又顿时有了丝丝的暖意。

“大概没有我想的那么糟。”她喃喃自语着，打开鞋柜拿鞋。这时，她突然发现周逸朗那双海外同学送给他的大了两码的新皮靴靴底，似乎有着碎碎的草与黄泥的痕迹。

看来，这男人也会时不时臭美，就算是一双大了两码的鞋，也会忍不住穿出门走走。

从小区到景阳公园，路程很短。而简灵还没走到景阳公园门口，就已看到了黑压压的一片人。看来这个凶杀案把附近早上出来运动的人都给聚了过来。人都是天生带着各种好奇心，不管是八卦的事，喜庆的事，还是可怕的事……

简灵绕着人群，走到有警戒线拉着的案发现场旁，她掏出手机打给了萧静，半分钟后，穿着一套合体警服的萧静急匆匆走了出来，领着简灵穿过了警戒线。

“你感冒了？”萧静问。

“没有啊。”简灵吸了吸鼻子说。

“电话里你都打喷嚏了。”

“早上空气有些凉。”简灵转过脸看了萧静一眼，心想，其实自己过得还是挺好的，起码还有萧静这个关心自己的好朋友。

“别老瞅着我了，喏！到了。”萧静往前方一指。

简灵抬头，顿时被眼前的景象吓得说不出话来。不是因为害怕，医学院走出来的姑娘，看过了太多的血淋淋的躯壳。只是……只是这现场，透着一股子瘆人的诡异。

是一具完全赤裸的失去了头颅的尸体，被倒挂在一棵梧桐树上。失去了灵魂的躯壳尚有着丰满的皮肉，但光泽不再。取而代之的，是整个身体上用红色与绿色颜料涂画着的奇怪花纹。

“这是斩首者杀人后典型的布置方式。”萧静在简灵身后说道，“但是之前被斩首者杀害的死者尸体上，都只有一两道匪夷所思的用油彩涂抹上去的线条。而今天，这位斩首者可能对自己的作画能力已经具备足够信心了。简灵，我想听听你的意见，从这些花纹来给斩首者进行一次心理画像。”

简灵没说话，相反，她开始左右看。虽然都是读医学院出来的，但她并不是临床科目的，面对尸体，始终还是有些保守。不过，身为一名心理咨询师所应该具备的职业素养，还是使她很快让自己头脑最大限度地保持冷静与理智。

最终，简灵还是没有勇气让自己再次直视头顶上方的尸体，选择了转过身。萧静自然是明白简灵心思的，她挤出微笑：“嗯，不勉强，只是希望你能以心理学的立场来说几句而已。”

简灵点了点头，这时，不远处与几个刑警站在一起的一位高大男性也正扭头朝自己这边望过来。他眉毛很浓，眼睛很大，看到自己时，似乎愣了一下，但很快又恢复表情，避开了简灵的眼光。

简灵没多想，她习惯了很多男人在初次看到自己时火辣辣的眼神。她理了理思路，正色望向萧静：“知道什么样的艺术品是最美的吗？”

萧静愣了一下，摇头。

“有一种人被称作天生犯罪人。他们的基因里沸腾着的是我们祖先们那嗜血凶残的天性。他们喜好文身，玩残忍的游戏，纵欲，具备着蛮荒时代人们的很多可怕的习惯。但与此同时，他们所创造出来的艺术品，又真实再现了原始人类最初的审美倾向。”简灵说到这儿，头往后扭了下，又多瞟了头顶那具可怜的女尸一眼，“斩首者在塑造一件自以为的艺术品，而这艺术品上的花纹，在他看来应该是能够让他足够兴奋的图腾般的印记。”

说完这些，简灵冲萧静耸了耸肩：“行了，我还是回诊所吧。你让我今天一整天都变得不太好了。”

萧静笑了笑：“后门被我们暂时封掉了，你过不去。嗯，从前门绕过景阳公园到你诊所比较远……”萧静左右看了看，“要不我介绍个人你认识一下，让他送你过去。”

简灵没拒绝，就如同她从大一第一次认识萧静时一样，没有拒绝过这位小自己一个月，却比自己有更多主见与办法的女孩儿。

“苏铭，你过来下。”萧静冲之前简灵望向的方向喊话道。

只见那个之前看了简灵一眼的高大男人扭头了，他笑起来很好看。紧接着，他迈步了，那浅蓝色牛仔裤让他结实修长的双腿显得很有力量，浅棕色的皮夹克，被他宽厚的上半身撑着有一股独特的魅力。

他大步走了过来，冲萧静点头：“还有什么事要我帮忙吗？”

萧静点头，并指着他对简灵介绍道：“这是苏铭，以前也是我们市局刑警队的，现在在园林局。”

萧静又指了指简灵：“我好友——简灵，心理医生，诊所在公园后门那边。我想麻烦你开车送她一下。”

“你好！很高兴认识你。”苏铭伸出手来，他笑起来左边脸颊上有一个浅浅的酒窝，让人觉得他很容易亲近，“我可以叫你简医生吗？我是苏铭，非常荣幸能为你这样一位美丽的女士效力。”

“嗯!”简灵握上了苏铭的手，他的手掌温热，干燥。简灵知道，有这种手掌的男人，能让人感觉安全与稳定。而同时，这种男人也最会让女人心伤。因为他们……对于女人来说，太过强大。

3. 毫无防备

简灵跟在苏铭身后走向了公园的停车场，身后那弥漫着血腥味的世界终于不再。

“景阳公园属我们局管，所以我被派过来看看。”苏铭一边按开车门，一边说着，“我和市局的这些刑警以前是同事，所以看着看着就没忍住和他们多聊了几句。”

他拉开了后座的车门，示意简灵上车。但简灵装作没留意，自顾自地绕了过去，打开了后排车厢的另一扇车门。

苏铭笑了笑，快步上车，并按下了空调，让这个冬季清晨的寒气远离狭小的车厢。

车窗玻璃上开始弥漫上了轻雾，简灵看着看着，有点痴了。什么时候开始，自己的世界似乎也迷蒙上了这么一层雾，自己的迷惘与心思，又有谁知晓与关心呢？

“馨蕊心理诊所对吧？”苏铭发动了汽车。

简灵点头，但紧接着又“咦”了一声：“你是怎么知道我诊所的名字的？”

“我猜的。”苏铭笑了，他侧面很好看，有着男人应该有的粗犷的线条。简灵有点迷。

苏铭似乎在后视镜里看到了简灵的表情，微微扭过头来：“逗你的，景阳公园后面就那么几个雅致的小楼房，我之前在那里过路时留意过。萧静说你是心理医生，又要我送你到公园后面，那就肯定是那间馨蕊心理诊所了。”他顿了顿，“简医生，我是刑警学院刑侦专业毕业的。这些工作习惯已经成为我的惯性思维了。”

“哦。”简灵点了点头，开始偷偷望向苏铭。她喜欢，从侧面偷偷观察别人的微表情……

“这音乐听着还舒服吧?”苏铭说这话的时候，简灵没回应。因为她所有的注意力都只聚集在说话男子的后脖颈上。袒露在空气中的皮肤呈现出古铜般的色泽。他应该经常做户外运动，简灵这样猜想着。简灵的脑海里甚至出现了苏铭运动时全身肌肉拉伸开来的画面，来自力与美的魅力扰乱了人的心跳。同时，他肌肤的纹路细腻，可以推断，他是一个生活中不管作息还是饮食都有着良好规律的人。

“你这样的男人应该很受欢迎吧?”简灵嘀咕了一句。

“你说什么?”苏铭一手放在方向盘上，伸出另一只手去调低音乐声。

“没什么……”简灵这话说得有点儿没底气，为了掩盖自己的尴尬，她转过头看车窗外，“今天，有点儿堵车。”她边说话，边不自觉地摸脖子上的项链。项链上挂着一颗嵌了钻石的小瓢虫吊坠。当女性感觉到紧张、忧虑的时候，都会习惯性地抚摸自己的颈部或颈部的饰品，这是一种自我安慰。

苏铭似乎看到了这些，但他能否读懂简灵这一刻的心思？简灵不得而知。不过，在之后的几分钟里，苏铭没有再说话了，他转动着方向盘，手臂扭动的动作依旧很好看。简灵微微笑了，莫名地，她揣测起了对方那双粗糙又干燥的手掌。

简灵感觉心跳在微微加快，贴着靠背的脊梁似乎在涌现渴望，渴望得到抚摸一般。

“嗯！我到了！”简灵并没有等到苏铭将车完全停稳，便有点儿着急地拉开了车门，想要下车。

“等一下。”身后的苏铭冲简灵喊道。

简灵扭头，只见苏铭半个身子探出了车窗。他这种块头开着一台并不是很高的轿车，本就让人觉得有点儿别扭。

如果他是我的男人，我会给他挑一款高大点儿的吉普车——简灵偷偷想着，并冲苏铭耸肩："有什么我能帮到你的吗？"

"我想问……"苏铭笑着，"我想问问你晚上有没有空？"

简灵的脑子"嗡"地响了一下，但瞬间又恢复了冷静。她甚至收拢了自己应该有的礼貌微笑，开始考虑自己是不是应该往后退一步，接着拒绝苏铭接下来可能会提出的某些在简灵看来滑稽的邀请。

最终，简灵只是抬起了手捋了捋鬓角乱了的头发，这一动作不过是故意将右手上的婚戒显露在苏铭眼前，他也一定能看到的。

"我晚上在诊所，要知道，很多病人喜欢在夜晚来我的诊疗室找我聊聊，因为他们觉得，夜晚更能让他们感到安全。"简灵这么回答道。

苏铭点头，身子再次朝前倾出："那今晚你约了病人没有呢？"说完这话，他自己可能也意识到自己的话透着什么，便补上了一句，"我的意思是没有约的话，我想来你诊疗室聊聊。嗯，我最近睡眠不太好，有些问题也总是想不明白。"

"哦。"简灵应着，"那你晚上几点过来？八点？还是八点半？"

苏铭又笑了："简医生确实是个人精，随口抛出的便是选择性问句，让我立刻被框进了你给我定的两个到访时间里。八点？还是八点半？"

简灵也微笑了，她开始偷偷地寻思，面前这么个阳光健康的男人会有什么样的心理方面的问题，需要找我这个心理医生呢？

"我九点过来吧，因为八点到八点半我要跑步。"苏铭说完这话便自顾自发动了汽车，朝前开去。

"好吧。"简灵回答。苏铭应该是听不到了。她转身，朝诊所走去。临到门口时，简灵回头看了一眼不远处正在行驶的汽车。这时，她才注意到，那台轿车的车牌是单位牌。

看来，这么一台让苏铭这大个子缩头缩脑的轿车确实不是他自己的。那他自己开的又是一辆什么车呢？

这一整天，简灵都在琢磨两个问题：苏铭的车与苏铭心理上有着的问题。今天诊所的病患其实并不少，有三个，不过都是找娥姐的。张岩岩吃午饭时说今晚本来还有位病患想约简灵，不过既然简医生早上就把晚上时间排出去了，那么就只能安排到明天了。

简灵没说话，那一刻的她望着窗外空荡荡的停车位。她突然又想起了周逸朗。那年刚买车的时候，他的工作也并没有现在这么忙，只是公司财务部的一个小职员。他会将车停在那个位置，放下车窗，按亮车灯，手里捧着一本似乎永远都看不完的《百年孤独》，在那儿一本正经地翻着，等着接自己回家。

很多东西，到底是在什么时候失去的？简灵并不知道。甚至她不知道最后一次周逸朗接自己是在多少天抑或是多少月甚至是多少年以前了。或者，就是他把那本书看完的那天吧？简灵不由这么想着。

到晚上七点出头，张岩岩急匆匆地进来告诉简灵，郭紫来了，情绪似乎很不稳定，说要找简灵聊聊。简灵思考了一下，紧接着诊疗室的门便被人推开了，进来的是郭紫。她今天化着烟熏妆，眼袋位置的深色是彩妆涂抹的还是其他缘由，简灵不想去细想。

"简灵，我挺难受的，开车兜了一圈，最后还是想来和你说说话。"郭紫走向了那张粉色的弗洛伊德椅径直坐下，"我找不到人说话，这世界上的每一个人都很忙。就算……就算我是来和你聊会儿天，也是需要支付金钱的。所以，简灵，我真的感觉自己太孤独太孤独了，真的……"

"张岩岩，你先出去吧。如果我跟你说的那位苏先生过来了的话，让他等等。"简灵一边说着，一边手伸向一旁的精油架。

最终，她拿下了一瓶苦橙花。因为简灵知道，郭紫这位有点儿神经质的女人，她在这城市中缺失的一切，并不可能在自己的诊疗室里找回。而她选择走入聆听者，不过是她确实迷惘，确实很累，也确实很孤独。那么，她需要橙花那最为体贴女人心思的手掌，抚摸到她褶皱的心房。是的，郭紫需要的只是安静——不去扰乱世界的安静。

九点二十五分，郭紫抹去了两颊上的两道泪痕，冲简灵小声说了句：“谢谢你陪我。”

她转身，朝外面走去。拉开门的刹那，她的腰杆变得笔直，仿佛几分钟前那柔弱的自己并不曾存在。

张岩岩将一杯热咖啡递到了简灵手上：“简医生，那位苏先生不肯进来，他在车里。你等等，我去叫他进来。”

“不用了，张岩岩，九点半了，你下班吧。”简灵边说边端着咖啡杯往外面走去。紧接着，她透过窗看到了苏铭那台白色的大切诺基，停的正是以前周逸朗接自己时停的位置。简灵心跳在加速，她加快了脚步，但到了窗台前又站住了，因为她看到了苏铭……

他还是穿着那件皮夹克，不过拉链没有拉上，里面白色的T恤衬得他厚实的胸脯更加饱满。他的头发有点儿湿，可能是跑步后洗了澡的缘故，这微凉的晚上不可能干得那么快。

简灵感觉自己在融化一般，就像第一次看到周逸朗时那样。

苏铭并没有看到简灵，相反，他正低着头，坐在驾驶位上。简灵歪着头，似乎这样自己的视线就能拐弯，进而观察到苏铭正低着头干什么。他在看书……

简灵有点儿慌了。

这时，苏铭抬过头来，他的笑意自带阳光，让简灵感到温暖。

“刚才那个高个子女人就是耽误了你时间的病人吧?”苏铭将手里的书放到了方向盘前面，朝不远处的简灵问道。于是，简灵就着车里那并不亮的灯光看清了书的封面，居然也是一本《百年孤独》。

“是的，现在是属于苏先生你的就诊时间了。”简灵一边说着一边扭头朝诊疗室里走去。

第二章　在哪里见过你

1. 来访者

为什么苏铭也会捧着一本《百年孤独》呢？是不是男人都喜欢这类型的书？想到这儿，她又摸上了自己项链上的小吊坠。这颗瓢虫吊坠是某年她生日的时候，萧静送给她的。萧静是个虫痴。用回萧静的话，就是在昆虫的世界里面，一切都能规律并且单纯地存活着，没有人类的尔虞我诈。简灵从前老取笑萧静沉迷在虫子堆里，但是这些年下来，她反倒觉得萧静的话是越来越有道理了。

苏铭下车，朝诊所迈步，简灵像是一只被猎人发现的小兔子，略有些惊慌。

“吊坠很好看。”浑厚的男性声音从身侧传来，简灵手中的咖啡微微倾洒。

“我吓到你了。”苏铭接过简灵手中的咖啡，“手有没有被烫到？”

“没有。”简灵极不自然地将双手收拢。只是不知道为何，缩回的右手，拇指不自觉地去拨动自己的结婚戒指，似乎企图要把戒指取下来。当简灵意识到自己这个小动作时，被自己着实吓了一跳。

“嗯，这边走吧。”简灵不敢抬头去看这个男人，选择走在前头，让男人跟在自己身后。只是，才跨出一步的距离，她就后悔了自己这种行为。因为这样，自己没有穿外套的整个背都完整地呈现在苏铭的眼中。她甚至感觉到此刻有火辣辣的眼神，在自己的小腿、臀部、腰间、后背，甚至……甚至是脖子之间游走。她从一个小女孩时就知道，自己的身体能够散发出足够的女性引力，到现在不再年轻的二十八岁，那曲线依旧，甚至应该更加迷人了。于是，她下意识地咬了咬唇，假装镇定地推开诊疗室的门，把苏铭请了进去。

门合拢后，简灵走到柜子前，随手抽出一瓶精油滴到香薰灯上，才惊觉那是一瓶茉莉花精油。她清楚，面对女患者的时候，茉莉花精油能舒缓情绪压力，对有抑郁症的患者是很好的。但是对于男性，它又能够让那使人迷乱的阳刚之气肆意蔓延，并且，也无疑是一瓶催情的……她拧上精油盖子的手，有着细微的抖动。

“我可以要一杯温水吗?”苏铭轻松自在地坐到靠近门口的沙发上。

简灵转过身子看他，这样的男人确实不像有心理疾病的。

“我不习惯喝咖啡。”苏铭一边说一边脱下他的夹克，里面的衣服贴身，胸膛显露。

简灵移开了望向他的眼光，又下意识地将胸脯挺了挺。简灵有傲人的曲线，这点她有足够的自信。接着，她伸手指了指自己身后的饮水机。

苏铭没等她继续说什么，跨起步子迈了过去。经过简灵身边的时候，她感觉一阵风吹过，撩动了自己的全部心思，淡淡的橘子沐浴露香气冲入自己的鼻子。仿佛，整个房间开始弥漫起一股子骚动的味道。于是，简灵开始怀疑自己接下来能不能冷静地跟苏铭进行交谈。

简灵快步走到自己的椅子前坐下，这是她第一次面对患者时有了慌乱。同时她也明白，作为一名专业的心理医生，这种行为是十分不当的。可是，眼前这个男人，自己实在需要用距离来平静内心。

“我们可以开始了。”简灵把头发拨到了肩膀后，尝试直视苏铭的眼睛。

“希望我说的话，不会……不会吓到你。”苏铭喝了一口水，整个人往沙发背上靠去，似乎想要将自己整个人都陷进去，但是他的身躯太魁梧了，沙发明显是无法满足他这种需求的。

他双手交叉枕到了脖子下，深深地呼了口气，声音小了点儿，但依旧浑厚，也很直白：“我有手淫的习惯，而且，我有极其频繁的手淫习惯。”

这句话让简灵感到很明显的不适，心跳也突然加速了，她偷偷拉长了呼吸，大脑快速地转动，她开始懊恼自己为什么会完全不在状态。于是，她打开自己面前茶几上的记事本，快速地翻动几页，拿起钢笔“哗啦哗啦”地写了一行莫名其妙的字——频繁的自我欺骗。

“苏先生，方便告诉我你现在的生活中，有女朋友吗？”简灵的目光避开了苏铭的眼睛，转向对方的手指，嗯，他并没有佩戴戒指。

“没有。”苏铭在简短回答之后，又补充了一句，“我没有交过女朋友。”

“从来没有吗？”简灵依然不敢看对方的眼睛，仿佛作为心理咨询师的自己反倒成了被动的角色。

“从来没有。”苏铭的话干净利落。

“那，你手淫的时候，脑子里有对象吗？”简灵继续问道。

“有，我高中时期的一位学姐。”苏铭再次拿起面前的温水抿了一口，“以前读书的时候，我是个比较害羞的人，再后来进的是刑警学院。你知道的，这种学校里面基本都是男生，再到毕业后，我又加入了刑警队，工作也挺忙的，更没机会结识什么女孩子。”

“你喜欢看书？”简灵打断了他，因为她总觉得面前的男人对自己还不够坦白，一个他这种外形的男人，应该打小就很受女性青睐的。于是，简灵想尝试旁敲侧击。

“嗯，我喜欢看书，而且是纸质书，只有具备质感的东西，才能让我觉得满足。”苏铭又在微笑。简灵发现这个男人，不只有好看的酒窝，竟然还有颗虎牙。

“刚才我看到你在车上看书，长期这样阅读对视力不太好。”简灵说。

“哦，我是在离开刑警队之后……现在视力是不如从前……”苏铭有点儿欲言又止，最终点了点头，说，“出了点儿意外。”他这番话有点儿奇怪，似乎想要隐瞒些什么。

“那……你的手淫跟那个意外有关吗？”简灵大胆地设问。

“嗯！”苏铭的回答很含糊，并且，腰杆再次靠回沙发背上，没再说话。

简灵就对方的这一动作，更加能确定，他并没有对自己完全敞开心扉。当人们意见出现分歧，或者彼此感觉到不自在的时候，他们会下意识地将自己的身体倾向相反方向。但是，简灵并不着急去攻破苏铭的心理防线。毕竟任何的心理治疗都需要循序渐进，而且，她感觉到苏铭的心理障碍并不像他自己说的那么简单笼统。

“那我们说回刚才的话题上吧。你一直以来都比较依赖这个习惯吗？”简灵站起身子，将转椅拉到了苏铭面前不远处，坐了下来。

“是的，我只靠这个，也……也只会这个。”苏铭若有所思，“我不像其他男人，我有洁癖，身体或者精神的，甚至……甚至有些完美主义，你懂吗？”

“那你渴望女性的身体吗？”对方的话语中开始出现两个连续重复的词汇，这让简灵感觉舒心不少，仿佛主动权在逐步回到自己手里。

苏铭大概没有想到简灵会问自己这样的问题，他有些吃惊，但是眼神里面却又流露出一种让人无法退避的甚至赤裸裸的犀利目光。不止，似乎还带有冲动！

简灵避不开这样的眼神，因为她早就明白，自己的身体如同被遗忘在角落的一株将要干枯了的蔷薇花。而眼前这个男人的眼神，恰好如一片海洋，平静的海面底下全是惊涛骇浪、全是地动山摇，能灌溉自己，甚至淹没自己……

在这个世界上，不管男人还是女人，原欲，都是一种可怕的力量，击垮你的理智，让你原来的生活变得面目全非。

不知为何，这一刻的简灵突然想到了景阳公园的那个变态的“斩首者”，凶手一定跟眼前的这个男子一样，有着极其严重的性压抑，有着一样可怕的原欲。她吞了口唾沫，捋了捋自己耳边的发丝。站起了身子，背对着苏铭：“那你方不方便跟我说说，那个让你一度幻想的学姐是个什么样子的女孩子呢？”说出这话的同时，简灵有了一种很莫名的期待，她开始觉得自己在玩火。

“她……她是我心中最完美的女孩，不管是过去，现在，抑或是将来，所以……”苏铭又拿起杯子喝了口水，岔开了话题，“你刚才的那位病人是自己一个人回去了吗？”

“是的，郭紫一个人住，她没有什么玩伴，也一直都习惯独来独往。”简灵转过身子，朝苏铭走过去，坐到沙发上，与苏铭并排。可就在这时，她发现苏铭在搓手……

当一个人感觉到兴奋的时候，搓手是最有代表性的动作。那么……郭紫这样一位漂亮女人居然是独居的讯息，苏铭知悉后，会兴奋？简灵开始有了一种害怕，空气中弥漫着的东西，正在缓缓变化。

“今晚就到这儿吧！”简灵将身子又往他那边挪动了一点儿。从前，萧静就说过简灵无数次，看起来柔柔弱弱的一个女子，胆子不大，偏偏就是因为好奇而总是往危险的事情上靠。

是的，简灵在试图尝试什么？或许，她想用自己的身体测试下对方的反应？

“好的，那我送你回家吧，现在很晚了。”果然，苏铭站起来，拿过自己的夹克套在身上。这时，简灵再一次嗅到他身体散发出来的橘子香。

“不用了，穿过景阳公园就到家了，很快的。”简灵礼貌性地冲他一笑。

“不行。”苏铭语气强硬，“今天那里发生了凶案，你就算不害怕，但……但我会担心。”苏铭的微笑依然很好看。

简灵呆住了，望向苏铭。她竟然又想起了周逸朗，以及周逸朗那些个不管多忙多累，也要来接自己的夜晚。

2. 始料不及

苏铭并没有主动要求开车，反而是率先迈步朝景阳公园里走去。简灵将外套衣领捋了捋。其实，她喜欢在这夜晚散步，似乎这一习惯，从与周逸朗结婚就有了。

就这么愣了一下神，苏铭竟然已走出了几米远。他并没有留意到落下了自己，于是，简灵只能快步朝前跑动了几下，跟上对方的步子。男人的腿很长，长到似乎能够跨越世界。而简灵知道，自己只是个女人，再如何追逐，也追不过一个并不想等待自己跟上的男人的脚步。

但就在这时，苏铭却已经停了下来，他歪着头看着自己，并耸了耸肩：“可能我走得太快了吧？”

“没有。”简灵小声应着。

“你每天都一个人从这里走回家吗？”苏铭问道。

“差不多吧。”简灵答。答案其实并不是这么模棱两可，而是应该完全肯定。

苏铭没说话，因为今晚的公园异常的冷清。可能是清晨“斩首者”在这里留下的女尸，将人们都惊走了的缘故。于是乎，两人这段本该很随意的散步，反倒变得有点儿尴尬。

很快，景阳公园便到了身后，迈入小区大门以前，简灵转身。她用身体阻拦的动作，是在将告别的仪式感加强，让对方知道这段陪伴画上了句点。

“苏先生，很感谢你今晚送我回来。”简灵客套着。

苏铭点头：“简灵，你的短裙很好看。”他顿了顿，“可惜的是，走出诊所后，你的外套遮住了它。”

简灵心跳加速，她甚至不知道苏铭为什么会突然说上这么一句话。

苏铭扭头，走了。简灵走到电梯间，照例盯着电梯广告看。广告没换，只是在最下面一排增加了个网上商城。这个世界越来越奇怪了，她这样想着，可又忍不住盯着那广告语——不是我不明白，这世界变化快。莫名地，眼前闪现过苏铭那结实的胸膛。这时，简灵才意识到，这一刻失魂般的自己，今晚竟然没有像往常一样先去停车场看周逸朗的车在不在。

是的，简灵每一天走进电梯之前，都想要确定周逸朗到家了没，好让自己有一定的心理准备。当自己正式打开家门时，她就可以依照设定好的台词、语气甚至肢体语言来应对自己那不知道是陌生还是熟悉的丈夫。钥匙插进门锁，只扭动了一圈就打开了。这让简灵小兴奋了一下，她迫不及待地进屋。客厅的灯并没有亮，但她感觉到一股水雾——周逸朗回来了，并且洗了澡。

她径直朝房间走去，推开门。眼前，窗边的立地灯亮着暖暖的光，投射在墙壁上，像夕阳。而灯下，周逸朗抬起头看自己。简灵发现，这样的周逸朗较最初的模样已经变了很多，现在的他温文儒雅，似乎也更加有男人的味道。

“你先去洗澡吧。”但放下手里书本的周逸朗说的话却还是不带半点儿情绪，这位以稳重著称的精算师的世界里，本就隐藏了太多太多不可告人的秘密。简灵总是捉摸不透他的真实想法，只好点头，转过身往客厅的浴室走去。

周逸朗挺怕冷的，所以他冬天洗澡的时候都会开着浴霸。简灵反而习惯清清冷冷的感觉，她觉得这样人的头脑更能保持清醒。浴室因为前不久的被使用，蔓延着一股还没散去的热气，简灵觉得自己脸有点儿发烫，拧开莲蓬头之后，水温调得比平常稍微低些。

她认真搓洗着自己的身体，并拿过一瓶新买的身体按摩油，是玫瑰香味的。

“应该没猜错吧？”她一边往自己的胳膊和胸脯涂抹着精油，一边回想自己上一次跟周逸朗的欢爱是什么时候，两个月？三个月？记不清楚了，但今晚他就是想这样的吧？一定是。

但几分钟后走出浴室的简灵眼前……灯还亮着，只是床上的男人已经睡熟了。简灵淡淡笑了笑，笑自己的自以为是。她一边擦拭头发一边朝床上的男人走去，不知道为何，她反而暗自松了口气。对于自己跟周逸朗之间的关系，她是越来越觉得矛盾。她渴望两个人的靠近，但又恐惧两个人冷冰冰地进行任何的接触，其中，也包括了性。

但这个时候，她的眼光无意间落到了周逸朗放在床头的书——《原始部落图腾研究》上。简灵莫名倒抽了口冷气，脑海中浮现出早上看到的那具被斩首者折磨后的尸体上的花纹。

她开始有点儿惶恐，并退出了房间，一手按住自己的胸口，像是怕自己过快的心跳声会把房间里的人给吵醒了一样。她朝门口走去，打开了鞋柜，拿出那双周逸朗不应该穿过的皮靴，上面沾着的泥土与草屑，似乎还散发着一股清新又微腥的气味。这味道，将简灵一下子带回到早上景阳公园的“斩首者”凶案现场。

简灵不敢继续想下去，手微微颤抖，合上鞋柜的门，走回卧室。她不敢再去看周逸朗，而是挨着床的边沿躺下，轻轻扯过被子的一角覆盖住自己，如往常一样。或许，只有蜷缩成胎儿的姿势，才会得到最大的安全感，就如同回到了母体子宫一样。

简灵也不知道为什么，自己会不时将周逸朗映射到自己世界里的一两个碎片，去链接上斩首者所犯下的罪恶。或许，这也就是她目前生活中最具有冲击力的两个因素吧？简灵这样告诉自己。

第二天，简灵醒来的时候，周逸朗已经出门了。简灵望向床头柜，发现昨晚周逸朗在看的那本关于图腾的书已经被收起来了。

“我怎么会去猜测如此可怕的事情呢？”简灵边责怪自己边走向洗手间。今天诊所并不忙碌，简灵第一次觉得自己惧怕这种空闲。她不断地去翻阅书籍，希望转移自己的注意力，但显然是徒劳的。仿佛诊室里面还残留着昨天苏铭的橘子香气，熏得她更加的心烦意乱。

午饭的时候，张岩岩从家里带来了水煮牛肉，但是简灵食而不知其味。

“简医生，这可是你最喜欢吃的啊。”张岩岩说道。

“我……”简灵刚想回话，口袋里面的手机就响了起来。

是萧静。

“给你邮箱发了资料，你打开来看看。”萧静语速很快。

“什么资料？”简灵完全没反应过来。

“昨天凶案的，死者的照片和那些花纹的特写，想要你看看，帮忙给点儿意见。简灵，拜托了。”萧静说罢便挂上电话。

看来萧静都听出了自己状态不好，所以会撒娇用到“拜托”这个字眼来哄自己开心。看来真的要收敛起情绪了，简灵想着，并把手中的饭盒盖上，转身朝诊室走去。

萧静发来的基本都是昨天死者身上的图腾的图片，简灵不敢掉以轻心，医学院毕业的她，十分清楚，替死者说话是件庄重严肃的事。既然应了下来，就一定要投入。

罪犯画像，是指根据罪犯的特征对犯罪人的人格特质、行为倾向、地理位置、人口学变量等，用心理学知识作鉴别推断的过程。而对罪犯进行画像的主要依据，都是收集以前犯过相同罪行的罪犯的特征所建立而起的数据库。所以，简灵不仅要仔细研究萧静发来的图片，还需要根据推理出来的种种，去查阅相对应的相似罪犯的资料。

同时，简灵还需要对受害者做心理学尸检。心理学尸检与罪犯画像不一样，前者是针对已故之人，一般是受害者的，并且是已经被确认了身份的。从前心理学尸检只是被用来帮助相关部门确认死亡原因，而如今通常被用来辅助死亡调查的展开。最终，简灵翻开自己的记事本，写下了自己所推断的答案：

一、凶手是成年的单身男子，在心理上有严重的性压抑，日常生活中极少有机会能与女性接触，哪怕有，也是抵触的。

二、凶手具有对原始图腾的某种崇拜，这应该是天生犯罪人的基因所导致的。

三、凶手身躯强壮，精力充沛，那么，他的油脂分泌应该比较旺盛，毛发也应该比较浓密……

写到这里，简灵脑海里面再次闪现出苏铭的身影，似乎，苏铭正好可以对应上以上三点斩首者凶徒的符号。接着，她又想起最为典型的天生犯罪人的故事：187 年，意大利帕维亚监狱，作为监狱医生的龙勃罗梭打开了意大利著名的土匪头子维莱拉尸体的头颅，发现其头颅枕骨部位有一个明显的凹陷，它所在位置如同低等动物。龙勃罗梭得出结论：这种情况属于典型的蚯突肥大，可以说是真正的正中小脑，这是一种返祖现象。而这些具备返祖现象的天生犯罪人，对美的喜好，正是人类最初对美的衡量标准。

她懊恼地合上本子，双手抚上自己的脸庞。

“我到底在乱想些什么?”她忍不住对自己呵斥。从昨天晚上她就已经把周逸朗跟景阳公园的案件想到一起，如今这罪犯画像分析出来，竟然……竟然又觉得与苏铭十分吻合。

简灵起身走到柜子前，抽出一瓶薰衣草精油，滴在了香薰灯上，接着，自己走到那张弗洛伊德椅躺下。

周逸朗不管是长相还是性格，都毫无犯罪人的特征，一切看起来是多么的完美啊。简灵暗自想着：但是，他对于原欲的需求到底是不需要，还是压抑住了呢？我怎么越来越不清楚了呢？在他完美的意识世界，是一副真正善良的灵魂，还是我不知道的魔鬼呢？

简灵不惧怕魔鬼，惧怕的是自己也会被卷进地狱……

3. 再一次出现

简灵总是羡慕从不回头看的人，哪怕自己是一名心理咨询师。但是她也总有控制不住自己思绪的时候。那些支离破碎的画面，每每缠绕在心头时，就像在飞行的鸟的翅膀，扇扑不停。它在天空不留痕迹地飞翔过，但明明一切都发生过……

就像她跟周逸朗，相守着这段似乎没有了生活痕迹的婚姻。爱，却又那么真实地存在过。就像此时此刻，她又一个人盯着诊室的天花板，回想着一切，只是，她明白太多的情绪一味压抑在这躯壳里面，就如同一只被困住的猛兽，总有一天会以一种可怕的形式破牢而出。所以，她得偶尔把猛兽适当地放出来，面对它，打败它。

“简医生!”突兀的喊声惊醒了在思考中的简灵，她抬头，郭紫出现在面前。郭紫的情况似乎比自己还糟糕。

“我昨晚睡得很不好。”郭紫摘下她的太阳眼镜坐到了简灵面前，化了浓妆的大眼看着简灵，没什么精神。她所委曲求全的那个丈夫的家庭，殊多规矩早已把她压迫得遍体鳞伤。

“先坐下吧。”简灵指了指那张弗洛伊德椅。女人是一种很奇怪的动物，不能接受别人欺骗自己，却又爱自欺欺人。郭紫就是很典型的例子，明明知道再如何精致的妆容都无法掩饰自己精神不振的模样，但还是使劲地折腾自己。只是，作为她的心理医生，简灵并不会说破什么。

“对不起，我又没有预约就跑过来了。刚才我一直在外面犹豫着，后来问张岩岩，她说你已经没有预约的病人了……”郭紫把自己的包包抱在了胸前。

“没事。”简灵尝试岔开话题，“想要喝点儿甜的东西吗？张岩岩今天做了巧克力奶。”简灵微笑，并递给她一颗糖，“或者，先吃颗水果糖?”

“我睡得不好。”郭紫把自己的手提包从胸前拎开，并随手就扔在地上。又过了好几秒才反应过来，伸手去接简灵递来的水果糖，往嘴里塞去，“对了，我遇到变态了。”

“那说说吧。”郭紫总是神经质，有时候她过度在意别人对自己的关注，最终将自己逼进了死胡同。但是，简灵每次都愿意认真聆听她的想法，从而慢慢地引导她跳脱出来。

“昨晚就觉得有些不对劲，总觉得有人盯着我一般。今早想出门运动的时候，更加确定不对了。”郭紫坐了起来，左顾右盼的样子，并压低了声音，“有个很奇怪的人在我家楼下。”

“郭紫……”简灵刚要说些什么。

“但是我记得你对我说过的话。”郭紫却打断了她的话，微微笑了笑，“我记得你跟我说的那些话，不要太过自我。然后我就壮着胆子继续下楼去跑步了，可惜……”她垂下眼帘。

“那个人很怪，撑着伞。”郭紫舔了舔嘴唇，继续说道，“我跑步的时候，也明显感觉到有人在身后紧跟着，一直到我回家，进了电梯，那种被监视的感觉才消失。”

“那很好啊，说明你知道怎么自己去驱散一些自己过多的猜测。”简灵拉过椅子，坐到了她身边。

“可是!”郭紫突然抓住了简灵的手臂，“我回到家洗澡出来之后，又看到了那个撑伞的人站在楼下！依旧是盯着我家阳台看!”

“也许他是在等人。”简灵另一只手轻轻拍着郭紫的后背，说，

“我先让张岩岩给你送一杯巧克力奶进来。”简灵始终觉得郭紫的情绪不稳。

“不！简灵，不要走开！”郭紫一手拉扯过简灵的衣角，“不好意思，我……我想我太害怕了。”

简灵重新坐下，握住了郭紫的双手。这个时候，两个人的双手都有些凉。但简灵知道，郭紫需要自己手心所能传达的安慰。一个如她的女人，在无法正常减压的情况下出现被迫害妄想是很正常的事情。

就这样，一个多小时很快过去了，郭紫从弗洛伊德椅上站起，在诊室洗手台的镜子前洗着自己眼睛上的那些眼影：“真的不习惯自己这个样子，出门的时候还死命地化，你说女人是不是个奇怪的生物？”

“是的。”简灵回答道，“其实这种奇怪，也无伤大雅，不是吗？”简灵暗自松了口气，本以为郭紫今天的情况没那么好解决，毕竟一开始的时候，她的情绪真的极其不稳。

“总算都擦掉了。”郭紫回过头看简灵，水灵灵的双眼，十分好看，“我还是喜欢自己原来的样子。”

“现在反而显得精神多了。”简灵赞许地说道。

“那我先走了。”郭紫边说边捡起了自己之前随手扔在地上的包，“简灵，谢谢你每次都能够拯救我！”简灵还没来得及反应，郭紫就给了她一个面对面的大拥抱。

简灵将郭紫送到诊所门口，天气依然很凉，还飘着雨。就在简灵将要转身的时候，郭紫又拉扯住了她。

“那也是诊所的病人吗？”郭紫压低了声音凑到简灵耳边说。

简灵顺着郭紫的目光看过去，是苏铭。他撑着伞站在路灯下，简灵看不清他的面容，但是认得出来他那件夹克外套，还有那魁梧的身躯，甚至……甚至闻到了熟悉的属于苏铭的气息。

“是，是一位病人。”简灵点了点头。其实简灵最开始想说是自己的朋友，但不知道为何自己又临时改口了。大概，她不想让人知道自己跟苏铭之间存在别的什么关系吧。再说，本来也没有什么别的关系。简灵知道，这是一种自以为是的心虚。

郭紫若有所思：“他跟我家楼下那个撑伞的人，很像。”

“你看清楚他的样子了？”简灵忙问。

“没。”郭紫摇摇头，“就是伞差不多一样，而且……身形也很像，衣着也是……但……”郭紫咬了咬下唇，“简灵，我知道都是我自己多想的，这个世界上，巧合的事情太多了，不是吗？我回家了。”

简灵很欢喜看到郭紫这个样子，她学会了自我心理暗示，而且是正面积极的暗示。

她目送郭紫离开，另一边，苏铭收起了手中的伞朝简灵走来。

“你好像心情不错。”苏铭开口说道。

“还好。”简灵低下头，手捋了捋耳边的发丝。

“我送你回家吧。”苏铭说道。

简灵点了点头：“我收拾一下。”她也不知道自己为何今晚没有拒绝苏铭送自己回家。可能因为今天心情不错吧，是的，一定是这样。简灵想着。

今晚的景阳公园，因为小雨的缘故，人应该更少才对，但夜跑的人们，似乎忘记了前一天血腥的命案。

人总是如此，伤痛很快被遗忘。简灵想着，生活在继续，地球在转动，没有什么能阻挡这个世界的前进。

这一路，两个人都没怎么说话。这让简灵有些惊讶，因为，多么像自己跟周逸朗的当初啊！就如同回到当年，还是学生年代的两个人。晚自习之后，周逸朗推着自行车走在自己身边，月光安安静静地洒满了小道。两人都不怎么说话，心照不宣地享受着无声胜有声的美好。那时候，简灵觉得那一条漆黑的小路，这么一走，就能走完一辈子，就能走到永远……

“你家……”苏铭停住了脚步，“真的太近了，哈。”

简灵抬头看了他一眼，只看到他的侧脸，轮廓分明，在月光下显得线条有些柔和，很好看。这莫名地让她心跳加速，于是，赶紧又低下了头。

“你家到了，要说再见了。”苏铭指了指前方。

“是的。”简灵向前有点夸张地跨了一步，“再见。”

“简灵……”苏铭紧跟着也朝前走了一步，“你今天的黑色丝袜很好看。”话音刚落，苏铭转身走了，留下了发愣的简灵站在原地。

简灵猜不透自己的想法，更加猜不透苏铭的想法，她有点儿惆怅，抬头看着夜空，摇摇头，朝小区走去。

第二天早上，简灵刚踏进诊所，张岩岩就一惊一乍地拉过她到前台，指着头顶那台液晶电视，配合着夸张的表情说：“简医生，你看！好吓人啊！”简灵抬头看向电视机，是早晨的新闻播报。

“斩首者又出现了！”张岩岩说，“天啊，太残忍了！”

简灵盯着电视机，脊背上开始有了湿漉漉的液体分泌。因为镜头里面赫然出现了死者随身物品的画面，是一副墨镜，一副属于郭紫的墨镜。她倒抽了一口气，手按住了胸口，一手撑在前台的桌子上。

“简医生，你怎么了？”张岩岩问。

“没什么。”简灵没多说，径直往自己的诊室走去。

一合上诊室的门，简灵就迫不及待地掏出手机，拨通了萧静的电话。

“萧静！”简灵声音有些颤抖。

“是的！凶手又出现了。”萧静已经知道简灵想问的是什么。

“死者的身份确认了吗？”简灵坐在沙发上，闭上眼睛，尽可能地调整自己的呼吸。

“应该是一名姓郭的女子，具体的还在核实。”萧静说。

“受害者的身份确定了打给我好吗？”简灵强忍住内心的痛苦，快速地挂上了电话。

简灵望向窗外，耳边似乎响起了昨天郭紫对自己说的话。她说："简灵，谢谢你每次都能够拯救我！"简灵开始抽泣，觉得自己是那么的无力，甚至觉得郭紫的死与自己有关联一般。是的，她救不了任何人，她更加拯救不了自己……

就在这时，手中的电话响起，她第一次觉得自己的手机铃声如此让自己厌恶。低头一看，竟然是周逸朗打给自己的。

她想起昨晚周逸朗没有回家，他说在公司加班，月底了财务都是十分忙碌的……简灵有点儿慌张，她没有接丈夫的电话，任由那铃声聒噪地响彻整个诊疗室。

第三章　反向镜像

1. 早有预谋

其实简灵早就猜到萧静中午的时候会给自己打电话，只是……自以为已经做足了充分的心理准备的她，在接起电话的一刻，还是心底一沉。简灵一只手拿着电话，假装镇定地跟萧静说着话；另一只手已经缩进桌子底下，紧紧揪住自己短裙的一角。她知道即将面对真相，但又害怕面对，郭紫在前一晚对自己微笑的神情，还历历在目。

是的，萧静这一次同样是把遇害者的照片跟相关资料发给了简灵。而简灵却呆若木鸡般坐在办公桌前，久久不敢去点开邮箱里的附件。她一直盯着电脑屏幕，双眼都盯成了化石。简灵心里很清楚，越是不忍心看到真相，那真相越是迫在眉睫。只是，使命感像是一双无形的手，在自己的背后一直推动。

简灵冰冷的指尖掠过鼠标，使了狠劲一般按下了按键。

现场照片触目惊心，但她依旧逼迫自己客观对待。她开始紧张，惶恐。最终，简灵起身，走到香薰架子前，滴了一滴雪松精油，这是能够缓解紧张情绪的芬芳香味。这瓶精油是周逸朗送的，平时简灵极少拿出来用。她有些感动，他能投其所好地给自己送礼物。然而，她每次看到这瓶精油，都莫名地有些伤感，生怕自己把精油用完了，两个人的关系也跟着完结了……

简灵抿了抿嘴唇，再次注视着那一张张血淋淋的相片。她皱着眉头，似乎被揉捏得眉距都没了。这个斩首者绝对是个唯美主义者，甚至善于煽动人心，用他独特的办法。他是在赤裸裸地要引诱看到尸体的人们原始欲望中的嗜血本性。是的，他是一个十分危险的人！

凶杀现场是景阳市人民剧院后的树林，那里有深夜夜跑者穿梭，也正是郭紫喜欢去的地方。遇害者的尸体同样被斩首，头颅并没有被找到。尸身是悬挂在一棵香樟树上，看来凶手对于自己的作品是很费心思的，怕被昆虫破坏了，选择了具备驱虫功能的香樟树，凶手对林木知识应该是有一定了解的。想到这里，简灵脑海中闪现过一点什么，但很快又把那想法硬生生地压制下去，她害怕自己变得越来越神经质，整天对自己身边的人疑神疑鬼。比如苏铭，作为园林局的职工，便会对林木知识有所了解。

跟之前受害者尸体最大的差别，是这次尸身上的图腾不再是简单而且粗犷的线条，而似乎是一株枝叶在向上攀附的植物。生命、力度、破蛹……简灵脑中充斥了这些图案所能诠释的字眼。

简灵本以为自己能很客观，甚至是完全收敛住自己的感情来翻阅那些照片，一直到一张尸身近镜头的照片出现的时候，眼角的泪已先于知觉直直地从眼眶滑落。她哭泣到失声，哑口对着空气喊了一句："郭紫……"

落日西斜的时候，简灵坐在办公桌前，看向窗外。她苦笑了一下，周逸朗送的雪松精油都帮助不了自己。她把一切都当作是种仪式，仿佛只要认真执行了，自己就可以无所畏惧，不为所动。

"我始终不是机器人啊！"她低头看了一眼被自己揪得皱巴巴的裙子，自言自语。于是，她站了起来，吹灭了香薰灯，推开了窗门。夹带着雨丝的凉风，扑面而入。简灵感觉这是季节中最冷的一天……

在简灵还对着窗外发呆的时候，萧静的电话，像往常一样准时打来。

“我就是想知道你这一次的看法！”萧静电话那头有点儿嘈杂。

“你没在局里？”简灵答非所问。

“是的，要求再次到现场取证。”萧静回答得干脆，“说吧，我特别迁就你的时间来给你打电话，说说这次的看法。”

“我……”简灵在脑海里快速组织着语言，偏偏一句完整的话都酝酿不起来，“萧静，我不知道。”说完这话，她有点儿垂头丧气，心里但愿萧静能听出自己的无能为力。毕竟，她从来没有拒绝过萧静，只能这样回答了。

“简灵……”萧静那边似乎安静了，“你是怎么了？”

“那个死者……那个叫郭紫的死者是我的病人。”简灵强压住心中的那份悲怆，“也是……也是我的朋友。”

萧静“哦”了一声，不再追问。

这个世界很小，小得你以为只要自己每天按部就班，生活就可以沿着自己设定的轨迹一路走下去；偏偏这个世界又很大，大得随便一个碰撞，人与人之间原来的缘分就被撞得支离破碎，然后……就再也不见了！只是，所谓的一成不变的生活还在继续……不过，又真的是没变吗？

“郭紫……再见。”简灵朝着窗外，下定了决心般，“我会尽一切所能的。”

晚上本来有预约的病人，但是简灵感觉自己这个时候并不适合出诊，于是让张岩岩推掉了。

“那……”张岩岩抱着文件夹站在诊疗室门口，“简医生，你需要提前下班吗？”

“我想看会儿书。”简灵觉得自己越来越不像话了，竟然都能被张岩岩看出情绪上的不对劲。

“那好，我不打扰你了，有事随时叫我。”张岩岩点了点头，退出诊疗室，顺手带上了门。

张岩岩转身的一刻，简灵发现，张岩岩的背影与郭紫似乎有着几分相似。

“这不是好事。”简灵皱了皱眉头。

简灵每当感觉到自己焦虑或者心情郁闷的时候，她就会去收拾东西，别人都说她这是强迫症，一定要把自己身边的物品弄得井然有序才心里舒坦。其实她只是习惯了在这种收拾当中，释放出自己的情绪。女人天生就是情感细腻的动物，有很多的偏执，有很多的在意，有很多的期望……偏偏在现实生活中，不得不承认，女性是弱势的。女人真正能掌控的，或许就只剩下这种没完没了的收拾整理了。

当简灵从一堆文件里面抬起头的时候，已经快接近晚上的八点钟了。她猜想张岩岩应该已经下班了，毕竟晚上也没有预约的病人，而且……张岩岩最近好像在谈恋爱。

简灵有点儿羡慕，她记不起自己上一次跟男人约会是什么时候，看一场电影又是哪个年月的事情。这些回想，让她脑子里又出现了苏铭的身影。

“其实……苏铭每次来接自己下班，算不算约会?”简灵一手紧紧握住了脖子上的瓢虫吊坠，另一只手，不自觉地抚上自己的大腿。她今天的短裙下面，穿了一双黑色的丝袜。那是一双法国丝袜，不仅能把女人的两条腿的曲线提拉得更加迷人，而且质地略带光泽，若隐若现地透露出袜子里面的肌肤，特别诱人。

此时此刻，简灵有了些错觉。似乎那手不是自己的，而是一只强而有力的掌心干燥的来自男性的大手……闭上眼，脑海中出现一个魁梧的身影，她下意识地不敢抬头看他，明明心中已了然对方是谁。她自欺欺人一般，认为只要不看清那人的脸，就能顺理成章地逃避掉一些已经暗地里滋生出来的情愫。

这时，手袋里振动的手机将自我幻想中的简灵惊醒。她掏出手机一看，脸莫名烧了起来，一抹嫣红在两颊晕开。这神情与其形容像情窦初开的少女那般的羞涩，不如说更像一个心虚的成年女子，被人不怀好意地惊扰了之后，所流露出来的那份矜持与失措。

“今晚我还想来接你下班。”苏铭在电话那头说着，这头简灵听起来，有些错觉，似乎……似乎苏铭还喘着气？

“你……”简灵顿了顿说，“没去跑步吗？”话说出来，她才发现自己在苏铭面前，变得特别不懂得说话，不是问不该问的，就是明知故问。

“刚跑完。”苏铭似乎因为简灵的话，而故意拉长了呼吸，厚重的男性呼吸声撩拨得简灵握着电话的手，紧了紧无名指上的钻石戒指，在诊疗室的顶灯下泛白，但光泽暗淡。

“哦……”久久，简灵才发出一个字符。

“八点半，我会准时到的。”苏铭声音带着点儿愉悦，这一次，简灵是确切地听出来了。

把手机放到办公桌上后，简灵走到诊疗室的门外。她朝外面看了一眼，张岩岩确实已经走了，诊所的门合拢着。她转身盯着天花板，脑子有点儿混乱。这一天里面发生的事情太多，她觉得现在的自己不应该有这种莫名的兴奋出现，偏偏内心小鹿乱撞，怎么都按捺不住。

她锁上办公室的门，快速地拉上窗帘，脱下了自己的外套与白色衬衣，站在了诊疗室那面落地镜子前。

在镜子里头是一个身材曼妙的女子，穿着一袭紧身半透明的蕾丝塑身吊带内衣。简灵就这样看着镜子中的自己。最后，她重新把上衣穿上，顺手散开了自己的一头长发。

她翻开自己的抽屉，里面有好几管口红。她手指掠过几款自己常用的色彩，最终抽出了被放在最角落的那管。女人抹口红，其实都是一种心理暗示。越是热烈的红色，就越是在暗示着……简灵用食指蘸取口红抹在唇上，玫瑰般的色彩瞬间使得简灵整个人看起来更加熠熠生辉，楚楚动人。她对着镜子练习微笑，又转了转身，练习侧脸抬头时候的眼神，折腾了好久，总算满意罢休。

八点十五了，简灵拿过搭在沙发上的外套，吹灭了香薰灯。朝诊室的门口走去，她甚至在考虑，一会儿是否需要询问苏铭，要不要到自己的诊疗室里面坐坐。简灵搞不清究竟是自己不想那么早回家，还是想跟苏铭独处的时间再多一点儿。她觉得自己现在所有的心思都太久违了。

她才走到前台，手机又振动起来，本来以为是苏铭打给自己的，谁知道是周逸朗发来的短信。内容很简单：十分钟后到诊所外接你。

简灵好像泄了气的气球，一股脑儿地把自己摔进前台那张沙发上。她清楚自己此刻心情是失落的，却又有着某种愧疚。她不知道怎么跟苏铭解释，更明白自己不可能因为一个认识不久的男人来对自己相守多年的丈夫撒谎。

时间过得煎熬，一直到她听见诊所外面有了汽车发动机的声响，这是周逸朗来了，对他的车的引擎声，简灵是再熟悉不过了。她站起身来，锁上诊所大门，朝着停在路灯下的那台白色车走去……

2. 陌生的丈夫

周逸朗的车明显是刚去洗过了，但……这家洗车店的店员做事不够仔细，车门上还残留着泡沫。

“换了一家洗车店？早上下雨还去洗车？”简灵觉得这些行为都不像是周逸朗惯有的作风。

周逸朗正坐在驾驶座上打电话，他从后视镜里面看见简灵，可他并没有半点儿要下车给简灵开车门的意思。

简灵隔着车窗上的玻璃看到他，他朝自己微微一笑，依旧是瞧不出半点儿情绪。简灵礼貌性地点了点头，算是回应，然后转过身从车尾绕到了副驾位那边，拉开把手上车。

这是一个坏习惯，简灵自己心里十分清楚，也不是故意每次都从车尾绕到副驾位置。早在几年前，简灵也考取了驾驶证，当时教练就很严肃地批评过她这个问题，一再地跟她强调过，要从车头绕过去，这样才安全。偏偏，她还是养成了这样的陋习，到底是真的改变不了，还是故意地不愿意去改。简灵想不明白这个问题。正如她已经分不清自己是不能离开周逸朗，抑或是自己不情愿结束这段关系。人与人之间相处，表面上说是习惯，其实更多的是存在不愿意去改变的惰性。这种惰性一旦成瘾了，就会变成天长地久。真相残忍吗？几十年过去之后，根本没有人在意结局是否足够美丽……

车厢内一股清新的气味，简灵对于香味这个事情是最了解不过了。她眼尖，一下子就发现周逸朗换了新的车载香水。从前他用的是在洗车店一两百块买回来的普通香薰，简灵对这个事情持有反对意见，倒不是因为那种淡淡的青草味她不喜欢，而是她对于香精类产品有较高的要求。这些事情，周逸朗并没有那么讲究。

这一刻的简灵一下就认出了眼前这瓶新香水的牌子，是外国的一个不错的香薰牌子，价格倒不贵，只是……在国内很难买到。

简灵莫名地紧张，关于周逸朗的这些变化。她故作镇定，双眼在车厢内搜索，试图找到一些自己依旧熟悉的痕迹。

“晚餐想吃什么？”周逸朗侧过脸问她。

“你讲完电话了？”简灵捋了捋发丝。

“你今天的口红……”周逸朗突然整个人朝着简灵的身上压了过去，“怎么还是这个老毛病，上车不马上系安全带。”他边说话边熟练地帮简灵系好安全带。

“你刚才说我的口红，是不太好看吧？”简灵才想起自己今天抹了那管并不常用的唇膏，这样浓烈的红色不是周逸朗所喜欢的。但苏铭那种男人应该会喜欢吧？她想到这里，有点儿懊恼。

“不是。”周逸朗伸出一只手，手指刮了刮简灵的鼻尖，“我十分喜欢。”

听到了周逸朗的回答，简灵有些惊讶，同时伴随的更多的是喜出望外。她从来没有想过周逸朗也能像其他男人那样，喜欢一些带有挑逗性的东西。偏偏，她刚想说点什么的时候，硬是被周逸朗再次响起的电话铃声给切割了。有一种无形的尴尬，横在两个人之间。

“我下车接个电话，很快。”周逸朗看了一下来电的号码，冲简灵笑笑，快速地下了车。

被独自留在车内的简灵，越来越觉得自己跟丈夫之间的所有愉悦都来得特别不真实，因为，每每也都失去得太快。她感觉有些无聊，落下车窗，一手支着下巴，看向车窗外，就是这样不经意的一瞥，让她看到了那个在两分钟前被自己遗忘的苏铭。

苏铭今天并没打伞，一个人孤零零地站在路灯下，身影有些清冷。

虽然两人之间有些距离，但简灵依旧能感受到苏铭在看向自己时那种炙热的眼神。苏铭穿了一件裁剪略修身的休闲西装外套，下身搭配的是一条洗旧牛仔裤。他的头发梳得整齐，并且有力量地往上挺拔着，一看就知道是打了点啫喱水之类的东西，显得十分精神。他的须根也都被清理得干干净净的，似乎连皮肤都显得光滑了不少。

苏铭是在看着自己微笑，但这一刻的眼神交会后，简灵并不好受，一阵酸楚泛上心头。她甚至……甚至能够感受得到，这个时候，苏铭心中也有同样的酸楚。或许，这样的结果对大家才是最好的吧……简灵心里这样想着：毕竟自己是一个已经结婚多年的女人，跟丈夫之间的相处即便平淡，可是周逸朗对于这个家庭，一直以来都是很有责任心的，只是因为自己的身体还没能够孕育出一个新生命，所以两个人之间，仿佛有些缺失。

于是，简灵狠了狠心，转回头，把车窗关上。仿佛，把车窗关上，就能从此切断两个人之间的关联，彼此就能回到各自原本所属的世界。简灵眼角有点儿湿润，这完全超出自己的意料。她吓得赶紧扭过头，要去车后座找纸巾，生怕等下周逸朗回到车内看到失态的自己。

“这伞……”简灵一转过头，就看到后座上放着一把雨伞，跟之前苏铭撑的那把很相像。

“怎么了？”周逸朗不知道什么时候回到车里，瞧见有些心不在焉的简灵。

“车后座的那把伞……”简灵始终没有说出自己原本想要问的问题，“怎么不放在后备厢？”

“哦，怕待会儿下雨，懒得放那里面拿来拿去的，现在这样方便点儿。”周逸朗发动了车子，朝着前方驶去。

“这香水的味道不错。”简灵依旧对那瓶新的车载香水好奇。

“你有没有想到晚餐我们去吃点儿什么？”周逸朗明显不想跟简灵谈论关于新香水的话题。

“哦，我在诊所喝过麦片了，不饿。”简灵觉得有些无趣，莫名来了点儿脾气。

“你想一下吧，我还没吃饭，饿了，而且……”周逸朗原本还搭在方向盘上的右手，突然覆盖在简灵的左手上，“我很久没陪你吃晚餐了。”

周逸朗的话使得简灵心情一瞬间又变得很好，于是她赶紧掏出手机，搜索附近的美食信息。只是手机一点开，就看到一条未读信息，发件人是苏铭。简灵害怕自己动摇，害怕自己三心二意之后的结果，是自己无法承担的。于是，她直接把信息忽略过，依旧看美食的资讯。

“也没什么有意思的餐厅。”简灵嘟着嘴，语气里面还带着点儿撒娇的意味。

“那就看看以前去过的餐厅，有哪家你想去的吧。”周逸朗也难得地配合她。

“去吃牛排吧，就是有点儿远。”简灵这话带着试探性，“在观察者心理咨询事务所那边。”

“你这是去吃牛排还是想去沈医生的诊所附近做间谍？”周逸朗嗤笑了一下，“我记得的，那餐厅开很久了，我们谈恋爱的时候就去吃过，叫晴耕雨织。”

“是啊，就去吃红酒牛排吧。”简灵一脸的憧憬，甚至语气里面都带着自己没察觉的兴奋，“你以前最喜欢吃那里的红酒牛排了！”

“好吧，我陪你去。”周逸朗不再说话，车子拐了个弯之后，遇到红灯，缓缓停了下来。

“其实我现在都不吃牛排了，胆固醇高，之前公司体检，医生说情况好了点儿，只是需要继续控制着才可以。”周逸朗淡淡的语气，听得简灵心里很不是滋味，她觉得自己又搞砸了一件事。

“那……”简灵不知道自己接下来该说什么样的话语来回应。

“但是我可以吃别的啊。”周逸朗又笑了笑，他此时迁就自己的模样，让简灵错觉，两个人又回到新婚的那会儿。只是自己心中了然，一切都不同了，周逸朗，他不再吃牛排了。

简灵很喜欢那家叫晴耕雨织的西餐厅，里面有个很大的院子，种满了鲜花，只是这个季节，估计有些萧条。主屋是装修成玻璃房一样的西餐厅，而主屋两旁的矮房则是书屋。屋里整齐陈列着各种旧书籍，可以出租，也可以出售。这样的装潢，完全符合了“晴耕雨织”的寓意。很快，车子开进了餐厅的停车场，今天的客人应该不多，停车场上车辆稀少。

“这样的地方最适合让你练习一下倒车入库的技能。”周逸朗边倒车边说，“那时候你这个科目，重考过一次。”

“我都好些年没摸过方向盘了，让我再考的话，估计不止重考一次那么简单了。”简灵解开安全带，整理着被安全带压得有点儿皱的外套。

他俩并没有牵手或者挽着对方，反倒是一前一后走进餐厅，这在旁人看来，最多会以为是一对在一起不久的情侣，女方比较羞涩才落在了后头。谁都看不出来，这是一对已经结婚多年的夫妻。

餐厅的气氛很好，就是暖气开得有点儿热，简灵不太喜欢这样的温度。于是，她一坐下便把外套脱了，顺带解开衬衣上的两个纽扣，让自己呼吸能顺畅一点儿。

周逸朗快速地点餐之后，就让服务员离开，他亲自给简灵倒了一杯柠檬水。简灵不爱喝这种水，总觉得很酸涩，落到胃里，能直接酸到自己脚底。

“最近你是不是在帮萧静查案子？”周逸朗的问题单刀直入，简灵有点儿措手不及。

“是。”简灵点了点头，“你怎么知道的？”

“听别人说起的。”周逸朗并不像在说谎，“你那个女病人叫郭紫的，这段时间怎么样？”

听到周逸朗提起郭紫，简灵莫名地慌乱，拿起眼前的水，喝了一口：“你应该看了今天早上的新闻。”

“我也是听说，是姓郭的女子。”周逸朗似乎陷入了思考，不再说话。

“你怎么打听斩首者的事情？”很快就镇定下来的简灵对上了周逸朗的双眼。

“我……”周逸朗被简灵这样盯着，似乎有些不适应，撇开了眼神，说，“现在景阳市都因为斩首者闹得人心惶惶的，我就关心一下，而且，你也是经常独自一个人下班回家……”

“嗯。”简灵又有点自嘲自己多心了。

“那……郭紫身上的那些图腾……”周逸朗欲言又止。

“什么？”

“好不好看？”周逸朗还是把问题给说完整了。

简灵突然觉得眼前的人，有点儿让她害怕。

3. 罪恶的侧写

一顿晚餐下来，简灵食不知味。最终，她趁着周逸朗起身去结账的时候，翻出手机，点开了苏铭发给自己的那一则信息。但紧接着，她便将这条信息快速锁进手机的私密信箱里，因为那信息的内容让她的脸有点儿微微发热。

没有人知道餐厅里面，独自坐在那盏华丽的水晶灯下的女人正在经历着什么。其实，只要细心留意，便会发现她的肩膀似乎在微微颤抖，哪怕她在尽力掩饰着。

简灵有些后悔自己点开信息，她甚至后悔自己没有在苏铭打给自己的时候，就一口拒绝他送自己回家的请求。她情愿现在的苏铭对自己责骂几句，都不希望看到他短信里那一段话。

“你怎么了？”结账回来的周逸朗一眼就瞧出了简灵的心事重重。

“柠檬水喝多了，胃不舒服。”简灵故作镇定地盯着周逸朗的双眼说。

“哦。”周逸朗上前扶了一把正要起身的简灵，“家里有肠胃药吗？没有的话，等下路上给你买。”

“不用了，我……”简灵低下头，故意一手按在自己的肚子上，“吃药会依赖，我还是不吃了吧，过一会儿自然会好的。”

“那……好吧。”周逸朗始终搀扶着她，“周太太。”他脸上甚至带着玩味的笑意。

简灵抬头看他，她已经好久好久，没有听过周逸朗这样喊自己了，她有些动容，仿佛一瞬间，就忘记了自己对苏铭的那些愧疚感。她有些错觉，就是一切的义无反顾都如此值得。

回家的路上，周逸朗把车开得特别稳，仿佛生怕一点儿小颠簸就会让简灵感觉不适。简灵坐在车上看着窗外的车流，看得发怔，也没留意到周逸朗那些有一搭没一搭的聊天。

“没有想到，今晚不下雨啊。”车驶进小区停车场之后，周逸朗下车走到车后座，把那把雨伞拿了出来握在手上。

“你要拿上楼?”简灵随口问了句。

“是啊。”周逸朗转过身，好像故意在用自己的身躯遮挡住那把雨伞，不让简灵看清楚，“本来想拿上楼放在阳台晾一下，还是算了。”

周逸朗最终又把雨伞放回了后备厢。把后备厢的盖盖好之后，他朝着简灵笑了笑。简灵却觉得周逸朗这个不明所以的微笑，有点儿可怕，后背凉了一片。上楼进屋之后，周逸朗体贴地帮简灵把外套挂到衣橱里面。

“谢谢。”简灵没有回头看他，从餐厅开始，她就开始避开周逸朗的任何眼神。她自顾自地弯腰脱高跟鞋，只是没有想到，周逸朗竟然从身后抱住了她的腰。

“小心摔倒。”周逸朗说话时，轻呼出的气撩拨着简灵的耳根。

“嗯。”此时心中该有些兴奋的，但简灵却感到莫名的不自在。

“赶紧去洗澡吧。”周逸朗弯下腰拾起简灵的高跟鞋，“我帮你放好就可以了。”

“谢谢。”简灵始终没有看他，快步朝浴室走去。

关上浴室门的一刻，简灵整个人抵在门后，深深地吁了口气。

“还是变了啊!”她自嘲般笑笑，从前的周逸朗哪里会让刚到家的自己洗澡的?哪怕，从他今晚接自己下班到进屋，一切都演绎得那么完美，最终……他对自己的不在意还是露出破绽来了。

随着浴室里面水雾泛起，简灵才感觉到些许的慰藉，适当的水温与来自薰衣草的香气让紧绷的神经得到放松。

“其实我是爱周逸朗的吧?”简灵喃喃自语，“既然爱一个人，那么就应该无条件地去相信他。”其实她心里清楚，这一刻是在进行自我催眠。自己是个专业的心理咨询师，一定能做到客观看待所有事情，一定能控制住那些不好的怀疑与揣测，一定能像往常一样地对待十分钟后走出浴室将要发生的事情。

水雾缭绕，逐渐舒缓开来的她关上了莲蓬头，伸手拿浴巾的时候却发现墙上挂着一件周逸朗换下来的衬衣。难道他今天接自己下班前，已经回家洗过澡了吗？简灵有些纳闷：他为什么要先回家换洗呢？他明明在公司忙了一天，下班就去诊所接自己下班的，那么……简灵打了个冷战，感觉要走出浴室的脚千斤般重，怎么都迈不出步子。

简灵不敢想，周逸朗也有对自己这么赤裸裸地撒谎的一天。她心疼自己对他仍然保留着的期许，她心疼两个人相守过的那么多个日与夜。她有些慌乱，这段婚姻竟然到了薄如蝉翼的地步……一个不小心，真相就会被捅破。

“你还好吗?”门外，周逸朗询问，伴随着一阵敲门的声音，“简灵。”

“嗯，快好了。”简灵不寒而栗，难道周逸朗是一直站在门外等自己吗?

她深呼吸一下，所有的事情终究是需要面对的，便拉开了浴室的门。

简灵来不及说话，就被站在门外的周逸朗一把搂住，而她自己，身体因为莫名的害怕而微微颤抖。周逸朗分明是感觉到了简灵的这些变化，这些，仿佛……仿佛使得他更加兴奋。

十几分钟后，周逸朗从简灵的身上下来，并很快睡着了。简灵看了一眼身边的丈夫，确定他的呼吸变得缓慢并且平稳之后，便迫不及待地跑到浴室去冲洗身体。

从浴室出来，简灵径直走向了客厅，蜷缩在沙发上，裹着一条羊毛毯子。夜里的风从阳台吹进来，把她露在毛毯外的脚掌吹得冰凉，但是她依旧一动不动，毫无把双脚缩进毯子底下的打算。她知道自己的身体已经开始变得不那么迎合自己的丈夫了，这是一个可怕的讯号。

曾经，简灵以为人一辈子只会爱上一个人，其余的都是凑合。偏偏，如今，自己似乎……似乎就是能爱上别人？她开始试图去分析自己的心理活动，她要搞清楚这一切到底是自己的寂寞而引起的短暂思绪，还是真的洪水猛兽要朝自己扑来。

时间一点一点过去，简灵的心情总算平复了，起身打算去厨房倒一杯温开水。只是，经过角落里摆放的那个沙盘的时候，她停住了脚。

沙盘游戏治疗是国际上很流行的心理治疗方法。它不但被广泛应用于儿童的心理教育与心理治疗，而且在大学和成年人的心理诊所，也深受欢迎。通过唤起童心，人们找到了回归心灵的途径，进而身心失调、社会适应不良、人格发展障碍等问题在沙盘中得以化解。

沙盘中所表现的系列沙盘意象，营造出沙盘游戏者心灵深处意识和无意识之间的持续性对话，以及由此而激发的治愈过程和人格发展。

简灵随手拿起沙盘中的摆件把玩着，她自己心里十分明白，这种沙盘测试对自己是毫无作用的，毕竟自己是一个专业的心理咨询师，一切都在自己的掌握之中。她想到这儿，不禁自嘲起来：有时候做人，懂得越多就变得越不可揣摩。

她也无心再去想这些事情，毕竟简灵自己也明白，那些过多的自怜会造成一种臆想。将摆件收好，正要朝厨房走去，却看到了在桌子上，摆放着一串钥匙，那是周逸朗的。这真的不是他的习惯，简灵这样想着，把钥匙拎起。

周逸朗是高级财务人员，他的世界里秘密很多。于是，打开那些秘密的钥匙也很多。能打开这个家大门的钥匙也在，只是，却打开不了两个人心房中的那扇门。简灵将那一串钥匙逐一抽出拓印在沙盘上，她觉得自己仿佛在偷偷审视着周逸朗的内心世界，有点儿激动，甚至有点偷窥外人的欣喜。

就在这个时候，她看到了那片老式锁的钥匙也在。那个钥匙比较独特。简灵是记得的，很多年前，周逸朗就带着自己去过那个在乡下的房子。自从丈夫的外婆去世之后，这钥匙连同那座老房子，就渐渐被人淡忘了。

三月梅子雨，她记得当初跟周逸朗去乡下老屋的情形。虽然是湿漉漉的天气，但是心情是异常激动兴奋的。她想知道自己爱人小时候成长的地方是什么样子，想走一遍他曾经走过的路。

“如果我们再去一次，是不是能回到过去呢？”简灵喃喃自语。

就着窗外投射进来的点点灯光，简灵发现这把老旧的钥匙表面有些光亮，一看就知道最近被使用过，而且，应该不止使用过一次。简灵皱了皱眉，心想：难道周逸朗最近去过那个房子，但是……他应该没有这个空闲吧？他明明说最近都在公司加班，甚至有一次整晚没有回家。

简灵感觉有一个很大的旋涡正在朝自己逼近，自己无路可逃。

她将这枚老钥匙也拓印了下来，并寻思着是不是要去那座老房子看看。这一刻的她莫名地有了一种渴望，迫切想要知道关于周逸朗的所有变化。那变化，关联着那幢老房子吗？

她突然想起了苏铭，并寻思着是否可以开口问他愿不愿意开车载自己去那里？想到与他单独坐在车里，身旁是绿色的田野与村庄，呼吸到的是狭窄空间中彼此身体的味道……简灵全身触电般打了个激灵。

哪怕只是一种可能，但其实她心里面已经信心满满，苏铭是一定会答应自己的请求的。简灵突然感觉自己此刻，就像是一只躲在黑暗里面的狐狸，带着心机，却毫不违心。

第四章　罪恶之钥

1. 悬崖

简灵醒来的时候，发现身边的位置已经空了，周逸朗像往常一样早早出门。她翻了个身，躺在床上望向窗外。今天的天气还不错，有丝缕阳光透进房间。这个世界依旧美丽，只是简灵此时的内心世界，依旧有些阴霾。昨天晚上发生的一切在她脑中回放，她自嘲那种种，也只不过是像灰姑娘舞会，真实而遥远，美好又易碎。

周逸朗出门前把暖气关了，房间里面气温有点儿低，简灵扯过整张被子将自己裹住，蜷缩在床上。她伸手摸到床头上的手机，点开里面的私密信箱，提取出昨天苏铭发给她的那一条短信息：你的丈夫很优秀，真想能转换成他，下车为你开车门，并一手搂在你的腰间。

这条短信再次使得简灵的脸微微发烫，连同身体都燥热起来。她使了使劲，用被子将自己裹得更加紧密，那感觉仿佛就是被一个强壮的身躯从背后紧紧地抱住——一个强势并且带有侵略性的拥抱。她甚至遐想拥抱自己的那个身躯就是来自于苏铭。简灵憋住了呼吸来享受这种幻想，只是停顿了几秒之后，她的理智瞬间又站回到她思想世界里的主导位置。她松开被子，觉得有些羞愧。她再次看向了窗外，一个奇妙的想法油然而生。

简灵直接拨通了苏铭的电话，拿着电话的她心里面其实还在挣扎。她甚至已经给自己设定好了，如果电话那头的铃声响过了三声之后，苏铭没有接起，那么她就把电话挂掉。过后苏铭问起这个事情，她就告诉他只是不经意间触碰到电话给拨打过去而已，并没有什么特别的事情找他。然而……此刻电话那头接通的“嘟嘟”声，已经响了五声了，苏铭并没有接起，简灵有点儿失落，也有点儿懊恼，她觉得自己坏了原本设定的所谓“计划”。

“早。”在简灵刚想挂掉电话的时候，那头就响起了苏铭带有磁性的声音，“刚刚在加油站。”

“嗯。”简灵故意装傻，她明白苏铭是在解释自己晚了接起自己来电的原因，她心中有一丝窃喜，毕竟……只有对自己在意的人，才会需要解释点什么的。

“简灵?”发现电话那头的人久久不说话，苏铭喊了一声。

“我就是觉得，天气好像好起来了。”简灵咬了咬下唇，手又不自觉地摸脖子上的小瓢虫，“就这几天里面，看你哪天有空，那……一起去郊外走走。”她自动忽略掉那些关于周逸朗乡下这样的字眼，她怕苏铭不开心。

“这样啊!”苏铭的声音此刻听起来心情似乎不错，“去郊外走走是挺好的，我也很喜欢。”

“那这事情就定了?”简灵问道。

“可惜的是我没空，最近都没时间。”苏铭的语气平淡。

简灵没有想到苏铭会给自己这样的回复，短短的两三秒时间之内，她失落并且懊悔自己的冲动行事。

“那没关系。”简灵此刻只想匆匆地结束这一通电话，她有点儿害怕被苏铭听出了自己的狼狈。她已经觉得自己不可原谅了，作为有夫之妇竟然如此大胆地邀约一个相识不久的男子一同出行。

“简灵!”苏铭突然语气加重般喊了她一声，“只要你邀约，不管我多忙都会有空。”

简灵感觉自己坐了一回云霄飞车，先前失落的心一下子又被捧得高高的，她差一点儿笑出了声来。

“不如就今天吧，今天的天气真的不错，太阳晒得暖暖的，挺舒服。”苏铭的话一说出就扭转了简灵被动的尴尬位置。

“可惜啊……”简灵故意拉长了尾音，顿了顿说，“我今天早上有预约好的病人。”这个时候的她明显就是在对苏铭撒谎。简灵不在意苏铭听不听得出来她的故弄玄虚。她只是想试探一下，苏铭对自己的邀约是否十分期待，同时也报复一下苏铭刚才的使坏。

“噢，这样子，还真的可惜了。”苏铭表现得有些失落，惹得简灵开始有点儿不忍心。

“不过！我可以为了今天的阳光推掉她的。”简灵补上一句。

二人都笑了，松了一口气。

跟苏铭确定好出门时间之后，简灵合上电话，整个人松了一口气，走到窗台边，手轻轻点着那盆摆在上面的绿色植物的叶子。

“咦……什么时候多了盆这个东西的?”简灵看着眼前的盆栽，她喊不出植物的名称，但是她记忆中，周逸朗不是一个热爱养植物的人。“这大概是别人送给他的吧。”简灵这样想着，走向衣柜，寻思着自己今天要穿什么样子的衣服出门。

简灵特意选了一套运动装。她把披肩长发高高扎起，露出光洁的脖子。她今天并没有选择浓烈色彩的口红，毕竟她觉得自己已经足够主动了，应该适度地被动一下了。作为一名心理咨询师，其实很不习惯被动的角色，但面对热情的苏铭，她偶尔也乐于享受做被动方。

早上十点整，简灵拾掇好自己的背包，回头环顾了一下房子的客厅，便出门了。不自觉中，仿佛这样的一瞥，是在跟什么告别一样。简灵未曾想到的是，也就是在这一瞥之后，属于她的这个家与属于她的整个世界即将崩塌。

苏铭的车停在小区外面，简灵远远就看到他倚靠在车头，拿着一本书在看。最开始简灵以为苏铭只是为了在自己面前呈现出一个比较斯文的形象，才会在第一次等自己下班的时候，坐在车中看书。没想到，他是真的喜欢阅读，只是……简灵想不明白，为什么苏铭也钟情于那本《百年孤独》。

今天苏铭的打扮跟平时区别不大，但简灵发现，最近的两次碰面，苏铭都特别地梳理过自己的头发。她很喜欢男人把头发都往上梳理整齐，这样显得特别阳光跟刚毅。而此时此刻眼前的苏铭完全符合了简灵所中意的一切，包括细节。

“把头发扎起来挺适合你的。”苏铭说着话，但其实目光早就落在了简灵的脖间。那一片雪白光滑的肌肤，十分诱人，散发着淡淡的混合着荷尔蒙味道的香气。

“你的发型也挺适合你的。”简灵嘴角微微翘起，她知道，苏铭一定已经闻到了自己身上那股依兰依兰花的香味了。这种来自遥远海岛的奇妙植物，具备着最强悍的催情功效。简灵自己也不知道为什么今天会用这瓶精油。

可能是依兰依兰花的香味挑逗性太强了，而简灵不愿意表现得太不矜持，所以她双手交叉在胸前，稍微退了半步，问：“我们现在就走吗?”脸上是标准的礼貌式微笑。

“是的!”苏铭突然伸出一只手，直接落到了简灵的耳边，“头发上有个小虫子。”简灵感觉到苏铭那宽厚的手掌擦过自己耳垂边，她全身打了个激灵，十分不好意思地低下了头。为了躲避这一份被看穿心思的尴尬，她很快又抬起头，语气中带有几分若有似无的责备：“怎么把车停这么远啊?”

“先上车吧。”苏铭这一次竟然没有迎合简灵的那点儿小心思，而是直接绕开了简灵，打开了车后座的车门，做出邀请简灵上车的动作。

简灵有些不开心，她没有想到苏铭竟然不是让自己坐在副驾驶位上。这样的苏铭，给人感觉太不解风情了。简灵有点儿闷闷不乐，但也没有明显地表现出来，快速地上车，并且礼貌性地跟苏铭说了一声“谢谢”。随着苏铭将车门也关上后，整个车厢里面一下子就仿佛跟外界切断了，安静得都能听见彼此的呼吸。

“小区门口有监控摄像头。”苏铭边系安全带边说。

苏铭的一句话，惹得简灵之前的各种欢愉瞬间回到了现实。是的，这是个有夫之妇与有着好感的男人，开始的一次关系奇怪也有点儿尴尬的郊游。必须承认，苏铭很贴心，贴心到害怕两人的私会会被太多人看到。简灵有点儿自嘲地微笑。这些情景，仿佛就是两个出去偷情的人。

“到底是心虚惹祸啊。”简灵小声嘀咕着，与此同时，她心中更多的是一种久违的甜蜜。她觉得自己像是一个小女孩，即将要躲避开家长，跟自己心仪的男孩子去约会。

“我们是要去哪里呢?”苏铭扭过头来，看着后座的简灵，“我开一下导航。”

“去这里吧。”简灵递给苏铭一张写有具体地址的小纸条。简灵自己也搞不清要去的乡下那个房子，具体要定位到什么样子的标志性路段上去，所以出门前，干脆把地址写在纸条上，让苏铭来找路。

“好了，女王的行程即将启程!”苏铭设定好导航仪之后，心情愉悦。

“谁是你的女王。”简灵被他逗乐了，这话语看似疑问句，但她一说出口，就变成了带着几分娇羞意味的陈述句。

“你就是我的女王，以前是，现在是，将来还是。”苏铭说这话的时候，语调不高，但语气坚定认真，听得简灵不敢回应他任何话。

简灵坐在车后座，偷偷地打量着背对着自己的苏铭。她才发现，苏铭的车上并没有车载香水，有的只是他身上淡淡的橘子香味。当然，现在还多了几分简灵身上的那股淡淡的、诱人的花香……

车子一路朝郊外驶去，苏铭并没有选择走高速，简灵心底默默赞许他的这个决定，这样，两人在这狭小空间里独处的时间就可以久一点儿。车内没有播放音乐，两个人一路聊着天。简灵知道，这一刻的自己，对于苏铭是完全不设任何心理防线的，她甚至希望这车能一路行驶下去，没有目的地，两个人能这样相处到时间的尽头。

“原来你以前也是市一中的学生啊！”简灵有点儿意外地说道。

“是的。”苏铭顿了顿，继续说道，“不过比你晚了一届而已。”

“说不定那个时候，我还见过你呢！”简灵迫不及待接上话。而同时，她想起先前苏铭跟自己提起的，关于他曾经迷恋过的学姐，便打趣道，“看来，当初我也有机会成为你暗恋的那一位啊。”

苏铭没有说话，只是发出了一阵爽朗的笑声，简灵也跟着笑了起来。两个人没再说话，简灵扭头看着窗外，才发现周围已经没有高楼大厦了，取而代之的是一些矮小的平房。

车在一个红绿灯前停下，苏铭突然转过头，意味深长地看了简灵一眼，说：“你就是她！”

简灵被他这么一句话弄得有点儿摸不着头脑。

“我下车给你拿瓶水，刚才上车的时候忘了。”苏铭将车停靠在路边。简灵也想下车，顺便伸展一下四肢，但车门才刚打开就被苏铭阻止了。

“这路不好，太泥泞了，会弄脏鞋子。”苏铭从车窗递给简灵一瓶水，继续说道，“要是觉得累，等下我开到路况好点儿的地方，你再下来走走呗。”

简灵接过苏铭递来的瓶装水，才发现苏铭已经贴心地帮她把瓶盖拧开了。她小心翼翼地喝了两小口，觉得那水的味道怪怪的。但简灵并没有深究，她只是在好奇，自己竟然莫名地想要在苏铭面前展现出一个稍微淑女点儿的形象。

苏铭重新回到驾驶位，发动车子。简灵故意坐到了副驾驶位后面的位置，这样的角度，似乎更加能把苏铭看清楚。她开始回想苏铭在刚才停下车之后对自己说的那句话。心里默默念了好几遍之后，简灵才终于明白，苏铭是在回应自己那个关于暗恋对象的话题。她有些吃惊，但也不敢去确信什么。

简灵看向车窗外，外面的景色已经是一片嫩绿的田野了。她忍不住又去幻想，要是自己高中就跟苏铭相遇，两个人会是什么样子的一种关系？她甚至在想，那个时候的苏铭是不是长得跟现在差不多的模样：高大挺拔的身躯，脸上挂着阳光帅气的笑容，留着一头乌黑且挺拔的短发……让人着迷。

“你高中的时候，应该迷倒不少女孩子吧？”简灵问这话的时候，有点儿酸酸的。

“并没有，我那个时候很矬，没什么人会留意我。”苏铭笑了笑。

“是吗？”简灵觉得苏铭十分谦虚，自己也不自觉地微微笑了。

简灵十分喜欢这样的气氛，她甚至对于自己跟苏铭相处的时光，越来越上瘾。

2. 斩首者的暴露

苏铭的车开得快了起来，他似乎想要早点儿到达目的地。简灵猜测是因为自己说的那句“累”，所以他想要快些结束这一趟的车程。简灵知道，当一个女人太久没有被体贴与关怀，那么她的情感就会势同水火，谁都控制不了。

到了村庄之后，因为不熟悉路，苏铭开着车硬是绕了好几个圈，才找到了那一片梧桐林后的老房子。因为前方的路比较狭窄，苏铭的车过不去，只能选择把车停靠在比较远的路边。在这之前下了一场过云雨，还有雨水停留在树叶上，风稍微一吹就会有零星的水滴落。苏铭给简灵递过一张纸巾："擦一下吧。"

"谢谢。"简灵接过纸巾，擦拭着脸上跟肩膀上的雨水，"真是奇怪，出门时天气那么好，竟然会下过云雨。"

"也没关系，幸好雨只是下了一阵子。"苏铭低头看了看，"地面也不算太湿，如果太泥泞的话……"

简灵不知道苏铭在想什么，只见他低下头看地面，又抬起头看了自己一眼，傻笑着。

"我是说，如果地面太泥泞的话，那么我就抱着你走好了。"苏铭耸了耸肩，转过身子，双手叉腰站在原地，朝那座老房子张望着。

简灵再次因为苏铭的话心中泛起了波澜。她看着苏铭厚实的肩膀，开始幻想自己被他强劲有力的双臂抱起的情形。自己的脸贴上了苏铭结实的胸膛，甚至能听见他那有力跳动的心跳声……

"你小心点儿。"苏铭朝简灵伸出一只手，示意她抓住自己。

但是这个时候，简灵并不领情，她深陷在一种面对苏铭应该前进抑或后退的矛盾里面。于是，她在自己得出答案之前，暂时选择用矜持来进行自我保护。

而这头，苏铭收回自己的手，笑了笑，选择跟在简灵的后头走着。两个人一前一后，没有说话。只听到两个人鞋底踩在泥土上发出的细碎声音，还有周围风吹动草木发出的"沙沙"声。

简灵记得自己以前来的时候，这条小路不算好走。奇怪的是，都已经过去好几年了，这路怎么还是没有什么变化，反而……反而好像比之前更加平整了。可能因为附近村里的小孩子无聊的时候会跑过来这边玩吧。她这样想着。

苏铭步子很大，转眼间他走在了前头。苏铭并没有留意到身后的简灵在做些什么。简灵四处张望，心里却无端地想起了周逸朗那把有点儿发亮的钥匙。她突然间停住了脚步，好奇地蹲下来，看着地上的路。就这样大概过了两三秒钟，苏铭回过头来，走到她的身边，俯下身看着简灵。“怎么了？”苏铭问道。

“路到了这里就没了。”简灵声音很小，似乎这话只是说给自己听的。

“你平时应该也很少来这里吧。”苏铭挺直了腰板，说，“难怪门前的杂草都长这么高了。”

“所以刚才所走的路，应该是附近的小孩跑过来玩，给走出来的了。”简灵站了起来，朝苏铭微微一笑。

“那我们走吧。”苏铭这一次选择跟简灵并排走着，他略微侧身，时不时看简灵两眼。似乎在留意简灵脸上表情的变化，也似乎在担心她走路被脚下的杂草绊倒。

简灵低头小心走着，耳边是苏铭那双靴子踏在杂草上，发出的沙沙声响。她莫名地感觉这声音很好听，就像是秋割时那种稻田丰收的愉悦感。简灵很小的时候在自己曾祖父的乡下住过一小段日子。童年的记忆记不太清楚了，但是那些稻田的声音与气味深深地留在脑海之中，偶尔想起，她会怀念那个无忧无虑的童年。

“这宅子挺大的。”两人站在大宅子的门前，苏铭贴心地又拿出一张纸巾，想要帮简灵擦一下额前的汗。

“我自己来就好了。”简灵条件反射般避开了苏铭伸向自己的手，接过纸巾，自顾自地擦起来。

周逸朗的外公家曾经是地主，后来家族里面又出了一位留法的革命者，所以解放后，他们家依旧能在那些变故中保留着这座宽敞的大宅子。简灵将这些说给苏铭听，并收到苏铭的感叹后，心中有了几分并不属于她的荣耀感。简灵知道，这些都是周逸朗带给自己的。

“进去看看吗？”看着若有所思的简灵，苏铭突兀地问了一句。

“哦！”简灵才想起自己这次要来的主要目的，于是不紧不慢地掏出钥匙包，将自己那片老旧的钥匙插进门锁里面去。只是……只是简灵捣鼓了好一阵子，门锁也没有半点儿能被打开的迹象。

“奇怪了。”简灵皱了皱眉头，“难道是因为钥匙太久没使用过，打不开了？”

“应该不会。”苏铭俯下身看了眼门锁，“这种老锁最灵光好用了，不管过去多少年。简灵，你是不是拿错钥匙了？”

“怎么可能呢？一共就两把钥匙，一把在我这儿，另一把在我先生那儿……”这话一说出来，简灵就后悔了，先前自己就隐瞒了今天是要去丈夫老家的这个事实，如今，就和盘托出了，她有些尴尬地站在原地，甚至愧疚到恨不得地上有个裂缝能钻进去。

“是吗？”苏铭却表现得并不在意简灵今天来这儿的目的，反而热心地拿过简灵手中的钥匙左看右看，想尽快帮简灵把这宅门给打开。

“唉，算了吧。”简灵有些泄气地说，“看来今天是进不去的。”

苏铭似乎并不想放弃，推了推那扇厚重的木门，发现门动了：“这门……”

“怎么了？”简灵探过头来看。

苏铭蹲下看那条狭小的缝隙，从缝隙里面，似乎还散发出一股特殊的气味。他脸色变了变，很快站起来，一脚踹到门上，企图把门踹开。简灵看着眼前这个瞬间变得暴力的男子，脸色也跟着变了，她甚至有点儿害怕。

简灵往自己的身后退了两步，毕竟她不知道接下来会发生什么自己不可控的事情，她需要一个相对比较安全，或者说易于逃离的位置，确保自己不会受到伤害。

“苏铭！”她试图喊他的名字，来冷静对方。但是苏铭好像完全没有听到简灵对自己说什么，只是拼命地要把门踹开。

在他几次抬脚后，大门轰然而倒。一股被压抑了很久的腐臭与血腥味，扑面而来。简灵头皮发麻，甚至恶心得有点儿想吐。她瞬间明白了苏铭变了脸色的原因。接着，她发现自己的双脚根本挪不动，她不知道自己应该信任苏铭随他入屋，还是站在原地静观其变。

“为……为什么会……”久久地，简灵才稍微回过神来。

苏铭并不着急进屋，而是十分机警地观察四周：“但愿……不是我多想，或许只是附近的野狗野猫死在了里面吧?”

苏铭之所以这么说，其实不过是安慰简灵。他是刑警出身，熟悉这股子属于凶案现场的味道。苏铭迈开步子跨进了屋，里头的摆设并无什么奇特之处，客厅里面都是些比较老旧的家具，摆放整齐，上面铺满了灰尘。简灵深呼了一口气，紧随在苏铭身后，一同走了进去。

“你以前来过这里吧?”苏铭突然开口问道。

“来过。”简灵有点儿惊魂未定，声音不大地回应着，“跟当年是一样的。”

“那……”苏铭似乎在思考着什么，“你先在客厅随便走走，我进去再看看。”

“别!”简灵一手拉住了苏铭的衣角，“我……”

她吞了吞口水：“还是……还是跟着你走吧，一个人站在这儿怪阴森的，毕竟老宅子了。”

苏铭抬头看了下屋顶，其实这老宅的采光十分好，白天整个客厅很亮堂，假如不是因为刚才闻到那股特殊的气味，大概也没有人会因为独自站在这儿而害怕。但他自己很清楚，从进来以前到此刻，自己是一直在想方设法避免简灵接触到什么可怕的事情，心中其实早就已经清楚，接下来会发现的东西是什么。

“但是……”简灵下意识地咬了咬下唇，“我就是不想一个人，不管发生什么，将要看到什么。”她自己心里也十分清楚这次来老房子的目的，不管是多可怕的事实，但只要是跟自己的丈夫周逸朗相关的，她都会逼迫自己勇敢地去面对。

“那好吧。”苏铭应着，眉头越发紧了。

“你知道我刚才进屋之前说的话……”苏铭干脆直接跟简灵挑明，

“只是在安抚你的情绪。”

“我知道。”简灵突然挺了挺腰，“我是心理咨询师，你说真话还是……安慰我的话，我都清楚的，所以我是准备好了的。”

苏铭再次环顾了四周，说：“我们仔细看看吧。”

“好！”简灵打断苏铭的话，她很明白自己要做的、苏铭要做的，但是她依旧不希望苏铭挑明一切。

简灵在客厅走了一圈，凭着从前的印象，努力地回顾曾经看到的客厅的模样，最终确定这里的摆设并没什么异样。当她重新走回苏铭身边的时候，发现他的目光盯向了房子的某一角落。

“你是发现什么了吗？”简灵问道。

“你看。”苏铭指着地面说，“脚印。”

“好像是……”简灵也不太确定，“不怎么清晰，要是有人走过，为什么这脚印如此模糊？”

“我们跟着脚印走吧。”苏铭将自己整个人挡在了简灵的身前，慢慢地朝着脚印所延伸的方向走去。其实简灵这个时候，心里有些忐忑，刚才苏铭所说的脚印，其实她也留意到了，那脚印伴随着的是一道拖痕……她不敢想，被拖动的究竟是什么东西。究竟是什么人跑来这座老宅，又把什么秘密埋藏在这里。

当两个人走到那些地上的痕迹消失的尽头，发现地上有一扇雕花木门，门环的金属十分光亮，一看就是被人使用过的。苏铭并没有多想，从口袋里面掏出一张手帕，包裹住门环，看似随意地一拉，便把地上的木门打开，映入两人眼帘的是一条通往地下室的木梯。

只是一掀开，更浓重的血腥味扑面而来，简灵有点儿受不了地捂住了嘴巴鼻子，脚步略为后退了一下，另一只手依旧不忘扯着苏铭的衣角。苏铭这个时候，回过头来看了她一眼，虽然面前的女子面色难看，但是当看到她紧抓着自己的衣服不放，他心里扫过一丝的兴奋，他因为简灵此刻对自己的需要而感到满足。

“别怕。”苏铭顺势抓住了简灵的手，大概因为惊慌，简灵并没挣脱。

“我先下去看看。”苏铭说，“不会有事的。”说罢，原本握着简灵的那只手紧了紧。

“不，我还是跟你一起下去。”简灵坚定地说，其实她心里没底，她甚至猜测在地下室会不会窝藏着一个变态，假如苏铭贸然一个人下去受到了攻击，她自己良心也过不去，毕竟今天苏铭是因为自己才来到这座藏着秘密的老宅子的。但就在这时，已经伸长脖子朝地下望了一眼的苏铭突然松开手，他整个人蹲了下去，朝那黑暗深处探了探身子：“简灵，你不能下去，马上打电话给萧静……”他回过头看着简灵的眼睛，说，“这里有命案。”话音刚落，苏铭就不顾简灵率先大步往下走去，并按开了地下室里面灯的开关。

简灵这个时候才有点儿清醒过来，摆在面前的事实，已经容不得自己半刻的迟缓了，于是她赶紧掏出手机拨给了萧静。

“简灵，有什么发现了吗？”电话很快就被萧静接起，她应该又出现场了，电话那头挺嘈杂的。

“萧静，我……我……害怕！”简灵思绪有些乱，声音都颤抖了起来，“你赶紧来周逸朗老家的那座老宅，这里有命案！”

“你别慌！”萧静顿了顿，但语气依旧冷静，“简灵，你现在一个人吗？我记得你说的那个地方，你安不安全？我马上到！”

“我……”简灵顿了顿，又朝地下室入口看了一眼，不自觉地打了个冷战，说，“我安全，你快点儿来吧！”

“简灵，你保持通话，我要确保你安全。”萧静以不容置疑的口吻说道。

“不用，我和苏铭在一起。”简灵提起苏铭的名字时，莫名多了几分镇定。简灵知道，这镇定的来源是因为苏铭。她不再害怕，挂了电话，决定进地下室看看究竟那里发生了什么事情。

地下室的入口虽然不算狭窄，但是要进入还是有点儿让人为难。

她缓缓地落下第一步，脚踩在楼梯的木板上，发出了“咯吱”的一声，似乎就是这么的一声声响，使得简灵头脑又冷静了几分。她双手摸着身边的墙壁，正打算踩下一级楼梯。这木梯为什么没有扶手呢？简灵觉得这个设计有点儿不合理，有钱人家修地下室，怎么都不至于省钱到连个扶手都不做，而且……而且肯定整个楼梯都会做工精致或者相当气派的。

手继续在墙壁上摸索，她发现墙面十分光滑，并触碰到一根用来拉扯开灯的细细绳索。

简灵愣了一下。苏铭是第一次走进这座老宅，也是第一次发现这个地下室，但为什么他能够那么大步地冲下地下室，又那么快地发现这根并不显眼的电灯开关细绳呢？

简灵并没有继续耗时间在灯的开关上，她此刻更加迫切地想看到地下室内的一切真相。于是她不顾自己是否会摔倒，直接快速地下了几级楼梯，楼梯因为她的体重跟速度，响得更加大声。

“简灵！”突然，从地下室传来了喊声，把简灵的脚步给叫停了。是苏铭的声音。

“你不要下来！”苏铭在下面大声吼道。

“发生什么了吗？”简灵的声音依旧有点儿颤抖。

“你不要下来，赶紧上去等萧静！”苏铭的语气带着命令，简灵知道自己真的不应该继续下去了。她开始明白，不管下面有什么样子的秘密，抑或是可怕的真相，只要自己的好朋友萧静到了，她依旧会知道的。于是，她没再询问苏铭什么，整个人缓慢地退回地面。

她一个人呆呆地坐在地下室入口，她很想逃离，很希望脱离那种恶心的血腥气味，但是她又觉得有个声音在告诉自己，必须得守在这里不能走开。时间过去得特别煎熬，苏铭一直在地下室没有上来。这个时候，简灵已经确定，下面是没有其他人了。她猜测苏铭是在下面搜集什么，毕竟他以前是刑警队的。当然，他也可以在下面掩盖什么……

一直到听到外面有警车的鸣笛声，简灵才缓缓地站起，萧静出现在她面前的时候，她神色依旧有些恍惚，伸手指了指身后的地下室入口。

“苏铭在下面。”简灵说。

“我们到一边来。”萧静将简灵拉到角落，其余的刑警人员都快速地逐一进入了地下室。

“简灵，我们的人员会对你进行笔录，我先下去。”萧静重重地握紧了简灵双手。其实这个时候，简灵并不是害怕什么命案，她心里面一直哆嗦的是，这命案要是跟自己的丈夫周逸朗有关的话她应该怎么办。道德与情感的抉择，让她无法理性起来。

简灵感觉喉咙越发干了，她从包里面掏出那瓶苏铭给自己的水，大口喝着。液体很凉，味道有点儿奇怪。

3. 主宰者

做完笔录之后，简灵就被带离了命案现场，被安排独自坐在外面的警车上。警车的门敞开着，而她其实只是随意地挨在车后座的位置上。简灵双眼盯着不远处的老宅，眉头深锁。

明明是带着凉意的天气，她却只感到燥热，喉咙十分干渴，然而手中那瓶水已经喝完了。这个时候，不管简灵的身体有着什么样的不适，抑或是情绪上的波动，她都选择安分地待在原处，甚至说是……一动不动地。谁都没有留意到，她那看似自我防卫般地把背包抱在胸前的动作，实际上，是为了更好地阻挡别人的视线。毕竟，她外套的口袋里藏着那把被苏铭踢飞了的老宅大门的门锁。作为一名心理医生，简灵是能够轻易地就隐藏起自己的心虚与慌张，并且表现出一副弱者的模样来的。

简灵的手在口袋里面反复地摩挲着门锁，像是在试图赶在所有人的前面捕捉到什么线索。她最终还是趁着没人留意，快速地把锁收进了背包的里层。简灵再次将背包紧紧抱在怀里的时候，她觉得自己实在是太痛苦了，忍不住将头都埋进了背包上面。这是凶案现场，而这也是只有周逸朗与自己才会来到的老宅。那么，刑警们是不是可以理解为，周逸朗就是制造这地下室血腥气味的凶徒呢？

她很想回家，回到那个属于她跟周逸朗的家。如果时间能倒退，简灵不会因为自己那颗想要窥探丈夫的好奇心，而进行今天这场所谓的郊游。简灵觉得自己是可耻的，她并没有故意，但是偏偏在情感上背叛了自己的丈夫。现在，找寻到老宅的秘密，无疑就是亲手将自己的丈夫推到了犯罪嫌疑人的悬崖边上。不管夫妻之间的感情崩塌成什么样，昨夜伴着自己入睡的始终是周逸朗。

“简灵！”萧静朝着简灵走来，“我让苏铭等会儿先送你回家。”

“好。”简灵说话有气无力，她避开萧静看自己的眼神，并不情愿对方捕捉到自己情绪的巨大波动。

“作为朋友，我应该安慰你，但是……”萧静伸出手，将简灵散落的几缕发丝捋到她耳朵后面，“案件正在调查，关于周逸朗的事情，我还是希望能自己亲自问你，毕竟，我了解你，我知道怎么能让你不会因为我们想让你知道的某些信息而感觉难受。”

“我能猜到一些了。”简灵也不愿意回应什么过于煽情的语句。话音刚落，她朝萧静看了眼，又很快垂下眼帘，点了点头，“你说吧。”

“周逸朗平时会经常来这个宅子吗？”萧静认真严肃地问道。

“我不知道。”简灵摇摇头，她怕萧静不相信自己，补了一句，“他平时都很忙，你知道的，我平时也挺忙的，所以……”

“好吧!”萧静并不打算让简灵在这个问题上面继续解释下去，很快就换了一个问题，“你最后见周逸朗是什么时候?”

“昨晚，今早醒来的时候他就已经出门了。”简灵其实也有点儿抵触回答这些，毕竟先前刑警人员跟自己做笔录的时候，都问过类似的问题了，她此刻并不想重复做无用功。

“萧静，我想知道地下室里有些什么?”简灵双手抚上自己的脸庞，手指揉了揉太阳穴，希望能让自己的精神状态稍微好一点儿。

萧静犹豫了一下，最终，还是开口说道：“嗯，这个……简灵，你不要害怕!”她把车门更大限度地拉开，自己也钻进车里，坐到了简灵身边。简灵知道，萧静是想给自己最大化的安全感，所以选择更加靠近到自己身边来。

“你说吧，我不害怕。”简灵冷静地说道。

“我们在地下室，找到了那些被害人的头颅。同时，在一张木桌上找到了一颗头颅的石膏铸件，铸件上面的血并没有完全凝固，血的痕迹延伸到桌面，还有点儿黏糊糊的……”萧静尽量简短地讲述她自己刚才在地下室看到的情况。

“所以这里是第一现场吗?”简灵问道。

“算是吧，在我们没有找到新的斩首者掳走受害人的场地之前。”萧静走出车厢，整理了一下身上的警服，“估计苏铭那边的情况已经可以了，我过去跟进下，让他先送你回去。”

简灵在萧静离开之后，自己也从警车里面出来，自顾自地朝着苏铭的那辆越野车走去。这个时候，她双脚已没什么力气，所以走起路来显得很蹒跚。她一边走一边回想刚才萧静对自己说的话，一些关键的字眼在脑海里面飞快地被搜索出来。

“石膏铸件?”简灵总觉得“石膏”这个词跟案件有很大的关联，但又想不出什么线索来。

“今天到底怎么回事，总是不能好好去思考问题!”简灵十分懊恼地责备自己。简灵继续沉思，苏铭在她不经意间走到了身边。

“有些冷。”苏铭缓缓地脱下了自己的皮外套搭在了简灵的身上，“穿着吧，你一直哆哆嗦嗦的。”

简灵很想告诉他，自己不是因为感到冷才发颤的，但话正要说出口又吞进肚子了，她真的不想多说什么。外套还带着苏铭的体温与橘子的香味，简灵着实感觉到了温暖与踏实，这两种感觉在努力尝试将哆嗦着的她环抱。

“谢谢你。”简灵再次走向车后排，她需要足够的空间来好好梳理今天发生的一切事情。在得到答案之前，她不愿意告诉任何人关于周逸朗那片发亮的钥匙的事。苏铭把车开得很平稳，简灵望着车窗外，看村庄往后飞逝，看农田消失于视线。

“简灵，你还好吧?”苏铭试探性地询问车后座的简灵。

“嗯。”简灵低声地应了一声。

“你先生最近有什么行为显得比较奇怪吗?”苏铭问得并不小心翼翼。简灵苦笑了一下，心想，果真是刑警出身，这口吻真的是不带半点儿感情啊!

“并没有。”简灵肯定地回答，她不想跟苏铭多交谈，哪怕自己这两天已经发现了周逸朗的各种不同。就在这个时候，一阵急促的电话铃声，响彻了车厢。简灵缓缓地掏出手机，当看到显示号码是萧静的时候，她莫名地害怕，害怕按下接听键后可能会有更坏的消息。

“简灵，周逸朗已经被带回市局了。”电话那头萧静说道，“不过你暂时不要多想，目前只是协助调查。”

简灵的手机掉到了座位下，身子如同被瞬间放气的气球，往下软了下去。

“简灵!”苏铭大喊了一声，车子连忙刹停。

苏铭快速离开驾驶位，走向车后座，拉开车门，上前试图将简灵搀扶起来。但是简灵全身瘫软在后座沙发上，眼睛半合，双唇紧闭。

“简灵。”苏铭再次试图要将她整个人抱起来，“你坚强点儿。”

简灵一动不动，脑海里面不断浮现的是近日周逸朗的种种细节变化，她已经组织不起言语来回应眼前的苏铭了。苏铭坐进了后排，他将简灵的头枕在自己的大腿上，似乎不舍得将简灵拉扯起来。

“怎么了？”苏铭这时候语气里面带着无限的温柔，只是，简灵已经无心来感受他的情感泄洪了。

“苏铭。”久久地，简灵才开口说道，“你在地下室的时候，有发现什么东西吗？”

“你指的是？”苏铭问道。

“关于周逸朗的。”简灵这个时候，眼神开始清明回来。

“你真的要听吗？”苏铭试探性地问道。

“你说吧，事情已经这样了。”简灵应着。

“现场有一条围巾，围巾上面有几个英文刺绣，刺的是SSC……”苏铭的话说了半截，似乎在留意简灵的神情，看简灵是否想继续听下去。

“那是一条什么款式的围巾？”简灵心往下一沉，越发凝重。

“一条墨绿色的围巾。”苏铭像是在回忆，“嗯，墨绿色的，羊毛围巾，有大格子图案的。”

听到苏铭这样一说，那仅存在简灵体内的几缕力气仿佛被一瞬间抽离，她整个身子往苏铭怀里软去。苏铭见状赶紧伸出双手，试图将她环抱起来。

但是简灵此刻，似乎在自暴自弃一样，抵触着苏铭的努力，抵触苏铭把自己拉扯起来的这种行为。而在这时，她不经意瞥见了苏铭那双靴子底下，还沾着刚才现场的一些泥土与草屑。简灵并没多想，伸出手，触碰到苏铭的靴子，迅速用手指捏了一把那泥土，然后手握成了拳头，另一只手攀缘上苏铭的脖子，让苏铭顺势将自己扶起来。

“我……”简灵想要分散苏铭的注意力，“我太失态了。”坐起来之后，简灵捏着泥土的手，很快地塞进了外套的口袋里面。

“简灵，你还好吗？”苏铭一脸担心地问，“我先送你回家。这个时候，我希望你能坚强一点儿。”

“好。”简灵点了点头，这个时候，没有谁比她更加渴求快点儿到家了。

苏铭的车重新行驶在市郊的路上。简灵落下窗户，风把人吹得更加清醒。她知道，自己原本的世界再也回不去了。都说女人的第六感很强大，她自嘲自己：今天出门前的那回头一看，就已经是在告别了吧。只是，周逸朗，你到底是一个什么样子的人？你给了我一个美丽的世界，现在要亲手摧毁了吗？抑或……将之摧毁的帮凶，包括我自己吗？

第五章　幸福如履薄冰

1. 囚心

这个城市，似乎一天比一天寒冷，但春天，分明即将到来。

简灵从苏铭的车上下来，她拒绝了苏铭送自己上楼的要求，快步地朝小区门口走去。一直到她走到楼下，又不经意地朝着自家车位那边看去。紧接着，巨大的失落感将她环抱。她快步上楼，打开了房子的大门。她突然发现，住在这个家那么多年了，这是第一次以如此快的速度从小区门口走到家。

简灵脱了鞋子外套，并没像往常一样立即把东西拾掇好，而是任由所有东西散落在地上。她赤脚走向阳台，白色的纱帘像往常一样，被风吹得肆意扭动。她望着阳台外面，感觉眼前的整个世界都像是笼罩了一层灰蒙蒙的阴霾，任再强劲的风都吹不散了。

这个时候，被遗落在门口地板上的手机响起，惊醒了站在阳台发呆的简灵。

“难道是萧静?”简灵心里想着，快步地跑过去找手机。她生怕自己错过一点点跟周逸朗有关的消息。然而当她翻到手机的时候，才发现，那只是一则天气预报的信息。她觉得特别挫败，丝毫不顾自己原本的形象，直接就坐在了地板上，背靠在衣橱那面落地镜子上。

简灵害怕这种等待，一秒钟也仿佛像是天塌下来了。她一遍又一遍地鼓励自己振作。就在这个时候，她想起了自己在苏铭的靴子上捏下来的那一撮泥土。于是她赶紧拾起地上的那件外套，将衣服口袋整个翻出来。她两指尖捏了捏泥土，一直到那点儿泥都被捏成了碎末，从指肚间散落。

然后她打开鞋柜，心里祈求自己上次帮周逸朗擦靴子的时候，并没擦得太干净。她端详着那只大号男式靴，终于在靴子的边沿找到了上次发现的那种泥土。简灵小心翼翼地将泥土抠出来，同样地拿捏在两个手指间。

答案是肯定的，在确定了两种泥土一样的时候，简灵陷入了更为巨大的恐慌。但她知道，人的心理会被一切外在看到的所谓“巧合”事实给误导。这个世界没有巧合，只有事实。所以眼前这种发现同样泥土的事情，依旧需要自己更加冷静地去抽丝剥茧与洞悉深究。

简灵起身，走向客厅的沙盘，她记得自己先前将周逸朗钥匙包里面的那片老旧钥匙，拓印在了沙盘上的。她从柜子里面找出彩泥，按到了沙盘的钥匙印上……

简灵特地从住的地方赶去旧城区，那里的老店铺里有配钥匙的工匠，这一路上花了点儿时间。但就算心急如焚，她也相信自己这样做是对的。她觉得现在所有事情的发展都超出了自己的想象，接下来做的每一件事情都需要小心谨慎。

傍晚的老城区街道，特别清冷，简灵裹了裹身上的大衣，快步走向一家配钥匙小铺。老旧的骑楼亮着昏黄的路灯。这个穿着光鲜亮丽的女子走在其中，很打眼，只是路边三三两两的行人估计也是忙着下班回家，没有谁真正多留意她一眼。

“这钥匙能配吗?”简灵拿出彩泥，递给钥匙匠。

那是一个上了年纪的老大爷，抬头看了简灵一眼，鼻子上的镜片比较厚重，以至于简灵也看不清楚他的眼神。

“这都老古董了。”大爷说话的时候，胡子跟随着嘴巴的张合一高一低地颤动着，“这么老的锁，怎么不换个新的呢？”

“请问能配吗？”简灵不想多说，重复了一句。

“能！”大爷转过身朝着里屋走去，“哪有我配不了的钥匙，等一下。”

简灵看着那老大爷慢慢走动的背影，心里更加着急，总希望此时此刻，全世界的人和事物都能配合上自己的速度，快点，快点，再快点……她知道，只有赶在时间的前面，才有机会去拯救自己的丈夫。但，她也害怕结果揭晓后，反倒是给周逸朗真正定罪。

在小店铺折腾了几乎有半个多小时，简灵手心都是汗了。当她拿到了那片新配的钥匙，直接丢下钱，快速地离开，她赶着回家。

“时间，不是你追啊追，就追得回的。没了的，始终是没了。”就在简灵转身的一刻，店铺的老大爷嘀咕了一句。这话随着风吹到了简灵耳中。听到这话，简灵心中有了莫名的紧张，自己的匆忙过于明显。她甚至心虚地设想，要是有天被追查起来，大爷肯定就能和盘托出今天自己配钥匙的事情。尽管，自己并非在做一件罪恶的事情。

回家的路上，简灵脑海之中翻滚着的都是自己跟周逸朗过去的种种。读书的时候，他并不像其他的男孩子喜欢去运动。人们总能在校园看到一个穿着白色衬衣的高瘦男孩往图书馆的方向走去。因为他那本就出众的模样时常会引得路过的女孩子多看他几眼。他就像个谦谦君子，笑起来让人如沐春风。而简灵也是个喜欢看书的人，有事没事老往图书馆跑。她已经记不清两个人相遇相识的情景了，但是她记得自己偶尔一抬头的时候，周逸朗专注看书的侧脸，黄金比例分明的轮廓，叫人看着能失神。

那样的一位温润男子，简灵是怎么都不愿意相信他会跟那凶残的斩首者有一丝一毫的关联的。

简灵再次踏进家门，一个不留神，差点儿被地上之前背包里面散落的东西绊倒。她皱了皱眉头，看着一屋子的状况。仿佛这个家已经碎了，所有东西，也都已经不需要被重新摆放整齐了。因为……真的都回不到原来的模样了。

她从背包的里层翻出了被苏铭踹下的老宅的那把门锁，将自己刚才新配的钥匙插入，只听到“咔嚓”一声，门锁轻易地被打开了。

随着“哐”的一声，门锁掉落地板，简灵整个人彻底瘫软倒地。眼泪汹涌，可喉咙早就因为干渴发不出半点儿声音了。同时，她眼里的这个家的所有东西似乎被撕成了碎片，纷纷扰扰，再也拼凑不完整了。

是的，周逸朗身上有着一把没有第二个人拥有的老旧钥匙，而这把钥匙，是连通着城市中最令人毛骨悚然的凶徒——斩首者巢穴的唯一开启工具。况且，钥匙分明还发亮，被经常使用。

此时此刻，简灵对于周逸朗仅存的那点儿希望也完全破灭掉了。她不敢面对真相，而真相已经赤裸裸地呈现在自己的面前。情感与道德、法律之间，已经容不得自己再去徘徊了。

时间一点一滴过去，躺在地板上的简灵，也稍微恢复了一些力气。她双手撑着地面，缓缓地站了起来，拿起电话给苏铭拨打了过去。

“苏铭。”简灵的嗓子略带沙哑，“你现在来我家吧。”

“好!”苏铭并没有问为什么，而是毫不犹豫。接着，他又似乎是不放心一般，用关心的语气问道，“你是哪里不舒服吗?”

“不是，我想你带我去市局一趟。”这个时候的简灵反倒冷静下来，“我有新的发现。”

“好，你现在下楼吧。”苏铭回答道。

“你在我楼下?”简灵觉得惊讶，苏铭不是去市局协助调查了吗?

“我……”苏铭似乎在犹豫什么，“刚到，怕惊扰了你，所以没找你，想着你需要我的时候，就能马上到你的身边来。”

苏铭的一番话让简灵心里有了一丝温暖，如同溺水的人发现了一块浮木。那悬着的心也有了某种说不清的依靠。人性总是贪婪，在经历低潮的时候，哪怕明知道是不道德的事情，也忍不住去靠近，希望能从中获得喘息，并收获重新站起的力气。而这个时候，似乎也只有身边这个苏铭成了简灵最好的支撑点。

简灵下楼之后，发现这次苏铭的车是直接停在小区门口的。她想起早上出门的时候，苏铭把车停得远远的事情。现在来看，两个人不再需要任何避嫌了。这种光明正大，来的代价太过巨大。简灵心想着。

这次，她走向了车的副驾位，拉开车门，快速地钻进去。简灵知道，现在开始，她需要面对很多了，而不能像以前一样，只是躲在这个世界的背后。苏铭转过脸看了她一眼，并不言语。

"我要开始学会坚强。"简灵用淡淡的语气说道。这句话像是说给苏铭听，也像是在说给她自己听一样。

"我们出发吧！"苏铭似乎也看得出简灵此刻的心思。他没有对她说任何安慰抑或鼓励的话语，直接启动车子往市局的方向驶去。

从简灵家到市局的路程并不远，车还没行驶到市局大门，简灵在车上已经远远地看见萧静站在市局门口。她应该在接完自己电话后，就一直在这里焦急等待吧？想到这儿，她稍稍侧过头看了一眼在驾驶位上的苏铭。他依旧眉头紧锁，丝毫没有疲惫的神色。这样折腾了一天，他是用什么在支撑着自己呢？简灵跳出个很奇怪的念头。

"简灵。"萧静走到简灵的身边，喊了她一声。

简灵站在车外，并没说话。

"你脸色不怎么好。"萧静关心地说道。

"萧静，我可以见见周逸朗吗？"简灵上前抓住了萧静的手臂。

"现在……"萧静略微迟疑，似乎在考虑什么，但很快又恢复了状态，"你现在已经不能见周逸朗了，他被上了镣铐，搜查令在等领导签字，一会儿，我们就要去你家了。"

听到萧静的话，简灵原本抓住萧静的手，无力地垂了下来，面如死灰。要知道，只有基本上确定会被判处死刑的犯罪嫌疑人，才会在第一时间被戴上脚镣与手铐。

“简灵，你听我说。”萧静上前扶了她一把，“你先回家，不要想太多。”

“这个给你。”简灵从衣服的口袋里，掏出了那把老宅的门锁，塞到了萧静的手中，“这是之前被苏铭踹开的老宅子的门锁，我身上的钥匙早就无法打开它了。周逸朗身上的那片，你可以试试。”说完这话，简灵人已经变得麻木，不想再给萧静解释什么了。

“我明白了。”萧静将门锁收进了自己的衣服口袋里，“我等下会交给同事处理的。”而就在此时，萧静才留意到，站在简灵身后的苏铭一直紧握着简灵的左手，她皱了皱眉，很快将眼神瞥开。

“简灵，我们单独说两句吧。”萧静不顾苏铭在场，直接使了点儿力气将简灵拉走，让那两只原本握着的手被迫分开。

“简灵，别和苏铭走得太近。”在一边的墙角，萧静小声地贴上了简灵的耳朵，说了这么一句话。简灵看了萧静一眼，不说话，过了好一会儿，才点了点头。

“那行，赶紧回去吧。”萧静转过身子，朝苏铭看了一眼。

“放心吧，我会把她安全送回家的。”苏铭对上萧静那复杂的眼神，说了这么一句。简灵已经无心猜测眼前这两人之间藏着什么自己不知道的秘密，因为这一天的事情太多，她早已麻木。她只是默默地朝苏铭的车走去……况且，她也只能朝苏铭的车走去。

她明白，之前自己所做的事情，那一把钥匙或许就是将自己丈夫钉入棺木的最后一枚长钉。甚至，她的心因此还开始了撕裂般的疼痛。但是，那男人所犯下的罪恶，又怎么可以因为自己与他的情分而被谅解呢？如果他真是恶魔，那本就应该毁灭！

2. 坠落

简灵坐在苏铭的车上，浑身没有了力气。感觉车厢就像是一个坟墓，即将要埋葬掉自己所有的过往。太多的情感，一时之间涌上心头，简灵找不到宣泄的出口。

苏铭启动车子，但并没着急踩下油门，他似乎在等待……等待简灵给自己发出指令之后，他才带她离开这个可怕的地方。坐在车厢里面的两个人，各怀心事。其实简灵明白，苏铭这一刻有捕捉到自己的那丝说不清道不明的情绪，她感谢眼前这个男人的细心与体贴。

“开出去吧，在路边停一会儿。”简灵良久才开口说道。

苏铭将车缓缓地驶出了市局大门，然后选择停靠在外面的一棵大树下。这个时候，道路两旁的灯都已经亮了，只有这棵树下，略微地昏暗。简灵有些吃惊，苏铭竟然能猜中自己的心思。这一刻的她不太愿意暴露在明晃晃的灯光下，因为她不想让此刻过于狼狈的模样被这个世界看到。

简灵扭过头望向市局的大楼，脑海中浮现的，是昨晚那个伏在自己身上喘息的周逸朗。微弱的灯光下，他的双眼温情得如同一潭秋水，嘴角微扬。只不过短短的一天，周逸朗就已经被关押在市局里面了。这个时候的他，还是穿着早上出门的那身衣服？头发依旧整齐利落吗？不可能了，他不再西装革履，不能再温柔地看自己一眼了。此时，周逸朗应该脚上跟手上，都上了镣铐，大概连看人的眼神都不复往日。简灵甚至忍不住揣测，现在周逸朗的眼神里面所流露出的，是愧疚？麻木？抑或是张狂？

然而，简灵也同时明白自己再如何的不舍，一切都已覆水难收了。

曾经的深情早就被消磨在这婚后的蹉跎岁月中。可笑的是，两个人的关系竟然是要以现在这样一种可怕的结局来落下帷幕，太残忍了。她的丈夫——周逸朗，终于显现出他恶魔的本质，他不仅摧毁掉自己的人生，连带着简灵的美好世界也一起粉碎！

“送我回诊所吧。”简灵收回自己的目光，转过头看着前方。她希望自己这样的一走，就能完全地决绝。

“简灵……”苏铭想对她说点儿什么。

“我不想看到刑警走进我家。”简灵打断苏铭原本想说的话。

苏铭似乎也领会到简灵希望所有的言语能适可而止，于是，他不再说话。简灵能感受到，苏铭的沉默是想要让她把自己已经崩塌的世界一点一点重新组建起来，慢慢变得坚强。

两人一路保持着安静，一直到苏铭的车停在了诊所门外。简灵连一句谢谢抑或再见都没说，直接拉开车门，如同逃亡般冲向诊所大门。她清楚自己的眼泪将要决堤，不能再在苏铭的面前多停留一秒钟，她也有自己的骄傲，需要保留一点儿尊严。

这个时候诊所已经没有人了。简灵推门而进，将大门反锁，快步朝自己的诊疗室走去。她将自己诊疗室的门锁也同样地反锁起来，同时，将窗帘拉上，让整个空间都暗得不透一丝的光线。

黑暗中，似乎连空气都稀薄，简灵只是静静地蜷缩在这孤寂里啜泣。封闭的空间使得人的脑子变得发麻，全身的力气也随着时间的流逝被抽离。她就像是一只受了重伤的小兽，没有了平时那种骄傲抑或撒娇而表现出来的张牙舞爪，只剩下微微颤抖的后背，证明她还活着，可惜……只是一种已经失去姿态的活着。

“你叫我往后的日子应该如何回想起你这样的一个人？我曾爱过的温柔的丈夫？还是一只嗜血的魔鬼？”简灵对着眼前漆黑的空间，喃喃自语起来。她甚至觉得恶心想吐，因为想起无数的夜晚，一只心灵扭曲的魔鬼与自己相拥、亲吻，甚至……进入自己的身体。而那些时刻，是自己以为的童话般美好的爱情片段。在周逸朗的心中，那是不是只是种邪恶泄愤的仪式而已……

简灵只希望这个时候有人能来拯救自己，将所有关于周逸朗的记忆一下子给抹去。可是……可是……

此时此刻，只有她孤身一人。如果说时间就像是一条河流，湍急的水流推动着人前进，那么现在，这河流已经干枯了。简灵再多的眼泪也都填不满这河床，只能眼巴巴地看着自己深陷在泥土里面，等待着，等待着一个绝望的未来。

简灵不知道时间过去了多久，只是，自己已经哭到麻木了，眼眶里面再也流不出半滴眼泪。她在黑暗中缓缓挪动，四肢呈跪爬的姿势支撑起自己的身体。稍微歇息了好一会儿，让身体恢复了一点儿知觉，才站了起来。她赤脚摸黑走到柜子前，点亮了那盏香薰灯，往上面滴入了平时几乎没有用到过的香薰精油——芫荽精油。芫荽那甜甜的木香能驱赶人们心中的恐惧。

看着眼前那微弱的火光，她全身再次瑟瑟发抖，因为……因为这个香薰灯，是诊疗室开业的时候周逸朗送给自己的。这个男人，早就已经深入到自己生活的各种细节之中。这是多么可怕的一件事情，简灵已经毫无把握，在接下来的岁月里面要如何彻底地遗忘掉周逸朗带给自己的痛苦了……

她有些愤怒，想上前毁掉这个做工精美的香薰灯。就在简灵想上前一步的时候，她听到了自己手机发出的“嘟嘟”声。点开手机，看到一条不知道什么时候收到的短信息。发件人是苏铭：我始终在，在你一旁。

简灵全身打了个激灵，她已经猜到了什么。赶紧走到窗前，使尽了力气拉开那厚重的窗帘。她一眼就望见在诊所的停车场上停着苏铭的车，而他……就站在车外面，同时看向了自己。

两双眼睛，就这样安静地在暗黑中看着彼此。似乎，连时空都为这两个人静止了，日月星辰都不忍心惊扰了他们。简灵耳边甚至有了错觉……似乎自己听到了苏铭的心跳声，强而有力，一下一下的声响打落在自己的心头。

最终，简灵的手机响起。她不用多想，都知道是苏铭打过来的。她稍微迟疑了一下，才接起来。

“你一直都没吃东西，想吃点儿什么吗？”苏铭直接询问道。

简灵的心，瞬间被对方的柔情包裹住。

“你在这里多久了？”简灵问道。

“我说过了……”苏铭顿了顿，继续说道，“我一直都在。”

“我想吃什么都可以吗？”简灵的情绪被苏铭带动得开始有些回温。

“只要你说，只要我能。”苏铭口吻认真。

“我想吃很多很多的苦瓜。”简灵这个答案似乎有点儿滑稽，但是她十分清楚自己这样做的目的。当一个人悲伤到了极致，就会想要对自己使坏，坏到了一定程度，那颗柔弱的心，仿佛就会变得强大，无所畏惧周遭的不幸。

“好。”苏铭那边并无迟疑。

只见他立马转过身往车厢里钻去，车灯亮起，并朝外面驶去。

她知道苏铭是要给自己买吃的去了，也就在这瞬间，她的心微微一颤，并对着电话冲口而出一句：“苏铭，你回来，我害怕！”

简灵话语刚落，就听到了电话那头一声响亮的刹车声。那微凉的世界里，苏铭高大的身影从车上直接下来，大步朝诊所走来。夜里的风把他的外套吹得鼓起，显得身躯更加的魁梧，宛如一位从黑暗中走出来的勇士，全身熠熠生辉。

他的一意孤行，逼迫得简灵已经失去了任何理智，她没多想，转过身，径直去开门。前台一片漆黑，简灵不知道被什么绊倒了，整个人狠狠地摔在地上，但是身上有一股莫名的力气，她快速地爬起来，冲到玻璃门前，当玻璃门打开的一瞬，简灵仿佛迎来了光明。

简灵一言不发地看着苏铭，感觉两个人似乎经历了半个世纪般的重逢。她从前听过一句这样的话：初见君，犹如故人归。此时此刻，她才切身体会到那话中的意思。脑海里面再次出现自己跟苏铭第一次见面的那个早上，两人的目光在空气中很随意地交汇，各种莫名的熟悉感，当时就已经千丝万缕地纠缠上自己的心，偏偏不愿意去承认。

苏铭没有任何的言语，张开了双臂，简灵如同触电般往后退出一步，但却又止步。她明白，这一刻的自己已经脆弱得那么彻底，苏铭的强势进入自己的世界也因此容易。可惜的是……简灵只是个普通的女人，只是个在这一刻完全无助了的女人。

苏铭再次往前，将简灵拥入怀中。简灵的眼泪再次泛滥成灾，她近乎疯狂地哭号道："不应该是这样的……周逸朗不应该是这样对待我的……"

3. 虚假日出

整晚，苏铭都那么静静地端坐着，听简灵抽泣着说关于她与周逸朗的一切。晨曦缓缓而至，阳光抚摸到简灵布满了泪痕，也没有了妆容的脸上，或许鱼尾与微黄都会明显吧？但，简灵还会在意吗？

"苏铭，很感谢你听我说了一晚上怨妇的故事。"简灵终于缓缓站起。

苏铭微微笑了笑，抬头看了下表："你觉得舒坦了一些就好。我给你出去买点儿吃的吧。"他也没等简灵回复一句什么，便站起朝外面走去。简灵看着他的背影走出诊所，心头有一种奇怪的感觉。她回过头来，看看四周自己熟悉的一切，最终，她苦笑了。是的，每个人都需要释放自己内心深处积压的东西，就算自己是一位心理咨询师也一样。

但可笑的是，在这个空间里，分明是自己聆听别人的苦楚才对。

苏铭带着早餐回来的时候，简灵又看了一下墙壁上的挂钟，苏铭出去了才十分钟不到。简灵从食物的香味已经闻出了苏铭是买了自己很喜欢吃的那款灌汤包，只是她还没来得及对苏铭说点儿什么，手机就响了起来。她没有接稳苏铭递过来的早餐，包子掉在地上，简灵的手在空气中落空。两个人同时看向了简灵的手机。

“这是市局的号码，应该是萧静。”苏铭看着电话的来电显示说道。

简灵点了点头，心中有些忐忑，这么一大早市局打电话给自己是为了什么事情？

“你好，请问是简灵女士吗？”简灵接起电话，对方声音陌生，这陌生让简灵心中一沉。

“我是。”简灵应声道。

“我是市公安局的，就是通知一下周逸朗的家属，今天送被子跟衣裤到看守所去……”听到这里，简灵已经无心继续听对方接下来所说的话了。挂了电话之后，简灵坐在椅子上，人有点儿木然。

她知道周逸朗要被送去看守所意味着什么。萧静应该也是清楚自己的心情，已经不敢亲自打这一通电话了。一切，在朝着更加不好的方向行进。但是，简灵只能坚强面对。

“待会儿，你能送我回家一趟吗？”简灵问道。

“好。”苏铭并没有问刚才那通市局来电的事情，将自己的那一份早餐递给了简灵。简灵低下头，默默地吞咽。她觉得自己在吞下的不是包子，而是千斤重的石头，收获的都是沉重。

回家的路上，简灵只是坐在车后排发呆。她心里满满的依旧还是周逸朗，但很可悲的是，在这巨大惶恐面前，身边唯一依靠着的，却是另外一个男人。其实在两个人的相处里面，爱情真的占了那么重要的地位吗？简灵心中有了疑问。如果相守抵不过岁月，是不是就算自己在这一切如同噩梦般的现实尘埃落定后，选择了苏铭，最终的结果，也如同自己跟周逸朗的婚姻一般呢？想到这里，简灵忍不住有些后怕。

她想起了自己曾经接待过的一些患者，不少人是在离婚之后对婚姻有着无比的恐惧与抵触。此时此刻，简灵似乎能够体会到她们的心情。女人的爱与性是在一起的。而且，这两者是需要同步的。爱给予得不够，性也就跟着怠慢。她依赖苏铭，心生情愫。只可惜，目前依旧不曾到达爱这一高度。简灵是一个对于自己比较恪守的人，她不是白莲花，她不会当圣母，但她一定要自己活得明明白白，没有得到答案之前，绝对不轻易做出可能让自己后悔的事情来。

在简灵的情感世界里，苏铭，还是一个谜。周逸朗，已经是一个既定事实。

苏铭的车再次停到了简灵的小区门口，简灵下车之后，隔着车窗跟苏铭说了一声“再见”。而就在这个时候，苏铭突然快速下了车，大步走到简灵面前。很明显，他想要做些什么，但最终又止住了。

“我今天早上要回单位一趟，然后再过来找你。”他咬了咬牙，最终说道。简灵点头。

“到家之后就先洗澡，好好地休息下。”苏铭自顾自把话说完，就转身离开了。简灵也没有故作停留，在苏铭走后她就快步上楼了。

在她踏进家门之前，本以为自己已经有了足够的勇气了，可当她真正进屋，才明白太多残留在屋内的陌生人气息，自己始终是无法接受的。凌乱让简灵知道刑警已经到家里搜查过了，家中的东西并没有被翻得很乱，她估计当时萧静也有一同过来。

简灵朝卧室走去，她需要为周逸朗准备点儿衣物，送去看守所。

周逸朗是一个比较节俭的人，不经常购置衣物，有些衣服甚至穿了有五六年了，不过都被他打理得好好的。他知道衣服的料子要配合不同的洗涤方式，所以家中的衣物每天换下来之后，都是周逸朗自己在收拾整理。简灵曾经开玩笑地打趣他是居家型的好男人，但周逸朗却一本正经地告诉她，这不过是生活自律的一部分，欠缺自律是件很可怜的事情。

简灵又回想起学生年代的自己，曾经在很长的日子里对自己的身材不够满意，而遇到了周逸朗之后，她渐渐地变化起来。简灵开始规律地运动，营养均衡地饮食，甚至遵循着很多周逸朗给自己制定的生活习惯。她打心里满意这样一位男子，他方方面面的细节都做得无可挑剔。所以，简灵想不通，像周逸朗这样的人为何会抛弃了他亘古不变的自律，变成嗜血狂徒呢？

在衣柜里面翻了老半天，简灵有点儿懊恼。她想找一些被穿得旧一点儿的衣服给周逸朗送过去，偏偏……拿起来的每一件衣服都那么崭新，款式也不错。

“我还想着把好的留下来，那么你回来的时候就能继续穿了。那些旧的不好的，就直接给你拿去到那个地方……”简灵这样想着，突然莫名哽咽起来。她知道，周逸朗很可能回不来了，不管给他留多好的衣服，他也再没有机会回来穿了……

简灵合上衣柜的侧门，站到了衣柜正中间。那里是一个玻璃柜子，里面有三个隔层，第一层是放领带，第二层是放内衣物品，第三层是放袜子之类的。周逸朗就是这样一个人，在他的世界，所有的东西都会被摆放得井然有序。现在，大概是因为刑警队的人员来翻动过吧，那些抽屉都已经被打开了。周逸朗要是知道自己的东西被人这样翻动，估计会抓狂吧？她拿出了几条底裤和袜子。然后把玻璃柜子推回去，却发现里面好像被什么东西卡住了，怎么都无法完全合拢。

她使劲将整个柜子抽出来。这个时候她才发现里面竟然有一条丝巾。那丝巾是简灵的，她认得。她抬头看了一眼玻璃柜子上的那一排挂式架子，上面都整齐地挂着各式的围巾，有简灵的，也有周逸朗的。只有下面的玻璃柜子被抽出后，再翻动了上面的围巾，才有可能使得丝巾滑落，并且卡到了下面的柜子里层。很显然，这不像是刑警队人员来家里搜查的时候给弄的。因为简灵的那条丝巾上，有很明显被柜子碾压过的压痕，在被搜索之前，就一定已经掉落了！

周逸朗是一个很细心的人，应该不会这么粗心。那么……究竟是谁让丝巾掉落的呢？简灵想不明白。简灵觉得现在太多纷纷扰扰并且寻不到答案的事情，一下子就全发生在眼前了。她不想去深究太多，因为她明白，一切都是徒劳，自己无法改变的。

苏铭再次来到简灵家楼下的时候，已经快接近中午了。简灵提着大包小袋的，苏铭看了一眼，帮她接过，默不作声地将东西都放置到了后备厢。

简灵站在原地，看着苏铭做这些事情。她突然心中对苏铭有了几分愧疚，她觉得自己似乎在利用他对自己的情感，一同去为自己的男人做事情。本来还想对苏铭说些什么，但是只见他将东西放好之后，就快速走到了简灵身边，同时打开了车后排的车门，示意简灵上车。

简灵苦笑，故意合上了已经被苏铭拉开的那扇后排的车门，走到了副驾位那边，自己拉开了车门，钻了进去。她觉得苏铭有些奇怪，如果说之前两个人是因为需要保持一些距离，而选择让自己坐在车后排，那么现在又是什么原因呢？她习惯坐在副驾位，不想因为苏铭而改变什么。

简灵一坐好就看到在车头的位置放着一份日报。她并没有拿起，因为报纸朝上的那一面上明晃晃地写着几个大字，已经让她了然新闻的内容。斩首者嫌疑人竟然是高级会计师——报纸上赫然印着这几个大字。

“今天的报纸……你都看了？”简灵有些恼怒，她没有想到苏铭会如此直接地把这么一份登有关于周逸朗即是斩首者消息的报纸赤裸裸地暴露在自己眼前，有故意的嫌疑。

苏铭并没有接话，他干咳了两声。简灵也发现自己刚才的语气有些咄咄逼人，于是她换了另外一个话题。

“我刚才收拾衣服的时候，发现柜子乱了。”简灵说道。

“昨天市局的人去过你家。”苏铭语气淡淡地应道。

“不是的，是我的丝巾掉了，上面有压痕，不像是昨天才弄到的。”简灵转过脸看着苏铭，她在等待着苏铭也转过头看向自己，并且会流露出为故意摆放报纸而内疚的神情。可是，苏铭依旧看着路的前方，甚至……表情有些古怪，他抿了抿嘴巴，不接话。突然把车速放慢，一手从车厢内的置物箱里面取出一副墨镜，快速地戴上。对于要去往哪里，苏铭始终没有问过。简灵知道，作为刑警出身的他，看到自己提着的被褥与换洗衣裤，自然心照不宣地朝着看守所方向了。

过了很久，苏铭才开口说了一句：“中午的太阳也挺猛的。”

简灵只能傻笑应声道：“是哦！”然后转过头看向车窗外面。

这时，在玻璃的反射中，她看到了自己手指上的那枚钻戒，闪闪发亮。

第六章　说谎者

1. 说谎者的前女友

简灵从看守所出来的时候，觉得自己脑袋空白一片，她好几次回头看身后的高墙，仍有念想，但是又希望能赶紧离开，离开这个关押着周逸朗的地方。

苏铭下午送简灵回诊所之后，开车走了，简灵猜测他应该是回单位。看着苏铭的车子远去，简灵觉得其实苏铭对自己真的算很好的，但毕竟在这个风口浪尖上，她自己能回报给他的少之又少。简灵决定尽快投入到工作中，弱化这种种不应该有的情绪。

“简医生!”简灵刚进门，就听到张岩岩大声喊了自己一下，走了上来。简灵有些吃惊，毕竟今天的报纸上面刊登的都是关于斩首者的新闻。她本以为回到诊所之后，大家会询问自己什么，或许会只是沉默地看着自己……就目前来看，一切却竟然跟往常一样。张岩岩笑得依旧开朗，对自己依旧亲切。

“你总算是回来啦!”张岩岩递给简灵一份时间表格，继续说道，“那个叫杨玉的一直想预约你，都没预约上！你下午有时间的话，见见她?”

“杨玉?”简灵皱了皱眉头，她记得自己也有好几天没有见到过她了。上一次她走的时候，情绪状态都不错，没有想到，她又需要过来寻求自己的帮助了。简灵苦笑了一下，其实所有的救世主都是隐藏起了自己的磨难悲伤去拯救别人的。释迦牟尼的内心深处，又何尝不会有着几位王妃的眼泪呢？耶稣的微笑背后，也有着他被犹大出卖后的沮丧。那么……自己真的能拯救任何人吗？她不想继续想下去了，生活已经在逼迫自己前进，这个时候能做的只是前进，哪怕仅仅踏出一小步。

“好的，就让她下午过来吧。”简灵朝张岩岩笑了笑，她知道，自己需要坚强面对，而不是因为有了巨大的变故后，整个世界变了模样。接着，她似乎又思考了一下，继续说道，“但是晚上要空出来，我有事，谢谢你！”

简灵回到自己的诊疗室的时候，甚至有种错觉，这里似乎还留有昨夜苏铭身上的那股橘子香。想到昨夜两个人的情景，她有些脸红，但也感觉羞愧。她记得那个叫杨玉的病人特别喜欢玫瑰花精油的香味，刚想往香薰灯上滴下精油，却又停住了。因为，她想起上一次杨玉离开的时候，小腹微微隆起。孕妇是不能多与精油接触的。于是，她叹了口气，吹灭香薰灯，整个人靠着椅子坐了下来。

简灵也不自觉地抚摸上了自己的小腹，曾经她十分渴求这里能孕育出一个新的生命，属于她跟周逸朗的共同生命。大概真的是命中注定吧，也幸好之前两个人之间没有小孩，不然如今的局面更加难堪！只是，周逸朗……你为什么会变成这样呢？她掏出手机打给了萧静。

“萧静，我想问你今晚有空吗？”简灵直接开门见山，毕竟她跟萧静之间说话无须任何弯弯绕绕了。

“你是要约我一起吃饭？”萧静果然是十分了解简灵。

“是的！就今晚，你看怎么安排吧，我这边下午也不忙，处理好之后可以先出发，你下班之后再过去。”简灵说道。

“简灵……”电话那头，萧静顿了顿，说道，“不用太逞强！”

挂上电话后，简灵回想着萧静刚才跟自己说的那番话，觉得自己似乎一直都太逞强，而忽略了身边还有关心自己的朋友。

一直到杨玉出现在诊疗室的门口，简灵才反应过来，自己这样发呆已经很久了。

“简医生。”杨玉轻轻敲了敲门。

“来，过来这边坐吧。”简灵应声道。今天看来，杨玉的小腹隆起，好像比前几天明显了。

杨玉浅浅地笑，躺上了那张弗洛伊德椅。她看起来气色不错，不像是有什么解不开的心事。简灵此刻看到她，感觉更加像是两个老朋友许久不见出来聊聊天一般。只是当杨玉躺下之后，手缓缓放到了小腹上面，眉头略紧。简灵才明白，杨玉应该是有新的问题出现了。于是，简灵那职业的微笑又回来了。因为她知道，杨玉来诊所真正需要的，只是自己这么浅笑后的聆听。

一个小时过去了，杨玉突然从椅子上下来，说自己要赶着回家了，下次再预约，紧接着就匆匆忙忙离开。简灵看着她走出了诊疗室，有些好奇，到底什么事情会令杨玉这样着急。简灵扭头，看了眼诊疗室，又剩下自己一人了，竟然莫名感觉有点儿孤单。她自嘲，刚才都不知道是杨玉来寻找她的治疗，抑或是自己需要杨玉的陪伴。

简灵走到资料柜前，翻出几本心理学的书，试图在书中寻求另一种心灵上的平静。眼前的铅字，其实一个字都读不进去脑里。可是，她只能开始对自己的行为苛刻……

傍晚的时候，简灵先到了跟萧静约定的地方。她特别选择了一家位置比较偏僻的餐厅，因为她希望能有个安静点儿的环境，跟萧静好好地聊天……聊关于周逸朗的案件……

在等萧静的时间里，苏铭给简灵发了条短信，问需不需要陪她吃晚饭，但是简灵想了想，最后将这条信息删除掉了。毕竟，苏铭与自己其实并不是很熟。

“张达!”萧静指了指自己身边那位高大的男子说道。

“又不是第一次见面。”简灵打趣道，“难不成，你还藏有另外一个张达?”

“我倒是想啊。”萧静笑了笑，与男友一起坐到了简灵的对面。

简灵在很早前就认识张达，也是因为萧静的关系。他在市局刑警队是副队长。想必萧静把他带来，也是猜中了自己的心思。萧静的心始终是向着自己的，不然不会因为私人的感情，做出今天的举动。

“今天我请客。”简灵笑了笑，将自己手边的菜单递给了萧静。

萧静也不多说，接过之后跟张达两个人商量着晚餐吃些什么。

简灵看着眼前的两个人，有些羡慕，因为她跟周逸朗的最初，感情也是这样的好。大概这个世界上的爱情，在最初的几年，都是那么恩爱的吧。难道婚姻真的是座坟墓?简灵心中自嘲起来。

“简灵，你想知道什么?”张达喝了口水，“目前案件还在调查之中，具体的细节我是无法跟你透露的，但是就目前来看，一切的不利都是指向了周逸朗。”

对于张达的话，简灵其实早就有了心理准备，但她依旧希望能在被告知的范围里面，尽可能地获取到关于周逸朗案件更多的讯息。

“我知道，我也不为难你们。”简灵垂下眼帘，手中的塑料棒一个劲地戳着杯中的柠檬。她记得自己跟周逸朗最后的那顿晚饭，他也是给自己倒了一杯柠檬水。

原来就算是自己不喜欢的东西，有一天也会因为一段回忆而变得喜欢上。简灵这样想着，她又看了眼自己面前的那杯柠檬茶，这是周逸朗经常喝的饮品。

“你今天去了看守所了吧?”萧静推了推简灵随意搭在桌上的手。

简灵点了点头：“我今天还想着，他会回来的……”说罢，简灵苦笑了一下。

“你最好做最坏的打算。”张达突然插进来一句，“所有的证据都是指向周逸朗的，现在的情况，只是周逸朗还没有认罪罢了。”

简灵手中的塑料棒滑落。不认罪？简灵一直以为周逸朗认罪了的，那么他就还有着被冤枉的可能性，抑或……只是在做最后的挣扎？简灵这个时候迫切希望自己能见上周逸朗一面，她知道无论是什么样子的罪犯，在心理医生面前总能露出端倪的！

“张达！”简灵语气有点重，“我真的不能见他一面吗？”

“简灵，现在你还不能见他。”萧静替张达回答道。

“但是我觉得……”简灵冷静了一下，说，“只要我见到他，我就能找到真相！”

“你先不要着急，要是凶手不是周逸朗，没有人能将他定罪的！”萧静拾起简灵滑落在桌上的塑料棒，用纸巾拭擦了一下，重新递给了简灵。

“我怎么不着急？现在被抓起来的人是我的丈夫，那个跟我日夜相伴的男人。要是被抓的人是张达，说不定你比我还不理智！”简灵一时之间激动了起来。

“我不会！再说张达也不会被抓的！我只会理智客观地分析所有的事情。”萧静也跟着语气中带着激动。

眼看简灵与萧静脸红了起来，张达赶紧打圆场说道：“大家都冷静好吧，现在这样争吵对周逸朗一点儿帮助都没有，难道都忘了你们今天把我叫过来的目的吗？”

听到张达的话语，萧静跟简灵两个人都不再说话，各自的目光都瞥向了另一边，陷入了深思。

“其实……”良久，萧静先开口说道，“我觉得还是有疑点的。”

简灵听到这儿，快速地转过头看着萧静，眼中似乎看到了希望一样。

“当然，这也只是我自己的分析，不代表……”萧静不紧不慢地说道，“首先说作案时间吧，其实简灵也十分了解，加上周逸朗公司的同事也能做证，日常他十分忙碌的，没日没夜地加班，你们觉得他是挑选什么时间来行凶的呢？况且，从这里去乡下周逸朗的老宅，路程也挺远的，一个来回的时间真的不短。”

张达托着脸，侧过头看着萧静，沉默着，并不打算回应她。而简灵也是同样沉默。她心中抱着一丝希望，那就是越多的疑点，就越能证明周逸朗不是斩首者。

“再说了。”萧静分别看了两人一眼，继续说道，“周逸朗根本没有必要选自己老家的地下室来作为犯罪现场啊，这样做岂不是在不打自招吗？”

“喀喀！”张达故意地干咳了两下，打断了萧静的话。

萧静不再说话，低下头，掰弄着手指。

“这家餐厅环境不错，你以前常来吗？”张达打岔说道。

“也还好，已经很久没来过了。”简灵没什么心思跟张达搭话，毕竟她还想继续听萧静的那些疑点分析，偏偏张达似乎不太愿意让萧静说太多，估计也是怕泄露了案情。

“接下来，你要照顾好自己。”张达自然是感觉到简灵的心思。

“我会的，这两天也多亏苏铭，他陪着我跑进跑出的，麻烦他太多了。”简灵随口回答着，话说完，她心里就开始回想自己刚才那句话说得是否够得体，现在她不想让人知道自己跟苏铭之间存在着男女之间的感情。

“苏铭？”张达皱了皱眉，转过头看着萧静，“怎么扯上他了？”

“你别看着我问这问题呀。”萧静嘀咕着，“之前的确是我介绍他们俩认识的，只是……我也没想到苏铭会这么热心。”

不知道为何，萧静口中的那句“热心”，简灵觉得听起来阴阳怪气的。

“苏铭是……”简灵心虚了起来，继续说道，“是挺热心的，是个很好的朋友。”

“简灵，”张达突然调整了坐姿，整个腰背挺拔了起来，语气严肃地说，“苏铭这个人，你不要跟他走得太近，很多事情适可而止就可以了。”

“还有你，怎么把自己的好姐妹介绍给那个人认识呢？”张达同时责怪起了萧静。

“唉，也就前些天的事，而且当时只是让苏铭顺路送简灵回诊所而已！你也不要想太多，简灵，你说对吧？”萧静给简灵抛了个眼色。

“是的！”简灵点了点头，拿起面前的饮料喝了两口，她在努力试图地掩盖自己此刻的心虚。

“总而言之，以后少来往就对了，作为朋友都是为你好，而且你现在的情况，不要再有什么事端发生了，怕你承受不了。”张达神色依旧凝重。

“苏铭他这个人有什么不妥的地方？”简灵感受到张达并不待见苏铭，她有些好奇个中的因由。

“这也不是什么秘密，当初他在刑警队时就有很多奇奇怪怪的传闻，只是话说回来吧，每个人的性格都不一样，日常生活中有点儿什么奇葩癖好无所谓的。”张达看了简灵一眼，继续说道，“他以前有个女朋友，之后在一场车祸中，女方死了。”

“这……这不能说明什么啊？”简灵应声道。

“反正，虽然说没证据证明那是一场故意的车祸，但事故发生前的那段日子，两个人整天在吵架，吵得整个刑警队都知道。”张达挠了挠后脑勺，继续说道，“挺好的一姑娘。”

“那女孩是什么样子的人？”简灵记得苏铭曾经对自己说过，自己从来没有交过女朋友，她猜测这场车祸对于苏铭而言，肯定是个十分痛苦的事情，所以他刻意隐瞒了起来。

“就看着挺好的一姑娘，个子不高，算是可爱类型吧，人也很有礼貌……”张达回想着，“听说是在一家传媒公司上班，做编辑的，人比较斯文，一看就是那种书香气质的女孩，挺招人喜欢。”

简灵听着张达说的话，心里有些吃醋，她没有想过苏铭曾经有一个不错的女朋友，之前还以为自己是苏铭第一个有亲密行为的女性。

“那车祸的事情也不能代表什么。”简灵不想继续关于苏铭前女友的话题。

“反正就是那场车祸之后，他就离开刑警队了，上头的文件里面什么具体内容我不清楚，也不可能去问。”张达察觉出简灵似乎在帮苏铭说话，于是，他将双手交叉在前，整个身子往椅子后面靠了过去，不再说话。

“我也听说过苏铭的一些事情，不过我和他接触并不多，只是……”萧静欲言又止的模样。

“只是什么？”简灵急切地问道，她总觉得萧静才能更客观地给苏铭这个人评价。

萧静沉默了，反倒是张达再次开口说话。

“简灵，我跟你说两件事情吧，你是心理师，应该能够在其中捕捉到一些端倪的。”张达喝了两口水，清了清嗓子。

“以前每次抓到的犯人不老实的时候，苏铭都会比较气愤，甚至会用暴力逼供。据在场的同事说，在那过程里面，苏铭整个人呈现出来的都是一种异常激动与亢奋的状态，不要说犯人了，就是站在他身边的同事，也都看得毛骨悚然。本来我也不信这个事情，毕竟没有亲眼看到过，直到后来发生了另外一个事情……”张达整理了一下衣服，原本靠在椅子上的背又挺直了回来。

“那次我们一群人出勤，当时犯人在逃跑，到了最后，对方无路可走了，其实那种情况下，我们也完全有足够的把握将人犯抓捕了，但苏铭偏偏朝着那人开了一枪，当时他的那个眼神，我印象太深刻了！”张达边说边比画着当时苏铭手上架着枪的那姿势，继续说道，“就这样！他一枪打了过去，差点儿把对方当场击毙！嫌疑人被击中的位置是左肩胛骨，往上往下都是致命部位。那么，也就是说苏铭当时那一枪，分明就是想要将对方一枪毙命。”

“你想象一下，社会上虐待猫狗还拍了视频的那些人。苏铭给人的感觉就是那种！”张达继续补了一句。

这个时候，简灵莫名地坐立不安了。

“好了，张达！都把简灵吓到了！”萧静示意张达将这个话题打住。

“我没什么。”简灵逞强地说了一句，其实心里面已经有了一丝丝的恐惧。

晚饭过后，张达说还要回市局一趟，萧静自然就陪着他一同过去了。

“真的不需要先送你回家？”萧静边起身穿外套边问。

“不用了，我再坐一会儿，难得清静一下，放心吧！”简灵冲萧静笑了笑。

“那好吧，有事你随时打给我。”萧静挽上张达的手，正要离开。

简灵突然又想起什么，喊住了两人。

“我就是好奇想问一下，苏铭前女友叫什么名字？”简灵最终还是按捺不住自己对苏铭的那份好奇心。

“这个……我想一想，叫杨灵，就在咱们景阳市那个叫亚什么的传媒公司上班。”张达回答道。

“亚太？”萧静转过脸问张达。张达点头。

“亚太传媒，这样想起来，那女孩真的是可惜了，那么好的公司，人也不差。”萧静碎碎念道。

简灵知道亚太传媒，与此同时，她想起了一位自己很久没联系的人……

2. 好久不见

第二天，简灵像往常一样很早就起来梳洗，但并不像往常那样着急。她计划先去附近的早餐小摊吃个早餐，再回去诊所工作。

在这个小区住了好几年了，但是自己跟周逸朗从来没有试过早上在附近一起吃个早餐。她站在一家早餐店前，排到了人群的最后。她的周遭，有牵着孩子的父母或者老人、有手牵手的情侣、有在争吵买包子还是买米粥的夫妻、有戴着耳机沉默低头玩手机的年轻人……

“你要什么?”早餐店的大姐语气并不热情，甚至生硬。

“我……”简灵不知道店里具体有些什么吃的，她左顾右盼，发现根本就没有菜单。于是她有点儿尴尬地站在原地，略带抱歉地看着早餐店的大姐。

“快点儿，后面还有很多人的!”大姐大声说道。

“那就来一份灌汤包吧。”简灵也不清楚店里有没有这个东西。

“蟹王灌汤包是吗?”大姐朝自己的身后大声喊了声，“灌汤包一笼。”转过头看着简灵，继续说道，“不要豆浆吗?”

“好，再来一份豆浆。”简灵始终在微笑。

“真是的，长那么好的一姑娘，人却傻乎乎的……”大姐收了简灵递过来的早餐钱之后，碎碎念道，“下一个，下一个要什么?”

简灵端着早餐，找了个小角落坐了下来。她开始幻想，如果以前自己能叫上周逸朗一起来吃早餐，不知道会不会也像刚才看到的那对夫妻一样，为了吃包子还是米粥而拌嘴呢？应该不会的，周逸朗一定是让自己找好位置坐着等。他去排队买早餐回来，自己根本就不需要去考虑吃点什么，只要是他选择的，自己都会喜欢。

“你赶紧吃，早点儿去上班，不然今晚又加班，告诉你啊，你要是又晚下班，我可不去接你的！”简灵身后，有个男的这样说道。简灵安静地听着。

“不要你接啊，早餐就得慢慢吃的！”另外一个女孩子说道。

这应该是一对情侣，简灵心里想着。

“不要我接，你让谁接去啊，现在城里那么乱，都说女孩子不要自己一个人晚上回家！”男的没好气说道，过了一会儿，继续说，“那个斩首者，就是专门挑既年轻又漂亮的女孩子下手的！你这么好看……”

“不是说已经抓到嫌疑人了吗？昨天的报纸都登出来了，平时都喊你多看报纸新闻什么的，整天就只知道上班，不工作就打游戏，叫你打游戏，再打游戏你就没有女朋友了，哼！”女方骄横地回话。

简灵听得心中很不是滋味。她知道，在接下来的日子里面，肯定会在不同的场合听到不同的陌生人谈论起关于斩首者、关于周逸朗的话题。未来，要比自己想象的艰辛很多。但……自己仍然需要好好活着，不是吗？简灵深呼了口气，努力地挤出一丝微笑，低头将自己的早餐吃完。今天的包子……好像比昨天苏铭买的好吃，没有那么硬。

回到诊所的时候，简灵看了一下张岩岩给自己的时间表，早上只有一个病人要过来。那是一个年纪有点儿大的男人，很有钱，是个土豪。但是在奢华的包装下，有很多不为人知的脆弱。想到这儿，简灵又想到了自己下午想要见的那位老朋友。

简灵回到自己的诊疗室，拉出抽屉，想趁着病人来之前，整理一下自己之前写的那些手稿。她觉得自己的生活真的需要重新整理了。只是，在重新翻阅那些手稿跟笔记本的时候，那关于苏铭病情的记录，映入了眼帘。

简灵一手支着下巴，回想自己跟苏铭从相遇到现在所发生的种种，特别是跟他一同去周逸朗乡下老宅那天的点点滴滴。

那天苏铭为什么不让自己下去地下室呢？当时，简灵以为是苏铭担心自己看到地下室的情形感到害怕。如今想来，总觉得不完全是那么回事。就在这个时候，她脑海里面又闪现出苏铭走进地下室入口时的片段。苏铭是怎么知道地下室电灯的拉绳在什么位置的呢？这个被简灵一直忽略的问题，如今全都占据了她的脑海。而在等待警察到来的过程中，苏铭在地下室到底做了些什么？勘查现场？制造证据？这个大胆的假设，把简灵着实地吓了一跳！她赶紧双手捂在了自己胸口，劝说自己要冷静。

幸好这个时候，早上预约的那位土豪已经出现在诊疗室门口了，打断了简灵那些让她自己觉得毛骨悚然的猜测。

“早上好，钊先生！”简灵站起来，跨步走向沙发的位置。

那人戴着墨镜，无视简灵的招呼，一屁股坐到沙发上，用不标准的普通话说了句：“小简，你这沙发的质量真的不怎么样。”

简灵心中有些窃喜，她喜欢遇到难搞的病人，这样自己就需要花费很大的心思与精力投入到工作当中去。显然，今天钊先生的心情不怎么样，加上他原本就比较怪异的性格。这一切，都正中简灵下怀。

那个叫钊先生的病人走的时候，简灵亲自送他到诊所大门。回过头的时候，张岩岩正站在自己身后，两个人差点儿碰撞到一块。

“你猜那个钊先生跟我说了什么？”张岩岩边说边踮起脚尖，一个劲地往门外看。

“他跟你说什么了？”简灵双手交叉叠在胸前，朝张岩岩笑了笑。

“就是又问我能不能给他打折！那么有钱的一个人，这么抠门！”张岩岩嘲笑地说。

“你知道，其实不是每个人的成就都能跟他的价值观所对等的。”简灵笑了笑。

“他不是搞投资的吗？花钱是他的专业。”张岩岩依旧好奇。

“卖西瓜的人也未必知道西瓜是长在地上的。”简灵抛下这么一句话，耸了耸肩，朝自己的诊疗室走去。

下午三点不到，简灵已经到了亚太传媒集团的大厦门外。这大楼地处城中 CBD 位置，在这里上班，不知道是多少年轻人挤破头都想的事情。简灵并不想进去，选择在大门的一侧等待着。但是她也知道自己不会等待太久，因为那位老朋友的性格，做任何事都会准时，是执行力跟决策力一流的女强人。

简灵站在墙角给自己补了点儿妆，使自己能看起来气色不错。紧接着，就瞧见不远处一群人从大楼的大门走出来。人群中，一个烫着大波浪的高挑女子让人一眼就注意到她。剪裁得体的职业装将她的身体包裹得线条十分诱人。脚上踩着西瓜红色的高跟鞋，缎料的鞋面还嵌着水钻，真的是一点儿都不低调。然后，那女子很快发现了简灵。

“林小嘉!”简灵朝女子喊了一声。

林小嘉应了一声，笑嘻嘻地说：“简灵你果然万年不变啊，还在用这么低调的唇膏颜色。”说罢，她指了指自己的双唇，继续说，“最近韩剧里面最流行的玫红色，好看不?”

“好看!”简灵笑了笑，“我们附近找个咖啡厅喝个下午茶。”

“当然啦!”林小嘉挽着简灵的手，朝着对面马路走去，“你就算要今晚一起吃晚餐也可以，我刚才打发了那群人出去外景了，今天可闲着啦，你也不要跟我客气，我请客。”

简灵没说话，而就在林小嘉挽上自己的那一刹那，她心里有了点儿愧疚，因为自己跟周逸朗结婚之后就极少跟林小嘉来往了。而林小嘉对待自己，始终未曾疏离。其实，林小嘉是简灵高中的同班同学，在那个年月，小女生之间就算上个洗手间，都要手牵手地去。再来，就是一起去偷偷看高年级学长打篮球，或者去拍个大头贴，贴在喝水的水壶上、文具袋子上。

就算在大学时期，两个人在不同的学校，但友情都没有因为距离而生疏。林小嘉笑着说是来自己的大学看帅气男孩子的，实质简灵明白她就是要来找自己玩，不然，在苏门大学那么多优秀的男孩子，几年下来，林小嘉怎么一个都没有瞧上呢。

林小嘉的性格十分开朗，喜欢出去旅游，经常都会看到她在朋友圈发自己旅行的照片。以前国内游，工作之后就出国游了。

周逸朗并不是很喜欢出去旅游的人，所以，简灵一度以为，自己和丈夫一样。

“简灵，等下你真得好好品尝一下这家咖啡厅的提拉米苏！”林小嘉将自己的鳄鱼皮手提包往身边的小沙发上一砸，自己坐到了简灵的对面。

“自从你结婚之后，咱俩就没有一起喝过下午茶了。”林小嘉抱怨道，同时，拨了拨自己那头柔软的长发。

“对不起。”简灵笑了笑，“结婚了，总不能那么疯了。”

“所以我才不要这么快结婚。”林小嘉边说边拨弄自己手上的那枚戒指。

“戒指挺好看的，是李杰送的吧？”简灵递给林小嘉一张纸巾。

“是啊……但我跟你说，我真的瞧不上蒂芙尼的，这还只是个基础款而已，他当个民警能有多少钱，要不是他爸开了个鞋厂……”林小嘉接过简灵递过来的纸巾擦掉唇上的色彩，说道，“真的很勉强的，像我这么优秀的女孩子，怎么也得收一枚宝格丽吧，你说对不对？”

简灵失笑，自己也拿起一张纸巾擦掉唇膏。林小嘉这个小资的女人，就算喝个下午茶都得品红酒的。她这些小资的套路，永远超前简灵。就在大学的时候，林小嘉已经对于品酒有了那么一点认识。有次她就拿了一瓶红酒跑到简灵学校，说要教简灵喝。结果，简灵拿起酒杯就往自己嘴里送，林小嘉马上大声喊停。林小嘉告诉简灵，喝红酒得先把自己嘴唇上的唇膏擦掉再品，否则太失礼了。

从那以后，每次遇到林小嘉要喝酒，简灵都会主动先递给林小嘉一张纸巾。好朋友之间的默契，不管经过多少年月都是不会改变的。简灵这样想着。

“别一直傻笑了，说吧，你找我有什么事呀？单纯只是聚一聚？”林小嘉问道。

“我想跟你打听一个人。”简灵端起红酒杯，抿了一小口。

“我公司的？”林小嘉换了一个坐姿，两个修长的腿搭在一块。

“杨灵。”简灵这话一说出，林小嘉就呛了一口。

“这姑娘已经……”林小嘉欲言又止，想了想继续说道，“你认识她？不会不知道她已经那个啥了吧？”

“我知道，在一场车祸中人走了，我只是想知道那女孩是什么样子的人。”简灵脸上并没有什么表情，她总觉得打听一个已经不在的人的事情，也是有点儿不尊重。

“工作很勤奋，别看她看起来柔柔弱弱的，做事一点儿不含糊，不管让她去采访多难搞定的人，都能在截稿前办妥。”说起杨灵，林小嘉对她的评价很高。

“那日常生活中呢？”简灵继续问道。

“就是她打扮挺老土的，我经常说她这个问题，你说女孩子嘛，整天素颜朝天干吗呢，明明有个很帅气的男朋友，两人站在一块一点儿都不搭。”林小嘉托着腮，似乎还在思考着什么。

“她男朋友是什么人？”简灵明知故问。

“当刑警的啊，真是奇怪，我这么漂亮的女人找了个当民警的，杨灵那么普通却找了个当刑警的，不过……”林小嘉顿了顿，又拨了拨头发，没再说话。

“话不能说半截啊。”简灵有点儿着急。

“有次我看到他们吵架，就在公司大楼门口吵架，你说这多丢人啊！那么多人看着，那次吵得可激烈了，两个人拉拉扯扯的，那男的还推了她一把，杨灵整个人当场就摔倒在地上。哎哟，我看着都疼。”林小嘉边说边接过服务员递过来的提拉米苏蛋糕。

“你认识她男朋友吗？”简灵没有心思吃眼前的甜品。

“就打过几次照面，他经常来接杨灵下班的，叫苏铭，这人现在不知道怎么样了。”林小嘉突然低下头，脸上浮现起一丝笑容，“这样看来，李杰还是挺好的，起码对我从来都唯命是从，大声说句话都不敢的，要是找个像苏铭那样的男人，结婚了肯定得天天家暴，我这么漂亮的脸蛋，可不能被打毁了。”

“那你就好好珍惜你男朋友吧。”简灵知道林小嘉开始沉浸在只有她跟李杰的二人幻想世界里面了。

“你怎么知道杨灵？我还以为你认识她呢。”林小嘉突然回过神来，问道。

“没……”简灵被问得有点心虚，“最近接触到一个病人，跟这杨灵有点儿关系。”

“不会是她的男朋友吧?”林小嘉兴奋地问道。

“你那么兴奋做什么?”简灵被她吓了一跳。

“哎呀，你知道我最喜欢听八卦的呀，快点儿说，是不是她那个男朋友苏铭？难道因为自己深爱的女人离世而无法走出阴影，需要寻求心理医生的帮助？这也真的是一段可歌可泣的爱情故事啊，真看不出来他是那么痴情的男人。事故发生前，我看两个人的感情都已经要破裂了呀，公司的人都在猜测不出半个月那两人就说拜拜的。”林小嘉的一双大眼看着简灵，那纤长又卷翘的睫毛扑闪扑闪的。

“别八卦了，病人的资料我是需要保密的，反正不是你猜测的那样。”简灵转过头看向窗外。

“好吧，那我不问咯。”林小嘉的兴致一下子就淡了下去。

“事故发生前，他们两个人关系很不好吗?”简灵依旧没有回过头来。

“有天杨灵来上班，脸上有瘀青，说自己跌倒的。谁信啊，肯定就她那男朋友打的，所以我才说那个男人有暴力倾向的，还是我们家李杰好。”林小嘉好像什么话题都离不开李杰。

“林小嘉，我真羡慕你。”简灵淡淡地说了句。

“为什么?”林小嘉有些吃惊，因为一直以来，简灵都生活得不错，循规蹈矩地上学念书，毕业做了自己喜欢的职业，嫁给了大学时期的男朋友，丈夫还是挺优秀的一个男人。

“周逸朗被抓了。”简灵抛出这么一句话，林小嘉反应不过来，仿佛空气都凝固了，谁都不知道该接什么话。

“我也不知道怎么回事，你做传媒的，不会不看报纸、不关心新闻啊。”简灵最终打破了两个人之间的尴尬。

“我只看时尚杂志，只关心哪里有时装周，哪里有新品发布会。”林小嘉吐了吐舌头，呵呵了两声。

“你迟早也是会知道的，就那个关于斩首者的新闻。”简灵选择自己主动提起斩首者与周逸朗之间的事情。哪怕她自己心里也忐忑，不知道林小嘉听到之后，会不会因为惶恐，而最终导致自己失去这位老朋友。

“这……”林小嘉皱了皱眉头，“简灵，不管你发生什么事情，不管周逸朗跟什么案件有关，我们还是好姐妹。”说完这话，她握了握简灵搭在桌面的手。

“小嘉，我……”简灵不知道该说什么来感谢她对自己的支持。

“要是心情不好，就来找我喝下午茶，我工作很好安排的!”林小嘉朝简灵笑笑。

简灵点了点头，没再说话，拿起面前的甜品吃了起来。

晚上林小嘉将简灵送到她家的小区门口，因为担心简灵，所以硬是送她上楼。

“你家可真乱。”林小嘉一进门就抛出这么一句。

“之前刑警来过，我还没来得及收拾。”简灵说这话的时候有些泄气，她知道自己是太累了，累得不想去整理眼前这屋子里的一切。

“你要是需要收拾的话，打个电话给我，我来帮你就好啦……”林小嘉本想继续说下去，却被自己的电话铃声打断，她嘀咕了一声，“你今晚不是值班吗？”

简灵看着她接起了电话，朝着电话那头的人碎碎念，知道是李杰打来的。林小嘉转过了身示意要离开，朝简灵挥了挥手。简灵也回应了她一个拜拜的手势。随着一声关门的“咔嚓”声，简灵觉得自己整个人彻底放松了下来。

她在沙发上坐了一会儿，起身走到阳台。只是这个时候，她看到小区对面的那一排树底下，似乎站着个眼熟的身影，有点儿像苏铭。她脑海里面，突然就想起郭紫那次对自己说的，家楼下有个撑伞的什么人，身形跟苏铭有点儿像……简灵打了个冷战，赶紧转过身进屋，同时将阳台的门赶紧锁上。

3. 梦之启示

四周漆黑一片，伸手不见五指，耳边只听见海浪声，但她并不惊恐自己的处境。她先摸索自己所坐的地方，双手抚向周遭，手心感觉到那是粗糙的木板，加上身体的晃动……最终，简灵确认自己是坐在一条小船上。为什么自己会在这船上？为什么会看不见任何东西？是自己的双眼被蒙上了吗？简灵心里面有很多的疑问。

就在她思考着各种各样的问题的时候，突然之间，在自己的眼前闪现了零星的光点。那光点渐渐扩大，变成了光圈，朝着自己的头顶上升，同时也照亮了简灵的四周。

船上只有简灵独自一人，四周是平静的海面。她不再去猜想自己为何会在这个地方，只是努力地四下张望，寻找船桨，她需要赶紧离开这里回到岸边。可惜的是，简灵发现根本就没有船桨，于是她试图将自己的手伸到海水里划动。偏偏事与愿违，任凭她如何努力，始终都是没有丝毫的改变。船仿佛被下了魔咒，完完全全地被固定在原地。

就在这个时候，在小船的不远处，平静的海面出现了一个漩涡，似乎要将简灵连同木船一同卷进去。并且，船开始进水。也就一眨眼的工夫，船里面的水已经漫过了简灵的脚踝。她开始惊慌，试图呼喊求救，可怕的是不管如何用力喊叫，喉咙里面根本发不出半点儿声音。她无助地看着自己一步一步地逼近漩涡。简灵绝望了，脑海里面想到的是周逸朗那张微笑的脸，泪水顷刻就从眼眶里面流了下来。

“简灵!”她听见有人喊自己的名字，在摇晃之中想尽办法站了起来。她看到在漩涡之中，有一个人在挣扎，正是自己的丈夫周逸朗!他不断地呼喊简灵的名字，他是在求救。然而简灵什么都做不了，大脑一片空白，她试图将自己的手最大限度地朝周逸朗伸过去，然而并不能触碰到他。

“简灵，把手给我。”另一个声音在简灵的身后响起。简灵猛地回过头来，她看到了苏铭。苏铭人悬在空中，他的身后是耀眼的光源，无法看清其间有着什么，但是又让简灵很向往。他伸出手臂，那宽厚的手掌显得那么有力。简灵知道，一旦掌握，自己收获到的便是另一个未来。简灵再回过头看海面的漩涡，周逸朗已经快要被海水吞没了。她不知道自己该如何选择。就在她陷入两难的时候，突然有一条蟒蛇将她紧紧地缠住，甚至是在将她往苏铭的方向拉扯过去。

“放开我!”简灵终于能喊叫出来了，她使尽全身的力气与蟒蛇较劲，她十分着急，因为，她已经听不到周逸朗的呼喊声了!

简灵猛地从床上弹起，才发现刚才的一切不过是自己做的一个梦。她惊魂未定地坐在床上，看着眼前漆黑的房间，安静得可怕。她重新躺下，但已经无法重新入睡。脑海里面依旧是梦中的那些片段。

我是会选择跟周逸朗一同沉入海底，还是会拉住苏铭要拯救自己的双手呢？简灵发现在现实中，自己根本就没有答案。她觉得自己已经有点儿无法理智地面对这种两难的困境，似乎不管自己投向哪一方，等待自己的都是一个能将自己吞没的漩涡。

天一亮，简灵就起来梳洗，她看到镜子中的自己有着很深的黑眼圈，眼睛有些红肿，她记得在书房的书桌抽屉里面有眼药水。从前周逸朗偶尔会在家里加班整理数据文件，长期对着电脑，眼睛会不舒服，于是就买了很多那种一次性的眼药水摆在抽屉里面。

简灵平时很少进入书房。要是在周逸朗加班的夜晚，我能给他做一份消夜那多好！简灵边想边朝书房走去。她苦笑，开始有些自责一路以来都不够关心自己的丈夫，或许自己能多陪伴在丈夫的身边，事情就不会走到今天的局面了。

书房比较乱，地上散落了很多书籍，简灵避开那些书朝前走去。她走到书桌前，正要打开抽屉，却看到抽屉有明显被撬动的痕迹，应该是刑警们的作为吧？但是，简灵记得抽屉之前是不会上锁的。简灵有些好奇，里面也不会放什么重要文件或者贵重物品，那么周逸朗为什么会将抽屉锁上呢？

她随意地翻动了一下抽屉里面的东西，有眼药水，有一些空白的稿纸，还有一包开封过的巧克力。看到这里，简灵心中又泛起些酸楚。她可以想象到在某些夜晚，周逸朗还在工作，肚子饿了，只是吃两片巧克力充饥，也不忍叫醒自己去给他做点儿吃的。

简灵拿过眼药水，快速地退出了书房，她害怕继续难受下去，这样会摧毁自己好不容易才建立起来的那丁点儿的坚强。

出门之前，简灵打了个电话给物业，请对方帮忙喊钟点工阿姨到家收拾。挂上电话后，简灵再一次感觉到，周逸朗出事之后，自己的生活习惯也随之不一样了。过去这个家，他会亲自细心整理，而自己有时候也会帮忙一起打扫。如今，她觉得这里即将变成一个每天回来休息睡觉的旅馆，不再需要自己投入过多的感情与心思。

简灵刚踏出小区门口的时候，天边一道响雷，预示着有一场大雨将至。但是她并没带雨伞出门，在考虑要不要回家取伞的时候，她瞥见了不远处的树底下似乎又出现了那个熟悉的身影，那个人撑着一把大伞。简灵扭过头，不想去细究伞下是不是苏铭。她想要逃离，避开这个让她觉得不安的男人。这时，郭紫的脸在简灵脑海中闪过，她有点儿头皮发麻，于是，赶紧加快了步伐，全然不顾将要下雨这个事情，只想要赶紧回到诊所。

今天的景阳公园并没有往日热闹，都不知道是不是因为前不久的那声响雷把清晨来运动的人给驱赶走了。这时，身后似乎响起了脚步声，远，抑或是近？简灵开始觉得害怕，她条件反射般地翻出电话就拨给了林小嘉，同时故意拉高音调说话。

“林小嘉，你到了我的诊所了吗？”简灵故意这样问道。

“简灵，你怎么了？”电话那头的林小嘉明显还没睡醒，有些起床气，“你怎么这么早，我在睡美容觉呢。你不知道，女人一天不睡够十个小时，很容易就老了的……”

“哦，你已经到了是吧，给我带了早餐！”简灵打断了林小嘉的说话，同时呵呵了两声，继续说道，“你果然是我的好姐妹！嗯，我正在回去的路上，快走到公园的出口了！”

“简灵……你是不是遇到什么危险了？”林小嘉突然机警了起来。

“是啊，我记得，你说今天有很重要的事情找我，让我全天都不要安排工作，就陪着你，没有问题啊！”简灵拿着电话的手，手心已经湿透了。

“没事，简灵，你就跟我继续通着电话，等你安全了，就告诉我你在哪里，千万别紧张。”林小嘉说道。

“我过了马路就到诊所了，你别催我了。”简灵快步地走过马路，当她看到诊所大门已经开了的时候，她心中一阵窃喜，感谢今天张岩岩的早到，正好帮自己圆了整台戏！这时，身后的脚步声似乎也消失了。他应该听到了自己讲电话的内容。

简灵来不及跟张岩岩打招呼，便径直回到自己的诊疗室，快步过去将窗帘拉上，然后才瘫软在沙发上，喘着气，继续跟林小嘉通电话。

“简灵，你还好吗？”估计林小嘉刚才在电话里面也听到了张岩岩跟简灵打招呼的声音了，她现在的语气没那么担心。

“是的，我现在没事了，谢谢你！”简灵不知道接下来要怎么跟林小嘉解释刚才所发生的状况。

“那就好，要不我请假过去陪你吧？不过我六点要走咯，今晚约了李杰，他说很久没跟我去看电影了。”林小嘉并没有询问简灵刚才所遇到的是什么事情，反而又开始说起了她的男朋友李杰。

简灵听着笑了起来，说道：“不用了，你就安安心心上班，晚上美美地跟你的男朋友约会去吧！”

挂上电话后，简灵再次打起精神来，翻开了张岩岩刚才递给自己的时间表，她快速地看了一眼，然后皱了皱眉头，因为今天杨玉又要来了。杨玉的心理咨询频率有点儿高，这使得简灵有点儿怀疑是不是自己的专业水平已经不足以帮助她打开心结。

她也明白如今的工作状态不好，甚至琢磨着是不是应该回一趟苏门大学，找一下自己大学时期的教授聊一聊。简灵觉得自己不应该高估自己的自救能力，旁人的专业引导或许能事半功倍。

杨玉来到的时候，简灵正埋头看书。当简灵抬起头的时候，被杨玉那夸张的着装吓了一跳，简灵开始担心她的状况。

“今天天气还算是比较暖和。”简灵上前，顺便给杨玉倒了一杯温开水。

“我总是觉得很冷很冷，所以把最厚的衣服都穿上了。”杨玉说话的语气有些不自在。

“杨玉，你可以跟我说实话。”简灵朝杨玉笑了笑，试图给她鼓励。

杨玉咬了咬下唇，摇了摇头，苦笑了一下，不说话。

简灵想起杨玉那微隆的小腹，并且，杨玉曾微笑着抚摸着那里。

简灵猜测杨玉是很欣喜有个新生命降临的，如今她用厚重的衣服遮盖住自己的身体，并且心事重重。很显然怀孕最终带给她的，除了为人母的幸福感，同时伴随着些难以启齿的痛苦。杨玉不想让人知道怀孕的事情，甚至自己也选择忽略这一事实。接下来杨玉的行为，更加证实了简灵的所想。

“简医生，我想抽烟。”杨玉淡淡的语气，似乎不是征求简灵的意见，而只是告知。简灵没说话。

杨玉起身走到窗边，拉开了窗帘，打开窗户，紧接着从自己衣服口袋里面摸出一包女式香烟，抽了起来。

简灵想开口阻止她，同时告诫她孕妇不能抽烟，对胎儿发育不好。简灵甚至也有些生气，恼怒杨玉对一个还在腹中的新生命不够负责！但是，最终她还是坐在原地，看着站在窗边抽烟的杨玉。要是平时，简灵是绝对不允许病人在自己诊疗室抽烟的，现在她竟然任由一名孕妇在自己面前做出这种行为，简灵也有点儿不理解自己的变化了。

“简医生，外面好像有人一直看着你这里。”杨玉突然冒出这么一句话，简灵整个人打了个激灵。

“是吗？是什么样子的人呢？”简灵故作镇定。

“一个看起来身形比较高大壮健的男人，还撑着伞，我看不清他的样子，伞压得好低，挡住了。”杨玉说着。

杨玉口中说的男人应该就是苏铭！简灵塞在衣服口袋里面的手握了握紧。

“杨玉，你这两天睡眠好不好？”简灵故意开始跟杨玉谈论病情，她想分散自己在苏铭身上的注意力。

“还可以，就是特别容易醒来。”杨玉应声道。

“你是怀孕了吗？”尽管简灵知道对方并不想让自己知晓，但最终还是问出了这个问题。

“没有。”杨玉是迟疑了几秒钟才回答简灵的，同时，简灵留意到杨玉手上夹着的烟抖动了一下。

身体中的部分肌肉能控制我们的手和手指，做出各种精细的动作。当我们的边缘系统感受到压力或者紧张，神经递质和肾上腺之类的激素会激增，进而引起手掌的颤动。也就是说，当人们听到、看到或者联想到一些不好的事情时，手就可能颤抖。如今，杨玉明显就是在“怀孕”的这个事情上表现得十分的紧张，甚至慌张。

“杨玉，我刚才跟你说过的，你可以对我说实话，否则，你来这里找我也是白来了。”简灵上前拿过杨玉手中的香烟，往窗外一扔。同时，她假装不经意般地瞥了眼窗外，那站在诊所不远处的男人正是苏铭。简灵快速地关上窗户，将杨玉引到那张弗洛伊德椅前，示意她躺下。

杨玉看着简灵，想了想，脱下了那件厚重的棉大衣，包括两件毛衣，最后才顺势躺在椅子上，重重地叹了口气。

“简医生，我跟你说说吧……”杨玉开始诉说自己的遭遇。

杨玉的问题，简灵依旧没有办法帮她去解决，自己能做的不过就是引导她往积极的方向去设想，给她建立良好的自我心理暗示。

当杨玉离开之后，简灵回想着杨玉跟自己诉说的种种，也联想到自己最近所经历的事情。她苦笑着自嘲：这个世界，始终美好，但所有的美好都是建立在一些别人看不见的痛苦之上。

中午的时候，简灵并没有外出就餐，她让张岩岩帮自己叫了一份外卖，她害怕自己出门就会碰到苏铭。她同时庆幸，苏铭没有给自己打电话，也没有发信息。

可是到了傍晚，张岩岩告知简灵晚上诊所已经没有预约的病人了，同时她要先回去，因为约了朋友吃饭。简灵就开始有些惊慌了，因为娥姐今天也没有过来。其实，就算她有来，每天到了下午她儿子要放学的时候，她也会早早离开诊所的。简灵其实早就习惯了天黑时候只剩下自己一个人在诊所里。但今天，她开始害怕，害怕只有自己一个人在诊所，更加害怕独自一人回家。

她想找萧静，但是一联想到上次在市局萧静告诫自己不要跟苏铭走得太近，还有那次张达也在场的晚餐，简灵就打消了打电话给萧静的念头了，她生怕别人揣测自己跟苏铭之间发生过什么。

简灵拿起手机，最终拨给了林小嘉，虽然林小嘉说了今晚约了李杰，但是……她还是想听听林小嘉的声音。

“简灵，我快到你诊所啦!”林小嘉在电话那边笑得很开心。

“你不是约了李杰吗?”简灵问道。

“哎呀！男朋友不喜欢可以换，好姐妹就不行咯，你有事我怎么能安心去跟李杰约会呢，本来就是想着到了你诊所让你惊喜一下的，但是你就电话打过来了，我们果然心有灵犀啊……”林小嘉一直唠叨着。

“行了，你自己开车小心，到了就直接进来吧。”简灵回答道。

苏铭并没有出现在门口。

晚上林小嘉带着简灵去外面吃了晚餐之后，就送简灵回家了。这一次，林小嘉依然坚持送她上楼。

简灵回到家第一件事就是跑到阳台，朝着楼下四处张望。

“简灵，实在不行你就搬到我家住一段时间吧。”林小嘉其实心中也有了几分猜测，只是在她看来，简灵身边可能只是有一位缠着她的臭男人而已。但是她不愿意说穿，直接就给了简灵这样的建议。

简灵回过头，感激地看着林小嘉，说道：“暂时还不用，现在的情况我还是能应付得来的。”

林小嘉点点头，朝简灵笑了笑：“那好吧，我回家了，到家还要打电话给李杰，说一下他，居然敢约我去看那什么美国大片，我最不喜欢看了，他竟然说只有那个片做特价活动，真的是气死人了!”

在林小嘉走后，简灵又跑到阳台看了下，依旧没有苏铭的身影。简灵心中暗暗松了口气。转过身，同时锁上了阳台的门。在门被合拢的瞬间，简灵苦笑了，因为，她发觉自己有失落，而失落的原因，竟是因为苏铭终于没有出现在自己的视线中。

在接下来的两天，简灵都全身心地投入到工作里面去。她没有得到任何关于周逸朗的消息，同时，也没有收到苏铭的联系。这样的情况，让简灵感觉到一丝丝的放松，仿佛周逸朗只是出差了，因为忙碌而没有联系。而自己跟苏铭，也不过就是已经没有交集的两个人。

到了第三天的下午，简灵送走了当天约见的最后一个病人。张岩岩就告诉她，有个不愿意透露姓名的患者需要当天晚上约见。简灵有些好奇，虽然以前也遇到过不愿意透露姓名的病人，但是……这情况十分少见，她在猜测会是什么样子的病人。

“是男的还是女的?”简灵顺口问了一句。

“男的，听声音，年纪应该不大。”张岩岩回答道。

“约的几点?”简灵问道。

“七点。”张岩岩想了想，继续说道，“晚餐你要吃什么，我现在帮你点餐。”

“我还不饿，等晚上下班之后我回家再吃点什么吧。”简灵边说边往自己的诊疗室走去。简灵感觉自己这两天的状态不错，对工作特别有冲劲，只想最大化地保持住。

只是，当到了七点钟，简灵看到那位出现在自己诊疗室门口的病人的时候，心中有了慌乱，她连忙将双手收进外套的口袋里面，努力地挤出一个职业性的笑容，说道：“是你啊!”

苏铭看起来比之前憔悴。他就那样站着，那样看着简灵，并没有要进来的意思，眼神里面看不出任何的情绪，这让简灵更加地无所适从。简灵倒抽了口气，走向香薰灯，滴下了罗勒精油。罗勒有助于帮人提升警觉性，增强思维的清晰度。

“为什么?”苏铭问道。同时，简灵听到苏铭已经走到了自己身后的脚步声。但简灵并没有回答他什么，而是走到自己的诊疗室门口，大声朝外面喊道："张岩岩，你等下跟我一起走吧！"

也就在同时，简灵感觉到了危险的气息，在自己身后……

第七章　丧失理性

1. 猜不透

简灵率先开口问道：“最近还有什么苦恼的问题吗？”

“没有。”苏铭坐到了沙发上，眼睛死死地盯着简灵看，“你……有没有想我？”

简灵皱了皱眉头，她有些生气，她没有想到苏铭会这样直白地问自己这种问题，并且这个问题让简灵觉得受到了侮辱。但很快她又平复了心情，开口说道：“没有苦恼那就说明你开始好转，也不需要继续接受心理治疗了。”

苏铭听了简灵的话之后，并不作声，只是继续盯着简灵。简灵感受到苏铭向自己投射过来的目光很不自在。于是，简灵站了起来，走到窗边，试图跟苏铭拉开一定的距离。她深呼一口气之后，双眼迎上了苏铭的眼神。

简灵知道，现在在苏铭面前的自己是一位心理咨询师，她不应该掺杂任何的偏见，她要直面眼前的这个男人。

“在我小时候，发生过这样的一个事情。”简灵率先开口。

苏铭有点儿吃惊地看着简灵，他似乎不明白简灵的用意。

“有很长一段时间，我生活在乡下的曾祖父家里，我每天都觉得日子过得特别快乐，或者说，那个时候的自己还不知道父母亲陪伴在身边的重要性，一直到了我被接回城里跟父母一起生活，我才深刻地感受到自己曾经缺失的是什么。”简灵笑笑，捋了捋发丝，双手插回到口袋里面。

苏铭安静地听她讲述自己的童年。

“父母很忙，我经常都是一个人，有时候看到同龄的孩子由父母带着去吃冰淇淋，那时候我看着，真是好生羡慕他们有冰淇淋吃。我家的条件还不错，但是……我父母从来没有给我买过，那个时候我就特别盼望自己能快点儿长大，长大之后就能自己去买冰淇淋，买好吃的糖果。等我长大之后才发现，其实我羡慕的从来不是那记忆中的冰淇淋，而是那个被父母的爱环绕的孩子。”

“所以，我是那冰淇淋，而你真正想要的只是其他的东西？”苏铭问道。简灵摇摇头，看了苏铭一眼，不说话。

“你继续说下去吧。”苏铭过了良久说道。

“你以为想要的，有时候都是假象，总是需要经过时间的过滤，才能把自己心中最期待的整理明白。”简灵淡淡地说。

“我一直都很明白自己要的是什么！”苏铭有些激动。

“我也但愿你真正地明白，苏先生。”简灵勾起了嘴角，一脸的自信。

“你是在嘲笑我吗？”苏铭有些恼怒。

“不，苏先生，我是在向你倾诉自己的过去。”简灵双手摊开，耸了耸肩膀。

对于一个专业的心理咨询师而言，面对患者，需要做的是必须脱下自己这个所谓的“专业”的面具，同时，需要展现为一个有想法有情感的人，将自己的经历分享给病人。当心理咨询师与病人之间建立起一种信任的关系，才能达到最好的治疗效果。

简灵发现自己对于苏铭身上曾经发生的一切都是那么的陌生，更多的信息都是从别人口中听到的。现在她希望自己能理性地去接触苏铭，同样地，理性地重新建立起两个人的关系，不管是纯粹的病人与医生，还是普通的朋友……

“你到底想要表达的是什么?”苏铭突然又变得有些沮丧。

他的情绪转变得太快，简灵心中更加肯定，苏铭不是一个性格温和的人。

“在这个诊疗室里面，我更应该专注的事情是听你的倾述。并且，作为你的故事的回报，我已经将我曾经的小故事分享给你了。”简灵说道。

“你真的愿意听吗?”苏铭笑了一下，他的笑依旧很好看，让简灵的心微微一动。

“其实你现在看起来情况不差。”简灵继续用着惯有的专业技巧来跟他聊天。

“是真的不差，还是你为了安抚我的情绪而特意说的假话?”苏铭开始有些咄咄逼人。简灵心中了然，快要能看到自己未知的苏铭的另一面。

“并不是，我是真诚地跟你沟通，也希望你能坦白地告知关于你的一切。”简灵说道。

“简灵，请你催眠我吧，或许这样就能找到关于我的病灶，而且……”苏铭双手十指握拳，似乎在隐忍着某种情绪，说道，“你也能知道所有你想要知道的事情。”简灵低下头思考了一下，心中有些犹豫。她在逼迫自己前进，找寻真相，同时又矛盾害怕自己知道了太多，而再次掉进苏铭的世界里面难以走出来。

“你不是专业的心理咨询师吗?”苏铭在用激将法。

“那好吧，你去那边躺下。”简灵指了指不远处的那张弗洛伊德椅说道。

苏铭起身脱下了那件皮衣外套，今天他里面穿着的是一件带有灰黑色图腾花纹的衬衣，这不太像他往常打扮的风格。苏铭平日里都是比较偏向纯色的衣服，从认识以来，简灵印象中的他都是不太喜欢花哨的东西。接着，苏铭衬衣上的图腾，让简灵又一次想起了之前郭紫被杀害之后身上的那些图案。简灵心里开始不安，但并没有表现出来，为了掩盖住自己的情绪，她故意侧着身体走向了香薰灯，尽可能地不让苏铭看到自己的面部。像苏铭这么聪明的人，很容易看穿别人的眼神。简灵往香薰灯里面滴下了薰衣草精油。

2. 小聪明

催眠（Hypnosis，源自于希腊神话中睡神 Hypnos 的名字）是通过特殊的诱导，来对人施行刺激视觉、听觉或触觉来引起的一种高度受暗示的半睡眠状态。在此种状态下，接受催眠的人的意识会进入到一种相对削弱的状态，同时，自身的潜意识开始变得活跃。因此，其感知觉、情感、思维、意志和行为等心理活动，会和催眠师的言行形成密切的联系。这种状态之下，人就会如同海绵一样充分汲取催眠师的指令。

“你平时都喜欢看什么书？”简灵坐到了苏铭身边，开口问道。

“没有什么固定的。”苏铭随意地回答道。

“你喜欢看《百年孤独》？”简灵继续问道。

“也不是，就是习惯了把这书放在车上。”苏铭双手交叉搭在了自己的胸前。

“那你喜欢什么颜色的衣服？”简灵边说边从自己的口袋掏出一枚挂表。

“简单色彩的吧，冷色调。”苏铭突然侧过脸来看了简灵一眼。

“你从前最喜欢去的是什么地方？”简灵迎上苏铭的目光，继续问道。

“学校。”苏铭转回自己的脸，看着天花板。

“那好，苏铭，你现在看着我这枚挂表，放轻松……”简灵将挂表悬到了苏铭的眼前，语气温柔，声调轻细。挂表有着轻微的声响，嘀嗒！嘀嗒！沙漏泻下的声音细微而又悠扬，沙……沙……

“3……”

“2……”

“1……”

简灵一边诱导着苏铭，一边心中计算着进度……

“苏铭，你现在在哪里呢？”简灵看着眼前的苏铭，确定他已经进入了被催眠的状态。

“嗯……高中。”苏铭说话并不完整。

“市一中吗？”简灵问道。

“柳絮在飞扬，很多人。”苏铭有点儿答非所问。

“那都是些什么人呢？”简灵想起了母校，从大门口进去，校道的两旁一到了春天就柳絮飞扬。

“穿着校服，很热闹，只有我一个人被挤在最后面走着。”苏铭回答。

“那你是要去上课吗？”简灵继续问。

“是，我就跟着大家走。”苏铭闭着的双眼，眼珠在转动，似乎是在搜寻什么。

“有没有什么特别的事情发生呢？”简灵留意着苏铭身体上的各种细微的动作。

“我看到前面有个穿着粉色毛衣外套的女孩，她跟同学走在一起，只有她是穿着那种衣服的。”苏铭说话的时候手指开始轻微地抖动，这是一种人处于兴奋状态下的身体讯号。

“那个女孩子你认识吗?”简灵凑近了苏铭的脸，想要把他说的话听得更清晰。

“她回过头来，看着我笑了笑，好美，从来都没有人对我笑过的，别人都不喜欢我。”苏铭原本抖动的手指平静了下来，慢慢地，似乎在握拳。

“那个女孩子除了对着你笑，还做了什么呢?”简灵看到，当她问出这个问题的时候，苏铭的情绪似乎又平复下来，双手只是轻轻地搭在椅子上。

“她长得很好看，一头如同瀑布样的长发，有柳絮飘落在她的发丝上面，我很想上前帮她拨一下。看起来，其实不太像高中生，因为长得有些婴儿肥，她的同学都出落得很高挑了。”苏铭说这话的时候，嘴角上扬。简灵猜想，苏铭说的这个女孩子，应该就是他曾经对自己提起过的那位他暗恋的学姐了。

简灵并不着急问问题，她知道苏铭会自己继续说下去的。

“所以那件粉红色的毛衣外套很配她。”苏铭反复提起那件外套。

“那是一件什么样子的外套呢?”简灵有些好奇，究竟是因为一件特别的外套诱发苏铭注意到那个女孩，抑或真的是那个女孩子太迷人而引起他的注意呢?

“领子上有很漂亮的刺绣，是那种植物的图案，袖子上有些蕾丝花边。”苏铭说到这里的时候，简灵记起自己也曾经有件蕾丝的毛衣外套。关于自己的那件外套，简灵印象是特别深刻的。因为是那年过年父亲从外地出差回来给她带的新年礼物。她十分惊喜，当年那个款式的毛衣很流行，简灵一直希望自己也能拥有一件，没有想到真的如愿了。

“那个款式的衣服在当时应该很流行吧?”简灵边回想自己衣服的事情，边问道。

“我不知道，只记得她是穿着那样的衣服，而且她穿着特别好看!”苏铭情绪有点儿波动。

“你跟她有说话吗？”简灵开始感受到那个女孩在苏铭心目中十分重要。

“没有，后来我经常在学校看到她，但是她没有发现我，更加没有像之前那样对着我笑了。她对身边的人笑，笑得特别灿烂，但是我并不认为她是个十分开朗的女孩子。很多人笑，都是为了遮掩自己心里面的阴郁，这点跟我很像。我们心中都是不快乐的，不过我不会用笑来讨好任何人。因为我知道，我根本就得不到别人的好。”苏铭说得有点儿咬牙切齿。

“苏铭，你尝试再走回刚才那条校道，看看女孩还在不在？”简灵生怕苏铭此刻会狂怒起来。

“不，她不在那里，但是我总幻想着，我跟她是在一起的，不仅仅是一起走在柳絮飞扬的校园里面，她还会出现在我的房间里面。”苏铭又开始亢奋起来，双手紧紧抓住了椅子的扶手。

“在你的房间里面做什么事情呢？”简灵在尝试走入苏铭所描绘的世界。

“她就站在我面前，有阳光从我房间的窗户透进来，把她的脸烫得红彤彤的，我双手捧着她的脸，慢慢地贴近我。我甚至能看到她脸上的汗毛，轻轻柔柔的。”苏铭吞了吞口水，继续说道，“我就这样静静地看着她，她的眼珠很黑，像黑洞一样，能把人吸进去，也很亮，像日月星辰，能指引我。”

“这些都只是你的幻想吗？”这话一说出，简灵就觉得自己因为好奇而问了不该问的问题。

“我松开她的脸，一只手捋着她的长发，一只手将她抱进怀里，我能感受她呼出来的气，就在我耳边，暖暖的，十分舒服。”苏铭并不在意简灵的问题，继续沉浸在自己的幻想里面，“从她的长发，我的手滑落到她的腰间，慢慢地摸在她的肌肤上，我能感觉到她呼吸开始变得急促，身体也微微颤抖，但绝对不是因为害怕，而是……而是因为她跟我一样，既紧张又兴奋。”

听到苏铭的话，简灵感觉自己脸变得有点儿火辣辣的，似乎不是自己在催眠苏铭，而是苏铭带动自己进入了那个让人怦然心动的情景，自己甚至就是那个被苏铭抚摸着的女孩。这种感觉，既刺激又危险。

“她太美好了，美好得我只想将她占有，所以我粗暴地去脱下她的衣服，因为只有这样，她才不会被其他的男孩子毁坏了，属于我之后，她才能真正地完美。”苏铭说的话，让简灵又想起了之前林小嘉对自己说的，苏铭把前女友打了一顿的事情。

“那你，把那个女孩占有了吗？”简灵问得小心翼翼。

“她竟然反抗，偏偏她越是反抗我就越是兴奋，我兴奋地掐住了她的脖子，同时，我解开自己的裤子，她瞪大眼睛看我，眼角有眼泪，但是我知道，我已经让她彻底属于我了，这感觉实在是太好了！”苏铭呼吸变得急促。

“你难道不觉得自己对她使用暴力是十分可耻的吗？”简灵语气有点儿重。

“不是的，她不会生我的气的，因为，她没有呼吸了。”苏铭淡淡的语气让简灵打了个冷战。

“你喜欢图腾？”简灵壮着胆子问道。

“太美好了，简医生！”苏铭突然睁开了眼睛，快速地转过头看向简灵。简灵因为不设防，被苏铭这突如其来的行为，惊吓得手中的挂表顷刻掉落在地上。

“我只是从梦中一下醒来了而已。”苏铭连忙从弗洛伊德椅上坐起，俯下身子捡起了那只挂表，塞回简灵的手中，逼近简灵的脸。

简灵吓得也从自己的椅子上站了起来，瞪着苏铭。这一刻，她觉得自己很狼狈，也很生气。

“苏先生，今天的诊疗到此为止吧。”简灵整理了下身上的衣服，镇定了下来。

“简灵，你怕我。”苏铭走回沙发那边，重新穿上自己的外套。

“没有！”简灵大声地说道。

“难道你觉得我会伤害你吗？”苏铭语气十分忧伤。

“苏先生，如果你还想继续接受治疗，请下次预约吧，今天的一个小时已经到了，我要下班了。”简灵毫不留情地说道。

苏铭不说话了，他摇了摇头，似乎很沮丧，转身离开了诊疗室。

简灵走到窗边，将窗帘拉上，只剩一条狭窄的缝隙，直到她从缝隙里面看到苏铭的车消失在停车场，她才彻底地松弛下来。只是，刚才苏铭最后质问自己的那句话，此刻还停留在简灵脑海中，怎么都驱散不去。害怕吗？我是真的害怕他吗？

3. 凶手是自己

晚上一个人在家，简灵并没有回房间睡觉，而是选择睡在了客厅的那张沙发上。好像卧室的那张双人床，已经在不知道什么时候失去了存在的意义。只有客厅的这张长沙发，才能让简灵感觉踏实。她守在能够看到房门的位置，仿佛在等待着谁回来一样。

安静的客厅，只亮了一盏昏暗的小夜灯，朦胧灯影下，一切摆设都显得特别不真实。简灵半夜突然醒来，看着眼前的这些景象，突然觉得非常孤独。从前就算周逸朗加班，简灵都未曾有过这样的感觉。或许是因为，以前的她知道丈夫最终都会回来的吧？简灵不敢继续细想下去，她觉得胸口闷着一口气，怎么都无法舒坦开来。同时，整个身体都冰冰冷冷的，甚至冷得有点儿发抖。简灵伸手抚摸自己的额头，发现有细汗。

她的目光触碰到了客厅的电视柜，那里摆着一幅自己跟周逸朗的结婚照。照片当中的简灵在太阳底下笑得花枝招展，而周逸朗则是在身旁安静地看着自己，眼神里面全是溺爱。简灵记得，拍结婚照的那天，一大早起来，天灰蒙蒙，天气预报说是阴天，这样的天气实在不适合出去拍照。但是周逸朗依旧按照她的意愿，选择当天去拍外景。只是没有想到等到了接近中午的时候就出了大太阳。简灵雀跃得像个孩子，在薰衣草的花丛里面活蹦乱跳的，周逸朗也由着她胡闹。

回想起结婚这么些年来，简灵被周逸朗保护得太好了，丈夫总是最大限度地由着自己的性子行事。

简灵蜷缩在沙发上回想过去，辗转难眠。最终，她选择从沙发上起来，走到摆放在客厅的沙盘后的储物柜前，打开了柜门，翻出一瓶安眠药，顺手倒出了一颗药丸塞进自己口中。随着喉咙的吞咽，她觉得自己身体渐渐无力。她猛地一手就撑在了沙盘的边缘，沙盘因为不受力，被简灵的这么一撑就给打翻了，寂静的空间里面，发出“砰砰”的声响。简灵跪坐在地上，感觉特别无助。她不知道自己能向谁求救，其实，简灵明白，真正能把自己从这种无助感中拉扯出来的，只有周逸朗的回归……她将脸埋进弯起的双膝之间，低低地抽泣起来。

而在这原本只剩下简灵细碎哭泣声的夜里，突然响起了一阵急促的电话铃声。简灵惊慌失措般抬起头，四处搜寻自己的手机。而当她找到手机，并且看到来电显示是萧静的名字的时候，她觉得自己几乎逼近崩溃的边缘，一种不好的预感油然而生。她颤抖着手，按下了接听键。

“简灵，周逸朗这边出了点儿事……”萧静在电话那头说。

“你别吓我。”简灵已经哭得沙哑的嗓子，打断了萧静的话。

“你别紧张。”萧静安抚道。

“你先说发生了什么事情?”简灵开始变得激动。

“你现在过来市人民医院，到了我们再说吧。”萧静并不愿意在电话里面跟简灵细说，这使得简灵心中越发的不安。因为简灵知道，按照萧静的性格，要是没出什么大事，她会直接三言两语就在电话里面告知自己的，此时此刻……肯定是发生了什么会让自己难以面对的大事了。

“我不过去，你骗我过去医院做什么?”简灵性子执拗。

“简灵，你过来看看周逸朗。”萧静的声音始终那么镇定。

挂上电话后，简灵跌跌撞撞地从客厅走向卧室，在床头的柜子里面翻出周逸朗那辆车的备用钥匙。关于车备用钥匙放置的地方，这是以前周逸朗一再提醒简灵的事情。他说可能有一天自己不在家，需要简灵自己开车出门的。从前简灵也不把这些话放在心上，还取笑周逸朗，说自己想要去哪里，有他带自己去，何必多此一举。偏偏，谁都没有想到，如今一语成谶了。

简灵用了自己这辈子最快的速度套了套外出服，匆忙出门了。但她又突然想到自己待会儿就能看到多日不见的丈夫，于是又从电梯口折回家中，站在衣橱前，给自己的双唇涂了一抹淡淡的色彩，好使自己看起来不至于太没有精神。她不想周逸朗担心自己过得不好。从前在丈夫面前，简灵就是一个快乐的孩子气的妻子。

来到了车库，她往自家的停车位走去，停车场里面的白炽灯在午夜也依旧亮得刺眼，简灵有点儿难以适应这种光，使得她原本就已经哭得红肿的眼睛十分难受。

简灵从考取了驾照至今，也就开过两次家中的这辆车。现在，她坐上驾驶位，但是颤抖的手怎么都无法顺利地将车钥匙插进钥匙孔里。她气急败坏，觉得自己特别没用。可是，她明白，自己已经耗不起时间，仿佛再迟缓一点儿，就再也看不到周逸朗了。简灵在车厢里，一次又一次地深呼吸，用尽办法让自己快速冷静下来。

直到简灵成功地发动了车引擎，并且将车子从停车场开出了小区，她才总算是心情有了些平复。她按下车窗，午夜的风将她的脑子吹得清醒。而此时，简灵脑海里面浮现的全都是曾经周逸朗坐在副驾驶位上，教自己开车的时候应注意安全的那些片段。只是，简灵扭过头看着副驾驶位置上空荡荡的，她才明白，周逸朗真的不会再陪伴在自己左右了。从家到市人民医院，简灵花了不到十五分钟的时间。她心里面想着，要是周逸朗在，一定会责备自己这样玩命飙车的。她全然不顾这一路上，因为超速与闯红灯而被开了多少罚单。

简灵将车随意停靠在人民医院的大门外对面的马路边上，她不想进去弯弯绕绕地找停车场来浪费时间。从车上下来，就急忙往医院大门跑去。风很大，吹得她的发丝都缠绕到了脸上，遮挡了前进的视线，她有些生气地抓过自己的头发，粗暴地甩到脑后。

她看到在医院门口停着几辆车子，有警车，其中有一辆车的车头写着“市看守所”的字样，她的心再一次被悬挂起来。有两名刑警人员站在那几辆车之间，抽着烟。当简灵经过他们身边的时候，她感受到他们向自己投来的异样眼神。但是，简灵不敢多想，于是，她避开那两人的目光，稍微低下头，继续走着。明明已经走远，可她似乎依旧能听到那两个民警的谈话。其中一个人说：“事情都还没到最后的结果，怎么就做出这么偏激的行为出来……”简灵在这句话里面，有了个大胆的猜测，这个猜测吓得她几乎窒息。她双手抚在胸口，大口喘着气，只希望自己能够保持理智，不要自乱阵脚。

她走到了急诊楼的楼道前，人一下子就停了下来。她仿佛听见了周逸朗对自己的呼唤声，在指引着自己往前的方向。于是，她踏进楼梯间，放慢了脚步，旁若无人般循着声音向前。

当简灵出现在二楼的急诊室的急救手术室门前，她看到了萧静，还有好些刑警人员。简灵感觉他们盯着自己的眼神似乎在看一个怪物，但她毫不在意这些目光。她迫切想见到自己的丈夫。

简灵还来不及说话，萧静就一把将她抱住了。简灵感觉四周都静止了一般，她贪恋这份静止，似乎只要时间停顿了，那么一切的不幸就不会朝前发展了。最坏的结果，也只能到此为止而已。她可以选择不再见周逸朗，但是她不能接受周逸朗出现什么意外……

“简灵，不要害怕。”萧静丝毫没有打算松开简灵。

“究竟……究竟发生什么事情了?”简灵使了使劲，推开了萧静，她已经被泪水朦胧得看不清萧静的模样了，看不到此刻萧静是凝重抑或悲伤的神情。

“你怎么光着双脚就跑出来?”萧静的话说出来，简灵低下头一看，才发现自己出门的时候没有穿鞋子。是的，她太着急了，她没命地赶过来，就是想要见自己的丈夫周逸朗一面。

“周逸朗呢?”简灵抬头问萧静。

萧静不作声，头撇向了另一边，不敢正视简灵的目光。

“我问你，周逸朗呢？我的丈夫呢?”简灵激动地双手摇晃着萧静的肩膀。可是萧静始终没有回答她，简灵转过身，走到最靠近自己的那名刑警跟前，重复地问道，“你告诉我，我的丈夫呢?”

陌生的刑警人员不说话，避开简灵的目光，看向了简灵身后的萧静。简灵已经没有任何耐性去等待答案了，她转身就冲向手术室的那扇金属门。但她还没靠近门口，身体就被人从身后牢牢地抱住，抱住她的人正是萧静。

“周逸朗没了。”萧静头埋在简灵的背后，小声地说道。

简灵顷刻瘫软在地上，她抬头看向眼前这群围站在自己身边的陌生人，这些人的眼神有冷漠、有怜悯、有嘲笑……但是，她竟然茫然到不知自己该如何站起身来。

简灵坐在地上，任由萧静抱着自己，在自己耳边说起周逸朗出事的经过。周逸朗那么一个儒雅的人，竟然从看守所的通铺上跳起，一头砸向了水泥地。他的头盖骨粉碎，地板上到处是脑浆和血液。那么，他到底是多绝望才会做出这样的选择？简灵怎么都不敢相信，自己的丈夫会选择这样的方式来结束自己的生命。

简灵不相信，她怎么敢相信！她再次一把推开萧静，双手使劲抹掉双眼的泪水。麻木地站起身来，开口说道：“我要见周逸朗。”

“简灵，我是为你好。”萧静上前说道。

“你让我过来，就是告诉我周逸朗没了，这怎么是为我好？你不也是学医的吗？你去把我的丈夫救回来啊！”简灵朝萧静咆哮道。

“简灵，你冷静点儿，你先冷静下来。”萧静大声喊道。

“这不过是犯罪嫌疑人畏罪自杀。”角落里面，不知道谁嘀咕了这么一句。简灵发了疯一样朝那个说话的人扑过去，大声呼喊道：“你闭嘴！我丈夫没有犯罪，他不是畏罪自杀，他那么好的一个人怎么会杀人，更加不可能自杀的！”

“是你们害死他的，肯定是你们对他做了什么，他受不了才做出这样的事情，真相一定是这样！”简灵转身拉扯住萧静，“萧静，你为什么要这样对我？你为什么要将周逸朗害死？我是你最好的姐妹啊，你怎么可以对我这样的残忍？你不是很厉害的吗？你为什么就不能证明周逸朗是清白的、是被冤枉的？你要是能早一点儿证明他没有犯罪，那么他就能回家了！但是他现在回不来了，都是你害的！”简灵变得语无伦次，但萧静任由她责骂，站在原地一声不响。

“你说话啊，你告诉我，周逸朗不是畏罪自杀，他也没有死！”简灵哀号道。

萧静再次将简灵死死抱紧，似乎只有肢体的安慰才能使得这一刻的简灵冷静下来。简灵在萧静的脖子间呜咽，嘴里反复地问：“为什么，为什么，为什么……”

而这个时候，有人似乎看不下去这场景，小声嘀咕了一句：“分明就是你自己协助警方破案的。”同时，另外一个人附和道：“就是，还有苏铭。”

简灵只觉得眼前的一切都天旋地转，身体一瞬间就失去了知觉……

第八章　不要相信他

1. 悔不当初

清晨，在山中，一条河流静静地流淌。有一只苍蝇在河面的上方飞旋，距离河面仅差几厘米。苍蝇只顾着玩耍，并没有发现，此时在水中有一条小鱼正盯着它看。

小鱼寻思着，如果苍蝇再飞下来两厘米，那么就可以跳起来把它吃掉了。为了等待这个机会，鱼在水中静止，等待着……等待着……

同时，在岸边潜伏着一只熊，它心里想着如果苍蝇飞下来两厘米，那条小鱼就会跳起来吃掉它，而自己就能够冲过去将小鱼捕获，好好地享受一顿美餐了。于是熊潜伏在岸边，静止了呼吸，等待着……等待着……

在河流附近，一个猎人正藏在高高的草丛里，他静静地看着这一幕，想着如果苍蝇下降两厘米，小鱼就会跳起来吃掉它，熊就会跑过去抓住鱼，而他就可以一枪击中那只熊。

在岸上的一个洞口处，有一只老鼠。它想着如果苍蝇下降两厘米，小鱼就会跳起来吃掉它，熊就会跑过去抓住那条鱼，而猎人就会站出来向熊射击，而它也就有足够的时间去拿走他袋子里的奶酪了。

这时，在附近的一棵树上，蹲着一只小猫。它想着，如果苍蝇下降两厘米，小鱼就会跳起来吃掉它，熊会跑过去抓住那条鱼，而猎人就会站出来向熊射击，而那只老鼠就会跑出来偷奶酪，那样我就可以快速地抓住它了。

大家心里都美滋滋的，满怀期待。突然苍蝇下降了两厘米，早有预谋的它们立刻按计划行动起来。鱼跳起来吃掉了苍蝇，熊冲出来一口将鱼吞进肚子，猎人站起来向熊射击，然而一声枪响打破了所有的宁静，老鼠吓得忘记了奶酪，而猫也忽然失去了平衡，从树上掉了下来。

当我们紧紧盯着人生的诱惑，在心中做着自认为完美的计划时，我们常常会忘记一声“枪响”所带来的一连串的恐慌。是的，当简灵迷乱于一段让自己既害怕又期待的小小计划时，她遗漏了自己在面对变故时，对悲伤的承受能力。

萧静陪着简灵认领了周逸朗的物品回到家中，这个时候，天已经微亮。一夜，就这样过去了，而周逸朗的一生，也这样走完了。

“你休息一下，我去给你做点儿吃的。”萧静将简灵安抚在卧室的床上，简灵不说话，双眼一直看着前方，没有焦距。

“来，你躺好，我帮你盖被子。”萧静接着说道。简灵这个时候就像一具木偶，任由旁人的摆弄，失去了自我意识。

等萧静退出了房间，简灵才闷在被窝里面，开始哭泣。她努力地嗅着被子上的气味，试图在被子上寻找周逸朗残留的味道，然而，任凭她怎么用力地吸，都是徒劳。她这才想起钟点工来过，已经给自己换了新的被单。想到这里，简灵整个人弹起，发疯一样从卧室冲到了阳台。已经被洗涤过的被单，晾在阳台，随着风飘来荡去。

没了，真的没了，彻底没了。简灵在这个世界上，再也不可能找到周逸朗残留的气味了。

“简灵，你别光着脚站在阳台。”萧静一把将简灵从阳台拉回到客厅，她似乎害怕简灵会一时想不开做出偏激的行为。

“我没事。”简灵冷冷地回答道，转身朝卧室走去。

只是简灵刚走到门口，又转过脸看了一眼还站在客厅的萧静，说道：“你先回去吧，我想睡一下，不想吃任何东西。”

“简灵，我很担心你。”萧静刚想上前，简灵便条件反射般地后退了一步，身体抵在门框上。

“不需要了。”简灵语气依旧冰冷，话音刚落，她就迈进卧室，同时反锁上了房门。

简灵跌坐在房间的地板上，她不知道自己接下来能做些什么。她感觉自己就像断了线的风筝。原本拉扯着自己的那根线就是周逸朗，现在他没了，那么自己能飘荡到什么地方去，她全然不知。

她走到衣柜前，打开柜门，取出了一件周逸朗的衬衣，套在了自己身上，然后重新躺回床上，用被子将自己整个包裹住，仿佛周逸朗依旧在自己身边，并且紧紧地抱着自己入睡。

简灵太累了，不论她再如何地悲伤，始终敌不过身体的疲倦……时间一点一滴过去，她明白，此生都不可能原谅自己。

不知过了多久，简灵醒来，起身走到客厅，发现萧静已经离开了，在餐桌上摆放着个保温桶。简灵拿起保温桶走到厨房，将里面的食物全都倒进垃圾桶。她有些生气，但也明白，一切的事情不能怪罪到萧静身上，可是……可是简灵不知道应该怪谁，似乎谁都没有错，但又似乎所有人都是促成周逸朗自杀的凶手。

简灵不愿意承认自己丈夫已经不在的这个事实，于是，她快速地跑回房间，换了套平时上班的着装，然后坐在梳妆台前，硬着头皮给自己化了一个淡淡的妆。

只要我去上班了，下班回到家，就会看到周逸朗像往常那样坐在客厅的沙发上看着书，等着自己回家的。简灵边离开家门边这样想着。

简灵刚踏进诊所，就看到娥姐跟张岩岩同时站在前台说着话。简灵上前热情地跟她们打招呼，显然，简灵的这种行为十分反常。

“小简啊，你脸色看起来不太好。”娥姐关切地说道。娥姐是一个上了年纪的女人，平时都忙碌在工作和家庭之间，微胖的身材、衣着朴素，旁人看她会觉得是个和蔼可亲的大姐。她从诊所开业时就跟简灵搭档了，只是这些年来，简灵跟她之间的互动并不多。

以前简灵都不太认同娥姐的生活方式，因为她觉得娥姐将太多的精力花费到了家庭上。毕竟，娥姐也是名校毕业的，还在国外进修过几年。一个女人没有把个人价值在社会上最大化，实在是可惜。

可是如今，简灵看着娥姐，反倒十分羡慕她，起码她每天下班回到家都是被幸福环绕，被热闹环绕着。而简灵自己，下班回家只能看着了无生气的空房子……

“我就是这两天睡得不好。”简灵随意地回道。

“哦，我今天早上煲了汤，等下让张岩岩给你拿点儿过去，女孩子年轻的时候应该注意身体，不能总是透支自己。”娥姐边说边又朝着张岩岩碎碎念道，“你现在还没结婚，但也应该开始学着……”

简灵无心继续听她们谈论那些话题，勉强地笑了笑就往自己诊疗室走去。当她坐到自己诊疗室的椅子上的时候，人又再次崩溃下来。眼泪自然而然地落下，她一直盯着那盏香薰灯，再次想起了自己的丈夫周逸朗。

就在这个时候，张岩岩敲响了诊疗室的门，简灵赶紧擦了一把眼泪，同时转过了身子。

“简医生，那位之前来过不愿意透露名字的病人又来预约了……”张岩岩说道。

“不见，今天不约见任何人。”简灵打断张岩岩的话，“尤其是这位不透露名字的人。”她莫名地恼怒起来，“张岩岩，记住他的模样和声音，我永远不想见他。”

“好的！”张岩岩退了出去，顺带关上了诊室的门。

简灵走到窗前，看到不远处站着的苏铭。她看不清他的模样，但是感受到他投向诊所的眼神，似乎是担心，也似乎是怜悯……

她不想见任何跟周逸朗案件有关联的人，她现在心中的悲伤与愤怒已经完全击败了理智。她恨上了这个世界，恨上了自己周遭的每一个人。

晚上，简灵故意在诊所坐到很晚才回家，她反复看自己的手机，幻想着就像过去一样，周逸朗会发来信息，叫自己下班回家的路上小心点儿。只是，当她再次回到家中，看着空无一人的房子的时候，简灵才明白，自己连幻想的余地都已经没有了。

接下来的一整个星期，简灵都将自己关在家中，拒绝接听任何电话，一直到林小嘉找上门来。简灵犹豫了很久，才开了门。

“你做什么？”林小嘉一进门就夸张地喊道。

“没什么。”简灵瘫软在沙发上，有气无力地说着，脸上依旧挂着泪痕。

“走吧，你要去面对的。”林小嘉迈开步子，朝简灵走去，使劲将她拉扯起来，往房间里拽。

“我不去！”简灵突然挣脱开林小嘉，躲到了角落，蜷缩成一团。

“你难道就不去送周逸朗最后一程吗？”林小嘉蹲下身子，双手拨开简灵那遮挡住面容的已经凌乱不堪的发丝。

“周逸朗没死，他没死，你现在是要我去什么地方？”简灵带着哭腔朝林小嘉说道。

“简灵，你要坚强！”林小嘉将简灵的头埋在自己怀里，手一遍一遍地抚摸着她的后背，安抚着她的情绪。

简灵就这样任由林小嘉抱着自己，哭了不知道多久，才抬起头，嗓子已经沙哑，发不出半点儿声音了。

“我帮你吧。”林小嘉搀扶起简灵，走进房间，选了套灰黑色的衣服帮简灵换上，顺带整理了下她那头已经干枯得毫无光泽的长发，“今天是周逸朗的葬礼，他父母害怕通知你，你会受不了。但我觉得，你还是应该送他走这最后一程。”

下着暴雨，望出去黑压压的一片，简灵抬头望着天空，心中说不出什么滋味，难道老天也在为周逸朗喊冤吗？

殡仪馆的礼堂里面人很多，简灵从来不知道周逸朗生前原来有这么多的朋友。事情走到现在这一步，依旧那么多人来送别，说明周逸朗生前的为人十分好，人脉也很广。想到丈夫先前牵涉到斩首者的案件里面，最终落得了一个嫌疑犯畏罪自杀的名声，简灵心中悲恸。像周逸朗这么优秀的男人，为什么就落得如此的结局？

在简灵还沉浸在伤痛的回忆里面的时候，突然在她面前闪现了一道灯光，她的眼睛被刺得睁不开，只听到在身边搀扶着自己的林小嘉跟萧静的呵斥声。

“你们给老娘滚蛋！”林小嘉野蛮泼辣地大声喊道，“说，都哪个报社哪个媒体的，不想混了是不是，都给我滚，滚开！”

对方似乎不想轻易放弃这个机会，他们在大声叫喊道：“简医生，我们是《晨海日报》的，想听你说说作为斩首者嫌疑人的妻子，你是怎么看待你丈夫的？”

“没事的，简灵，我们护着你走。”萧静在简灵耳边低声说道，原本扶着简灵的手，再次用力地握了握，并朝着旁边快速走去。

简灵双手紧紧地抱着周逸朗的相框，不知道该做何回应。周逸朗就这样没了，为什么这个世界上那些不相关的人还要这样来再次伤害自己？简灵想不明白这个事情，她也无力去跟任何的不公平做抗衡。

周逸朗没了，原来的简灵也随之没了……

葬礼结束之后，简灵一个人坐在殡仪馆礼堂外的走廊上。这个时候，四周十分冷清，来送殡的人都已经走得七七八八了。周逸朗的父母的哭声不知道来自哪个方向，一直萦绕左右。林小嘉跟萧静帮忙去打点剩下的事情，简灵觉得自己可笑，丈夫的出殡几乎都是别人帮自己做的。

“事到如今，你只能节哀顺变，往后要保重好自己啊。”这个时候，有个人出现在简灵身旁。

简灵转过脸看他，是一位皮肤黝黑的中年人，他身上的黑色西装很不合身，让人觉得是找人借来应付今天这个葬礼的。

“你是?”简灵第一次见这个人，猜想他应该是周逸朗的朋友。

“我是逸朗的远房亲戚，他喊我钟叔的。”钟叔坐到了简灵的身旁。

简灵不知道该跟他说些什么，这个时候的她头脑十分混乱，组织不起语言来。

“这个给你。”钟叔递给简灵一张纸条，接着说道，“你收好。”

“这是什么?”简灵接过写有地址的纸条，捧在手中。

“这是一个地址……我这一辈子，都在花田里面度过的，早些日子，一直盼女儿能有出息，能考上大学，可惜到她真考上了，又不够钱供她上学，幸好有逸朗。”钟叔指了指简灵手中的纸条，继续说道，“喏，就是这个地址。去年，逸朗买下了我家的花田，让我来打理，这样我女儿才能顺利地上学。你有空就过去看看，那里风景不错，花都好好的，他说你会喜欢的。”

“好，我会去的。”简灵没有多想，答应了钟叔的话。

“那我先回去了，回去花田那边有点儿远，天要黑了，你也早点儿回家吧。”钟叔起身，正要离去，又回过头来问道，“你有花田那边的钥匙吗?”

简灵错愕地看着钟叔，毕竟，周逸朗从来没有对她提起过花田的事，更不会知道钥匙的事情了。

“哦，看来你没有的。”钟叔边说边翻自己的裤袋，最终，掏出一片老旧的钥匙递给简灵，“你保管好，我走了，再见。”

简灵端详着钥匙，心中却开始震惊。因为，因为这把钥匙似曾相识……此刻，她只想赶紧回家。因为她想起了先前自己从周逸朗的钥匙包里面拓印下来的那一把老旧钥匙，一切仿佛都只是巧合，但一切又似乎在诠释着某种真相。

简灵起身去找林小嘉，要她赶紧送自己回家。林小嘉以为简灵不想在这个阴森而又悲伤的地方多待，所以就一口答应下来，剩下萧静继续帮着忙活。

“简灵，你要找什么？”林小嘉看到简灵，一迈进家门便像发疯一样翻箱倒柜。

“我的彩泥呢？”简灵嘴里喃喃自语道，“我记得上次回来，明明就放在原来的抽屉里面的。”

“什么彩泥？你告诉我，我帮你一起找，你冷静点儿。”林小嘉抓住简灵的肩膀，希望简灵先镇定下来。

“就是有钥匙拓印的彩泥，蓝色的。”简灵一字一顿地说着。

两个人把整个客厅翻了个遍，最终在电视柜的抽屉里面找到了有钥匙拓印的彩泥。

简灵颤抖着摸出钟叔给自己的那片钥匙，按到了彩泥上，完全吻合。她瘫软在地，眼泪止不住地流，嘴唇发白，脸色十分难看。

林小嘉并不过问这钥匙的事情，只是安静地坐到了简灵身边，一手搂过简灵的肩膀。简灵回想过去跟周逸朗之间的点点滴滴，才猛然想起他偶尔跟自己提起过，会给自己一个跟花有关的惊喜。

“简灵，告诉我，你发现什么事情了？”林小嘉问道。

“是我害死了周逸朗……”简灵过了很久很久，才吐出这句话来。

2. 爱还在

因为不放心简灵一个人在家，林小嘉软硬兼施地将简灵接到了自己家中，让她先跟自己住上两天。

“我去上班的时候，你就帮我照顾小铃铛吧。”林小嘉指着她家阳台外说着。

简灵朝阳台看过去，那里有只雪白的萨摩耶犬，正睁着圆鼓鼓的眼睛看向屋内。

“我怕狗。”简灵淡淡地说道，实际上她明白，林小嘉是在找点儿事情来给自己做，希望转移一下注意力。

“你从现在开始，就要学会克服从前自己害怕的所有事情了。”林小嘉坐到简灵身边，握了握简灵的手，继续说道，“我明白你的痛苦，但是我无法完全体会到你到底有多痛，只是……我希望你好好活着，真的，没有什么比活着更重要的事情了。”林小嘉说完这番话，若有所思。

其实简灵心中也有点儿了然，林小嘉经历过不少事情，这个如今看起来意气风发的女人，也不是完全没有过去的。

“我周末想去个地方。”简灵说道。

“你想去哪里？”林小嘉问道，语气里更多的是担心。

“我老公的一个远房亲戚家有块花田，我想去看看。”简灵并没有说出那块地周逸朗已经买下来了，她仿佛不想让别人知道太多关于周逸朗生前的事情。

“好，我陪你去，但是今晚你记得自己吃饭，我要去做一个采访，比较晚回来，有小铃铛陪着你，不用害怕一个人的。想说话了，就找它说去吧，我总感觉它能听得懂人话似的，可能因为主人比较优秀吧。”林小嘉说完就起身拎过那只被她丢落在地上的手提包，抱起茶几上的手提电脑，出门了。

在林小嘉出门之后，简灵坐在地板上看着阳台外的那只萨摩耶犬。周逸朗挺喜欢狗的，但简灵怕狗，所以周逸朗从来都不提在家养狗的话题。现在周逸朗人走了，反倒自己要学着克服对狗的害怕。简灵自嘲，这个世界总是那样可笑，当你拥有的时候，不曾为对方来做出牺性与改变，等对方已经永远不在了，你才去改变自己，但已经没有什么实质意义了。

到了周末的一大早，简灵让小嘉先送自己回家拿点东西再出发。

“你就是为了拿这个东西?”林小嘉看着简灵手中的相机，说道，“我家也有相机，可以借你，不用这么特意回来啊。”

“这是我跟老公结婚的时候买的，一直是他在用，本来以前我就说学一下怎么操作，没有想到我一直只是忙这忙那的，事情就搁置到现在了。”简灵苦笑了下。

“走吧。”林小嘉摇摇头，似乎是怕简灵又因为想起了过去而情绪不稳定，于是就着急把话题打住了。

简灵刚转身，正要走出房间的时候，无意间又看到了那棵先前被周逸朗放置在窗台的绿色植物，不知道什么时候，竟然长出了花苞。

这个世界上的生命都如此，有结束，同时也有开始。

简灵不敢再多看，毕竟她明白，如今再多的惋惜与痛苦都无法挽回任何……

两人下楼之后，简灵坚持由自己开车去花场。有了上次开车去医院的经历之后，简灵似乎变得更加独立了。

“简灵，今天天气还真不错。”林小嘉试图找话题跟简灵聊天，打破两人上车之后一直的沉闷。

“我现在不怎么喜欢晴天，逸朗被抓捕的那天，就是一个天气很好的日子。”简灵皱了皱眉。

“但是你以后要面对的晴天还有很多很多。”林小嘉坐在副驾位，落下了一点儿车窗，继续说道，“今天的气温也不错，风不算很大，很凉快。”

“我第一次自己开车去那么远的地方。”简灵突然冒出这么一句话，顿了顿，“你知道国内，或者说景阳市里哪儿能买到这个车载香水吗?”

“你说这车上的?”林小嘉问道。

“是的，这应该难不倒你。”简灵继续说道。

“回去之后帮你找找，品牌倒是不错。”林小嘉瞧了几眼那瓶包装精致的小香水，想了想说道，“简灵，我给你讲个故事，好吗?”

“嗯。”简灵应声道。

“在森林里面住着三只小猪，这三只小猪为了躲避大灰狼的追赶，就建造了三个小屋。但是大灰狼不费吹灰之力就摧毁了它们建造的草屋、木屋跟砖屋。于是三只小猪就拼命地跑，只是最终还是被大灰狼追上了。小猪们绝望地跟大灰狼说：‘你看着办吧，我们放弃了，随你怎么样。’然后大灰狼就奸笑着，流着口水问：‘那就快告诉我小红帽在哪里?’好笑吧?”林小嘉说完很开心地自顾自地笑了起来。

“大灰狼跟小红帽本来就是故事的主角。”简灵冷淡地说道。

“难道不好笑吗?”林小嘉反问。

“这不是笑话吧……”简灵似乎思考了一下，继续说道，“我笑不出来。”

林小嘉不知道该接什么话，于是打开了车载广播，没想到传来的是新闻广播，主持人在报道关于斩首者的新闻。林小嘉想伸手去按停广播，简灵却阻止了，反而将音量调得更大了一些。

简灵安静地听着广播，心中一片木然。

到花场的时候，已经接近中午。林小嘉吵着说肚子饿，简灵朝她笑了笑，没有管她径直朝通往花场的小路走去。

“这里环境挺舒服的啊。”林小嘉边走边拿出手机各种自拍。

简灵独自走在前头，发现这条小路两旁都是长得过了膝盖的杂草，脚下的泥土不管软硬度还是颜色，都似曾相识。

“简灵，你等等我。”林小嘉小跑上来，紧跟着简灵嘀咕着，“这里有吃的吗?”

“等下问问钟叔。”简灵说道。

“哦，就是周逸朗的那亲戚是吗？什么人能整天待在这种与世隔绝的地方啊……”林小嘉一直碎碎念，简灵觉得有点儿聒噪。

走了大概十几分钟，一片花田映入了简灵的眼前，绿油油的整片花茎上都长满了花苞，估计不久就会全绽放开来了。花田旁一个两层楼高的红砖房子前，有人大步奔跑过来。

“你来啦。”钟叔远远地就瞧见有两个人朝花场走来，直到看见了简灵，才赶紧跑来打招呼。

“钟叔好！”简灵礼貌地喊道。

林小嘉站在简灵身后，冲钟叔礼貌性地点了点头，然后又拎过了简灵带来的相机，到处去拍照了。

“吃午饭了吗？”钟叔问道。

简灵摇摇头，问道：“这花场种的都是什么花？这样看着，花苞的颜色挺好看的，估计开花之后会更好看吧。”

“我也不知道，这些花苗都是逸朗带过来的，种植的方式也是他教我的，听说是国外才有的，你看，那边还建了个玻璃房。”钟叔指着不远处说道。

“是要移植进玻璃花房吗？”简灵问道。

“唉，逸朗当时也没细说，现在我也只能这样照顾着这些花了……他要在就好了，我怕自己种不好这片花田。”钟叔神色凝重地望向那片花田，思考着什么。

简灵心中也更加地沉重，她从来不知道周逸朗对于种花这个事情还这么有研究，仿佛自己从来没有完全了解自己的丈夫。这样的念头堵在心口，让简灵十分纠结。

“对了，我上次给你的钥匙是开那个房子的。”钟叔又指了指自己身后说道。

简灵眯着眼睛望向远处，是一座老式的红砖房子。

“那是？”简灵有些不解。

“住人的，我白天在那儿煮饭与休息，但基本上我每天还是会回家。逸朗布置得不错，你可以先去那边休息，你带了钥匙吧，门我锁了的。我去后面的菜地里摘点儿菜，等下过去给你烧个饭。”钟叔说完就朝着一旁走去。

当简灵拿出那把老式钥匙插进锁孔的时候，手是颤抖的，随着“咔嚓”一声，锁被打开，她的心再一次沉到了谷底，只是她依旧假装镇定。推开门的一瞬间，一股清香扑鼻而来，那香味跟周逸朗车上的味道相似。简灵并没有深究，直接跨进屋。屋内的布置并不古老，都是周逸朗偏爱的简约风。

客厅中间摆放着两条长沙发，沙发后面都是书柜，书柜上被各种书籍填满。简灵跟林小嘉两人坐在沙发上，都沉默着。

过了很久，林小嘉才开口问道：“你要看看我刚才拍的照片吗?”说着便将相机递给简灵。

简灵接过相机，并没有打开，只是随手放在一旁，头耷拉在沙发背上，盯着屋顶，依旧沉默。

她心中百般滋味在交织着，这个房子的布置，表面上看都是周逸朗所偏爱的风格。但实际上，简灵知道这一切，都是周逸朗为自己做的。

简灵从前曾经幻想过无数次，能跟周逸朗拥有自己的孩子，等放假的时候，就领着孩子去外面郊游。他们会有一块田地，种上喜欢种的植物，还会在田地里奔跑。自己与周逸朗会坐在田地旁的小屋子里看书。她自己也试过跟丈夫提起自己这些美好的幻想，只是那个时候周逸朗表面上依旧云淡风轻一般，简灵还在责怪丈夫没有认真听自己说话。没有想到，其实周逸朗都记在心上，也默默地在自己背后做着这一切。

在老屋吃过午饭后，简灵便要离开了，钟叔也没多说什么，只是依旧叮嘱她自己多保重，有空了就多来花场看看。

简灵点头答应着。

简灵跟林小嘉两个人再次走在那条花田与外面马路相通的小路上，只是简灵一边走一边不断往自己身后看。

“简灵，有什么心事想不通，你要说出来，虽然我知道你是心理咨询师，但是咨询师也有自己解不开的结，需要别人跟你一同努力，也许我不能真正地帮上忙，但是逗逗你开心还是能做到的。”林小嘉边扯着自己的裙子边说道。

简灵转过头看她，只见林小嘉在拼命扯着自己的裙子不让周围的杂草跟泥土弄到身上，狼狈的样子有些好笑。

“刚才来的时候也不见你这样讲究。”简灵说道。

“哦，刚到的时候不就是好奇嘛，现在才想起来我的裙子是新款。”林小嘉说着，也不忘伸手去拨弄自己的眼睫毛，“我的妆没花吧，刚才一直出汗。”

简灵不理她，转过身继续走着。只是刚转身，又仿佛想起了什么，就整个人蹲了下去。

“你有带纸巾吗？”简灵朝林小嘉伸出手。

“有啊。”林小嘉在自己的手提包里面翻了一通，递过张纸巾给简灵。

简灵随手在地上抓过一把泥土跟草屑，用纸巾小心翼翼地包好，并塞到自己的外套口袋里。

“你真的是越来越奇怪了。”林小嘉也没心思去多管简灵这样做的用意。简灵知道，只要自己不是整天一副伤心欲绝的模样，林小嘉不会过问自己太多事情的。

当两个人快走到小路的入口处的时候，突然不知道从哪里冒出一条狗在拼命狂叫。简灵淡定地朝那条狗看了过去，反倒是养狗的林小嘉躲在了简灵的身后。

“看来你跟我家小铃铛相处了两天之后，真的不怕狗了。”林小嘉说道。

“我现在什么都不会怕了。”简灵这话似乎是说给林小嘉听，但更像是说给她自己听的。

“这狗为什么一直对着我们吠?”林小嘉有些不满，继续说道，“我家小铃铛可没这么凶的。”

“看样子就不像是流浪狗，这应该是钟叔养在花场的狗吧。”简灵皱了皱眉头，“好像不是冲我们叫的。”

听到简灵的话，林小嘉壮着胆子从简灵背后走了出来，看了看那条狗，又转过身子四处张望了下。

“好像是那边。”林小嘉努了努嘴，示意着两个人身后的方向。

简灵望了过去，在两人的不远处有片小树林，简灵看到那里似乎有个人影。

“我们赶紧走吧。”简灵赶紧拉扯上林小嘉的手，朝自己车子停放的位置快步走去。回去的路上，简灵心绪不宁……

3. 不遂人愿

林小嘉从简灵的车上下来，身子靠在车门上，问道：“你确定不在我家多住几天?”

“我过些日子再去住，那些换洗的衣服就先放在你家吧。”简灵下车按上防盗锁。

“行，那我先回家，不送你上楼了。”林小嘉指了指自己的手表，继续说道，“我回去公司加班，临时说晚上有个采访稿要我确认。”

“嗯，记得你自己的车停在小区外面啊。”简灵冲林小嘉笑了笑，“我怕你忘了自己叫个出租车就走了，小心开车。”

“还是你了解我。”林小嘉整理了下自己身上的裙子，刚走出几步，又回过头来说，“回家别忘了看看相机里面的照片，真的挺美的。”

简灵点了点头，转身往电梯间走去。刚进去电梯就遇见了跟自己住在同一栋楼的邻居，是一个老太太，穿着大片玫瑰花图案的连身裙。简灵觉得这花裙子跟林小嘉今天穿的有点儿像。

“下班啦?”老太太热情地问道。

“嗯。”简灵并不多解释。

“什么工作那么好，这么早就下班了?”老太太一脸饶有兴致的样子，简灵感觉对方应该是个话痨。

“今天不舒服就提前下班了。”简灵随意地应付着老太太的话。

“哦……”老太太似乎也感觉到简灵的不热情，转过脸，没一会儿又说了句，“也好久没见到你家先生了。”

简灵觉得奇怪，顺口问了句：“你平日这个时间会碰到我先生吗?”

“不是，就是前段时间，我晚上跳了广场舞回来，经常会碰到你先生，昨天我腰闪到了，就不能去跳了，今天下楼随意走走而已。”老太太还想说点什么，但是电梯门开了。

“我回家了。”老太太出了电梯。

简灵回到家中，回想着刚才电梯里面老太太说的话，心中有了很多疑问，但是怎么都想不通，她想要仔细地去找寻答案，只是现在迫在眉睫的却是另一桩要紧的事情。

简灵回到卧室，去翻动那盆被摆放在窗台的植物，将盆里的泥土与自己从花场带回的那一小包泥屑对比了一下，不管在质地的柔软度还是气味上，都是一模一样的。她看着眼前已经长出了花苞的植物，跟自己在花田所看到的不知名花种，样子也是一样的。为了更加确定，她跑去拿相机，打开里面林小嘉所拍下的照片来对比。这样下来，简灵仿佛又明白了什么。她扔下了手中所有的东西，跑到鞋柜前。

只是，简灵将鞋柜里里外外都翻遍了，却再也找寻不到属于周逸朗的那双大了一码的靴子。她清楚地记得，在去林小嘉家之前，是林小嘉跟她一同在家整理周逸朗的遗物的。而且当时自己把周逸朗生前穿过的鞋子，全都完好整齐地摆放在鞋柜的右边，其中就有那双周逸朗并不合脚的靴子。毕竟，让简灵一次性扔掉所有属于周逸朗的物品，是不可能的。哪怕，这个男人已经再也回不来了，但是这房子，始终是他和简灵曾经的家。

简灵有些惊慌，她从地上站了起来并走到门口，将门后的防盗链锁扣上，又拿了把钥匙把锁孔插上，确保大门的锁是无法被人从外面撬开的。仿佛只有这样做，简灵才能获得更多的安全感，现在她需要学会保护自己。她做完这些之后，快步往书房走去。

书柜里面的书之前已经被她收拾得整整齐齐的，她还分了类别摆放。以前这里都是周逸朗收拾的，上次刑警来家里搜查的时候，将书籍都弄得散落在地上。先前简灵有些懊恼，责怪自己平时都不怎么进书房，因为她也记不清周逸朗原本摆放书籍的习惯了。只是这个有些强迫症的男人，应该会喜欢看到自己的书被按照类别整齐摆放的，于是简灵才这样做。周逸朗是一个十分喜欢阅读的人，而且他看书的类别也十分广泛。而平时简灵更多的只是看工具书或者行业相关的书籍，她也不得不承认，自己其实是个无趣的女人。

在收拾周逸朗遗物的那天，简灵在自己卧室的床头柜里面找到了那本周逸朗出事前在看的关于图腾的书。其实事情过后再回想，像周逸朗这样的人，翻出一本与图腾有关的书籍阅读，一点儿都不奇怪，只怪简灵当时被“斩首者”的新闻弄得疑神疑鬼的。

此时此刻，简灵站在书柜前，想要将那本图腾的书再次找出来。刚才周逸朗的靴子不翼而飞的事情，使得她有了一种很不好的预感。最终，简灵将书柜翻遍了，也找寻不到那本关于图腾的书籍。她一下子僵硬在原地，头皮发麻，马上掏出手机拨打给林小嘉。

“林小嘉，我想问你一个事。”简灵声音有些颤抖。

“怎么了？”林小嘉担忧地问道。

“那天你陪着我一起收拾周逸朗的遗物的时候，我没有扔掉什么他的东西吧？”简灵不保证自己是不是因为伤心过度而做了什么事情。

“没有呀，那天你把东西都放得好好的，也没让我碰，我就跟在你身边，在房间里面进进出出而已。”林小嘉说道。

“你记不记得当时我有从自己卧室里面拿了本书，放到了书房？”简灵想要把问题问得更加具体一点儿。

“哦，我记得，那本书我还好奇地多看了两眼，书名挺奇怪的，心想你们夫妻还真的挺博学的，那么冷门的书也看。”林小嘉不假思索地回答道。

“那……没什么了。”简灵心中更加地慌乱了，只想赶紧结束掉这通电话，“我再联系你吧，就是觉得自己记性不好，所以问问你。”

“我都觉得你说话前言不搭后语了，你真没事吗？”林小嘉担忧地问道，同时，简灵听到林小嘉在电话那头朝着身边的人喊道，“你赶紧给我拿文件过来。”

“你先忙，我就是累而已，睡一下就好，先这样吧。”简灵挂了电话，身体忍不住因为惊悚而微微颤抖了起来。她环顾四周，仿佛自己身处在一个被监视着的空间，她觉得一定有什么陌生人来过，而自己就像是一个被紧盯着的猎物，猎人在暗处死死地守候着。

半个小时后，简灵快步走到了小区的物业管理办公室，她看到里面人很多，有的人排队取快递，有的人排队交管理费，她茫然不知自己应该找谁问事情。

就在这时，有一个穿着保安制服的人走了进来，简灵就像是看到了一道曙光，赶紧上前，一手就拉扯住了那个男人。

“我是这里的住户，想找你们保安室的负责人。”简灵激动地说道。

“女士，你好，请问有什么事情我可以帮你？”保安礼貌地问道。

“我要看监控，就是小区里面的监控录像带。”简灵这话一说出来，在场的人顿时安静了下来，纷纷扭头看向了她。

那名年轻的保安人员明显为难地站在原地，估计是新来不久的人员，面对这样的情况也不太明白应该如何处理。

“你赶紧带我去看监控吧，我家里有人偷跑进去了！”简灵已经不管不顾任何的仪态了，只想尽快拿到监控的录像带。

“这样吧，你稍等一下，我去找下我们队长。”保安员转头就掏出手机打起了电话。而管理处的那些人，似乎忘记了自己本来要做的事情，都专注在看简灵这边的热闹。简灵不喜欢被陌生人盯着看，但又觉得为了找出真相，只能这样忍耐着。

简灵就这样尴尬地站在原地等了十几分钟，才见到刚才的那个年轻保安员领着一个身材高大的中年男子过来了。

“有什么事吗？”中年男子嗓音粗犷。

“我家里被人进去翻动过东西，我要看监控的录像带。”简灵语气坚定。

“这个事我可做不了主的，而且小区里面每天都很太平，不可能有小偷进来的。这位业主，你家里丢了什么东西吗？”男子问道。

“我……”简灵想了想，继续说道，“我家的鞋不见了。”

这话一出来，在场就有人发出了笑声，敢情把简灵看成了个疯婆子，简灵也感觉到自己像是被当作跳梁小丑一般地看待。

“你问问你家里人有没有谁拿走了吧，这个事情就要看监控是不可能的。”男子不耐烦地说道，同时，转过了身子教训那名年轻的保安员，“我还以为什么大事，这点儿小事情你自己处理就好。”

“不行，我要看到我们楼层的监控录像！”简灵不依不饶地说道。

然而，并没有人理会她，大家都走开了，只剩下简灵一人站在原地，她感觉很无助，这个时候她很自然地想到了萧静。

简灵稍微平复了一下情绪，走出了物管办公室，掏出手机拨打给萧静。

“萧静，你帮我一个忙。”简灵着急地说道。

“说！”萧静很直接。

“我想看看我家这边的监控录像，但是物管这边不给看，这对我来说很重要。”简灵说道。

“发生了什么吗？”萧静问道。

“是和周逸朗案件有关的，所以，我想请你帮帮我。”简灵不想跟萧静解释太多，她对于先前因为自己的鲁莽而害得丈夫被抓捕的事情，仍心有余悸，哪怕周逸朗已经不在了，但她还是想要守住他的名声。

“行，我让同事过去帮你处理一下。”萧静没多想，就把这个事情应了下来。萧静调过来的是一名女警，估计是个进警队不久的小姑娘，虽然看起来面孔有些稚嫩，但是做事却不含糊，很快就帮简灵在物管公司那里拿到了监控录像带。

“这些带子我需要带回市局，毕竟，我们是有纪律的，不可能利用职权为你私人办事的。”年轻女警说道。

“好。”简灵点了点头。

“具体是个什么情况你可以先跟我说，回到局里我安排同事帮你看一下。”女警始终比较热心，这使得简灵心里对萧静多了一分感激。

“也没什么，我就是怀疑有人进入了我家，将周逸朗的某些东西给拿走了。”简灵将女警送出小区门口，等对方走了之后，她不敢在小区门口多待，又赶紧跑回家里。

简灵虽然害怕一个人待在家，想继续去林小嘉那里住上几天。但是她又不敢轻易地离开，她怕自己走了之后，家里面属于周逸朗的物件又会不翼而飞。她开始觉得自己先前遇到的所有事情都是个圈套，迫使自己一步一步将丈夫推向深不可测的深渊。她甚至开始怀疑，那个所谓的斩首者是自己身边认识的人……

傍晚的时候，在家等待消息的简灵接到了萧静的电话，她紧张而又兴奋。

“萧静，具体情况我都跟你同事说过了。”简灵开口说道。

“嗯，我大概知道，不过局里的同事都比较忙，暂时还安排不出人手来帮你看录像，所以我给你打电话说一下。”萧静的电话那头应该风比较大，“呼呼”的声音一直干扰到通话。

“你又出现场了吗?”简灵关心了一句。

“是的，今天都没停下来过，我今晚回去市区应该很晚了，我安排同事去接你，如果你愿意亲自到局里看录像带的话。”萧静说道。

“好，不过你不用安排人来接了，我自己过去就可以了。”简灵不假思索地回道，又补了一句，“谢谢你。”

“简灵，周逸朗的事情……你……你不怪我了?”萧静声音有些小。

“我怪我自己。”简灵心头又泛起了酸楚，顿了顿，“等你回来我们再说吧。”

“好，你现在就过去吧，我给接应你的那位同事打个电话。”萧静的声音听起来似乎轻松了很多，没有先前的拘谨了。

简灵驱车到市局的时候，远远就看到了早上那名去帮自己取录像的女警。

“一路辛苦了。”女警一脸疲惫，但脸上挂着笑容，迎上从车上下来的简灵。

“今天一直麻烦你。”简灵不好意思地说道。

“没关系的，只是今天大家都在忙，没有时间帮你看录像带，只能你亲自走一趟了。”女警礼貌地说道。

“已经足够了，你们帮我很多了。对了，我们现在往哪边走?”简灵迫切地想要看到监控录像。

“那边大楼，你跟我来。”女警指了指自己右边后方的大楼，便领着简灵走了过去。

简灵第一次进入到市局的物证科，心中有些紧张。她现在对于公安局有很深的抵触，只是为了还自己丈夫的清白，她不得不一次又一次地去做这些会让自己心情不愉快的事情。

这个时候的物证科的办公室里，只有一个看起来年纪稍大的警员在，女警帮简灵开好电脑之后就离开了。简灵抬头看到那名老警员正朝自己看过来，她不知道他一直盯着自己的用意，但是她也只好勉强地朝他点点头打招呼。然而对方并不热情，瞧见简灵跟自己打招呼之后，冷冷地瞥过眼神，埋头继续看资料。

大概对方已经知道自己是周逸朗的太太，而在他们心目中，周逸朗是一名畏罪自杀的罪犯，如今自己做的一切，在旁人眼中都是多余而且可笑的吧？简灵心中这样想着，但是她不愿意妥协。

简灵按照刚才女警告诉自己的操作步骤，点开了录像带，开始认真地看了起来。时间过去了十几分钟，简灵开始有点儿坐不住了，因为录像带里面有三个监控摄像头，分别是她家门口的电梯口、小区大门口，还有车库。而简灵在林小嘉家住了好几天了，要看完这么多天的监控实在很费精力。但她又不敢将播放速度调得太快，生怕这样会错过任何的线索。

“去倒杯水吧。”坐在简灵对面的那位老警员突然开口说道，“看这个很费神的，我有茶叶，你拿去泡杯茶，边喝边看吧。”

“好。”简灵也不想拒绝对方的好意，只是她想不通这个人开始对自己态度那么不好，怎么现在又热心了起来。

“你主要想要什么地方的情况，就先把那一个位置的监控全看了。”对方不紧不慢地说道，又稍微抬起头，看了简灵一眼，说道，“其实这些又有什么用？这样的事情我都看多了。”

“谢谢你。”简灵自动忽略了对方后面所说的话，她不能让任何人打击自己的决心。

“唉……”对方叹了口气。

一直到凌晨，简灵依旧在物证科看着监控录像带。这期间，萧静并没有找过她。简灵猜测她应该遇到了棘手的案件，无暇顾及自己这边了。因为老警员的话，简灵现在只对着自己家门口的摄像头录像看了。终于，她看到自己离开家的第三天，似乎出现了一个陌生人，在自己家门的电梯口一晃而过。

简灵连忙将播放速度放慢，但依然看不清楚那个人的样貌，只能确认对方穿着印有快递字样的雨衣，头上还戴着鸭舌帽，帽檐压得十分低，完全遮挡住脸部。从那个人的身形来看，可以确认是一名男子，而且是身形十分魁梧的男子，哪怕他已经故意地弓着背。

“请问，你能帮帮我吗？”简灵抬头问了那位老警员一句。

对方并没有说话，放下了手中的手机，起身走到了简灵身边，冷冷地问道：“是要盯这个送快递的吗？”

简灵点头。

老头皱了下眉：“起来。”

简灵赶紧站了起来，让出了位置给他坐下。只见他手指飞快地操作着键盘和鼠标，不一会儿就把镜头截屏并且图像放大。

“这家伙步子倒是挺快的，正好让监控的帧数无法捕捉清楚，你就是找这个人？”他指着屏幕问道。

“应该就是这个人了，他手里拿着的东西，能知道是什么吗？”简灵小心翼翼地问道，她似乎生怕老警员不愿意继续帮助自己。

“把另外的两个摄像头的带子也看一下吧。这是几月几号的……”他似乎在询问简灵，但更像是自言自语，因为他并没有等简灵回答，已经熟练地调出同一天的别的录像带。

时间在物证科的办公室里流逝着，有着这位高个子快递员的视频画面，被老警员时快时慢地反复播放着。他快步走出电梯，并用什么东西塞住了电梯的门，让电梯门不会合拢。接着，他消失在监控探头下。几分钟后，他再次从简灵家的方向快步走出，又钻进了电梯，手里似乎还多了一个什么东西，一晃而过。但他是如何进入小区的，没有资料留下来，不过在简灵住的那一栋的楼下，简灵与老警员再次捕捉到了他。这一次，他的身材与样貌依旧隐藏在雨衣与帽子的下面，但他手里提着的一个袋子，却吸引了简灵与老警员的注意。

“你看，只能是这个样子了，你觉得他拿着的是什么东西呢？”他侧着身子，让简灵靠近电脑屏幕，提出的问句又被自己快速解答，“那个人手中抱着的东西，用塑料袋装着，但是就塑料袋的轮廓来看，跟一双鞋子的形状十分接近。”

简灵皱了皱眉，问道：“没有办法看清楚这个人的长相吗？”

“没有，刚才我都尝试了，你就他的身形来看，觉得眼熟不眼熟，是不是你认识的人？”老警员经验就是老到，简灵心里想着。

“不，好像不认识的……”简灵实在想不出身边有什么人会偷偷跑进自己家拿了周逸朗的鞋子还有书籍。

“这个人相当清楚你们小区的地形，一看就是惯犯。”老警员站起身来，来回踱步，思考了一会儿，“你最好先自己仔细想想，排查一下自己身边认识的人，或者新认识的什么人。”

简灵点了点头，不说话，坐回到了椅子上。现在她脑子有些凌乱，不知道自己此刻应该怎么做，是不是要告诉萧静，抑或只是找上林小嘉陪自己去查些什么……可是，自己又该从哪里开始入手？

她一筹莫展地坐着，耳边只有电脑机箱发出的“沙沙”声。

“其实你现在做这些又有什么意义呢？人都已经没了。”老警员又开始搭腔问道。

简灵不作声，依旧沉默地坐着。

“既然开始了，就别傻坐着啊，去找萧静过来。”他说道，但是看简灵还是没有任何反应，就“噌”的一下站了起来，说道，“我去帮你找她过来，傻姑娘。”

简灵看着老警员走出了物证科的办公室，她转过脸又看了看电脑屏幕，拿出手机，将画面上的图片，拍了下来。她害怕自己新发现的这点证据也会突然消失。

过了没多久，老警员回来了，身边带着萧静。

第九章　寻求真相

1. 不攻自破

“刚才老邵跟我说你这边有发现。”萧静说道。

简灵站起身来，让了位置给萧静，指着屏幕，示意萧静看过去。

“发现了这个人，不像是我们那里的住户，你看，还穿着快递员的服装。”简灵说道。

“我先看看。”萧静说罢，点开了视频反复地看了好几遍，继续说道，“但是这个并不能成为证据，就目前来看，不能确定这个人就是拿走你家东西的人。”

“那怎么办?”简灵泄气地软在椅子上，她觉得自己太累了。

“你回去问一下小区的保安，看看前几天有没有什么陌生人出入。”萧静思考了一下说道。

“对啊，回家吧。”老警员邵叔也应和说道。

简灵抬头看了两人一眼，似乎思考了一下，站起身来说道：“好吧，我先回家。”

“我送你出去。”萧静上前，走在了简灵身边。

两个人一直沉默地走到了停车场，似乎又有什么案件发生了，一群警员也同时往停车场这边奔跑过来。

“小萧，你随后过来。”一名简灵看不清容貌的刑警人员冲萧静喊了一句。

“好的！”萧静冲那人回答道。

原本热闹的人群很快消失，又留下了依旧沉默的萧静和简灵。

“你先过去做事吧，我回家了。”简灵掏出车钥匙说道。

萧静不放心地看着简灵，欲言又止。

“放心吧，我没事，等明天再去问问小区的保安。”简灵挤出了一丝笑容。

“我能抱抱你吗？”萧静话音刚落，不等简灵答复，便上前一步，用力地将简灵抱紧。

“简灵，对不起……”萧静低声说道，“我知道你很难过，我也很难过，我不知道自己还能为你做点儿什么，也害怕自己做的什么会让你继续痛苦。”

“其实，你没有对不起我，这一切的事情发生，谁都控制不了，归根究底，是我自己亲手害了逸朗。”简灵又难过了起来，强忍住眼泪。

“我回去工作了，你自己小心开车，到家锁好门，有事情马上给我打电话，好吗？”萧静松开怀抱，对上简灵的双眼，诚恳地说道。

简灵点了点头，转身钻进车里。

简灵记得自己上一次凌晨驱车在大马路上，就是周逸朗自杀的那晚，而此时此刻，是第二次做这样的事。那个晚上的她心中很惊慌，她从未曾想过有一天需要自己在那么晚的时间段里，独自一人开车外出。简灵小时候出过交通意外，所以她从前十分抗拒开车，而周逸朗也清楚这一点，所以每次不管简灵用什么借口来拒绝开车，他都不勉强。

从市局回家，路程不远不近，只是现在简灵还不想回去，她突然想去自己跟周逸朗吃最后那顿晚饭的餐厅附近看看。于是，她打转方向盘，更改了行车的路线。

简灵的车停在“晴耕雨织”的马路对面，她并没有下车，只是安静地扭过头，远远地看着餐厅。四周的一切都那么沉寂，路灯也没亮，漆黑一片。人生总要经历很多苦难，但是苦难是一种没有意义的事情，它不会带给你任何幸福感，只有痛会长久地留在自己心上。而人们选择面对，是因为还需要很好地活着。简灵心里想着，或许她以后的人生，会选择更加珍惜身边的人。

“大概再也不会来这里了吧……”简灵喃喃自语。她想起了那片周逸朗为自己准备的花田，苦笑了一下，伸手扭动车钥匙，随着车引擎声的响起，一踩油门，驾车回家。

简灵到家之后，也没有任何睡意，只想着等天亮以后，跑下去找小区的保安询问事情。房子安静得似乎连简灵自己的呼吸声，都能清晰听见。她依旧卷了条毛毯蜷缩在沙发上，手脚都被捂得严严实实的。从前感觉自己跟周逸朗两个人待在同一空间里，相对却无言，那是一种孤独。如今想起来，那种孤独简直就是矫情，只要自己主动一下，或许两个人的相处，就没有那么僵硬了。现在的孤独，才是切切实实的孤独……

在婚姻的相处里面，简灵作为一名心理咨询师，自以为能很好地应对，从没想到过婚姻多年，也只是躲在角落里面逃避。人的意志一旦脆弱，所有的回忆与悲观的情绪都会一下子涌上心头。简灵选择释放出这些点点滴滴，因为她已经把自己的心封闭得太久太久了。

天微微亮的时候，简灵起来梳洗了一下。她站在浴室，看着镜子里面的自己，深深地呼了一口气。

“又熬过一夜了，会好起来的！”她自言自语。

简灵走到厨房，翻了翻冰箱，才找出来一盒没过期的牛奶，她拿了出来。这应该是之前周逸朗买的，以后估计都得学着自己每周去超市买一些固定的食物摆放在家了。她拎着那盒牛奶就下楼了。

简灵来到小区的大门口，看到保安亭那里并没有人，刚想转身往物管那边走去，就又迎来了自己昨天见到的那个保安队长。她不太想跟这个人接触，只是眼下也不见有其他的保安人员。

“早上好！”简灵上前主动跟对方打了个招呼。

“早！”那保安队长也认出了简灵，眼神里面有些警惕，似乎眼前的简灵对他而言是一个大麻烦，同样有着抗拒，但也不得不迎合着。

“吃过早餐了吗？”简灵将手中的牛奶递过去，企图向他示好。

“不不不，吃过了，你自己留着吧。”他往后退了一步，继续说道，“这么早去上班啊？”

“我想跟你打听个事情。”简灵直白地说道。

“什么事？”他皱了皱眉，“昨天录像带你们已经带走了，应该也没什么问题需要我这边协助了吧？”

“前些日子我不在家，想问一下你们有没有见到什么陌生人进入小区，例如穿着快递衣服的。”简灵急切地问道。

“小姐，每天挺多送快递的人进出小区的，但是我们小区的管理你也知道的，平时快递员进来也只是将快递送到管理处，你们住户自己到管理处领取的，难道你是丢失了快递吗？这个不归我们管的，你得打电话到快递公司去问。”保安队长开始有点儿不耐烦。

“我没有丢失快递，就是想弄明白，你们有没有看到一名身材比较高大，还穿着雨衣的快递员前几天出现在小区。”简灵双手比画了一下，说道，“估计比我高这么多的。”

“没有没有，你还是走吧，小区每天进进出出那么多人，我们哪里留意得到这么多，而且最近天气都挺好的，谁穿着雨衣到处跑，况且要真有这么个人，大家肯定会注意到的，你这样说，那个人不就是明摆着要引起人的注意吗？”保安队长似乎开始怀疑简灵在胡说八道。

“这个事情对我来说很重要，你能不能帮我问问你们其他的同事呢？”简灵不愿意就此放弃。

“要真有这么个打扮怪异的人，下面的人肯定会跟我报告的，所以你还是回去吧，我们要开始工作了。”保安队长说罢扭头就走了。

简灵试图追上去，但是对方完全不理睬她。最终，她一个人拎着牛奶，傻傻地站在小区的林荫道上。

关于那名穿着雨衣的神秘快递员的线索，似乎就这样断了……简灵并没有往家的那栋楼的方向走，而是走出了小区。她站在小区大门外，一直盯着斜对着自己的那盏监控摄像头。她不愿意放弃，在这个世界上，能还自己丈夫清白的，只有自己了。简灵这样想着。

就在此时，简灵莫名地想起了上一次苏铭来找自己，一同前往周逸朗老家的那天，他特意地将车停在了小区的马路对面，他当时说这样可以避开小区门口的摄像头监控。那么，那个身形高大的陌生男子，难道是……简灵被自己的想法吓了一跳，也同时感觉未必没有这样的可能性。自从自己认识苏铭以来，就发生了一连串怪异的事情。

有了这样的猜测之后，简灵决定要好好地调查一下关于苏铭的过去。

简灵赶紧上楼换了一身较为朴素的打扮，同时拿走了那台相机，她决定先从自己的高中母校市一中，开始着手调查。

市一中不在市区，地处郊外，是一所采取全封闭式教学的本地重点中学。简灵当年并不太喜欢这所学校，每个周末踏进校门的时候，都像是踏进了一座牢笼。校墙特别高，谁都翻不过去，只能仰头看着墙外的那片天空，幻想自己是一只能随意扇动翅膀便可以飞出去的小鸟。

简灵小时候因为跟父母之间的亲情缺失，所以当她长大变得懂事之后，对于这种跟父母间亲近的渴望，愈演愈烈。为了能引起长辈的注意，她只能努力地学习，考上当地最好的学校。初中的时候，每天能回家，哪怕跟父母见面的时间都是晚上很晚了，但也总能碰上，彼此说上两句问候的话。而她进入高中之后，只能日夜待在学校里面，周末回家的时候，父母经常因为出差而无法相见，她见得最多的人是家中的阿姨。简灵也特别感激当年那个照顾自己的阿姨，不但会给自己做上可口的饭菜，也会陪着自己聊天。上钢琴课的时候，阿姨也会跟着去。阿姨不懂钢琴，但总鼓励简灵说她的琴弹得特别好听。

心理咨询师往往来自存在巨大情感冲突的家庭，那些情感冲突曾经妨碍了他们获取成长所需的帮助、指导或者鼓励，他们只能竭力地赢得别人的爱和接纳。这就是简灵的成长，简灵青春岁月里面的所有期待。

简灵独自走在校园里面，两旁的柳絮飞扬，她想到了自己上一次对苏铭催眠的时候，他所说的话。那情景跟现在所身处的环境十分相似。她决定先去校友墙那边看看，她想看到苏铭，确定苏铭当初是否真的是跟自己在同一所高中上学。然而，简灵在校友墙上来回看了几遍，怎么都无法找到苏铭的名字。她记得苏铭告诉过自己，是比自己低一届的。

难道他曾经改过名字，以前不叫苏铭？简灵思忖着。

“你在找什么吗？”简灵的身后突然有人问道。

她转过身来，看到一位老太太。

“你好！”简灵礼貌地点了点头，“我回母校看看。”

“这样啊，好孩子，毕业了还会回来母校走走，我今天也是过来随便走走的。”老太太笑笑，“退休了，没啥地方去，就喜欢回来工作过的学校。嗯，也只有这儿，才让我觉得，还是和你们这些孩子在一起。”

“您是在这里任教的吗？怎么称呼？”简灵问道。

“叫我韩老师就好了，是啊，几十年都在市一中度过了。”韩老师说道。

简灵抱歉地笑笑，因为韩老师先前一直在这里任教，而自己对她毫无印象。

“哈哈，你不认得我没关系，毕竟我没教过你，以前你应该很少参加团体活动吧?”韩老师问道。

简灵承认这一点，高中的时候，她更多的时间是待在教室和学生宿舍，几乎从不参加学校的课余活动。她表面上跟任何同学的关系都不错，但实际上她并不太喜欢跟别人接触，总感觉迎合着别人的欢乐是一件很累的事情。唯一关系不错的朋友，就是林小嘉了。到了大学她又遇到了萧静。说到底，简灵的朋友真的很少。婚后的生活里面，自己的情感重心都在周逸朗身上了。

“我以前心思都在学习上。”简灵回过神来，冲韩老师淡淡一笑。

“没关系，爱学习是个好事情，你找到自己的名字了吗?”韩老师指了指校友墙问道。

“嗯，找到了。”简灵回答道，脑筋一转，又问道，“韩老师，我能向你打听一件事情吗?”

“好啊，是跟学校有关的吧?”韩老师点了点头。

“以前学校有过一名叫苏铭的学生吗?就是苏州的苏……”简灵话没说完，就瞧见韩老师的脸色有点儿不对。

“是苏铭。”韩老师似乎陷入了深思。

“确实有这个人吧?”简灵再次求证。

“我记得的，他的确在市一中上过学。”韩老师摇摇头，转过头要往另一边走去，简灵赶紧跟上。

“他当时是您的学生吗?”简灵问道。

“不是我班上的，但是当时应该全校的老师都知道他。”韩老师叹了口气，扭过头看了简灵一眼，问道，“你是他家的什么人?”

“哦，是以前的同事，听他提起过也是在市一中上学的，只是我刚才看校友墙，没有看到他的名字，遇见你了就好奇问问。”简灵尴尬地笑笑。

“嗯，校友墙不会有他的名字的，他高三没念完就转校了。”韩老师点了点头，又回过头看了校友墙一眼。

“转校了?”简灵嗫嚅着。

“嗯，其实那孩子平时成绩都挺好的，要上个重点大学完全没有问题的。”韩老师眼中带着复杂的情绪。

“为什么转学了?”简灵追问道。

“唉，回想起来都心有余悸啊，你就别问了，孩子。”韩老师的确没有说谎，从她说这话的时候，开始面露惧色，简灵便意识到了什么。

“如果你不愿意提起，那就算了，只是大概什么情况，能告诉我吗？只说个大概。”简灵尝试攻破韩老师的心理防线。

韩老师思考了一下，说道：“那孩子跟一个女同学玩得比较好，后来女方就死了，说是意外致死，可是……”韩老师开始变得欲言又止。

简灵不寒而栗，因为她同时想起了之前张达告诉自己，关于苏铭曾经有个女友叫杨灵的，死于一场交通意外，但大家都觉得那并不是一场纯粹的意外，更像是谋杀。

如今，她还发现，原来苏铭高中的时候还有个关系不错的女同学，女方也死了。究竟一切只是巧合，还是那真的全都是人为的谋杀？简灵不得而知，但是她可以肯定一点，就是苏铭面对自己的时候，完全不像自己从前所以为的那么诚恳。

“谢谢你跟我说这些。”简灵知道韩老师不太愿意详细地提起当年的事情，估计当时事件的真相真的让人不堪回忆。她是一个心理咨询师，知道要让一个人开口说话需要什么样子的技巧，但是她不会为了达到自己的目的，而硬生生地让别人回想起痛苦的事情来。

“没什么，那我先回去了，你慢慢逛一下吧，教学楼后面的地理园开满了花，很好看。”韩老师仿佛因为提起往事，心情变得有些阴郁。

“好的，我再走走，谢谢你，韩老师再见。”简灵礼貌道别，自己也朝韩老师刚才口中的地理园走去。

人很奇怪，当你身处一个自己不满意的环境之中的时候，你每天都是眼巴巴地张望着，祈求自己能早日挣脱。等你终于离开了，很多年过去之后，回头一看，才发现，原来那些被束缚的日子也是让人怀念的。当初的自己其实只要想得乐观一点儿，度过的也会是段不错的时光。

简灵试图追忆自己的高中时光，发现自己真的错过太多给自己快乐的机会。地理园很美，开满了杜鹃花，枝繁叶茂地向着太阳的方向伸展。活着，真的比什么都好。

2. 真的是意外吗？

简灵在回市区的路上，就已经迫不及待地想要见到林小嘉。于是她直接就开车到了林小嘉公司大楼的门口。说实在的，她也不确定林小嘉现在到底在不在公司，会不会因为采访而出外勤了。只是，如今的简灵有了这么些体会：当自己想要做什么事情，就必须赶紧去做。

“林小嘉，我在你公司楼下。”简灵下巴和肩膀夹着手机，双手拧开一瓶水。

“我马上下来。”林小嘉做事就是这样爽快决断，从来不多问什么。

简灵手中的水喝了不到半瓶，就看到林小嘉拎着皮包，踩着高跟鞋，朝自己的车子走来了。林小嘉一个潇洒的转身，往副驾驶位走去，裙摆因为腰肢甩动，撑开来像一朵绽开了的玫瑰花。

林小嘉坐到副驾驶位上，摘下墨镜，扭头冲简灵一笑，开心地问道：“接下来这是要带我去哪里呀？”

“没要去哪里，只是想找你问点儿事情。”简灵努了努嘴，拧上了瓶盖，将水搁到自己身旁，双手放在方向盘上，来回摩挲着。

“你找我打听消息，连顿下午茶都不请我吃，害我一接到你电话就赶紧把工作都安排给下面的人去做，拎起包就心急火燎地来见你了。”

林小嘉装作一脸委屈。

“嗯，你拎起包之前还补了个妆。”简灵故意打趣道。

“咦，还真了解我。那好吧，不请我下午茶也不吃饭的，但看在你这么了解我的分儿上，你就说说，想知道什么，我知无不言。”林小嘉双手往后伸展，头枕在了椅背上，伸了个懒腰。

“早些日子我向你问过杨灵的事情，她的男朋友叫苏铭，你还记得吗?”简灵开口问道。

“我记得，你想继续问的是关于杨灵的事情?”林小嘉侧过脸，看着简灵。

“不是，我想问的是关于苏铭——杨灵当时的那个男朋友的一些事情。”简灵身子俯卧在方向盘上，双眼看向前方。

“苏铭？当时我跟苏铭不算是认识，你问我估计也了解不到什么东西。”林小嘉把玩着手腕上的镯子，简灵瞅了一眼，爱马仕新款。

“苏铭以前跟咱们是一个学校，都是市一中的，比我们低一届。”简灵说道。

“不是吧？我怎么不知道？要是我们学校有一个长得像苏铭这样帅气的男孩子我会没发现？不可能吧，你确定吗?”林小嘉一连串的问题像机关枪扫射般。

“我确定，今天我还特意回了学校一趟。”简灵说道。

“你回去也不叫上我呀，我都想回去看看了，估计我现在回去还会被误以为是学生，这些年我都没老过呢。”林小嘉似乎又陷进某种自我陶醉里。

“行了，别再自我陶醉了，我今天回去的时候，发现校友墙上并没有苏铭的名字。后来遇到一个退休老师，跟她打听了一下，原来苏铭在高三的时候转学的，那个时候你我都已经毕业了。”简灵叹了口气。

“为什么转学？成绩太差了吗？不至于吧？还是他真的有什么精神上的毛病？上次我不就说过，苏铭有暴力倾向，杨灵当初就被他打过的。”林小嘉说起杨灵的事情似乎有点儿气愤，又补了一句，“那个时候，我还想着提拔杨灵做我得力助手的，一下子人就没了，真的闹心。”

林小嘉又瞧了简灵两眼，看她闷着不说话，又开口说道：“别愁眉苦脸了，这个又不是什么难事，我帮你去找个人打听下就是了。”林小嘉说罢，又拍了拍简灵的肩膀。

“我知道你高中的时候跟各个年级的人都能打成一片，所以才想着你帮我去找一下。你看看有没有认识当年苏铭的同班同学的，这个事情，应该难不倒你。我那时候都不认识什么人，连同班同学现在也没能记住几个。”简灵苦笑了一下。

“我知道的，我去找总比你去找容易得多，其实简灵，谢谢你这些年来都那么信任我，这对我来说很重要。你等我消息吧，估计今天之内就能给你揪出个老学弟学妹出来。”林小嘉坐直了身子，打开皮包，掏出一管口红，边补妆边说道，“这唇膏不好，吞两口水都掉色的，你既然不打算约我，那我去找节目咯，已经好多天没去健身房了。”

“你去个健身房还化妆呀？”简灵好笑地看了林小嘉一眼。

“别啰唆，你现在开车送我过去，反正本姑娘任何时候都要美美的。”林小嘉收好她的化妆品，一脸得意地说道。

简灵不说话，发动了车子，一路上都在寻思自己下一步的计划。

看着林小嘉扭着腰进了健身房俱乐部的大楼，简灵在车上掏出手机打给了萧静。

“你是有了什么新的发现吗？”电话一接通，萧静就这样问道。

“还没有，就是想起了一些事情，想跟你说说。”简灵知道萧静所指的应该就是关于询问小区保安是否见到过陌生快递员的事情。

“好，你说。”萧静说道。

“晚上我们一起吃饭吧，我想跟你当面聊聊苏铭的事。”简灵也不啰唆。

“苏铭?”萧静语气带着疑问，继续问道，“难道你发现事情跟苏铭有关?”

“我……”简灵欲言又止，她不知道自己应不应该跟萧静把实话全部都说出来。

“简灵，我希望你相信我，你是我最好的朋友。”萧静在电话那头说道，语气有点儿沮丧。

“萧静，我相信你，但是我比较希望晚上能跟你当面聊。”简灵顿了顿，“你能去查看一下当年苏铭女友的那起交通意外的案卷吗?”

“你想调查当初的那起交通意外?”萧静有些不解。

“嗯，拜托你了。”简灵语气突然严肃了几分。

“好！我下午有空的话给你调出卷宗来看看，晚上吃饭的时候，我再跟你说。”萧静毫不犹豫地答应了。

简灵好几天没有回诊所了，所以她决定晚上赴约之前，先去诊所看看。她故意把车停到从前苏铭每次停车的位置，也就是从前周逸朗习惯停靠的那个位置。

她坐在车上，透过车窗，望着自己的诊疗室。简灵才发现，原来这个角度，正好可以看到自己的办公桌。这个时候，她发现自己诊疗室的窗帘被拉开了，她记得自己上次离开之前，是将窗户关上，也同时拉上了窗帘的。

“应该是张岩岩进去帮我拉开了窗帘吧?”简灵猜测着。

回想过去，简灵在没有接待病患的晚上，也会独自一人坐在办公桌前看书，一直到比较晚的时候才下班回家。此刻，她猜想，最初周逸朗还会来接自己下班的那些日子里，他是否曾经坐在车上，安静地看着坐在诊疗室里面看书的自己呢?她又想到了自己多次从诊疗室的窗户望出来，就看到了苏铭的身影。

苏铭那张轮廓分明的脸浮现在简灵脑海里，这使得她的情绪突然又变得焦虑不安。她打消了下车回诊所的念头，发动车子往跟萧静约好的餐厅驶去。

简灵到餐厅的时候，萧静还没到，她给简灵发了个信息说路上堵车，让她先在餐厅等一会儿。简灵有些懊恼，觉得自己应该直接去市局接萧静下班的，如今独自坐在餐厅里，坐立难安。

“简灵。”在简灵独自等了快一个小时之后，萧静总算是到了。

“先喝口水。”简灵递给她一杯柠檬水，顺便也递过了餐牌。

“刚才我过来的时候，看到了苏铭。”萧静压低了身子，靠近简灵小声地说了一句。

“他看到你了吗?”简灵皱了皱眉头。

“估计没有，就是看到他的车经过，就在我快到餐厅的时候。”萧静说道。

“那就好。”简灵松了口气，整个人背靠在椅子上，随手拎起眼前的水喝了两口。

“你最近有没有跟苏铭见面?”萧静跟服务员点好餐之后，开口问道。

“没有，我好些日子没见到他了。”简灵摇摇头说道。

“为什么突然问起苏铭的事情?”萧静脱下外套，卷起了袖子，“最近我是绷得太紧了，局里的事情挺多的。”

简灵第一次听到萧静说工作累，心想她最近估计也是因为自己的事情而弄得精神压力过大，她对萧静顿时有了歉意。

“我今天回了我的高中母校一趟，以前苏铭曾经提起过，他高中跟我一个学校，但是比我低一届。”简灵说着，又有了些犹豫，接着瞧见了萧静的那一脸倦意，心中顿时又下定了决心，继续说道，“然后我问出了一点儿事情来。”

“苏铭高中的事情?”萧静一手支着下巴，看向了简灵。

“是的，听以前的老师提起，苏铭在高中的时候就交过一个女朋友，但是后来那女孩出意外死了，而也就在那个事情之后，苏铭转学了，在他高三的时候。”简灵身子探向了萧静，“你记得杨灵的事情不？难道你不觉得这些事情都太蹊跷了吗？”

萧静沉默了一会儿，才开口说道：“杨灵的死，当初也让刑警队的同事们生疑，但是那起车祸并没有任何疑点。况且大家都是同事，自然大家也不会去质疑什么，或者去多问什么。”

“为什么是同事就不质疑了呢？”简灵不解。

“你给我打电话之后，我下午去认真翻了一下当初的卷宗，也找张达问了问。那场车祸，似乎是太完美了，完美到奇怪……”萧静的话还没说完，便被简灵的电话铃声给打断了。

简灵被这电话铃声弄得有点儿烦躁，赶紧拿起自己的手机，看到来电显示是林小嘉的名字时，她才心情又稍微平复了一点儿。

“林小嘉，有消息了？”简灵心情有些激动。

“是的，找到了一个他的同班同学，那人现在在电力局上班。我是用媒体的身份把他约出来的，听说他当初跟苏铭走得挺近的。不过听他说高中时，苏铭是个比较古怪内向的人，所谓的走得近也只不过是平常能说得上几句话而已。真正什么情况，估计只能你见着人之后，当面聊聊了。”林小嘉一口气地把话说完。

“那你帮我约他出来见面吧。”简灵已经等不及了。

“已经帮你约好了，就在今晚，我约他到我公司楼下的咖啡厅，时间定的是八点，你这边应该没有问题吧？”林小嘉说道。

“好，那就这样确定了，到时候见。”简灵感觉自己看到了一丝希望。

“林小嘉帮我约到了一个很重要的人，是苏铭高中时候的同班同学，今晚就去见面。”简灵有些激动，她又喝了两口水，稍微冷静下来，说道，“我不怕辛苦，就怕没有结果。”

“简灵，不管是什么事情，我都会支持你的，只要不是伤害到你自己的事情。等下，我跟你一起去吧。”萧静握了握简灵的手。

只是萧静这样一碰，简灵突然整个人僵硬在椅子上不动了。

“你怎么了？”萧静关切地问道，但是简灵依旧双眼盯着前方，那表情有点儿吓人。

不知道为什么，简灵心中有了莫名的害怕。这一切的顺利，让她回想起当初周逸朗出事前的种种，似乎有什么在背后推着自己前进，从一个深渊迈向另一个深渊。有什么更可怕的事情，在背地里正朝自己一步步逼近，就如同当日自己一步步地将周逸朗推向悬崖边一样。简灵害怕，害怕等待自己的将会是万劫不复……

3. 他的同学

简灵跟萧静到了约定的咖啡馆的时候，发现林小嘉正独自一人等在那里。

“你约的人呢？”简灵着急地问。

“估计咱都得等一会儿，小邓说临时有事，过会儿过来。”林小嘉打了个哈欠后，又补了一句，“小邓就是我给约的那位电力局的学弟。”

“嗯，好吧，我们就等等。”简灵侧过了身，看了看身后的萧静，又朝着林小嘉说道，“你们也很久没见了吧？”

“萧静。”林小嘉双手交叉在胸前，朝萧静挑了挑眉毛，说道，“这几年保养得还可以呀，整天待在那种环境里面，现在这模样真的算不错了。”

萧静倒是不在意林小嘉说的话，她似乎很早就已经对林小嘉的毒舌产生了免疫力。这时候，她抽出一张椅子，自顾自地坐下，然后才抬起头看向林小嘉，礼貌地说了一句：“很久不见。”

“你……”林小嘉“你”了老半天，也说不出下面的话来，估计她也没想到，这么多年过去后，萧静变得不再跟她拌嘴了，也只好尴尬地笑笑，扭过头看着窗外。

“真好，以前你们两个人一碰面都要比高下的，看来现在都成熟了。”简灵笑笑，也坐到了林小嘉的身边来。

“就你幼稚……”林小嘉小小声地在简灵耳边说了句。

“对方是个什么人？”萧静突然问道。

“在电力局上班的，我以前也没见过这个人，叫邓小刚，这名字一听就知道长得像路人。”林小嘉用手给自己扇了扇风，嘀咕了一句，“这咖啡厅不行，空调都不凉快。”

“你是看到我紧张，才冒汗的吧？”萧静冷不丁一本正经冒出这么一句，林小嘉被噎得一愣，半晌说不出话来。最后冷笑了一下：“我有啥事要紧张呢？”

“看来，你也只是采取了冷暴力战术。”简灵托着腮，看了萧静一眼，笑了笑。

“不过，林小嘉，你现在看起来很累。”萧静冲林小嘉微微笑笑，算是为之前的话语抱歉。但语气里也切实带着几分诚恳的关心。

“很奇怪，那天跟简灵去了花田回来，我就觉得整个人不怎么精神，老是很困很累，应该也不是因为工作量的问题，这两天我都把事情安排给下面的人去做了，花田回来的当天我也就只是去做了个采访，也没啥劳动量啊。”林小嘉说罢，又打了个哈欠，整个人缩到了椅背上，一脸的无精打采。

“小嘉，真的太麻烦你了。”简灵看到林小嘉疲惫的样子，心中有了歉意。

“你最近接触过什么奇怪的东西？”萧静继续询问着。

“没啥东西呀，那天去花田，我连花都没摸过，可能我最近维生素片没有按时吃，身体才出现情况吧，估计过两天就好了。”林小嘉撑起身子，又坐直了腰板。

“是吗?”萧静皱了皱眉，低下头似乎在思考着什么事情。

“别纠结在我的事情上了，我看看那个小邓什么时候到。”林小嘉说着掏出手机拨给那个叫邓小刚的人。

简灵端起面前的咖啡浅浅尝了一口，可能因为太苦了，她满嘴苦涩，还呛了一口，咳嗽了两声。

“你很少喝咖啡的。”萧静递给简灵一张纸巾，“虽然人需要学着改变，但有些没必要的改变就适可而止吧。”

简灵点了点头，她明白萧静说的话里还有着某些深意，然而也并没去思忖太多。

三个人坐在咖啡厅继续有一搭没一搭地说着话，过了有十多分钟，林小嘉突然站了起来，说了句:“到了。”

简灵紧张地朝着林小嘉抬头的方向望去，远远地就瞧见一个身材略微肥胖的男子朝自己这一桌走来。

“抱歉抱歉，三位学姐好，我是邓小刚。”这位叫邓小刚的胖子快步走了过来，他一手拿着纸巾擦汗，一手反复在自己裤子的大腿位置反复拭擦，可以看出来，他怕热，并有点儿紧张。

“我就是今天给你打电话的人——林小嘉，请坐吧。”林小嘉指了指自己对面的位置，邓小刚一屁股坐下去，椅子发出“吱吱”的声音。

“这两位都是我邀请过来的朋友，这位是心理咨询师，而这位呢，是一名法医。”林小嘉分别指了指自己身边的两个人，她似乎也看出了邓小刚的紧张，所以说话的语调故意提高了点儿。

林小嘉这爱捉弄人的性格，似乎不管多少年都不会改变。简灵心里想着，但也怕这位邓小刚会因为过于拘谨而问不出什么话来。于是简灵赶紧地朝邓小刚礼貌地点了点头。

“听说邓先生是在电力局上班?”简灵笑了笑，问道。

“是的，是的，是的!”邓小刚一边点头，一边擦着额头的汗，继续说道，“人太胖了，所以怕热。再说这咖啡厅里的空调好像也不怎么好，是不是坏了？”

邓小刚这话一出，萧静就忍俊不禁地笑了出来。林小嘉想到自己先前说自己很热而被萧静消遣了一回的事情，脸色马上就铁青了。

“可能是吧……”简灵意味深长地朝林小嘉看了过去，转过头对邓小刚又说了句，“你也不用太紧张的，大家今晚出来就随便聊聊，认识认识而已。”

“好吧，我……我叫邓小刚，巨蟹座，现在在电力局上班，平时爱好是打游戏，喜欢喝泡菜汤还有吃巧克力，然后喜欢的颜色是橙色，还有……”邓小刚开始了自我介绍。

“行了，行了。”林小嘉打断了他的话，她已经笑得合不拢嘴了。

“……”邓小刚茫然地看着林小嘉。

“又不是相亲，况且我们仨都有主了，今晚出来是有事情找邓先生你的。”林小嘉直截了当地说。

“哦，这样啊。”然而邓小刚并没有流露出失落的神情，依旧很兴奋地说，“能认识三位美女学姐还是很高兴，请问是什么事情需要我帮忙呢？”

“苏铭是你的高中同学，是吗？”萧静从角落里直接问道。

“咦！你们认识苏铭？”邓小刚倒是好奇了起来，继续说道，“我跟他高中同班的，但是毕业之后一直都没有来往了。哦！不对，不对，是他转学之后，就没有这个人的消息了。”

“我可以吃这个吗？”邓小刚边说边指了指桌上的巧克力曲奇饼干问道。

“吃吧吃吧，这都很好吃。”简灵把装着各种饼干的盘子往邓小刚的那边推了过去。

“那我不客气了，肚子好饿，本来想着回家吃饭的，但是时间不够。听说是媒体的人想和我聊聊，我还特意去买了套新衣服。”邓小刚笑了笑，嘴里还塞着饼干。

林小嘉把身体往后靠着，似乎生怕会有饼干碎从邓小刚的口中喷到她的身上。

“矫情。”萧静托着腮，瞥了林小嘉一眼。

“以前的苏铭是什么样的一个人呢？”萧静问道。

“苏铭啊，他个子挺高的，就是比较瘦，平时都很孤僻的，不爱说话，主要是他脸上很多痘痘，也许是这个原因吧，就特别自卑。不过，他成绩倒是很不错的。”邓小刚喝了口水接着说道，“反正挺奇怪的一个人。”

“孤僻？不怎么说话？”简灵觉得邓小刚口中的人，跟自己所认识的苏铭完全不一样。她所认识的苏铭是一个十分阳光、身材魁梧的男人，也善于跟人打交道。

“不可能吧，苏铭挺帅的啊！”林小嘉嘀咕了一句。

“他不可能帅吧！额前的头发整天都挡着那张坑坑洼洼的脸，很阴郁的样子。”邓小刚又拿了块饼干。

“那他为人怎么样？”简灵问道。

“他为人啊，这个不好说吧，应该也没什么啊，就是觉得吧，属于很容易被欺负的一个人，以前读书的时候发生过那么一个事。”邓小刚回忆着说道。

“什么事？”简灵紧张了起来，她估计邓小刚要告诉自己关于苏铭高中时候女友意外死去的事情。

“就是有次体育课，我们班上的男孩子都去打篮球。说起来，苏铭真的挺倒霉。”邓小刚总算是把嘴里的饼干都咽下去了，继续说道，“当时班上的男同学也不怎么爱搭理苏铭，但是那天不知道为什么，竟然邀苏铭一起玩了，可能觉得大家都是同班同学，整天挤对人家不好吧。虽然我长得胖，也没被那样老挤对。”

“你说重点呀。”林小嘉有点儿不耐烦了。

“你不要着急嘛。”邓小刚又吞了两口水，说道，“就是那天一起打篮球，本来打得挺好的，苏铭当时要投篮了，谁知道球没进去，球撞到篮板之后就整个飞了出去，砸在了一个人身上。那家伙是当时我们学校附近的一个小混混，别人都叫那小混混什么……什么来着？哦，刀子强，对！是叫刀子强。”

“结果两人打了起来？”林小嘉的八卦天性又起来了。

“打是确实打了，不过全程都是苏铭挨打，当时刀子强身边还有两个人，应该是他的混混兄弟吧。那个刀子强时不时就会从学校饭堂那边的门混进来，在球场瞎逛，不过平时也没惹事，就是那天苏铭惹到他们那伙人了。然后，他们三个人就把苏铭狠狠地揍了一顿，其他在场的人也不敢上去帮忙，都是学生，谁敢去惹那种社会不良青年呢！况且，苏铭跟大家的交情真的不怎么样，我跟他整个高中，也就是说过几句话而已。不过现在回想起来嘛，觉得自己真的是太小孩子气了，也胆子太小了，我应该去帮帮他的……”邓小刚说这句话的时候，眼神里面有了几分忧愁。

“你觉得他当时很可怜？”简灵问道。

“嗯！”邓小刚重重地点了点头，“大家都是同学，真的不应该那样冷漠，年少无知啊。”

“后来呢？”简灵没有想到苏铭还有过这样难堪的过去。

“那三个人把苏铭揍了一顿之后就走了，走之前还勒索了他一百块钱，要知道一百块对于当时的我们来说，真的挺多的。都是学生嘛，哪里有钱的，而且我们那是市一中，重点学校呀，都是很乖的学生，平时不会乱问家里要钱的。”邓小刚说这话的时候，神情有几分骄傲。

“行了，姐姐们以前也是市一中的。”林小嘉用同样骄傲的神色看了邓小刚一眼。

“哦……”邓小刚这个时候，没有先前那么紧张了，眼珠飞快地转动了几圈，扫过了眼前的三位女子，问道，“你们跟苏铭认识？”

“以前的老同事。苏铭被打了之后，事情就完结了，是吗？”萧静朝前探了探身子。

“那个刀子强真的是个流氓，在接下来的半个学期里面，都时不时跑到学校来找苏铭，向苏铭要钱。因为这个事情，苏铭特别苦闷，整个人变得更加阴郁了。苏铭的家境也不是特别好，我们都是住校，一个星期回去拿那么一百多块钱零花钱。他真的没少挨饿。但毕竟只是一个学生，能做出什么反抗啊？也只能任由那个刀子强宰割。最让人无语的事情，是苏铭当时的女朋友还跟那个刀子强出去过。”

“不是说苏铭当时很差吗，这都有女朋友？”林小嘉嘴里的水差点儿喷出来。

“人家可是尖子生，成绩很好的，成绩好的男孩子都受女同学喜欢，这有什么奇怪的。不过关于苏铭女朋友，也就是我们说说而已，是不是真的也不清楚，只是整天都看到他们走在一起。我试过拿这个事情打趣苏铭，但是他不理我。”邓小刚觉得林小嘉有点儿大惊小怪。

“你接着说吧。”简灵感觉苏铭的过去有太多自己不知道的秘密了。

“那女孩子长得也记不清样子了，不是我们班的，也是个学霸来着，所以就奇怪，那样子的女孩子怎么肯跟一个流氓跑出去约会的，刀子强那种社会青年什么女孩子没见识过，也瞧得上那女孩。全都是怪人。但是话说回来了，女孩子不也都那样，谁没点儿虚荣心，碰到个社会上的人，人家吹嘘点儿什么，就会盲目崇拜的，你们说是吧？”邓小刚说这话的时候，眼神正看向林小嘉。

“我可不是那样的女孩子，别看着我。”林小嘉不自在地转过脸，避开邓小刚的目光。

“他女朋友跟刀子强出去的那天，晚上苏铭也很晚才回到宿舍，估计当时他也很郁闷吧，自己去图书馆待得比较晚。”邓小刚说道。

“你们以前的学校图书馆开得很晚？”萧静转过脸问简灵。

“嗯。”简灵点了点头，说道，“很多高三党晚上都在图书馆待着的，学校为了冲刺升学率，图书馆都会开到差不多十一点，倒是白天的时候人很少，一般中午过后才开门的。”

“哦，难怪，那跟我们大学的图书馆的开放时间挺像的。”萧静点了点头。

“他当时一个人去的图书馆吗？”萧静问邓小刚。

“我怎么知道，去图书馆也是我们猜测的，不然在学校里面，有哪个地方能让他待到那么晚呢？而且他回来的时候，怀里也抱着几本书，当然就猜测他去了图书馆啦。”邓小刚笑了笑，问道，“你们就对我的事没兴趣吗？要不要也问问我高中的情况呢？”

林小嘉翻了个白眼，在那盘被邓小刚吃得所剩无几的饼干里面挑挑拣拣了几下，拎起块小饼干吃了起来，边吃边说：“邓先生你的事情可以稍后再说，现在先把苏铭的事情讲完吧。”

“嘿嘿，没问题。”邓小刚被林小嘉的话逗得又开心了不少。

“当时宿舍没关灯吗？你怎么看得到苏铭抱着书回来宿舍了？”萧静在这些问题上面，考虑得始终比较细致。

“偷偷告诉你们，那时候每天晚上宿舍关灯之后，我就光着膀子在宿舍楼道里面跑步，为的就是减肥，谁知道肺活量上去了，体重也上去了。哎！扯远了，那天晚上，我正在锻炼身体，跑着跑着就撞到苏铭了。当时我还打趣了他一句，说他这学霸都不懂劳逸结合。当时他没鸟我，只是低着头快步进了宿舍。”邓小刚皱了皱眉头，双手搭在桌子上，手指一下一下地敲击着桌面。

“你是觉得有什么不妥吗？”简灵留意到了邓小刚在思考那晚的情景的时候，身体做出的小动作。她猜测有什么事情，邓小刚是有所保留，没有向大家透露的。

“没……没有。”邓小刚思索了一会儿，摇摇头。

“你是因为事情过去太久，自己也记得不算十分清楚，所以怕说错什么吗？”很显然，萧静也发现了邓小刚的这些微妙心理变化。

“唉……也不是，只是我觉得有些奇怪，但又觉得不是重点，没必要说而已。”邓小刚扶了扶鼻梁上的眼镜框，“当时总觉得苏铭身上有股怪怪的气味而已。”

“汗臭味吗？还是女人的香水味？”林小嘉的八卦天性再一次发挥得淋漓尽致。

“那个年纪哪里找女人的香水味，林小嘉小姐。”萧静似乎为林小嘉的智商堪忧，托在手掌上的脸差点儿滑落。

“你别说，还真有点儿像，那股奇怪的味道里面有混合着点像香水的味道，但是我嘛……”邓小刚突然害羞地低下头，说，“我还没交过女朋友，所以也不懂是不是女人的香水味。”

“哼。”林小嘉得意地左右分别看了萧静跟简灵一眼。

“但有一点可以肯定的就是，自从那天晚上之后，那个刀子强就再也没有在学校出现过了。”邓小刚舔了舔嘴唇，依旧皱着眉头。

“整个事情也没什么可疑之处。”萧静转过身召来服务生，给邓小刚再添一杯果汁。

“那时候我们以为苏铭的女朋友会跟苏铭分手，投奔到社会青年的怀抱里面去的，谁知道刀子强再也没有出现过。也是从那天开始，学霸女友对苏铭更加是言听计从的样子，每天更加乖巧地跟着苏铭。两个人关系很好，一直到高三的时候，出了事，女的没了。”邓小刚歪着头，喃喃自语说，“其实我也是尖子班的，为什么女孩子没那么喜欢我呢？”

“你说女的没了，是怎么没了？”简灵知道，终于要说到苏铭整个高中阶段里面最关键的事情了。

“就是死了呀。”邓小刚倒是不忌讳地直接说出来。

“啊？”林小嘉倒抽了口气，毕竟她先前就接触过苏铭以前的女友杨灵，杨灵也是同样地在一场意外里面死去的，林小嘉比别人反应大是很合情理的。

“为什么会死了呢？”萧静也同样比较关心这个问题。

“别急，你们先听我把先前的事情说完整。”邓小刚接过服务生端来的果汁，大口大口地喝着。

“先前的事还没完啊？”林小嘉也是个急性子。

“嗯嗯！我高三毕业之后，迷上了打游戏，现在也喜欢打游戏。”邓小刚把杯子在桌上放稳，看向了萧静。

“有什么问题吗？”萧静问道。

“你是做法医的？”邓小文这话并不像是在询问，他低下头，玩着手指说，“我暑假的时候，玩游戏认识了一个朋友，是一位老警察。那大叔姓邵，不知道现在还在不在警察局了。”

不知道为何听到邓小刚说这话的时候，简灵就想起自己那晚上在市局的物证科遇到的那名姓邵的老警察。

“事情是这样的，我们一群游戏里的队友出来聚会，所以就见到了邵叔本人。邵叔跟我也算投缘，两个人聊得来，一来二去，就聊起我高中时候读书的事情来，我跟邵叔提起了以前学校附近有个叫刀子强的小混混的事情来。”邓小刚笑了笑，问道，“你们猜怎么着？”

简灵她们不约而同地摇了摇头，等待邓小刚继续说下去。

“邵叔知道刀子强，他告诉我刀子强后来没再出现是因为被抓了。所以说刀子强那家伙真的是个狠角色啊。”邓小刚惊叹道。

“他犯了什么事了？”萧静思考着，说，“这个人现在应该放出来了吧？”

“没有。”邓小刚摆了摆手，压低了声音说道，“贩毒！刀子强被搜出身上带了两百克的海洛因，两百克呀……多可怕的数字！这种贩毒吸毒的人最可恨了！”

“这是死刑。”萧静补了一句。

“对的，被抓了之后，没过多久就枪毙了。邵叔说刀子强从被抓到枪毙，一直在否认这个事情。但是他所携带的毒品克数，已经让他注定死亡了。”说到这里，邓小刚拎起果汁，一口气把杯中剩余的喝完，舒服地打了个饱嗝。

简灵觉得自己全身毛孔张开，有寒风从毛孔钻进自己的体内，从头皮彻底冰冷到脚底板。她试图让自己镇定，但是那忍不住抖动的手却出卖了她。

“简灵!”一张温暖的手突然覆盖在简灵的手背上，是萧静。

萧静朝简灵笑了笑，轻轻地摇摇头，似乎在安慰简灵不要乱想，有她在身边陪伴着。

“那刀子强也是罪有应得。”林小嘉嘀咕了一句，又问道，“这不对啊，你不是说他只是个小混混吗?”

“是小混混啊，怎么了?”邓小刚反问道。

“一个小混混身上能带着两百克的海洛因，不可能吧?那种在市井街头混的小流氓最怕死了，又不是真的道上的人。”林小嘉一脸不相信地看着他说道。

“反正，事情的经过就是这样，不信的话让这位美女回去问问有没有邵叔这样一位警察。”邓小刚指了指萧静，说道，“她不就是公安同志吗?”

萧静客套地笑了笑，没有回话。

“咱们不苟言笑的公安同志竟然这般亲民，真的是太难得了。”林小嘉扭头看向简灵，使了个眼色，说道，“我上个洗手间。”

简灵不懂林小嘉的用意，只是站起身来，让出了条小路给林小嘉走出去。

“简灵，你跟我一起去吧。”林小嘉趁简灵还没反应过来，就拉着简灵一同朝着洗手间的方向走去。

“你葫芦里卖的什么药?”简灵边走边压低声音问林小嘉。

“让萧静好好审问，我总觉得很多事情，没那么简单啊。”林小嘉突然停住了脚步，看向了咖啡厅的大门方向，死死地盯着。

简灵也看了过去，并没发现什么，但又不知道为何，有一股不好的预感油然而生。究竟又会有什么可怕的事情发生，她不得而知。简灵突然伸手紧紧地握住了林小嘉，她需要别人给自己支撑的力量。

“我这个人比较粗线条，但是萧静心细，我们两个人在你身边，你什么都不用害怕的。”林小嘉抽出被简灵握着的手，转而搭在她的肩膀上。

简灵第一次发现原来林小嘉的个子比自己高出不少，她这样搂着自己的时候，就像是有一股温暖的力量将自己环绕。以前周逸朗就很喜欢用手这样搂着自己，哪怕是走在大街上。她笑了笑，又回头看了眼不远处的萧静和邓小刚。

第十章　曾经的他

1. 不堪的灵魂

简灵跟林小嘉回来的时候，看到萧静眉头深锁，双手交叉叠在胸前，眼神犀利地盯着邓小刚。而邓小刚低着头不敢正视萧静，桌底下一只脚在轻微抖动，两个手仿佛不知所措般在椅子上来回磨蹭着，俨然一副犯罪分子接受警察审讯的现场。

“突然就这么严肃了啊？”林小嘉明知故问，但没人回应她。

“你在想些什么？”林小嘉凑近萧静小声地问了一句。

“一会儿再跟你说吧。”萧静没有看林小嘉。

“苏铭女朋友的事情，当时究竟是怎么个情形，你具体说说吧。”萧静语气生硬地逼问邓小刚。

“这事情不是已经说完了吗？就是她跟着刀子强出去约会，那一次之后跟苏铭的感情似乎变得更加好了，然而高三的时候突然自杀死了，我知道的就这么多了。”邓小刚说话的时候依旧不敢抬头。过了好一会儿，他突然看到林小嘉，双眼发亮转移话题，“学姐，你说你有男朋友是骗我的吧？不过，我觉得你最好看了，有男朋友也很正常。”

林小嘉一下子人就蒙了，等她反应过来的时候，生气地一手拍在桌子上。只是，与此同时，还有另外一只手拍在桌面，声响比林小嘉的还要大。所有人都齐刷刷地看向萧静，她不但一手拍在桌上，手掌底下还躺着她的警员证。

“邓小刚，你最好老实一点儿，刚才明里暗里的话我都已经跟你说清楚了，要是你不配合的话，我只能用公安的身份来与你交谈了，要不你也可以跟我到市局走一趟。”萧静神色严肃，简灵仿佛看到了在她身上有一道神圣的光环在环绕着。

邓小刚伸出手哆哆嗦嗦地将警员证件往萧静的方向推了推，赔着笑脸地看着萧静，说道：“大……大姐！这……这证件很重要的，还是收起来吧，等下丢了不好。”

“那你老实说。”萧静并没有把证件收起来，依旧死盯着邓小刚，林小嘉跟简灵都屏住了呼吸等待着。

“那女孩叫路露，长的样子实在让人难以记住，每天放学都会在我们班门口等苏铭出来。刀子强的事件之后，她就没再这样了，而是在教学楼的楼梯口等苏铭放学一起走。平时也不见她跟别的同学走得近，刚升上高三的时候，大家都很专注在学习上。开学没多久，就有了一次摸底考试，但是路露的成绩不理想。”邓小刚看向窗外，想了想，突然转过头朝简灵问，“我能再要一杯苹果汁吗？我低血糖，手抖。”说罢，抬起自己的一只手给简灵看，手指的确在轻微颤动。

邓小刚的手掌很宽厚，手指似乎比常人的要短很多，整个手看起来像某种哺乳动物的爪子。

“难道不是你买单吗？”林小嘉冷笑了一下，“怎么可能要我们女孩子请你呢？”

简灵却连忙站起，喊来了服务员为邓小刚添加果汁。

“谢谢！”邓小刚礼貌地笑了笑，继续说道，“路露成绩一直是年级里面前十名的，所以大家都知道她。但是那一次摸底考试，她不但跌出年级的前十名，连年级的一百名都没进去。之后路露被叫去谈话好几次，至于被老师找去谈的是什么问题我不知道。接着，在过了两个月左右吧，她就跳湖自杀了，大家都说她是因为高三学习压力大，所以才自杀的。”

“学校里面的湖？”萧静问道。

“是！”邓小刚不知道从身上哪里又掏出了张纸巾，再次开始擦汗了，“就是因为自杀的地点在学校，所以校方对这个事情十分重视。要是被媒体大肆报道说市一中的学生因为考试压力大而投湖自杀，这个会影响学校声誉的，同时也会影响到在校的学生。你知道的，对于高三的学生而言，高考的那种氛围真的挺压抑。学校就怕大家有样学样。当时有人看到路露自杀的，对于那几个在场者，校方都专门叫去谈过话，具体说了些什么，我就真的不知道了。我……我可以发誓保证，我说的都是实话。而且，事情过去很多年了，感觉也没必要再提起了。”邓小刚一脸惆怅地四处张望起来。

“你在找什么？”简灵感觉眼前的邓小刚，有着别人看不出的焦虑症状，她有些好奇想知道他究竟是被什么事情困扰着。

“没什么，就是……就是觉得坐久了脖子难受，扭动几下而已。”邓小刚生怕简灵瞧出自己的端倪，赶紧避开简灵的目光。

“平时多运动一下比较好。”简灵笑笑，然后递给了邓小刚一张自己的名片，说道，“想找人聊天的时候，可以到我上班的地方找我。”

邓小刚一边点头答应着，一边双手接过简灵递过来的名片，小心翼翼地收好放在自己的衣服手袋里。

“那就这样吧。”萧静仿佛松了口气般，拿起桌上的证件，放回自己的外套里面。

“你们看谁送邓先生回去吧？”萧静看着简灵和林小嘉问道。

“不用不用，我自己走就可以了，打个车很快的。”邓小刚快速站起来，临走之前还不忘把果汁喝完。

邓小刚走了之后，简灵她们三个人仿佛陷入了各自的深思里面。

“这个邓小刚在电力局上班，收入应该还不错的，怎么到了这把年纪都没买车，人也小气。”良久之后，林小嘉开口说道。

“你就是不满自己被这种男人看上呗。”萧静打趣道。

“拜托，我这一看就是优秀职场女性，哪里是他这种小角色能高攀的啊，要看上怎么都得看上你这样的。”林小嘉嘴上依旧不饶人。

“行了，这些事情没什么好讨论的。”简灵止住了林小嘉跟萧静的拌嘴。

“我想起以前的一个老案件。”萧静说道。

“景阳市的案件？”林小嘉又来了兴致。

“是的，我是听前辈说起的，那时候我刚进警队不久，一起吃饭的时候，别人聊起来的，具体我也没有去翻过案宗。”萧静挪了挪坐姿，调整到自己最舒服的姿势。

“是省厅督导的一个毒品案件，案犯是一名叫瘸哥的中年男子。当时，他从云南带着货来景阳，一路都有刑警便衣盯着这个人，想着能够将他的上线下线一网打尽的，但偏偏在抓捕之前，出了意外。”萧静说这话的时候，眼光是越过中间的林小嘉，直直地看着简灵。

“这个案件跟苏铭有什么关系？当时他也参与了这个案件？”简灵不解萧静提起这个事情望向自己的用意，仿佛是特意说给自己听的。

萧静摇摇头，接着说道：“并不是，那个案件很久了，当时苏铭都没有在警队。说回那个案件吧，瘸哥就是不知道发生了什么事情，回到景阳市之后就停止了一切行动。刑警队的人跟了他好多天，天天都守在他家门口，但是他就是不外出，开始都只是怀疑他是不是听到了什么风声，采取这样的手段来麻木警方。”

“后来呢？他肯定得出门的啊，总不能一辈子待在家里的啊。”林小嘉兴奋地摇了摇萧静的手臂，让她继续说下去。

“你淑女点儿吧。”萧静拨开林小嘉的手，语气里面并没有生气。

“行，我就是好奇而已。”林小嘉顿时又恢复她的女神坐姿，双脚规规矩矩地摆正，挺直了腰背，笑嘻嘻地看着萧静。

“你刚才说对了，他最终还是要出门的。”萧静朝林小嘉点了点头，“他出门的时候，是背着个旅行包的，当时警方以为他是要出去交易了，没有想到的是瘸哥去了长途汽运站，买票去了另外一座城市，抓捕行动就这样给扰乱了，但也只好这样继续一路跟着他，当时大家还以为他只是转移了交易的城市而已，偏偏他又给了大家意外一击，到了别的城市，他又奔去了机场，买了机票飞云南，大家也只能跟着去云南了。”

“你们当警察的真潇洒，也有说走就走的旅行呀！”林小嘉眨了眨眼睛，优雅地端起咖啡喝了一口。

萧静没有应她：“后来是省厅在昆明机场把他直接抓捕的，估计上头是觉得不能继续等下去了。”萧静说罢，手拨弄着林小嘉手提包上的挂饰。

“你干吗玩我的手提包啊。”林小嘉赶紧将手提包抱回自己怀里。

萧静耸了耸肩，继续说道：“当时那个瘸哥被抓捕之后，最奇怪的事情就是他身上根本就没有毒品，一切的线索都断了。”

“所以你说这个案件的用意是什么？”简灵不解地问道。

“瘸哥是有名的毒贩，他住的地方就在现在的紫荆花园那边。你也知道的，紫荆花园是开发商近些年才盖起来的小区，最开始那边都只是普通的平房，龙蛇混迹的地方，政府对于那片区的改建花费了不少心血。”萧静说道。

“是的，以前大家都不敢跑到那边去的。”简灵点点头。

“苏铭的家以前就在那儿。”萧静看着简灵，一字一顿地说道。

简灵想起邓小刚先前有提起苏铭家境并不好，对比起他现在的生活，苏铭是有着翻天覆地般的变化。促成他这种变化的，会要如何的辛苦努力与付出，可想而知。

“难怪他有暴力倾向。”林小嘉嘀咕了一句，“那都是小混混区，按道理像苏铭在那地方长大的，不应该会害怕学校附近的那个刀子强啊，你说奇怪不奇怪？”

“唉，谁知道……”简灵头往后仰着，她有太多解不开的谜团。

“对了，你刚才说的那个案件，毒贩身上本来是应该带着毒品的咯？”林小嘉仿佛已经不在意刚才萧静捉弄自己的事情，陷进那件老案件里。

“对，可惜什么都没有找到。”萧静点点头。

“能引起这样高度注视的，他身上本应该携带着多少毒品？也是两百克吗？”林小嘉随意地继续搭了一句。

“这倒不是，应该最起码有一千克才对……”萧静的话打住了，一脸的欲言又止。

“唉，这故事不好听。”林小嘉摆摆手说道，又打了个哈欠，“我累了。”

“早点儿回去休息吧。”简灵心疼地看了林小嘉一眼。

“行，你就送萧静回去，我自己开车来的。”林小嘉快速地站起来，拎起她的包，用手在皮包上拍了两下。

萧静点头，挽着简灵的手朝咖啡厅大门走去。

背后的林小嘉惊呼了一句：“你们都不买单呀！”

简灵送萧静回家之后，自己回了诊所。不知道为何，她莫名地又想起自己家被陌生人盗窃过的事情，感到惶恐慌乱。也许现在属于自己的安全空间，就是诊所的那个诊疗室了。但隐隐地又觉得，这地方是否真正安全，似乎也尚无定论。

有时候，因为知道有人等待自己，所以才急着回家。现在只剩下自己一个人的时候，关于家的概念，已经不重要了，只想找个安心的空间，好好地喘息着。简灵开着车，想着过去种种……

2. 真相

简灵回到诊所的时候，给林小嘉发了条短信息，询问她到家了没有，但是林小嘉没有回复。她估计林小嘉太累了，到家可能就睡了。最近为了自己的事情，林小嘉也是一直忙里忙外的，简灵对这个好姐妹心存歉意，只希望自己能早日走出阴霾，才算是对身边朋友们最大的回报。

简灵走到香薰灯前，滴下了让人能安眠的薰衣草精油。她看着眼前的微弱的火光，脑海里面闪现过那个《卖火柴的小女孩》的童话故事，忍不住自嘲。现在的自己，其实心境跟那个小女孩有几分接近，一心渴望家的温暖，然而冰冷的世界始终是现实并且残酷的，只能将眼前的一点点火苗，幻想成温暖的拥抱。

简灵盖着条毯子躺在沙发上，其实她最近睡眠质量都不好，总要等天差不多微亮的时候才能稍微入睡。她回想了一下，一切都是从周逸朗自杀的那天晚上开始的。是的，在结婚以前，她总是依赖药物才能入睡。简灵是心理医生，她很清楚自己在青春年少的时候，是怎样的心理疾病才导致自己一到了夜晚就成为了卑微得像瘾君子一般的人。

周逸朗曾经是治愈她的良药，如今又是再度将自己变为那瘾君子的毒药。她贪婪地嗅着这个小空间里面的薰衣草香味，企图让香气麻醉自己的脑部神经，带自己脱离这个现实的世界，进入梦乡。她知道自己不能再去吃安眠药了，然而，辗转到半夜，她依旧清醒。

就在简灵感觉自己身下的沙发快要被自己来回反复折腾得要塌的时候，她的手机亮了。她拿过手机一看，是萧静给自己发来了一条信息，简灵犹豫了一下才点开来看。

萧静问："睡了吗？"

简灵快速地给她回复过去，信息发过去不到五秒钟，萧静的电话便打来了。

"你怎么也大半夜的不睡觉？"简灵拿着电话，从沙发上坐了起来，揉了揉自己的太阳穴。

"睡不着。"萧静回答道。

"我心里有事，难不成你也是？"简灵试探般询问。

"是的。"萧静有些犹豫，但还是继续说道，"其实在地下室还有一些别的发现。"

听到萧静的话，简灵脑子仿佛"咣当"一声清醒了不少，着急地追问道："难道……难道是跟周逸朗有关的？还是跟别人有关？抑或说你们有别的嫌疑人？"

"简灵，你先冷静，听我把话说完。"萧静说道。

"萧静，你要把这个事情具体清晰地告诉我。"简灵心急如焚，从沙发上跳了下来，在房间内来回踱步。

"但是你明白我的职业，很多事情不能向你透露的，只是……作为你的姐妹，我才将这个告诉你，希望你能理解我。"萧静语气里有几分无奈。

"你言下之意，就是周逸朗的案件还有变数存在，对不对？"简灵语气里面带着几分激动，甚至可以说是兴奋，她感觉自己帮周逸朗洗脱嫌疑犯的罪名有了希望。

"我……真的无法再多说了，对不起，简灵。"萧静声音变得微小。

"那……还有什么是可以告诉我的吗？"简灵近乎哀求的语气。

然而，电话那头，只传来了萧静的沉默……

"萧静，难道你大半夜打电话给我，只是给我这样一个模棱两可的消息吗？"简灵失望起来。

"简灵，你要相信一点，就是真相终有水落石出的一天！"萧静语调稍微提高了一点儿。

“其实你可以等所有事情都能够告诉我的时候，再明明白白地跟我讲这些。现在，你给了一丝丝的光明，然后又残忍地掐灭了我的所有希望，这样的感觉太可怕了，我挣脱不出来的。”简灵无力地坐到了办公椅上。

“简灵，我已经尽了自己的最大力量了，能为你做的，我一点儿都不会迟疑，真的。”萧静语气也有些恼怒，简灵能够感受到，只是此时此刻，她实在是控制不住自己的情绪。

“周逸朗曾经是我生命中的一座灯塔。”最终，简灵吐露出自己的心声，“但是这座灯塔被毁掉了，我就像孤身处在一片茫茫大海，漂着漂着，没有方向，没有目的，没有任何的期盼……”

“简灵，你还有我，还有林小嘉。”萧静良久说道。

“但是，我想要一个家，我从小就想有一个完完整整、温暖的家，漂的感觉太累太可怕了。我不像你，不管是从前读书的时候放假回家，还是现在工作到很晚下班到家，都有父母围绕在身旁，我多羡慕你啊。”简灵感觉自己的情绪已经逼近失控了。

“其实你比谁都了解，在这个世界上的很多事，有了一方面的得到，就会有另一方面的缺失。你是心理医生，你接触到的病人那么多，难道你还要执着在这种缺失上吗?”萧静的话，一下子击中了简灵的心，使得她哑口无言。

“简灵，别再逃避了，逃避这个世界上其他人对你的关心，忽略那些想要对你好的人，这样你只会继续地缺失下去。你真的已经拥有幸福了，你有我，有林小嘉，我们随时都会在你需要的时候来到你的身边的，你就不能相信我们吗?”萧静不知道什么时候，语气里面竟然有了一丝的哽咽。

“对不起……萧静……”简灵吸了吸鼻子，她明白，自己的情绪失控在伤害自己的同时，也伤害到了这位多年的好友。

“简灵，我答应你，事情有了明朗的进展之后，我一定会在能告知的范围内第一时间跟你说的。但是在一切水落石出之前，你爱护好自己，不要再深陷在自己臆想的难过里面了。”

跟萧静通完电话之后，简灵光着脚，一直站在诊疗室的窗前。往事一幕幕像是电影倒映过眼前，眼泪不自觉地滑落。

她不知道自己站了多久，无声地哭了多久。当晨曦开始照亮窗外的街景，她才明白，再多的难过也是昨日了，新的一天到来了，她需要跟新的一天做战斗了。她走到洗手台前，用力地揉着自己的脸，仿佛只要这样做，就能将那张惨兮兮的面具卸去，然后就能重新地戴上坚强的脸孔。

简灵走出诊疗室的时候，碰到了刚来上班的张岩岩。张岩岩看到她的时候，有些意外。

“简医生，你今天真早，我起晚了，昨晚跟男朋友去看电影的首映场了。都怪他，硬要去看大片，弄得我今早都起不来了。”张岩岩虽然语带歉意，但是说话的时候，嘴角上扬，全身散发着甜蜜的光芒。

“没关系的，你又没有迟到，女人把心思多一点儿放在婚姻的经营与恋爱上，是好事情。”简灵脸上也扬起笑意。她突然感觉，自己能够感受到别人的幸福，也是一种满足。

“是吗？娥姐就老说我，说我年轻女孩就应该多努力工作，叫我有时间还是多看书，赶紧把心理咨询师的证给考了。但是我这么笨，都不知道考不考得过啊。”张岩岩瘪了瘪嘴，一脸惆怅地说道。

“我也不聪明，笨鸟先飞，这道理你听过，但是你得有实际行动，不然再过十年，你还是没有考到证书。现在开始行动，那么很多年过去后，你就是不一样的你了。”简灵鼓励张岩岩道。

“嗯嗯，简医生你人真好，我今天就开始努力看书！”张岩岩一副斗志激昂的样子，看得简灵忍不住扑哧笑了出来。

“好了，工作去吧。”简灵拍了拍张岩岩的肩膀说道。

“哦，对了，今天早上钊先生会来。”张岩岩说这话的时候，一脸的若有所思。

“咦，我觉得你对钊先生其实挺好奇的哦。”简灵打趣说道。

“就是好奇啊，整天戴着个墨镜，整得像电视剧里面的黑社会。还有还有，他整天穿着花衬衫啊，好奇怪。他不是很有钱吗？为什么要弄得像个路边卖水果的大叔啊？”张岩岩依旧好奇地说道。

“哈哈！这大概就是他需要来找我的原因吧。”简灵想了想，朝前台的茶几走去，拿了当天的日报就往自己的诊疗室走去。

等钊先生到了的时候，简灵还在拿着当日的报纸看。最近景阳市似乎都比较平静，没有什么重大的新闻，关于斩首者的事情，也似乎已经完全淡出人们的视线了。

“小简啊，你这沙发真的不好。”钊先生每次的开场白似乎都一样。

“呵呵，你将就着坐坐，我给你倒杯水。”简灵起身走到饮水机旁。

“以前，我太太说要是有了大房子，就要买一套意大利的真皮沙发，说那种沙发坐着躺着都舒服。现在我有那么多钱，每天晚上在家就躺在那意大利沙发上，开始时确实舒服。但躺得久了，也觉得不过如此……”钊先生伤感了起来。

“你先喝口水。”简灵将水放在钊先生的跟前。

“你说整天就只有我一个人坐那沙发，有什么意思？”钊先生这次不摘下墨镜，而是仰了头，搭在沙发背上。

“钊先生，你还是很想念你的太太，怎么不去找她呢？”简灵问道。

“她很喜欢看我穿花衬衣，那时候，我也是个帅气的小伙子。”钊先生答非所问。

听着钊先生的话，简灵心中泛酸，她能感受到钊先生心中的无可奈何，她完全明白那种失去了才懂得珍惜的心痛……只是，共情这种东西，只能作为一种对病人的治疗手段，而不是一种真正能将人拯救的力量。她也羡慕钊先生，每个月可以买一张机票跑去前妻的城市，远远地偷偷地看上对方几眼。而自己，任凭如何怀念周逸朗，也只能面对冷冰冰的墓碑。

下午，没有预约的病人，简灵一个人坐在办公桌前发呆。她莫名地又想起了那把古老钥匙。于是她从自己的手提包里将钥匙翻出来。这把本属于周逸朗的钥匙的复制品，在给到萧静后，被萧静又退了回来。萧静认为，比这把老旧钥匙更有作用的证据都已在手里了，这把模棱两可的物证，便没有太多意义了。

简灵将钥匙揣在手里反复地看，反复地摩挲。她总觉得，这把钥匙里面埋藏着巨大的秘密，仿佛只要解开钥匙的谜团，关于周逸朗的案件就能迎刃而解了。于是，她收拾了下东西，走出了诊疗室，她需要再去一趟老城区，到当初自己去的那家配钥匙的小铺里面寻找些线索。

老城区依旧萧条，车辆稀少。所以简灵车子行驶得十分顺畅，没有太多需要躲避的行人。

她这一次算是看清楚小铺的招牌了。“周志配匙”四个红漆篆体被写在一块铁片上，铁片在风中被吹得“咣咣”响。简灵猜测小铺的店主一定是位知识分子，因为文化人最爱的就是用篆书了。

“老伯，你好，你还记得我吗?”简灵上前客气地问道。

老大爷抬头看了简灵一眼，“哼”了一声，不搭理她。

“这个……老伯，我想问，你还记得我吗?”她瞧着眼前的大爷，莫名地想到了先前在公安局物证科遇到的老警员——邵叔，都是脾气古怪又上了年纪的男人。

“现在的年轻人真没礼貌，随便就老伯老伯地叫，你不认识字吗?”大爷有些生气地说道，顺道又指了指自己头顶上的那块招牌。

简灵抬头看了看，恍然大悟，赔笑地说道：“不好意思，周大爷。”

“什么？什么大爷！哼!”很明显，大爷依旧不满意简灵对自己的称谓。

“周叔。”简灵压低了声音，试探性地喊道，她生怕真的惹了这位大爷生气。

“我姓周……”大爷久久才吐出这样一句，又补充道，“你喊我周叔也没错，街坊邻里比较习惯喊我志哥而已。”

简灵差点儿笑出了声，她确定眼前的人是一位老顽童。

“那，那你记得我吗？”简灵将自己身体往志哥跟前靠了靠。

“靠这么近干吗，我又没老花，再说，我不认得你，你找我什么事？配钥匙就配钥匙，不是配钥匙就走，别浪费我时间。我很多事情要做的，一堆的钥匙等着我配呢。”说罢，志哥又低下头做事了。

简灵从志哥故意找事做、不搭理自己的反应，看得出来，对方是故意说不认得自己的。

“这把钥匙……”简灵边说边将那把老钥匙递给对方。

“这的确是我配的！”志哥接过钥匙说道。

“是，这钥匙的确是当初我在你这里配的。”简灵附和道。

“不是我吹牛，这种钥匙除了我这里能配，你跑遍全景阳市其他地方，都没人能配出来！”志哥骄傲地说道，“你们这些人也是怪，现在的锁不好用吗？为什么偏偏要用那些老锁？你们是文艺青年玩情怀是吧？我告诉你，没用的，情怀防不了贼！”志哥说完，转身就要往屋里走去。

“哎！志哥，你别走啊。”简灵着急地喊道。

“怎么？你不是还要继续配这个钥匙？”志哥又走了回来问道。

“你刚才说的你们这些人，是除了我之外，还有别人来配过？”简灵从对方话语中捕捉到了什么，试探性地问道。

“喊，你不是来配钥匙的。”志哥顿了顿，说道，“是的，还有个男人来配过！和你拿着彩泥不一样，他是拿着个硬纸片拓印来的。”

听到对方这样说，简灵心中有了疑问。假若是周逸朗来配钥匙，他完全只需要拿着自己身上的钥匙来配。就算他自己的那把真不见了，也可以拿简灵的过来，根本不需要用钥匙拓印。除非是……除非是志哥口中的男人不是周逸朗？那么，来配钥匙的男人又会是谁呢？

“那好吧，谢谢你。”简灵失望地说道。

“要配钥匙的时候，记得来我这儿，记住这招牌了——周志配匙！”志哥得意地又指了指头顶的招牌。只是此刻，简灵无心去理会这些，只是朝他点了点头，转身走了。

“这年头怪人真多，看着都是斯斯文文的人，估计都是书读多了，读坏脑子了。”简灵才走出几步，就听到身后的志哥这样唠叨着。他说的那句“斯斯文文的人”触动了简灵，于是，简灵赶紧又回到店里。

“志哥，你看看这个照片。”简灵边说边打开手机，点开了自己跟周逸朗的合照。

“你说的之前来配这把钥匙的人，是这个男人吗？”简灵着急地问道。

“怎么？晒恩爱啊？我告诉你，志哥我年轻的时候，迷倒过不少漂亮的女孩子，个个为了我寻死觅活的，就是不想祸害人家姑娘我才不结婚的。”志哥虽然嘴里这样碎碎念，但还是接过了简灵的手机，认真地看着照片。

“志哥，这个事情对我很重要，请你帮帮我。”简灵诚恳地说道，她知道这个大爷也是个口硬心软的正直之人。

“咦！不是这个人，不过这样看来，还是这个男人比较斯文，比较好看点儿，跟你也相配。你眼光不错嘛，这男的有我年轻时候的几分帅气，不错不错。”志哥点点头，满意地说道。

“志哥，你能不能形容一下，那天来配钥匙的男人是什么样子的？”简灵问道。

“高高大大的，具体的样子我也形容不了，记不清楚了。但是，如果能给我看到照片的话，我肯定是认得出来的。”志哥将手机还给简灵。

“那好，谢谢你，可能……”简灵犹豫了一下，继续说道，“我迟些还需要你的帮忙。”

“算了算了！不用客套，我就权当有个人过来陪我说话，你要来就来吧。”志哥摆摆手说道。

简灵跟志哥道别之后，心中有了计划，于是，她心急火燎地往诊所赶去。这座城市很大，大到简灵觉得一分一秒都过去得特别慢。从老城区回到诊所，哪怕只是二十多分钟的时间，都足以让很多事情有了改变。简灵不惧怕时间与距离，她只怕自己无力承担接下来的改变。所以，她只能让自己变成一个跟时间赛跑的人。她要掌握所有的关于命运的变数，在这座城市里更加坚强地活着！

简灵将车停进了诊所的停车场，掏出手机打给了苏铭。

“你好。”简灵语气不自觉地生硬，哪怕她已经努力地伪装热情。

“最近好吗?”苏铭倒是不在意简灵的情绪。

“还不错。”简灵把电话跟自己的耳朵拉开了一点儿距离，倒抽了口气，她这样做是害怕苏铭听到呼吸声，猜测到自己此刻的紧张。

她顿了顿，接着尽量很平静地问了句：“你呢？最近心理状况怎么样?”简灵努力装出自己只是作为心理咨询师正常的回访，等待着苏铭势必会提出的约会。

“我也挺好的，晚上有时间吗？我想去诊所和你聊聊……嗯！聊聊我的心理障碍。”苏铭并没有让简灵失望，很快就进入了简灵想要的计划，仿佛一下子就忽略了先前简灵对自己的冷漠。

“好啊，八点，你过来诊所吧。”简灵爽快地答应道。

“嗯，八点见。”苏铭回答道。不知道为何，简灵似乎听到电话那头传来了具备着男性特殊吸引力的喘气声，这使得她心跳加速，不知道究竟是羞愧还是恐惧。

“你在运动啊?”简灵其实心里清楚，这个点并不是苏铭去跑步的时间段。

“没，我在帮朋友搬家。”苏铭回道，又补了一句，“我先忙，晚上八点钟见。”

不管是何种答案，简灵已经朝着自己的目的踏出第一步了，她需要做的是等待晚上与苏铭见面之后，将心中的计划继续下去。

简灵坐在车上，看着远处的大马路。虽然接近下班时间，但是因为诊所所处的地段属于这个城市的高级住宅区，所以依旧显得清冷，并不会像市中心那样堵车。当初选这个地方，也是无心插柳，谁都没有想到这一年一年的变化，附近都成了富人区。简灵不得不佩服周逸朗的眼光。他的确是个很出色的高级财务人员，所有事情经过他手都能点石成金般。

如果周逸朗依旧在这个世界上，那么他的将来，会是更加的辉煌的吧？简灵忍不住这样猜测着。可惜的是，自己将他推向了灭亡……

简灵还不想下车，只想安安静静地待在车厢这个狭小的空间里面，整顿一下心情，好面对晚上可能发生的一场风暴。

3. 最后的拥抱

“简医生，你的晚餐我放到你的房间了。”张岩岩看到简灵进门，站起来大声说道。

“好的，谢谢你。”简灵感觉张岩岩现在的行动力越来越强了，自己在回来的路上只是给她发了个信息，没想到回到诊所，她就已经帮自己买好晚餐了。

“娥姐已经下班去接儿子了，我也准备下班了，今天晚上要去上课。”张岩岩微微笑着。

“哦，是心理咨询师的课，是吧？”简灵想起自己早上跟张岩岩所说的话。

“是的，我已经落下很多课了，想着你早上说的话，我也的确要行动起来才对。”张岩岩边说边拎起挎包往门口走去。

“路上小心。”简灵跟张岩岩说了再见，看着诊所的门合拢。那锁舌吐出的声音清脆，令她心宽。简灵这才转身，往诊疗室走去。

刚要踏进诊疗室的她，脚步却停住了。这个时候，她才想到诊所晚上只剩下自己一个人，那么……那么……晚上就只有自己跟苏铭两个人。简灵原本已经平复了的心情，又起了波澜。她有些慌乱，在犹豫自己是不是应该打电话给林小嘉或者萧静，让她们其中一个晚上过来接自己下班。最终，她打给了萧静，毕竟最近林小嘉精神状态不太好，她不想麻烦小嘉太多了。

“那你等我啊，我尽快忙完。”萧静应道。

简灵回想起自己凌晨跟萧静之间的争吵，如今自己主动找她，就是愿意跟她亲近和好了。她想这样也不错，一直以来，萧静都是对自己不离不弃的。先前就一直矛盾，害怕自己迁怒在萧静身上，而失去了这么一位多年的好姐妹。如今两个人还是能好好地相处，这是简灵最想要的状态。

她独自在诊疗室吃完了晚餐，又看起了那份已经被她翻阅得起边的当天报纸。她尝试用各种方式来转移自己的注意力。只是简灵心中也会忍不住地自嘲，自己不过在遵循着周逸朗的一些生活习惯轨迹，来改变自己罢了。周逸朗就是很爱读报的，不管多忙，当天的新闻必须看完才睡觉。

时间不知不觉间就到了快八点，简灵收起桌面上的东西，整理了身上的衣服，吹灭了香薰灯。她怕不管什么样子的精油，都会波动到苏铭的情绪，让他做出什么始料不及的事情来。自从上次对他催眠但他却能自己提前清醒过来，简灵就了然，苏铭这个人心理防御机制比一般人都强。香薰精油这一类东西作用在他身上，也不能用平常人的反应来对他做出准确的判断。

“你瘦了。”苏铭的声音突然出现在简灵身后诊疗室门口的方向，吓得简灵猛地回过头来。

“是吗……”简灵一转身，正好对上苏铭投向自己的目光。她清楚记得，张岩岩走的时候，那锁是被张岩岩按下了的，并且自己还清晰地听到锁舌合拢的声音。难道……难道自己因为这些天的睡眠不足，而有了某些幻听？

她有些紧张，但也不敢表现得过于明显。于是，她两个手收在了自己的身后，握着拳头，手指在拳头里面来回搓着指甲，并转过了身。

苏铭今天穿了一件深灰色的衬衣，衬衣底下结实的肌肉将衣服撑得饱满，皮肤较之前见面的时候黑了些，似乎最近在户外的频率比较高。

“你请坐。”简灵做了个请的动作。

“来的路上给你买了点儿零食。”苏铭边说边将一袋子的东西放在茶几上。

简灵有些意外苏铭的这个举动，毕竟自己是没有吃零食习惯的人。

“谢谢。”简灵还是礼貌地道谢，并给苏铭倒了一杯温开水。

“今天的裙子很性感。”苏铭的目光在简灵身上游走，简灵被看得有些不自在，于是她故意把头压得很低。

简灵扯了扯裙摆，她不知道自己接下来应该说点儿什么，仿佛一见到苏铭人后，就忘记了自己本来计划要做的事情。

谁知道就在此时，苏铭跨开步子，上前两步就站在了简灵跟前，张开了双臂，将她紧紧地抱住。简灵想要反抗，但那股橘子香味钻入鼻孔，又让她变得无力反抗。她的身体从原本的僵硬，随着时间的点点滴滴流逝，渐渐变得柔软，甚至有点儿像是攀附在苏铭身上。简灵惊恐自己身体的变化，但又无法拒绝这突如其来的依靠感，她还有些自欺欺人地认为是最近的精神衰弱所导致的。

“你很固执。”苏铭的手抚摸着简灵的发丝。

“我没有。”简灵声音有些小，生怕自己说错话就掉进了苏铭的任何圈套里面去。

“明明也想念我，却故意撑到今天才给我打电话，还说不是固执，何必执拗这种事情。你心中很明了，只要你说，我就会不顾一切地来到你身边。”苏铭的语气里面全是溺爱，可惜简灵听起来又莫名地感觉毛骨悚然。

“你是洗了澡再过来的吗？”简灵故意岔开话题，顺势推开了苏铭，走到了办公桌前，坐了下来。

“我每次与你见面，都会郑重其事。”苏铭双手插进裤袋，眼神直勾勾地看着简灵。

简灵不说话，只是报以浅浅一笑。桌子底下，双脚交叠在一起，她尝试各种看起来不容易被察觉的办法来掩盖自己内心的波澜。

“工作上还有点儿事情没处理完，你先在沙发上坐一会儿，不介意吧？”简灵语气温柔地询问着。

“嗯。”苏铭柔声应道，坐到了沙发上。这一次他并没有继续看简灵，而是随手拿起茶几上的杂志翻阅了起来。

简灵偷偷地深呼了口气，手掌都已经冒汗了，以至于拿手机的时候，差点儿就把手机滑落到地上。她故意拿起手机，假装看信息，将手机的摄像头对准了沙发上的苏铭。她怕自己因为紧张而手抖，于是连续拍了好多张照片才作罢。计划已经按照自己所安排的完成了，她将手机收好，又假装看了一会儿电脑。

“那个……”简灵探出头，看向了苏铭。

“嗯？”苏铭放下手中的杂志，抬头应声道，“忙完了？”

“还没有，临时出了点儿变故，估计要忙到很晚才可以。”简灵重新把注意力转回在电脑屏幕上，这样就能阻挡苏铭看自己的视线。

“没关系，就这样陪着你也挺好的。”苏铭应着，简灵可以从他的语气里面听出愉悦。

简灵沉默了一会儿，再次开口说道："苏铭，其实，你可以先回去的。"

听到了简灵的话，苏铭从沙发上站起，走向了她。

"我等你忙完，再送你回家吧。"苏铭语气坚定。

"不用了，你回去吧。"简灵始终盯着电脑屏幕看，手指在键盘上飞快地跳动，用假装的忙碌来打发苏铭。

"你是发生了什么事情吗？"苏铭不再靠近，只是站在原地。

"我想安静地把工作做完。"简灵语气冰冷。

"简灵，我能问你一个问题吗？"苏铭一字一顿地说道。

"我不会回答你任何问题的。"简灵心中一阵慌乱，她觉得自己此刻就像是一只已经躺在猎人枪口之下的猎物，随时等待着被宰割。她的心跳加速，不知道自己该从哪个方向逃脱。

"为什么？"苏铭低声吼道。他突然的发怒，吓得简灵全身一颤，双手凌空在电脑键盘之上。

简灵不想跟苏铭解释太多，此刻心中最是惶恐的，就是害怕自己偷拍苏铭照片的这个事情会败露，那么自己的计划就都前功尽弃了。

"对不起，我吓到你了。"苏铭自顾自地摇着头，道歉着。

对于苏铭此刻的情绪失控，简灵并不动容，她只感到那种将要接近真相的亢奋与对苏铭的恐惧在心头矛盾地交织着。

"别再说下去了。"简灵大声呵斥道。

"不，简灵你听我说完，我不能再等了，今天必须把所有的话告诉你。"苏铭朝前跨出一步，魁梧的身材让简灵有了一种巨大的压力。

"在我高中的时候，我就遇见了你，你回眸一笑，特别美。也是从遇见你的那天开始，我才明白这个世界上有如此美好的女孩。我知道，你当时的那一笑不是对我，可是这不重要。简灵，我在市一中，每次只要能远远地看上你一眼，就心满意足，人生才显得有了意义。于是，你变成了我一切改变的动力。可惜的是，最终，我与你的生活轨迹擦身而过。一直到我在去年重遇你。我明白，这辈子我最想做的事情就是在你身边守护着你，一辈子不够，下辈子也继续，永远如此地守在你身边，对你好……”苏铭语气平静地向简灵表白。

简灵一愣：“苏铭，你刚才说，去年开始你就重遇我了。难道，你我不是在景阳公园那个凶案现场才结识的吗？”

苏铭摇头：“我所说的重遇，是发现你依旧在我生活圈子里。我苦苦寻觅，最终才发现你不过是躲在这座城市的角落里，苦苦守着一段枯燥的生活与一个枯燥的男人而已。而你所说的景阳公园那次，不过是我真正走到你身边来了而已。也就是从那天开始，我憧憬着，自己即将真正拥有一个女人，拥有一个像你的女人。”

“你别恶心我了。”简灵气愤地打断了苏铭的话，从椅子上起来，走到苏铭的跟前，指着他问道，“苏铭，你不是跟我说过，你因为工作的关系，一直没有接触过女性吗？那么，你告诉我，路露是谁？”

苏铭错愕地看着简灵，久久才回答道：“路露是我高中同学，不是一个班上的，我们是好朋友，走得有些亲近罢了。”

“哼！”简灵冷笑了一声，继续质问道，“那请你告诉我，杨灵又是谁？”

苏铭面无表情，仿佛心中早就知道简灵会如此地向自己发问。他突然侧过身子，看着墙上的挂钟，说道：“杨灵的确是我的女朋友。”

“承认了吧，说什么对我一心一意都是假的，实际上你之前有过杨灵，甚至还有过更多的杨灵！”简灵依旧激动着。

“我是个正常的男人！”苏铭不知道是不是因为被简灵的情绪所带动，人也变得激动起来，声音再次变大。

“杨灵是个石女！”苏铭猛然伸出手来，双手用力地抓住了简灵的肩膀。

“你懂什么是石女吗，简医生？石女就是先天性的阴道缺失或阴道闭锁，生殖器官中阴道或阴道和子宫的发育不良或缺失，导致无法进行正常的男女之事！”苏铭松开了手，无力地垂在自己两侧的大腿上。

“我跟杨灵之间，根本就不是正常的男女关系。”苏铭摇了摇头，可能他也觉得自己有点儿失控，自觉地退后了一步，“简灵，你知道我为什么会选择她吗？她笑起来的时候很像你，但也仅仅是像而已。她的举手投足之间，根本就没有你的气质，跟她相处久了，就越看她越碍眼，感觉她就不应该存在在这个世界上。她这样的一个女人，凭什么东施效颦你呢？她普通得哪里有资格笑得像你？不管多少年，你在我心里面的地位，只是越来越重要，谁能替代你呢？”

苏铭继续摇着头：“我也好想有个别的女人走进我的生命中来，好拯救我一下。可是，最终我发现，只有你才是我的救世主。终于，你再次出现在我世界里，于是我放弃挣扎了，心甘情愿地让那住在我的思想中的你吞噬我的生命。”苏铭苦笑着说完这些话。

简灵双手无力垂下。从来没有一个人像苏铭这样深情地对自己表白，简灵感觉自己整个人正在被一团炽烈的火焰，燃烧全身，逐渐融化。

“求求你，就让我在你身边吧。我并不需要有什么位置，哪怕只是守护着你，也心甘情愿。”苏铭话音刚落，就不由分说地将简灵拥入怀中，粗暴而又热烈地强吻简灵的双唇。

简灵试图抵抗苏铭这个带有掠夺性的吻，但她紧接着发现自己犯了一个很大的错误——那就是自己作为一个女人，在这么一个并不大的封闭空间里，根本无法抵抗对方的身体举动。意识到这点后，她开始感受到巨大的害怕。

“简灵！”熟悉的声音随着突如其来的敲门声，传到了简灵耳中，简灵欣喜若狂，用尽力气地将苏铭推开。

第十一章　血滴

1. 爱的名义

“苏铭?”自己扭开门后的萧静，吃惊地看着站在简灵身前的苏铭，“你怎么在这里?”眼神里面，分明还带着几分警惕。

苏铭不言语，情绪复杂地看着萧静。

简灵尴尬地站在原地，不知所措。最终，她迈开脚步走向了萧静，说道：“你到啦？那我们可以走了。”

“你约了萧静?”苏铭小声说道，就好像一个玩具被夺走了的孩童。

“临时约的。”简灵试图掩饰什么，也试图解释什么，只是话说出来之后，才发现自己此时此刻的情商变得几乎为零，话怎么说都不够圆。

“你可以走了。”萧静双手交叠在胸前，身子倚靠在门背上，对苏铭冷冷地说道。

听到了萧静的话，苏铭却半点儿没有离开的意思，似乎暗地里要跟萧静较劲，试图强迫简灵在今晚就做出跟自己走的决定。

“苏铭，你先走吧。”简灵的话让苏铭始料未及，他失望地看着简灵。

“你已经听到简灵说的话了，苏铭，你……”萧静的话说了一半，又瞧了简灵一眼，“不管发生什么事情，我都会保护好简灵，这点请你放心。我有这个能力的。”她一语双关。

“好，你自己保重，再见。”苏铭不再坚持，但也没再看简灵一眼，大步走出了诊疗室。

一直到苏铭的脚步声消失在外面走廊的尽头，简灵才敢挪动步子到萧静的身边。

“我之前跟你说过，当心苏铭这个人。”萧静语气淡淡的，简灵听不出她的情绪来。

“我……”简灵话到了嘴边，竟然不知该如何继续说下去。于是，她默默地走回自己的办公桌前，关掉电脑，随便收拾了一下就拎起了自己的手提包，冲萧静微微苦笑。

“你刚打车来的啊？”简灵试图找话题缓和尴尬的气氛。

“张达送我过来的。”萧静依旧站在原地，似乎并不打算马上跟简灵离开。

“我送你回家。”简灵心虚地说着。

“有些事情，你不想说，我不会去追问的，但是我只希望你明白，很多事情并没有表面上看的那么简单，光鲜亮丽的背后可能是错综复杂的狰狞。”萧静最终态度还是温和了下来。

萧静的这番话，令简灵差点儿就要把老锁匠的事情给说出来了，可是她最终忍住了。

“我知道你担心我。”简灵也泄气了般地坐在了沙发的扶手上。

“刚才苏铭应该没有对你做出什么不好的事情吧？”萧静还是看出了简灵心思凌乱的端倪。

简灵差点儿条件反射般地去擦嘴，生怕自己的唇上还残留着苏铭的痕迹。但很快，她反应过来，萧静是法医，自己身体上的任何细微的痕迹，她怎么可能没有察觉呢？所有的问题也不过是对自己明知故问而已。

“走吧，我送你回家。”简灵摇摇头，站了起来，朝前一步说道。

萧静不回应，耸了耸肩，也转身往诊所的大门走去。

简灵跟萧静两人上车之后，车厢里面的气氛依旧有点儿沉闷。两个人似乎都不愿意先开口说话，最终，又同时地开了口。

“你先说吧。”简灵笑了笑。

“你以前会经常去周逸朗的老宅吗？”萧静问道。

“你是指周逸朗出事以前？不，基本不去，太远了。我跟逸朗平时也都很忙，连一起吃个早餐的机会都很少。”简灵苦笑了一下。

“嗯，我们在地下室还有些别的发现。”萧静掏出手机，似乎是在翻看手机里面的相册。

“你电话里面有跟我提过，现在，是否有什么是可以告诉我的呢？”简灵有些意外，她不清楚萧静是否瞒着别人来告知自己，抑或说案件已经进展到可以对自己详细解释的地步了。

“的确，在周逸朗老宅的地下室里面，我们发现了一大包海洛因，有七百多克。”萧静边说着边看手机。

“你说什么？”简灵一紧张，猛地踩下了刹车。

“你小心点儿开车，这在大马路上很危险的。”萧静责怪道。

“不好意思，你继续说。”简灵又瞥了萧静一眼，问道，“你在看什么？”

“没什么，就是一些照片。”萧静将手机收好。

简灵心里也有几分猜测，刚才萧静手机里面的照片拍的应该就是地下室的环境，还有她口中的那一大包海洛因。

“我们在探寻周逸朗的周边人脉，最终得出某个结论。”萧静卖了一个关子，说道，“不过，在我将这个结论告诉你之前，你必须答应我，不要再跟苏铭见面了，好吗？”

“你说什么我都答应你，你先把刚才说的事情讲完整。”简灵此刻心中只关心周逸朗的一切，其余的人和事一下子就被她抛诸脑后了。

“结论就是那东西不可能是周逸朗的，除非……”萧静有些迟疑，但依旧把话说完，“除非是有人故意放进地下室的。”

“那包海洛因是不是已经年份很久了?”简灵脑海里面想起了萧静曾经提起过的那一桩关于毒贩瘸哥的陈年旧案。

萧静愣了一下，摇了摇头，说道：“我知道你在怀疑什么，关于多少年份，暂时还验不出来，那包海洛因被储存得太好了，当初包裹得实在是太紧。”

“应该没什么事情能难倒你法医萧静的。”简灵深深叹了口气，问道，“你家是前面红绿灯右转吧?”

“是的，你很久没来我家了。”萧静整个人靠上了椅背，看向了窗外。

“现在才开始认路，你懂的。”简灵想起从前，自己去萧静家不是自己坐车过去，就是周逸朗接送。曾经的路痴，也只是因为周逸朗的离开，自己需要习惯独自开车，才强迫自己认路。

“嗯，我懂的，刚才也只是随便说说。”萧静又陷入了沉思一般，过了很久又补了一句，“以后有时间来我家坐坐，我爸妈也挺想念你的，妈妈年纪大了，最近老不记事。”

“我到了，你照顾好自己，有事随时打电话给我。”萧静下车前，意味深长地看了简灵一眼。

简灵故意与她对视上，轻轻点了点头。等看到萧静已经进了小区的大门，她立马扯过张纸巾，用力反复地拭擦自己的双唇，一直到嘴巴被自己揉得生疼了，才作罢。

简灵回到家中，突发奇想地把卧室里面的浴室简单收拾了下，顺便将那个一直被闲置的浴缸也洗一遍。她发现先前找来的钟点工，并没有认真打扫，眼下这浴缸上覆盖的灰尘依旧与原来一样。可能钟点工觉得我不需要使用这个浴缸，就不清洗了吧？简灵这样想着。

当她看着温热的水慢慢地注入缸内，心中有了些欢喜。只想水赶紧注满，好把身体浸泡进去，让自己的身心都得到放松。同时，也洗去那股似乎还萦绕在自己身上的，微弱的来自苏铭身上的橘子香味……

十分钟后，简灵半卧在浴缸里面，整个浴室水汽盎然，使得人昏昏欲睡。她想起了晚上苏铭对自己的那些话，还有那个差点儿将人吞噬的吻……想着想着，她感觉自己缓缓没入了水中。

眼前的一切都显得特别模糊，简灵模模糊糊觉得，自己此刻站在了景阳公园。毕竟这个地方，曾经是自己每天上下班必经之地。简灵独自地走在小径上，两旁的树被风吹动，树叶沙沙作响。

“今晚的景阳公园怎么那么暗?”简灵心中嘀咕着。

她朝着公园的湖边走去，渐渐地，视野变得开阔，四周的路灯也亮起。就在这个时候，简灵猝不及防地被一个奔跑而过的少年撞倒了。她来不及感受腰间传来的痛楚，就发现那个少年在撞到自己之后，站在原地，朝着自己一脸坏笑。他个子不矮，但身材瘦弱，额前的头发很长，有些挡住了他的眼睛。但是那微微上扬的嘴角，使得简灵全身都不自在。于是，她不想去搭理这个少年。

“姐姐。”就在简灵正要转身离开的时候，少年喊住了她。

“你叫我吗?”出于礼貌，简灵还是选择了回应少年的喊话。

“你难道不觉得奇怪吗?”少年站到了简灵身边，十分贴近，这种陌生的亲近让简灵有些抵触，哪怕对方也只是个半大孩子。简灵第一次有了这种感觉。

“什么奇怪呢?”简灵试图耐着性子来跟对方说话。

“你来。”少年二话不说，就牵上简灵的手朝着某个方向走去。

简灵发现自己竟然没有办法拒绝这个少年的邀请，只能任由他牵着自己朝未知的地方走去。

“你看那个人。”他突然停住了脚步，指着远方。

简灵看了过去，只见不远处站了一群人，瞧着那群人的衣着打扮比较像那种不务正业的社会青年。

“你认识那些人？”简灵稍微低下头，问对方。

只是……只是她依旧看到少年那看似不怀好意的笑容。

“你等着。”他松开了原本牵着简灵的手，一步一步走近那群男女。奇怪的是，那些人竟然没有察觉少年的靠近，依旧寻欢作乐。

少年从自己的裤袋里面，掏出了一包白色粉末状的东西，快速地放进其中一个人的背包里面。

简灵见状，立马奔跑上前，想要阻止男孩的行为。又或者，想趁男孩在被人发现之前，赶紧将他带走。只是，简灵才跑出了两步，就被脚下的什么东西绊倒了，她吓得闭上了眼睛，等待着将要感受的疼痛……

她猛地惊醒。简灵并没有感受到任何的疼痛，只感觉到全身上下的冷意。她坐在浴缸里面睡着了，做了一个奇怪的梦，醒来的时候，手脚都被水泡得起皱。但她并不着急离开浴缸去穿衣服，脑海里面全是刚才梦中那个小男孩将一包酷似白粉的东西塞到别人背包里面的事情。

“小男孩将毒品嫁祸给别人？”简灵脑海里面闪现过这样的一个猜测，她吓得猛然从水中站起，差点儿因脚滑而跌倒。

那么……那么……周逸朗，是不是也是被某个人这样嫁祸的呢？

而这个时候，简灵脑海里面，只出现了一个人的身影，那个身材魁梧、时刻都想要守护在自己身边的那个人……

2. 转介的来访者

简灵第二天像往常一样去上班，一到诊所，就听到张岩岩说今天有位娥姐那边转介到简灵这边来的病人。虽然这样的事情很正常，只是简灵有些好奇，什么样子的病人会是娥姐搞不定的呢？毕竟娥姐已经是这行业里面的前辈了。

“听说是一位大妈。”张岩岩凑近简灵悄悄说道，边说还边往简灵的诊疗室看去。

“人已经到了？”简灵疑惑地看着张岩岩问道。

“嗯。”张岩岩点点头，“不过现在去了洗手间。你没来，我刚才一直是让她坐在前台这边等着的，而且她之前也没有约好，就是临时说转介到你这边，今早就直接跑过来了。”

“我知道了，你先去忙吧。”简灵拍了拍张岩岩的肩膀。

“对了，简医生，那位病人的资料我吃完早餐之后发到你邮箱。”张岩岩低头点开了电脑，又抬手看了看手表，嘀咕道，“也真是奇怪，都不到上班时间，还有半个小时呢，那么一大早跑来。”

诊所一般是早上九点半才开始接待病人，如果有特殊情况的病人需要很早过来与心理医生见面，那么就需要提前预约。显然，这位转介而来的病人，要么就是性格比较特立独行，要么就是真的有着压垮自己意志的事情需要帮助。不论是前者还是后者，似乎都是个轻易不能解决的事情。

“不用了，我不想对这位病人有任何先入为主的观念。”简灵说罢就径直朝诊疗室走去。

每一位心理咨询师在面对病患的时候，都会依照自己的习惯来对病人采取相应的治疗方法，所以简灵不需要提前去了解太多这位转介过来的病患的资料。简灵需要做的，就是接下来面对这位病人，听她诉说自己的故事。

简灵看着眼前的病人，她的头发随意地扎在脑后，神情有点儿紧张。从衣着打扮上，实在是猜不出她的真实年龄。

“你有什么事情是愿意和我说说的吗？”简灵脸上挂上了职业的笑容。

“我的情况，先前的那位医生有跟你提及过吧？”对方有些拘谨。

“并没有，我们今天就来认识一下彼此吧。”简灵摇摇头，起身走到香薰灯前，这次她选了一瓶佛手柑精油。佛手柑的香气带着鲜甜的果香，能很好地舒缓人的精神紧张与焦虑。

“我叫马唯斯，美籍华人。”马唯斯说罢，手不自觉地把玩起自己的那一头鬈发。

“你好，我能称呼你唯斯吗？”简灵重新走到病人的对面坐了下来。

“医生，我很痛苦，关于我儿子的事情。”这位妈妈突然神色变得惨淡，面容扭曲。

简灵有些不解，这种亲子类的病人，应该是娥姐最拿手的，怎么需要转介给自己呢？

“好，你现在深呼吸，跟着我数节奏，然后我们再继续聊聊。”简灵伸出了右手，比出三个手指头，数道，“一……二……三……”

马唯斯是位少妇，她有一个儿子，但是她不愿意透露自己太多事情，也不愿意透露儿子的年龄、习惯、爱好等信息。简灵接收到的，都是她断断续续的一些话语，完全拼凑不出一个完整的事件。她心中叹息，也终于了然为何娥姐会将马唯斯转介给自己。

这一次的心理咨询，进行了快两个小时。简灵没想到，就是这一次看似平常的会面，在自己今后的工作与生活中会掀起一股令人窒息的风暴……

最终，当马唯斯走后，简灵一个人坐到了诊疗室的弗洛伊德椅上，想起了自己小时候的很多事情。

简灵想起了自己的父母，自己最想要得到的，其实，是不是也是自己父母想要得到的？爱，是一件相互的事情，而曾经的自己所呈现出来的样子，是否是一副带着需求的姿态？不，自己一直都伪装得那么好强，那么平静。她以为沉默地等待与抗议，就能等到被给予的一天。时间能倒流吗？缺失的，永远都是缺失的。

傍晚，简灵没有预约的病人，她决定再往老城区走一趟，她想把偷拍到的苏铭的照片给志哥辨认一下。只是，她心中莫名地烦躁起来，脑海里面重复出现自己在乡下老宅的画面。连同当日的那种心绪不宁，也油然而生。

一门心思专注在强行压制不安情绪的简灵，在步出诊所大门之后，都没有发现自己身后有人紧跟着。直到她掏出了车钥匙，才被突如其来的一声惊吓到了。她扭过头，发现苏铭已经站到了自己身边，他双手插在裤子口袋里，脸上不带任何的表情。简灵手中的车钥匙，差点儿抖落地上。

"下班了吗？"苏铭问道。

"去吃饭。"简灵握紧了手中的钥匙。

"一起吧，开你的车。"苏铭不由分说地走到了副驾驶位的那边，等待着简灵打开车的防盗锁。

"……好吧。"简灵迟疑了一下子，回答道。并打开了车门，上车前她瞥见苏铭的车就停在自己不远处，不由皱了皱眉。

简灵启动车子之后，发现坐到副驾驶位置的苏铭已经系好了安全带，并且，他的右手紧紧地握住了头顶右上方的扶手。

"你好像很害怕的样子。"简灵边说边故意稍微用力踩了下刹车。

"第一次坐女司机的车，是有些紧张。"苏铭说话的时候，挺了挺腰，似乎在掩饰心中的什么。

“哦。”简灵沉默了几秒，冷不丁地问了一句，“杨灵当时就是坐在副驾驶位上吧？”

“你车技还不错。”苏铭扭过了头，故意避开简灵的问题。同时，他的手从扶手上松开，将两个手掌都藏到了自己大腿下。简灵觉得他这样的坐姿有些滑稽，但她没有笑出来——他有点儿紧张，是因为坐在副驾驶位置上？

“是吗？谢谢。”简灵说罢，又来了一个急转弯，似乎在成心吓唬苏铭。

“你车开慢点儿，咱们应该不赶时间吧？”苏铭声音有些颤抖。

“下班时间，市区限速三十公里，快不了。”简灵冷冷地回应。

“我紧张了。”苏铭尴尬地说，伸手想要去扭开车载的音响。

“音响坏了，还没时间去修。”简灵阻止道。

“我帮你去修吧，我认识相熟的车行，你一个女人过去，什么都不懂，容易被宰。”苏铭的话语中似乎带着某种期待。简灵不懂苏铭这莫名的兴奋是来自什么，难道周逸朗的车上有苏铭想要的东西？

“过段时间吧，最近我出门都需要用车。”简灵试图拒绝他的好意。

“没事，我可以做你的司机，你要去哪里我随时接送你。”苏铭继续道。

“好，等过了这两天。要知道，我还答应去找林小嘉，陪她去办点儿事，女孩子家之间的事情，都想要自己好姐妹陪着，你懂的。”简灵不得不拿林小嘉来作为理由拒绝他。

“那过两天一大早我就去你家把车开去修，回头再接你出门。”苏铭似乎没有听出简灵话里的搪塞。

“好。”简灵表面上答应着，但其实心里已经谋划好之后拒绝苏铭的理由了。车载的音响并没有坏，她只是不希望苏铭去碰周逸朗的车。她总觉得这辆车，就是丈夫与自己之间一种十分私密的存在。

“似乎要变天了，远处的乌云黑压压一片。”苏铭看着车窗外说道。

“嗯，车上有伞。”简灵脱口而出一句，同时，她想起了周逸朗先前放在后备厢的那把伞，跟苏铭平时撑的很像。于是，她赶紧又补充了一句，“不过我看，这雨一时半会儿下不起来的。”

苏铭沉默着不说话，这让简灵心里莫名地有了些不安。

“你经常来这家餐厅吗？”两个人到了餐厅一坐下，苏铭便开口问道。

“很少。”简灵心不在焉地回答着。这个时候，简灵有些担心自己过多的生活习惯会被苏铭记住，又不由得想起了昨晚在诊疗室苏铭强吻自己的画面。这一切，使得她更加心烦意乱，也失去了些食欲。

“怎么？你不舒服吗？”苏铭关切地问道，同时，将自己的椅子往前靠了靠。

“没有，可能有些累吧，你看出来了？”简灵抬手捋了捋头发。

“看你似乎不怎么想吃东西。”苏铭伸出手，摸了摸简灵的额头。简灵被苏铭突如其来的举动，吓得全身僵硬。

“没有，就是有些累，又想起了工作上的一些事，赶紧点餐吧。”简灵低下头，快速地掀开餐牌。

“你好像很赶时间的样子，是晚上还有什么事情吗？”苏铭试探性地问道。

“哪有，我一直做事都这个样子的。”简灵担心苏铭已经看出了自己的心思，赶紧找话来掩饰。

“那就直接来一份双人套餐吧。”苏铭拿过了简灵手中的餐牌，转身递给了服务员。

简灵点了点头，实际上，她不想跟苏铭多磨蹭，只想赶紧结束这顿晚餐，然后就去老城区找志哥去。

“简灵。”苏铭突然又向简灵靠了靠，这一次，两个人坐得十分贴近。

“怎么了？”简灵故作镇定地看着他。

“你昨天晚上本来就约了萧静过去找你，是吗?”苏铭问得十分直接。

“不是。”简灵下意识地咬了咬嘴唇，避开苏铭的视线，看向了窗外。

“其实我并不怪你。”苏铭语气温柔，甚至一只手已经落到了简灵的肩膀上。在旁人看来，他们两人就是一对亲密情侣。

“苏铭，别这样。”简灵一手推开了苏铭，说道，“就算是，也给我一些时间吧，很多事情不能那么急进，都需要时间的。”

“好，我明白了。”苏铭冲简灵微微一笑，似乎此刻，简灵已经默认了之后会跟自己在一起，现在只是因为旁人的眼光，才跟自己保持些距离。

“那……”简灵依旧有些抗拒苏铭现在坐得跟自己太近，于是将自己的椅子往另外的方向挪了挪。

“我坐回去，你不用动。”苏铭赶紧将自己的椅子挪回原来的位置，并且规规矩矩地坐着，“简灵，抱歉。我明白，很多事情是需要时间的。”

“其实你也挺孩子气的。”简灵瞧见苏铭眉目间流露出的欣喜神色，不由得说道。

“是吗？其实男人都有孩子气的一面，但也只有在自己最爱、最亲近的人面前，才会展现出来。”苏铭一本正经地说道，还捋了捋身上那件衬衣上的皱褶。

“你听过母螳螂跟公螳螂的故事吗?”简灵岔开了话题。

“什么故事?”苏铭饶有兴致地看着简灵。

“母螳螂跟公螳螂交配之后，都会将对方杀死，并且……”简灵顿了顿，继续说道，“并且会把公螳螂吃掉。”

“噢！这个，的确，母螳螂最终会杀死它的伴侣，那么……”苏铭一脸玩味地盯着简灵，说道，“你是不是会像母螳螂一样，将我杀死?”

“不是。”简灵摇了摇头，眼神犀利地看着苏铭，一字一顿地问道，“你是不是就是那只母螳螂呢？和你恩爱过的伴侣，都会被你杀死呢？”

苏铭并不回答，脸上依旧挂着笑容，老半天才吐出一句：“简灵，你真的太可爱，太有趣了。”

简灵冷笑了一声，终止了这个话题。此刻，在简灵心中，早就已经假定苏铭就是那只会将伴侣残忍杀死的母螳螂了。

3. 原罪

晚饭过后，两人走出餐厅，外面已经下起了小雨。

“要不我们找个地方去散散步。”苏铭提议道。

“不了，我还约了林小嘉，刚才来的路上我说过，她这几天有事。”简灵朝自己的车子走去。现在，简灵只想快点将苏铭甩掉，好快点儿去老城区找志哥辨认照片。

“那……好吧，今天你先去陪你的好姐妹，往后我们一起的时间还很多。”苏铭心情依旧不错，照样坐到了副驾驶位上。

“我先送你回停车场取车吧！”简灵发动车子，同时，她又看了一眼车外的天空，有些担心雨会越下越大，那么志哥会不会提前收工关门了呢？

“真希望这雨过一会儿就停了。”简灵嘀咕了一句。

“怎么？你担心下暴雨？不用担心了，这个城市已经没有斩首者了，而且还有我在你身边保护你。”苏铭不以为然地说道。

简灵不明白苏铭是不是故意提及“斩首者”，她打心底抵触苏铭用这么轻松的口吻来提及自己心中的那些痛楚。抑或，在苏铭心中，是真的认为自己已经彻底地对周逸朗失去任何感觉了吗？

“呵，苏铭你真冷酷。”简灵倒抽了口气说道。

“为什么这样说?”苏铭前一秒脸上的笑容，瞬间便退去了。

“你爱过一个人吗？我怎么觉得你没爱过。爱，这件事对于你而言，似乎不痛不痒一般，说伤害便能伤害，说不要就能马上甩掉，让别人从你的生命中消失得一干二净的。”简灵说这话的时候，呼吸有些急促，她也不懂自己怎么就如此莫名地愤怒起来。

“我还以为有机会跟你雨中漫步一下。”苏铭选择了不回答简灵的问题，同时将车椅的后背往后调整了一下。不过，简灵再次留意到，苏铭这一次，右手依旧紧紧抓着侧门上的那个小扶手。

“苏铭，你怕不怕死?”简灵突然问道。

“看怎么死，跟你一起死，还是为了你而死。如果是这些，我是愿意的，可是我……”苏铭扭过头，意味深长地看了简灵一眼，继续说道，“我也是怕死的。”

“我也害怕，特别怕死得不明不白。”简灵小声说道，眼睛盯着路的前方。她总觉得今天不是一个好日子，似乎有一种无形的张力，将再一次撕毁自己的生活。

简灵回到诊所的时候，车外已经下起了倾盆大雨，雨水敲打在车窗上“啪啪”作响，听得简灵心浮气躁。

“我拿伞给你去取车。”苏铭的车被别人的车挡着，简灵无法开到他的车旁边。于是，她快速地下车。只是当她打开了后备厢的时候，却发现周逸朗先前的那把大雨伞已经不见了，她来不及想太多，便随意地拎起另一把小小的折叠伞。这时，苏铭也下车了，他一把抢过伞，快速撑开，拦住了浇向简灵的雨丝，而自己那魁梧的身体，基本上都被雨水淋着。

苏铭很快回到自己车上，落下车窗时，撑着小伞正要走开的简灵看到苏铭的副驾驶位上放着一瓶水。

“那水没喝过吧？给我吧。”简灵朝副驾位指了指。

“没喝过。”苏铭犹豫了一下，拿起水递给了简灵。

“谢谢，我先回车上了。”简灵接过那瓶水便朝自己的车走去。

简灵坐回车上之后，大口地喝了两口水。她觉得自己现在焦虑得喉咙发干，这情形太像当初去周逸朗老宅那天的感觉了。紧接着，她又感到滑向胃部的液体竟然与那天的感觉那么相似。

她举起水瓶，认真看了下商标，是个没见过的牌子。

她没有多想。这个时候，简灵的手机响起，是一条短信息。她拿起一看，是苏铭发给自己的。内容写着：后天早上我去你楼下拿车。

看来苏铭仍然记挂着帮自己修车的事情，简灵摇了摇头，自顾自地叹了口气。她发动了车子，跟在苏铭的车后，朝停车场外开去，不同的是两人之后要去的方向相反……简灵开出一段路之后，将车靠边停了一下，看着前方苏铭的车，转向了另一个方向。最终，完全消失在自己视线里，她才安心地重新上路，往老城区的方向开去。

简灵到了配匙店外，发现志哥的店并没有关门，心中一阵欣喜，赶紧将车子随意地停在路边，顶着雨跑了过去。

“志哥，志哥！”简灵大声喊着。

“年轻人，毛毛躁躁。”志哥话虽如此，但脸上的表情却是因为简灵的到来而欣喜。

“我这里有个照片给你看。”简灵说罢，赶紧掏出手机，递给了志哥。

“知道啦！让我给你选男朋友是不是？女孩子啊，做人不能三心二意，一旦举棋不定，就会两败俱伤的，有时候还会殃及池鱼，害了周遭无辜的人。”志哥接过手机，认真地看了起来。

“嗯，的确是这个男的。”志哥点点头，继续说道，“就是他来找我配一样的钥匙的，你们是要同居吗？这样的男人不好，同居还找个老房子。我跟你说，这男人啊，一定得找个舍得给你花钱的才行。”志哥滔滔不绝地说道。

“志哥！”简灵的心往下快速下沉，她连忙打断了对方的话，并接着说道，“谢谢你，我先回去了，下次再过来跟你聊天。”

“哦，看你每次都是匆匆忙忙的。”志哥把手机递回给简灵，继而若有所思般地看着她。

“嗯。”简灵木然地点了点头。

“姑娘，珍惜眼前人，不要三心二意。”志哥不知道从身上哪里摸出一根香烟，点燃之后抽了起来，“很多人，在你不经意地说了再见以后，可能这辈子真的不会再见了。”

“我会的。”简灵觉得自己眼睛发酸，不想在志哥面前失态，于是赶紧转过身去。

就在简灵转身的一刻，她看到了在店铺的对面马路，站着一个人，撑着把大雨伞。她全身打了一个激灵。她脑海里面想起的，全是郭紫发生意外前，跟自己说的那些话，有个神秘人撑着雨伞站在自己家楼下。并且当郭紫看到苏铭的时候，说苏铭有点儿像自己家楼下的那个跟踪狂。想到过去种种，简灵开始手脚颤抖。

“咦！你不是赶时间吗？”志哥在简灵身后问道，“怎么站着发愣呢？”

“志哥，你要小心点儿！”简灵连说话的声音都是抖动的。

“我什么小心点儿？放心啦，有什么人会来打我这么一个配锁老头的主意？”志哥十分自信地说。

简灵没有回话，她掏出手机，直接打给了萧静。

萧静很快接通了：“简灵，这么晚了，有事吗？”

“萧静……”简灵咬了咬牙，“关于周逸朗的案子，我有个很重大的发现。”

“简灵，你在哪里？”萧静打断了她的话，“我和张达在一起，有什么我们直接过来再说吧。”

“老城区的周志配匙店！”萧静的语气让简灵突然莫名紧张起来，

因为终于捕捉到的真相，可能是那么的狰狞与可怕。简灵感觉自己头皮发麻，甚至幻想着，要是马路对面的神秘人突然冲进店里，那么她跟志哥是否有足够的能力对付他。

“你是发生了什么事情吗?”志哥神色凝重。

“没有……”简灵摇摇头，她实在不敢对他道出实情来。

“你先坐一会儿，等雨停了再走吧。”志哥不再多问，而是指了指自己身后的一张椅子。

简灵并没理会志哥的话，她鼓起勇气走到了店铺的门口，因为想要看清楚马路对面的情况。然而，她却发现那个撑伞的神秘人不见了，四下无人，只有空荡荡的街道在雨中显得特别的落寞。此情此景，简灵难免怀疑自己先前不过是幻觉，抑或是自己想得太多而疑神疑鬼了。她回过头看了志哥一眼，只见他依旧很悠闲地在抽着烟，并没有看自己，似乎也在思考着什么事情。

时间在这家配匙店里面仿佛慢了下来。外面雨势汹汹，而简灵也只听到了墙上挂钟里头秒针行走的“嘀嗒嘀嗒”声。

自从周逸朗出事以来，简灵很久没有过这种内心平静的感觉了。那一刻，她决定等一切事情都办妥之后，接下来的日子里面多抽些时间来看望这位萍水相逢的配匙老人。

“志哥，照片里面和我合影的人，再也回不来了。”简灵突然忧伤地说。

“人会来，也会走，来来往往之中，还是需要珍惜。”志哥吐出了两个烟圈。

“其实珍惜又有什么用，如果命中注定要失去的话，珍惜了，还是会失去的，不是吗?”简灵突然觉得有些冷，退回到店里两步。

“你要珍惜了，回忆起来会觉得幸福；如果你没珍惜，回想过去吧，就只剩下遗憾。人啊，最怕就是等到七老八十了，回头一看，全都是遗憾，白白来这人世间一趟。”志哥掐掉烟头，埋头不知捣鼓起什么东西，敲敲打打的。

“喏，这个送给你。”志哥朝简灵招招手。

简灵走了过去，低头一看，只见志哥手里有一把像是钥匙的金属片，不过，上面没有齿而已。

“这是什么?”简灵问道。

“年轻的时候，我就总是用这个去骗那些小姑娘，挺好笑的。”志哥嗤笑了一声，继续说道，“就是一个钥匙形状的小玩意儿，收好吧，说不定哪天，真的能打开心中的那把锁呢，谁都不知道，人生的下一刻会发生什么。”

雨似乎小了，那神秘人也似乎真的只是在简灵的臆想中出现过而已。几分钟后，简灵收拾了几分镇定，开始尝试走出配匙店。她手里紧紧攥着的是刚才志哥送给她的那个金属玩意儿，脑海里，也是不断地闪现出志哥在店里跟自己说过的所有话。一直到她回到自己的车上，才敢哽咽起来。

一切都没了……

一切都变了……

一切都只能重新再来了，要坚强起来……

简灵不断地给自己心理暗示。她边调整呼吸，边发动车子。简灵明白，现在已经不是让自己继续难过的时候了，她必须将苏铭到过配匙店的事情告诉萧静，她也等不及在这儿看到萧静的到来，想要去老城区唯一的马路上早点儿碰到对方。

雨很大，简灵车开得小心翼翼，在看着路的前方的时候，也不时地瞥向后视镜。只是，当车子才开出十几米的时候，她猛地发现有个高大的人影快步朝着配匙店冲了进去。简灵的心往下一沉，不祥的预感油然而生。于是，她赶紧将车子倒退回原来停车的地方，快步下车，往配匙店冲了过去。

简灵还没走到店铺门口，已经嗅到了空气中弥漫的浓厚的血腥味，这气味让她全身瑟瑟发抖。简灵吞了口唾沫，双手拳头紧握，抬起颤抖的腿，继续朝前走去。

“苏铭。”简灵喉咙里面，艰难地发出声音。

穿着一身黑色雨衣的苏铭一声不响地站在之前志哥坐着的位置后面，双眼通红地看着简灵。

简灵不敢仔细地去探究地上的惨状，她只是大概地瞥见，志哥已经倒在血泊之中，并且……尸首与头颅被完全分离……

“简灵……”苏铭跨过地上的尸体，往前走出了两步。

“不要!”简灵吓得赶紧后退了几步，她朝苏铭吼了起来，“斩首者是你，真正的斩首者是你?”

“为了你。”苏铭冷静地说道，同时扔掉了手上的作案凶器，“你不要害怕，我做的任何事情都是为你。我也绝对不会伤害到你一丝一毫。”

“你不要过来，不要过来!”简灵几近崩溃。

“简灵，你记得校园小道两旁的柳絮吗？好美好美。”苏铭深呼了一口气，突然看向了墙上的挂钟，说道，“你说时间能不能倒流呢？有时候我也很希望可以的，只可惜的是，我们都只是平凡的普通人，只能在漫漫的岁月里面经历命运给予我们的一切。”

“我不知道你想表达什么，你杀了那么多人，不要再说是为了我，你是个魔鬼!”简灵身体抵在门框上。

“简灵，你知道吗？其实，我妈妈是死于一场谋杀。警察告诉我只是意外，怎么可能是意外呢？她死的那天，就在我遇见你的同一天。他们草草就了结了案件，让还只是个孩子的我签字把尸体认领了就算了。你知道吗？我妈妈生前是个很美丽的女人，善良也勇敢，她带着我到处躲避我爸生前的那些债主。每当那些人在门外各种咆哮恐吓，她也只是将我抱在怀里，说‘不怕不怕，不怕不怕……’但是她竟然突然死了，没人知道她究竟怎么死的。当我回到学校，我看到了你，你回头的那一笑，我觉得就是我死去的母亲将你送到我身边的。你那么的美好，不，你美好到了几近完美。”苏铭朝简灵又靠近了一步。

“因为你母亲的死，所以你现在就要不断杀人来报复这个世界，报复这个社会吗?”简灵不想继续听苏铭讲太多关于他的过去，她害怕自己会对一只恶魔起了怜悯之心。于是，她开始去歪曲理解苏铭话里的用意，并希望用此来拖延时间。

“简灵，有一点我希望你明白。我爱你，却是真真切切的。”苏铭脸上露出了一副受伤的样子，眼神也十分悲切地看着简灵。

“不，不，你不爱我，你是自私的，你只爱你自己。”简灵双手护在了自己身前。

“我经常看到你一个人在景阳公园走，走去上班，晚上下班又独自走着回家。仿佛……仿佛孤单这两个字就是你生活的全部。我真的没有想过当我重遇你之后，你是过着这样的生活。曾经我幻想过，你这样的女孩会遇到一个王子般的男人，将你捧在手心里疼爱。可惜的是，那个男人根本就不懂得珍惜你。不珍惜你的人，真的该死啊，不是吗?”苏铭抬起一只手揉了揉太阳穴，自顾自地摇着头。

“是你把我丈夫害死的，对吗?”简灵哽咽着。

“周逸朗不爱你，他对你不好，我自然要让他彻底地从你的生命中消失。不，是在这个世界上消失才对。”苏铭说这话的时候，已经在不知不觉间走到了简灵跟前。

“不是，周逸朗是爱我的，我们彼此都深爱着对方!”简灵恶狠狠地瞪着苏铭说道。

“何必自欺欺人呢？你要真那么爱他，你就不会让我靠近你，你也不会将他推下悬崖了。”苏铭伸手勾起了简灵的下巴，要简灵的眼神与自己对视。

事到如今，简灵觉得自己已经不再畏惧苏铭会对自己做出什么匪夷所思的举动来了。她干渴的喉咙发出了两声干笑，并且，抬手用力地打掉苏铭那只勾着自己下巴的手。

“你胡说！一切都只是你的圈套，你才是真正的凶手！”简灵指责道。

“跟我走吧，简灵。”苏铭俯下身子，拎起简灵的右手，摘下了她无名指上的婚戒，随手扔到地上，继而又亲了亲她的手背，“我们去国外吧，去那个北面临着加勒比海与大西洋的国度，而我们就住在安第斯山脚下。那里没有任何的阴霾，是一片常年被蓝天白云眷顾的乐土。每一天，你推开门，看到的都是脸上挂着笑容的人，他们都热情善良。”

“我不想听你说这些。”简灵冷冷地打断了苏铭的话，并且抽回自己的手，一只脚已经退到了门外。

“每一天清晨，阳光都会从窗户透进房间，你大概不想马上起来，而是赖在床上，安安静静地听着窗外的鸟鸣。你还会听到经过的孩童发出的爽朗的笑声，当地的人都喜欢一大早就起来活动。但是你可以不必像他们那样，只要安安心心地继续躲在被窝里面，等待我给你做好美味的早餐，你再慢悠悠地起来梳洗。”苏铭轻轻用力，将简灵整个人拉回了屋内，“吃过早餐之后，你可以在后院里面摆弄一下我们一起种下的那些花花草草，我坐在一边看书，偶尔抬起头来看你，然后你会跟我抱怨说家里的小狗又把你新种下的花苗踏歪了。那一刻，你嘟着嘴的样子，可爱极了。又或者，我们到镇上的市集上转转，喝新鲜美味的果汁，我知道你最喜欢吃热带水果了……”苏铭蹲了下来，从自己的衣服里面，掏出一枚朴素的指环，套在了简灵原本戴着婚戒的无名指上，说道，“每年的四月五月，你就会看到开了整片整片的圣女科萝摩多，眼前都是紫色的花海，那是你最喜欢的花，我一直都记得。”

“不要，我不要。”简灵赶紧去摘掉那枚指环，但是手却被苏铭强行扣住了。

“难道你不想要过上我刚给你说的那种生活吗？难道你还要继续待在这个城市里，每天都悲伤地过日子吗？你要的美好跟幸福，只有我才能给你！”苏铭越说越激动。

“我……”简灵双手无法动弹，她也不想再去回应苏铭任何的话语，因为她明白，不管自己做任何的挣扎，都只是徒劳。

就在两人僵持的时候，外面突然响起一声枪响，简灵被惊吓得身子往下蹲去，而苏铭则快速地将她整个人搂进怀里，想要把简灵保护得严严实实的。

“苏铭，放开简灵！”外面张达大声吼叫道。

苏铭一个反手将简灵整个人挡在了自己的身前，并且拉扯着简灵往屋里退去。一步两步三步之后，他敏捷地捡起了先前被他扔在地上的那把刀。那是一把刀锋上有锯齿的长匕首。简灵清晰地看到匕首上依旧残留着让人触目惊心的血迹，那都是志哥的鲜血。想到这里，简灵双腿一软，只能任凭苏铭将自己整个人架住。

“苏铭，你投降吧！”简灵好不容易才挤出一丝力气说道。

苏铭不说话，把匕首抵在了简灵的脖颈间。匕首上的锯齿紧贴着简灵的皮肤，金属的凉意直直寒到了脚板心。简灵可以想象，先前遇害的人们，被这锯齿割断脖颈时的恐惧与撕心裂肺般的疼痛。这一切，使得简灵全身发抖。

“苏铭，把武器放下！不然我就开枪了！”张达朝苏铭喊道。

“你不要伤害简灵！”紧接着，萧静也出现在门口，并朝苏铭激动地喊道。她甚至试图向苏铭跟简灵这边靠近，只是她才走出一步，就被她身后的张达给拉扯住了。

“你看，你逃不掉的。”简灵冷冷地对苏铭说道。

“简灵，你有没有爱过我？”苏铭头伏在了简灵的发间。

“爱不爱重要吗？你现在正在做着的事情，是把匕首抵在我的脖子上。果然……你就是那只母螳螂。”简灵冷笑了一声。

听到了简灵这番话的苏铭，全身抽搐了一下。他紧紧贴着简灵的身体，明显变得僵硬。久久地，仿佛雕像般沉默。

最终，简灵只听到“哐当”一声，是苏铭将匕首扔到了地上。他轻轻地在简灵背上一推，将她朝着张达和萧静的方向推开。

简灵惊慌地回头一看，只看到苏铭对着自己，笑得惨淡。

“简灵，你才是那只母螳螂，先是周逸朗，然后是我。”苏铭缓缓俯下身子，双手举起，跪在了地上。

当苏铭被刑警押着经过简灵身边的时候，她依稀听到了苏铭对自己说了句只有她才听得懂的话。

他说：“我的一切恶，源于那年你的回眸一笑。”

简灵倒在了萧静的怀里，终于号啕大哭起来。

尾　声

简灵回到家的时候，发现卧房窗台上的那盆植物已经开花了，正是圣女科萝摩多——代表着贞洁与神圣的花朵。它那紫色的花瓣在微风中轻微颤抖，像蝴蝶的翅膀。简灵无法控制地联想到，当周逸朗将这盆花捧回家的时候，期待着花开给妻子带来惊喜时，那股子有点儿顽皮而又清澈的心思……

简灵就这样看着这盆圣女科萝摩多，在地板上坐了整宿。

清晨，简灵开车到了花田。她的眼前，已是整片的圣女科萝摩多花花海了。她觉得眼前的整片花海不是周逸朗送给自己的礼物，而是庄重的葬礼上紫色的忧伤——属于周逸朗的葬礼。

简灵跪倒在泥地上。此刻，整个花田，除了风声还有简灵断断续续的抽泣声。

被捕后的苏铭，即将讲述出一个什么样的真相？戴上了镣铐的他，又是否依旧会让简灵心醉与心碎？新的病人马唯斯身后所隐藏着的故事，又到底是如何狰狞与匪夷所思？这座平静城市中深陷于情爱的人们，又是否明白罪恶总是隐藏在不甘之后呢？

最终，简灵希望苏铭明白的一点是：爱，永远不能成为罪恶的理由。

如果眼睛会说谎

If the Eyes Could Lie

[下]

拾玥——著

新世界出版社
NEW WORLD PRESS

目录 contents（下）

第一章　斩首者再现

1. 少管所

淡淡的香草气味在鼻尖上萦绕，在这种能令人情绪稳定的香气中，似乎还带着北方冰天雪地中的那份凛冽。简灵闭着眼躺在椅子上休息。不知过去了多久她才坐了起来，十指揉进那头海藻般软细的发丝之中，轻轻地梳理了一下。

此刻的她就像是蹲坐在河边浣洗的一只小熊，对待自己的毛发，细致又带着几分俏皮。

“简医生！”不知道是谁这样突如其来地喊了一声，打破了屋内的平静。

简灵扭过身子看向了自己诊疗室的门口，只见张岩岩额头上有着细汗，双手紧紧地环抱在胸前，怀里有一份文件。

“进来吧，什么事情把你着急成这样？”简灵看着张岩岩，又不解地多问了一句，“你今天下午不是要跟你未婚夫去酒店，商量预订结婚酒席的事情吗？”

“我昨天走的时候，把这份文件一起收拾到我包包里面了，今天要不给你送回来，明天你就要着急了。”张岩岩边说边把一份文件放到简灵的办公桌上，顺带用袖口擦了擦额前的汗。

“嗯，谢谢你，我本来还想着说等晚上的时候再翻一下这些档案的。”简灵抽了两张纸巾递给张岩岩，“别把衣服弄脏了。”

“简医生，你是有所不知，我如果打扮得太体面，酒店的人会认为我们很富裕，然后就想着各种路子来宰人。”张岩岩接过简灵递来的纸巾，只是攥在了手心。

简灵这才细细地打量了一下张岩岩今天的装扮。嗯，是不像她往常的装扮，一件普通的纯白上衣搭着一条洗旧了的牛仔裤，脚上是一双平跟鞋。简灵觉得眼前的张岩岩有些可爱，她甚至可以感受到张岩岩此刻对婚姻所憧憬的兴奋，正如很多年以前的自己。

“那我先走了，还有两家酒店要去。”张岩岩不太好意思地补了一句，“他就在外面等我。”

“去吧，路上小心。”简灵笑笑，朝张岩岩挥了挥手。

等张岩岩带上门后，简灵才抄起桌面上的文件，翻阅了起来。只是没过多久，简灵的手机就响了起来，她拿过手机一看，是萧静。其实，她了然萧静找自己的原因，虽然有些抵触接下来会发生的事情，但她最终还是按下了接听键。

“在忙什么呢?”萧静问道。

“没什么，在看一些文件，关于几个孩子的心理评定的，明天要去景阳市少管所。”简灵合上文件，脸贴着手机，起身走到了窗前，发现外面太阳有些刺眼，使得人眼睛发酸。

“我想跟你确认一下，关于下星期你什么时候来市局。”萧静总算是把重点给说出来了。

“萧静，我不想去。”简灵低下头，空出的那只手不自觉地把玩起耷拉在自己肩膀上的缕缕发丝，“我不想再见到那个人，一次都不想。”

“事情已经过去几个月了，现在苏铭已经送检了，即将开庭，在这之前……”萧静话没说下去，大概她也能体会到简灵心中的苦吧，毕竟两个人是这么多年的好姐妹。

“我再想想吧。”简灵打断了她，她叹了口气。

上个星期开始，萧静就想要简灵跟自己去一趟看守所。萧静并没硬性要求简灵与苏铭见面，说她可以待在隔壁的房间里，通过摄像头观察下苏铭的行为举止。因为萧静总觉得，苏铭在近来的几个星期里，行为越发地奇怪。特别是在检方的审讯过程中，不时露出奇怪的微笑，好像有着某个深藏着的阴谋正在一步步往前行进。萧静也明白，简灵不会愿意面对这么一个对自己深情款款的连环杀人犯的。

“其实，该面对的还是需要面对的，于公于私，我都会这样对你说的。”萧静的语气也变得有几分无奈，“我也希望自己能代替你去承受那些痛苦。”

“好了，不谈这个了，周末有空的话，我喊上林小嘉，一起出来吃饭或者喝个下午茶也行。”简灵顿了顿，“你说的事情，我会再细考虑的，过两天我再答复你吧。”

挂上电话以后，简灵才发现，香薰炉上的那微弱的火苗不知道什么时候熄灭了。她走了过去，本想重新点燃，却又临时改变了主意。转身在抽屉里面拿出车钥匙，拎过搭在沙发上的外套，走出了诊疗室。她决定下班回家，因为那些莫名的焦虑感自萧静打给自己的那通电话后，就又缠上了心头。

景阳市是一座有朝气的城市，简灵坐在车中等红绿灯。看着车窗外来来往往的人潮车流，十分热闹。她从前根本不会花时间去留意自己周遭的一切，所有的改变，只是因为周逸朗离开……她差点儿又陷入了不可自拔的回忆之中，幸好交通灯的绿灯适时亮起。她才放下了手刹，踩上油门，往家的方向驶去。

第二天一大早，简灵就到了诊所外，但她没进去，自己坐在车上。她在等娥姐，每天早上娥姐都是送了孩子上学之后才来上班的。听说她儿子下个学期开始就要住校了，因此娥姐最近对于青少年心理的研究更深入了。

张岩岩曾打趣说：“娥姐太紧张自己的孩子了。”

然而娥姐很坚定地回答：“如今社会的诱惑太多，儿子住校以后，扎在一堆孩子里面，就是个小社会，心理的健康一定要时刻关注着。”为了这个事情，娥姐差点儿就打算接下她孩子所读学校的兼职心理咨询老师的活儿。

“小简。”娥姐敲了敲车窗。

“早。”简灵回过神来，朝娥姐点了点头，伸手指了指副驾位，示意娥姐上车。

“你知道路吧?”娥姐坐上车，微笑着问道。

“我刚在导航里面设定好了。”简灵扭过头看了娥姐一眼，“其实你不用这么赶的，吃早餐了吗?”

“吃过了，我习惯守时嘛，都搭档这么多年了，你知道我的。”娥姐用手扇了扇风，“不用开空调，一冷一热容易感冒的。”

简灵刚想去按开空调按钮的手，落在了半空，觉得娥姐刚才所说的话似曾相识。是的，这辆车子原本的主人就对自己说过这样的话。简灵笑笑，自己也扣好安全带，把车驶出了停车场。今天和少管所预约的心理评估是市卫生局委托诊所义务帮忙的。即将接受评估的那四名少年，他们在少不更事时，就沾上了血腥与罪恶。娥姐之所以愿意接手，也是因为她想要更多地了解青少年心理上的细微动向。

“先前那个叫马唯斯的女病人，最近情况怎么样?”车驶出了几个路口之后，娥姐突然问起了那位从她手中转出去的病人。

“她好长时间没来找我了。”简灵皱了皱眉头，“先前听说她有事，又去了美国一趟，本来说回国之后会来诊所找我的。”

“我觉得她思想挺前卫的，可能因为是在国外待得比较久的缘故吧。”娥姐嘀咕了一句。

“关于她在美国待了有多少年的这个事情，我倒是从没问过她。”

简灵先前没听马唯斯提起过这茬儿，只知道她是美籍华人，还带着个儿子一起生活。必须承认，对马唯斯，简灵心有余而力不足，不知道从何下手。

“其实我们也不是万能的，所以很多事情要是在我们能力以外的，也不要太过于介怀。”娥姐突然感触道。简灵知道，其实她是在安慰自己。

少管所地处景阳市郊区的一个小镇上，从市中心驱车过去，也有个差不多三十公里的路。简灵觉得这是她目前为止，自己开车所到过的最远的地方了，比去周逸朗乡下老宅还远。

这一次过来接待简灵跟娥姐的是所里的一位叫秦海波的管教干部。简灵只跟对方用邮件联系过，没通过电话。今天才是双方第一次见面。简灵怎么都猜不到，这位叫秦海波的人会是一个长相有点儿西北脸孔的女孩子，小麦色的肌肤，有一双丹凤眼。

“少管所的后面是海边，我经常会在那边跑步，太阳晒多了，皮肤就显得黑点儿。”秦海波笑着说，露出了洁白的牙齿。她似乎也留意到了简灵看向自己的时候，眼神上的一些细微波动。

简灵眯着眼睛，点了点头，自我介绍道：“我是简灵，这位是唐老师。”

“叫我娥姐就好了，大家都这么叫我。”娥姐上前走了两步，拍了拍秦海波的肩膀，说道，“小姑娘平时锻炼得确实不错，这身板结实。”

简灵觉得娥姐行为有些唐突，但又见秦海波并不介意，只是略微羞涩地低下头，有种难掩的笑意。简灵对眼前这个女孩子顿时有了些好感，也有点儿好奇，像她这样的一个女孩子，为什么会选择到少管所做导师呢。而且，看她的年龄似乎并不大。

“关于今天要去评估的四名少年，他们的个人资料你们都已经看了吧？”走在前头的秦海波突然停住了脚步，转过身子来看着简灵。

“嗯，大概翻了一下。”简灵点了点头，又补了一句，“我今天主要是来辅助娥姐的，最终的评定意见由她来写。”

“我明白了。”秦海波的身子转了回去，继续跟娥姐并排走在前面。

简灵开始有些感觉，从跟秦海波碰面开始，对方似乎对自己也有一定的关注跟好奇。她回想了一下先前跟这个女孩子并没有见过。仿佛从苏铭的事件后，简灵每次认识一个陌生人，都会神经兮兮地去揣测，自己跟对方在过去是否在什么地方有过一面之缘。

“喏，就是这里了。”秦海波站在一扇玻璃门前，做了请的动作，示意简灵她们往里走。同时，简灵还没反应过来，她们已不知不觉上到了这栋办公楼的二楼。

“这里，就是我们所里的心理辅导中心。”秦海波一进门就走到窗户那边，将两扇玻璃窗推开。简灵看到窗户外面都安装了防盗网。

秦海波也察觉简灵留意到防盗网的事，连忙说了一句：“有时候我们会担心孩子们做出过于激动的行为。”

听到她的话，简灵心里乐了一下。毕竟在简灵眼中，觉得秦海波也是个年纪不太大的姑娘，对于自己这年纪而言，她也是个孩子。只是，挺能察言观色的。

“评估的事项预计要在午后才开始，现在我先跟你们聊聊这几个孩子的情况?”秦海波拉出了两把椅子给简灵她们坐下。

“可以啊，之前我也只是看了他们的那些档案，你平时应该都有接触到他们吧?”娥姐爽快地问道。

秦海波竟然若有所思，迟疑了好几秒，才朝着娥姐点了点头：“我先说年纪最小的那个吧，我指的是被送进来的时候，年纪是这四人里面最小的。”秦海波从抽屉里面翻出了档案，摆在了简灵她们面前。

“他叫张吉吉，这男孩名字挺可爱的。”秦海波看了简灵一眼说道。

简灵看到档案的照片上是个一看就知道是营养不良的瘦小孩子的大头照，头发发黄，看向摄像头的眼神之中有几分的不自信。

这孩子在家庭之中应该不太受宠爱的，简灵揣测着。

“张吉吉被送进来的时候，只有十三岁。”秦海波又把档案往简灵面前推了推，似乎怕简灵看不清楚。

“哦，这个张吉吉，当时我也有看新闻的。”娥姐托着腮，说道，“他小小的年纪就投毒，毒的还是自己的家人，幸好当时他的家人被送去医院之后抢救过来了……”娥姐顿了顿，“他好像还有个哥哥？没死，但成了植物人。关于他哥哥的事情，档案上没写，我记得当年新闻是这么说。”

“他有什么特殊的行为吗？”简灵问了一句。

“尿床，一直到十五岁之后才好了。”秦海波微微笑了笑，轻声回答道，抬手捋顺了一下刘海。

就在她这一动作之间，简灵留意到秦海波的右边鬓角似乎……似乎有一道浅浅的疤痕。简灵猜测她是因为怕别人看到，所以才留着刘海来作为遮挡。毕竟在这个花样的年纪，女孩子都希望自己能呈现出漂亮的一面。

“嗯，这孩子肛欲期没有得到好的发展，才会在逐渐成年后有这么个坏毛病。只是，现在也失去了最佳的修复期。”娥姐拿起张吉吉的档案，随意翻动两下。

弗洛伊德将人类的性发展分为了五个阶段，其中一岁半到三岁期间，称之为肛欲期。在这个时期，父母的错误做法会带给孩子生理与心理的双重伤害，导致孩子的自身控制排便系统发展出现紊乱。假如孩子因为尿裤子而遭受到父母的打骂、叱呵、羞辱等，就会伤害到小孩子的尊严，当小孩不能够满足父母过高的“期望”时，他就会容易产生自卑，认为自己是一个不受欢迎的坏孩子。假设在肛欲期受到了伤害，并且没有得到及时的心理修复，就会导致孩子一个长期的心理疾病。

“他的哥哥你们见过吗？”简灵听了娥姐的话之后，想起了先前自己接触到的苏铭，哪怕自己一直以来，都十分抗拒这个人，但又时不时地试图去窥探，在他的成长过程中所有过的心路历程。

“没。不过的确是成了植物人，我接触过张吉吉的父母，一开始的时候他母亲恨他，经常会说自己的大儿子是家里背负期望最大的一个。成了植物人之后觉得所有期望都破灭了。近两年来，他的父亲过来看他的频率会比较高一点儿，大概是觉得这个小儿子如今已经长大了，或许经年累月后，他会重新好起来。”秦海波叹了口气，低下了眸子，有那么几秒钟的失神。

“那另外几个孩子呢？”娥姐的话打断了秦海波的思考。

秦海波并不接话，而是突然欠了欠身子，站起来说道：“可能是因为平时都待在少管所，很少接触到外界的人，见到你们，我都兴奋过头了，忘了给你们倒水了。”说罢，就往大家侧身位置的那台饮水机走去。

简灵看着秦海波的背影，觉得有种莫名的熟悉感，虽然她看起来比较苗条，但是身子一点儿都不单薄，健康紧致的肌肤包裹着健壮的骨骼，全身散发着青春又热情的气息。如果我是男子，也一定会被这样的姑娘所吸引吧。简灵这样想着。

“请喝水。”秦海波将两杯温水分别放到了简灵她们面前。

简灵点了点头，拿起眼前的水杯，浅浅喝了一口，觉得这水的口感有点儿特别，仿佛先前在哪里喝到过。但也不去探究什么，她估计只是某个自己以前喝过的饮用水品牌吧。

“我昨天翻档案的时候，看到有个叫文逸的男孩子。”简灵脑海里面突然闪现过这个男孩子的名字，是因为档案上面写着这个孩子有个姐姐，但是死于一场意外。他的姐姐刚好跟自己也是一个大学的。

“嗯，这个孩子的心理问题比较奇怪。”秦海波点了点头，继续说道，“他喜欢虐猫虐狗，虐待各种小动物。手法相当残忍，把动物的骨头拆出来，一根一根摆在阶梯上。他觉得这样摆着像钢琴的琴键，甚至觉得可以在那些骨头上面弹奏歌曲。其实按照当时的情况来说，大人们也不怎么关心这种事情，觉得没什么，只是他没有家人，原本收养他的那户人家，也不想继续抚养了，主要是觉得他心理问题十分严重。”

“这样说来，他的姐姐，也就是收养他的那户人家里面的女儿？”简灵问道。

“是的……”秦海波双手交叠放在下巴底下，偏着头，似乎在等待简灵她们的继续发问。

“福利院也不接收他吗？”娥姐疑惑地看了秦海波一眼。

“嗯，是有去过福利院一小段时间，但是期间……”秦海波似乎不太愿意说下去，最终她选择避开这个叫文逸的男孩的话题，跳到另一个孩子的话题上去，“接受心理评估的孩子里面，有个女孩子，昨天刚满十八岁。”

“我记得看档案是四个男孩子的。”娥姐插了一句，也正好打消了简灵想要继续询问关于文逸的事情的念头。

“是的，所里临时做出的调换。那个女孩子叫年美芝，进来的时候还不到十四岁。”秦海波将年美芝的档案掀开。简灵看到照片上是个有着一头柔顺乌黑长发、眼神纯净的女孩。

“她家里的条件十分好，自小就学习了芭蕾舞跟钢琴，在学校表现也很好，老师很喜欢她。”秦海波叹息了一声，继续说道，“但是她盗窃，惯偷，十分频繁地盗窃。”

“这不是什么奇怪的事情，很多孩子为了引起家人的注意，会做出很多极端的行为。但是按你说的，她多才多艺，应该不缺乏别人的关注。”娥姐喝了口水，问了一句，“估计她家庭关系比较复杂，是吧？”

“娥姐真是经验丰富，一遇到这种案子就能马上给分析出来了。”秦海波说这话的时候，眼神却看向了简灵。

“年美芝的盗窃，不管诱因是什么，但最终是已经成瘾了。”娥姐也转过脸，看着简灵说道。

简灵附和着，点了点头。

成瘾者对于上瘾的事物很迷恋，迫切想要得到抑或进行，成瘾者的感情承受能力会出现缺陷，不善于言语表达，与自己身边的人缺乏沟通，最终选择将自己的内心封闭起来。一旦承受不了外界的影响，失去自我控制就会做出带有破坏性的极端行为……

“年美芝把她的继母推下了楼梯，差点儿一尸两命，之后才正式被送进来的。”秦海波良久之后，吐出这么一句，还边说边把最后一份档案抽出，递到了桌面上。

“这个孩子以前接受过催眠治疗?”简灵看着资料，伸手揉了揉太阳穴。

“是的，其实我也不知道为什么需要这样做。”秦海波嘟着嘴，突然大声地说了一句，“简医生，你们都没有吃中午饭，我们赶紧去饭堂吃午餐吧。唉，都怪我，我太不懂这些礼貌上的事情。”

简灵跟在秦海波和娥姐的身后，走在通往所里的员工饭堂的路上，心思却开始记挂到了最后一份档案，关于那个叫薛飞的男孩子身上。

薛飞被关进少管所的原因，是强奸幼女。但是对于这个事情，他一直不承认，为此还接受了心理咨询师的催眠手段，本想着是通过这些能让他认罪。但是最终，他依旧是否认罪行，偏偏一切的证据都是指向了他。

简灵有些迷惘，不知道当自己面对这样的一位少年犯的时候，应该用哪一套理论手段来作为评估的标准。在日常的工作中，心理咨询师需要借助理论来理解病人所表现出来的混乱和危机。这个时候，理论理解可以使得心理咨询师“超越所给定的信息”，并且从理论之中发展出一套“自我观点”，借助这种“自我观点”来理解病人的情况与心理发展过程。然而，并不是所有心理咨询师都能轻而易举地发展出这样的一套“自我观点”。

这丝丝缕缕的事情，让简灵不自觉地又想到了那个被自己一直抵触着，深藏在内心角落里面的人——苏铭。

苏铭，在你的成长道路上，究竟有着什么不为人知的谜团?

简灵抬头看了一下天空，发现快要下雨了。于是，她紧了紧步子，追上了前面的娥姐。

2. 骑行少年

离开少管所的时候已经到了晚上七点。简灵在后视镜里面看到了站在少管所大门口的秦海波，她正目送自己离开。

整个下午，在与那四个少年犯的接触过程中，简灵的思绪总是不经意地走神，因为她无法控制自己不去回想起苏铭，以及苏铭口中的那段青少年时光。所幸这次的心理辅导老师是娥姐，自己只是过来协助而已。不然一直走神，会影响到手头的工作。

“唉，我要写完这评估报告，又得熬夜了。”娥姐冷不丁地牢骚了一句。

“嗯，这些事情对你而言，应该不是什么难事吧。”简灵笑了笑，“娥姐，你忘了系安全带。”

“噢！对哦。”娥姐边系好安全带，边继续说，“时间应该赶得及，我还要接我儿子晚自习放学。”

“哈，时间上肯定没问题的。下学期你儿子就升上高中了，住在学校宿舍里挺好的，这样你就少奔波了。”简灵随意地搭着腔。

“这才是真的让我担心。”娥姐似乎在思考着什么，“小简，你以前也是市一中毕业的吧?”

“对啊，怎么了？”简灵有些奇怪娥姐会问起自己高中的事情来。

“我儿子是被特招进市一中的高中部。”娥姐说这话的时候，语气里面带着几分骄傲，“你以前也是市一中的学生，看看有没有相熟的老师，介绍我认识一下吧，多个人帮我留个心眼，我才心里踏实。”

简灵本想一口拒绝娥姐的，但是转念一想，她也只是爱子心切，于是点了点头，说道：“我回头帮你问问，如果当年我的老师还没退休的话，就介绍你们认识一下吧。”

“那就谢谢你了，我儿子一直都品学兼优的，只是我自己太紧张了点儿。”娥姐试图解释着，可能她也发现了自己的行为有些过于担心。

“嗯，能直接被市一中招进去的学生，不是高才生就是特长生。”简灵顺着娥姐的话，再一次有意无意般地肯定她儿子的能力。

其实简灵感觉自己并不习惯跟已婚已育的人打交道，过去还好，现在每次跟这类人交谈，她就觉得自己情商要变得异常的高。毕竟她是一个丈夫过世，也到了一定年龄没有生育过的女人。这些事情对于她，都是十分敏感的话题。偏偏作为一名心理咨询师，她不得不面对。大概是因为自己的内在修行还不够吧？简灵暗暗思考着。

回到家里之后，简灵在浴室随便地洗了下便出来了。她倒了杯温水，走到阳台。放眼望去，万家灯火，她才惊觉自己今晚回家挺早的。在过去的半年间，她故意让自己每天晚上在诊所各种忙碌，一直折腾到深夜才驱车回家，到家之后洗澡便睡觉了。似乎只有无尽的忙碌，才能使得自己不去乱想事情。

她躺在沙发上，想起了白天娥姐提到“成瘾”的问题，觉得自己是应该把吃安眠药这个不好的习惯戒掉了。于是她掀开毯子，把屋内空调的温度稍微调整了一下，走到香薰炉前，滴下了那种能使人安然入睡的夏威夷檀香精油。只是这一系列的动作完成之后，她又自嘲了起来，自己也不过是将一切从一个习惯转换成另一个习惯罢了。

这宿，简灵一夜无梦，睡眠质量很不错，一直到第二天被电话的铃声吵醒，才发现已经是早上八点了。平日里的这个时段，她已经给自己做好早餐，并吃完准备出门了。

“嗯……”简灵嘤咛了一声。

“你还没起床？”电话那头的萧静有些吃惊，在她看来，自律的简灵不应该在这个时间段还迷迷糊糊的。

“还没。”简灵支起身子，看了看阳台那边，发现太阳的强光已经透进屋内。

“你还好吧，是不是身体不舒服？”萧静关切地问道。

“没，就是昨晚睡得不错。”简灵揉了揉自己的发丝，问道，“你找我是有什么事情吗？”

“昨天的新闻你看了吗？”萧静试探性地问，“又有斩首者命案发生了。”

“什么？”简灵手中的电话差点儿滑落。是的，对于“斩首者”这个词，简灵十分敏感，而且她以为，只要苏铭被捕之后，这个名字将会从此跟自己的人生再无任何的瓜葛。

“我这边有段视频，是关于这名新出现的斩首者的。你过来市局帮忙看一下，尽量帮我们给这名嫌疑人做个心理画像。”萧静语速很慢，似乎也在揣测简灵所能接受的心理阈值。

“我……”简灵大脑里面快速地思考着，她在试图寻找什么推脱的词语，但也同时在搜索一些关于斩首者心理的线索。

“这个事情其实……”萧静听到了简灵的反应之后，也有了些迟疑。

“我下午过去市局一趟。”简灵接话道。

“好！下午两点，我在大门口等你。”萧静那头似乎松了口气。简灵听到萧静的反应，其实自己心里也有几分快意，觉得自己这个选择是对的。毕竟在过去一大段时间里面，萧静的确是帮助自己不少，而这次能为她做点儿什么，心中也算是有了些舒坦。

简灵挂线，将手机随意地放在客厅的茶几上，转头看了一眼电视柜上摆放着的周逸朗的照片。她想起自己丈夫生前的一些片段，同时也想到了苏铭被捕那一天的连连大雨。简灵对于新出现的“斩首者”很不可思议，甚至还异想天开地揣测：会不会从一开始，“斩首者”不但跟周逸朗无关，甚至跟苏铭也无关。

“你才是那只母螳螂!”——苏铭的话仿佛再次响起在简灵耳边。简灵被惊吓得全身瑟瑟发抖，蹲坐在客厅的柚木地板上，半天都没缓过神来。

下午两点不到，简灵已经到了市局。她远远地看到萧静站在市局大门口等待着自己。时隔几个月，再次来到这个地方，简灵觉得自己有些迷蒙。往事在脑海里翻滚，人不由得微微慌乱。简灵抬头望去，见萧静在太阳底下朝自己走来，于是，她暗自倒抽了口气，故作镇定地捋了捋自己的衬衣，挺直腰板，迎上了萧静。

“我们直接去物证科吧。”萧静指了指自己身后不远处的一栋大楼，又补充了一句，“物证科搬到那边去了。”

“噢，那位叫邵叔的警员也还在市局吧?”简灵想起了那个午夜对自己稍作提点的老警员。

“嗯，邵叔一直都在。”萧静走在简灵身旁，步子不紧不慢，这有点儿不像她一贯的作风。简灵猜测萧静是为了顾及自己的感受，而故意弄得气氛稍微轻松一点儿。

简灵随意地笑笑，配合上萧静对自己的体贴。

“到了。”走出电梯后的萧静说道。

简灵心底有些庆幸物证科搬到了新的办公室，毕竟她不想重叠太多过去不好的痕迹。

“来，我给你看一段视频。”萧静等简灵坐下后，说道，“这视频我们把重点剪接出来了，就是这里，画面可能有些惊悚，你如果承受不了的话……”

“没事，我先看看。”简灵觉得自己经历过半年前的志哥被杀现场之后，已经对凶杀案这种残暴血腥的画面有了一定的心理承受能力。

在视频画面上，简灵留意了一下角落上显示的时间，是三天前的午夜。那天晚上下雨了？简灵皱了皱眉头，但很快又缓和开来。画面定格在一条漆黑的马路上，隐隐约约可以看到马路的两旁有树丛。

“这是新城市中心那边？”简灵觉得这路段有些熟悉，像是去紫荆花园那边的路，同时，也是林小嘉上下班会经过的路段。

“是的。”萧静看了简灵一眼，“嗯，时间差不多了，你留意画面。”

因为萧静的话，简灵屏住呼吸，紧盯着屏幕。

果真，十几秒过去后，在画面里面出现了一名衣着花色连衣裙的少女独自走在路上，就在女孩出现后不久，紧接着就有一名骑行少年从女孩的身后掠过。他一把将女孩拉扯到自己的身下，拿出了凶器朝女孩的脖子处袭击过去……接下来的画面，简灵不敢细看，她转过身来，一手捂住胸口，努力调整自己的呼吸。

“是有些恶心。”萧静轻轻拍了拍简灵的后背，“我希望你能帮我们做一份凶手的心理画像。”

“给我点儿时间缓缓。”简灵一手搭在萧静的肩膀上，扭过头看她一眼，“我还真的应该庆幸，对于这些事情我并不是麻木的。”

“其实我们谁都不是麻木的，只是面对罪恶，作为人民警察就需要更高于常人的冷静与心理强度。”萧静叹了口气。

简灵觉得自己刚才说的话，无意中让萧静有了些误会，还想补充点儿什么来解释，却见萧静冲自己微微一笑。于是，她把到了嘴边的话语，又咽了回去。

“你们目前有什么线索了吗？”简灵试图寻找话题问道。

“还没有。”萧静看着简灵，摇了摇头。

“没事，我也只是随意问问，其实你们目前就算有什么线索，也是不方便透露的。”简灵自顾自地点了点头，重新看着屏幕上。

“相似的斩首手法，但是这名新的斩首者并没有把受害人的尸身挂在树上，并涂鸦上图腾图案。”萧静边说边从衣服里面掏出一叠照片放在桌面上，“这是我拍的一些受害人的照片，你可以参考一下。”

简灵稍微拿起那叠照片中的两三张，大致地看了一下，并没说什么，重新放了回去。

“我带了些关于连环杀人犯的资料过来。”简灵边说边打开自己的公文包。

“嗯，你可以用那边的电脑。”萧静指了指两人对面办公桌上的一台电脑说道。

“没事，我自己带了笔记本电脑。”简灵把电脑打开放在桌上，一副思考状态。

“录像带的操作，邵叔这边可以帮你一下，然后我要回去鉴定中心那边。”萧静起身说道。

简灵没有回头，只是小声地“嗯”了一句。

一直等到萧静的脚步声已经完全消失，简灵才回过头朝门口处看了一眼。她其实觉得有些不自在，只是在萧静面前，一直强迫自己假装成平常的样子。简灵探起了身子，看看不远处背对自己坐着的邵叔，在确定没有人留意自己之后，她才缓缓地坐回椅子上。

简灵一方面不希望被人看出自己的不淡定，另一方面怕自己的不淡定会让人怀疑自己的专业性。她把凶杀视频定格在男孩抓住女孩的一瞬间，然后翻开了本子，开始写下这么几行字：

一、行凶者手法生涩，动作笨拙，由此可见此人较为年轻，同时排除是相关专业人员犯案。

二、受害者为午夜落单女孩，行凶者的目标是弱势并且好掌控的群体。针对单身女性犯案的犯罪嫌疑人，大多数来自于单亲家庭。

三、行凶者一身全黑的衣着装备，蒙面，由此可见，此人内心极度自卑，害怕自己暴露。

简灵写到这里的时候，自然而然地想到了苏铭，他的童年与青少年时期，都是在一种极度自卑的状态下度过的。

罪恶总是如此相像……简灵摇摇头，不愿意再探究下去。

“看来你还是挺厉害的。”突然有人站到了简灵的身后说道。

简灵有那么一瞬间被惊吓到，随即很快镇定下来，是邵叔的声音。她摸了下脖子上的项链吊坠，回应道：“也只是一些推测而已，人心的多变也不是这些条条框框能总结完的。”

“几个月没见，你变得不一样了，不像先前那么急躁了。”邵叔说罢，放了一杯水在简灵的手边，“但是有一点儿没变，依旧是不怎么爱跟人说话。”

简灵第一次听到别人如此评价自己，有些惊讶。要知道，一位心理咨询师每天的工作就是聆听与交流。简灵正准备扭过头看向邵叔的时候，发现对方已经走开了。只是，他的话语声在继续：“心里面明明藏着很多事情，但都不愿意说，这样不好。”

简灵听了也不反驳，只是自己低下头，失神了一会儿，又继续抬起手在笔记本电脑上敲打，搜索相关的资料。

在成为一名心理咨询师的路上，除了需要熟练掌握大量的知识外，还需要学习多种技能，用来处理复杂的人际关系。与其他行业的专业人士相比，一名合格的心理咨询师还需要同时探索自己的内心世界隐秘的想法，简单而言，就是关于自身潜意识的各种探索。在这个探索过程里面，除了要用专业技能来处理自己显露出来的心理活动，更多的是真正地进入到心灵深处的迷宫。

简灵一直以为，自己在与别人的接触中，已经把自身的专业知识发挥得淋漓尽致。没想到，潜意识中那个抗拒与人沟通交流的自己，还是会有意无意之间显露出来，并且被旁人捕捉发现。对于这一点，她很困惑，也很懊恼。她甚至有那么几秒钟的自我质疑，是不是因为没有了周逸朗之后，自己就不能成为最完美的那个自己了？

但这困惑也只是让简灵停顿了半分钟左右的时间，因为手机又突然地响起来。她一看，是林小嘉打过来的，她快速地接起了电话。

“简灵，周末约个饭吧。”林小嘉的语气听起来心情应该不错。

“嗯，好啊，听你说话的语气，是发生了什么开心的事情吗？”简灵合上了自己的记事本。

“是的，我准备要升职了，反正等周末我们见面的时候再说，对了，把那座冰山也叫上吧。”林小嘉又“咯咯咯”地笑了几声。

“你说萧静？”简灵听到林小嘉形容萧静是冰山，也忍不住嘴角上扬。甚至脑海里面，已经有了林小嘉跟萧静见面拌嘴的画面。

“好了，我不跟你多说了，周末见吧！”林小嘉正要挂上电话的时候，简灵的眼睛又不经意地瞥到了电脑屏幕上。

“林小嘉，最近你都是自己开车上下班的吧？”简灵心里还有些犹豫，觉得自己有些担心似乎是多此一举。

“是啊，都开车的，怎么啦？”林小嘉好奇地问道。

“没什么，最近治安好像不怎么好，你不要单独出门……”简灵咬了咬下唇，赶紧又补充道，“就是不要走路，去任何地方都开车，特别你上下班的路上。”

“好，我记住了，我先去忙了。”林小嘉爽快地答应，这使得简灵又担心林小嘉并没有很在意自己的叮嘱，只是转念一想，林小嘉胆子小，要是空穴来风的话会吓到她，于是简灵不再说什么，挂上了电话。

下午的五点一刻，简灵收拾好桌面上的东西，把整理出来的一份文件发到了萧静的邮箱。而萧静就正好过来物证科找她。

“我正准备打电话给你。”简灵拿起桌面上手写的文件，准备递给萧静。

“简灵，局里面决定要提审苏铭。”萧静的话刚说出，简灵手中的文件滑下，散落一地。

“不好意思。”简灵俯下身去捡起文件，边说道，“怎么突然就提审苏铭?”简灵能感觉到自己此刻心跳异常快速。

“因为我们怀疑新出现的斩首者跟苏铭有关。”萧静思考了一下，说道，“或者是认识的。”

“会不会只是模仿犯罪?”简灵话一说出口，心中立即震惊了一下，因为自己所说的似乎是在为苏铭开脱什么。

我怎么可能会替苏铭说话呢？简灵再次不自觉地咬唇，懊恼自己的不应该。

“我们也不排除这个可能。但是根据验尸报告显示，这名新的受害者是被同样的作案工具杀害的。”萧静轻叹了口气，“只是手法没有苏铭的专业，所以……”

萧静的欲言又止让简灵心生疑惑：“就是说，新的斩首者对于自己的作案手法与曾经的斩首者苏铭相似，其实也有一定的认知的，只是两人对比起来，没那么娴熟而已?”

萧静不说话，过了好一会儿，点了点头。

“这些文件，你先看看吧。”简灵把捡起来的文件塞到萧静怀里，一副着急离开的模样。

“简灵，等等。”萧静喊住了已经走开几步的简灵。

“嗯？还有什么事?”简灵问道，说话的时候，不自觉地双手环抱在胸前。

“我想问一下你的意愿，能不能跟我们一起提审苏铭，作为专业的心理咨询师，去看守所一趟。”萧静的手拉了简灵一把。

其实简灵早就猜测到萧静刚才叫住自己的用意，现在等到萧静把话说出来了，才发现自己有点儿拒绝不了对方。

两个人僵持了有半分钟后，萧静说道：“我知道你一直不愿意再见到苏铭，所以……所以我不勉强你。”

简灵点了点头，说道：“我不会陪你们去看守所的，对不起，萧静。”

“你今天已经帮了我了，苏铭的事情，我跟同事们那边再说说，重新考量一下吧。”萧静走到了简灵身边，“我送你出去吧。”

离开市局，简灵将车子停靠在外面马路边上。她侧过头看向市局大楼外的围墙，感觉自己的心情仿佛一下子就回到了周逸朗被捕的当天。她又羞又怒，当初的自己竟然一步一步掉进了苏铭的圈套里面。假如不是那样的话，自己的丈夫就不会落入深渊，最终在看守所自杀……一切依旧能有机会回到最初的那般美好模样。

对于大多数的心理咨询师而言，首先的挑战并非掌握足够多学术上的知识，而是鼓起勇气走进自己的内心，直面各种阴暗面。只有把自己变得越来越无所畏惧，才能成为更出色的心理咨询师——回想起大学的时候，老教授曾经在课堂上所说的这一番话，简灵全身打了一个激灵。明明是自己的错，怨不得任何人。

简灵又看了市局大楼一眼，自嘲般地笑了笑，掏出了手机，拨给了萧静。

“萧静，我跟你一起去看守所吧。”简灵语气平静地说道。

萧静似乎没有反应过来，话筒那边停顿了好久，最终她应道：“好，时间定下来我提前通知你。”

“我也是在帮我自己。”简灵拿着电话，伸了个懒腰，“好了，我先开车，不说了。”

简灵独自驱车在路上，看着华灯初上。她感觉那个曾经软弱的自己已经被淹没在身后的夜色里面。

当晚，萧静给简灵发来信息：明早9点，我们过来接你去看守所，提审苏铭。

第二章　审讯室

1. 市看守所

第二天一大早，当简灵看到镜子中的自己时，莫名地有那么几秒钟的失神。

镜子里面的女人化着精致的淡妆，一身利落的职业套装，头发高高盘起，显得精神干练。简灵努力地练习了几下职业性的笑容，过后又觉得自己这样的行为不对。毕竟她明白，自己今天去的地方不需要她这种能感染到别人的笑容。她需要一副稍微显得冷静沉着的脸孔，这样才能最大程度地拿出自己的理智来面对那名对自己既深情又残忍的罪犯——苏铭。

当简灵走出小区，张达的车已经停在门口了。她拉开车门，钻了进去。

“你今天气色不错。”坐在驾驶位上的张达扭转头看了简灵一眼。简灵回应了他一个淡淡的笑容。

“吃了早餐吗？”穿着一身警服的萧静从副驾驶位转过身子，递给简灵一份快餐店买来的早餐。

“谢谢。”简灵双手接过，其实她出门之前自己煮了麦片。在吃早餐时，还读了一份今早的报纸，上面的大幅报道都是关于景阳市新斩首者再次出现的事，以至于简灵食不知味，胃口全无。所以她接过萧静给自己的早餐之后，也只是放在了手边，并没有打开。

“出发吧。”萧静的话像是在对张达发出指令，也像是在询问简灵的意思。

简灵并不接话，只是看着窗外。就在整个车厢的人都安静停顿了两秒之后，车才正式启动朝前方驶出。

这一路上，简灵始终是挺直了腰板坐在后座位上，她时而会拨一下自己耳边散落的几根发丝，时而一只手搭在窗边。只有眼神始终都是看向了窗外。她不断地暗自调整呼吸，似乎是生怕被坐在前座的两人发现自己不够淡定。

这是简灵第二次去往看守所的路上，第一次是坐在苏铭的车上，给周逸朗送衣物。而这一次，却是过去参与提审苏铭。人生的起落与辗转，让简灵此刻心里感慨万千。一切的罪与恶、是与非，都仅仅是一念之差。

从车上下来，简灵跟在张达和萧静的身后快步穿过看守所的大厅，几名早到的刑警上前跟他们寒暄了几句，简灵敏感地感受到陌生人对自己投放过来的怪异眼神，只是她假装不知而已。作为周逸朗的妻子，同时与苏铭案件又有着千丝万缕的牵扯，旁人对自己或多或少都会有些好奇、揣测，甚至是非议。这一切，她在出门之前就已经努力说服自己，要有一定的心理准备来应对。

简灵走到审讯室门口的时候，面前是一扇金属门，她低头看着自己的鞋尖，心想着自己跟苏铭此时此刻也就是一步之遥了。她脑海里面突然就涌现了苏铭被捕当天，他对自己表白的一幕。

“简灵……”萧静的手攀附上简灵的肩膀，因为贴近，简灵似乎都能感受到萧静呼出的气掠过自己的耳边。

简灵抬头看了萧静一眼，在这个过程里，却先是对上了站在萧静身后的张达的双眼。张达的神色自然，他帽子上的国徽似乎散发着神圣的光辉，以至于简灵因为自己刚才的那一丢丢的儿女私情，而感到羞愧。简灵赶紧将自己的眼神瞥向了另一边。

“你到隔壁的房间。”萧静边说边指向了简灵左手边的另一扇门。

“好。”简灵点点头，径直走去，伸手拉开了门。

“你是简医生吧?”监控室里面是一名陌生的警员，他稍微侧脸看了简灵一眼。简灵冲他点了点头，对方可能因为熬夜工作的缘故眼底下是一圈很深的青黑色。

“嗯！简医生，你坐在这里就可以了，你的前面有两个监控的屏幕，一个是近镜头对着嫌疑人，另一个是远镜头，能看到审讯室里面的整体情况。”

“好的。”简灵回答得利落。

“你需要在这里稍等五分钟，我出去两分钟就回来。”警员低头看了一下手表，说道。简灵留意到他手上戴的是一块国内品牌的手表，跟当年周逸朗刚大学毕业的时候，简灵送给他的那块表是同一个牌子。这使得简灵对眼前的陌生人有了一分好感。其实从踏进看守所的那一刻开始，简灵就觉得自己像一只进入了戒备状态的刺猬，时刻要竖起坚硬的外壳来对抗将要发生的各种不可预测的状况。

监控室里面的设备散发出属于金属的冰冷气息。整个房间似乎安静得只听见设备的电流声跟简灵自己的呼吸声。简灵看了一眼监控屏幕，张达他们几个人已经坐到了审讯室里，不知道在小声探讨什么，互相之间传递着文件。而萧静并没有坐到他们之中，而是隔了几步的距离，站在张达的身后。简灵有点儿猜不明白萧静的用意。

很快，那名年轻的警员回到监控室，略带抱歉地问简灵需不需要喝水。简灵回应了他一个职业性的笑容，摇了摇头，说了句谢谢。其实当他走进来的一瞬间，简灵已经有闻到他身上带着淡淡的烟草味。她估计对方是为了提神出去抽了根烟，但是怕怠慢了自己，所以没抽几口就很快回来了。想到这些，简灵又看回监控屏幕里那个站着的萧静。心中猜测，自己的好朋友应该也是有着无数个夜晚，耗在单位里面熬夜加班吧。

“很快就开始了。”警员再次低头看了看手表。

“这工作很辛苦吧？”简灵其实并不是在客套什么，纯粹是为了警察这个职业而有感而发。

“还好吧。”警员说完这话冲简灵微微一笑，笑容里饱含着他对自己工作的热爱。

简灵点点头，不再说话。

十分钟后，苏铭开始出现在监控摄像头下……

那一瞬间，简灵有几秒钟的窒息。通过屏幕，她看到苏铭那高大的身躯，因为手脚被上了镣铐，而不得不俯着身走路。原本那一头精神的短发已经被剃掉，光头的样子令他显得特别狼狈。因为他还没有坐到审讯椅上，所以此刻简灵还看不见苏铭的面部表情。但她开始莫名地惶恐，害怕苏铭会突然抬起头来看向自己。很快，她又想起自己只不过是坐在监控室里面，不可能跟苏铭对视的，于是，那种莫名的害怕与紧张，瞬间又消失了。

“需要我把镜头调一下，锁定到罪犯脸上吗？”身边的警员询问简灵。

“好。”简灵略皱眉头，因为当镜头被放大之后，她看清楚了苏铭的脸部表情。此时此刻，苏铭正在微笑。他憔悴了不少，但笑容依旧像从前……简灵的内心颤抖了一下。

苏铭坐到了审讯台上，双手放在台面上，双脚规矩地摆放在桌下。他直视前方，眼神落在张达身上。

“苏铭，你清楚我们今天提审你的目的吗？”张达身边的一位警察开口问道。

苏铭脸上露出并不打算配合的模样，并有着那么一丝并不友好的微笑。

“咳咳！”张达干咳了两声，“苏铭，请你配合我们今天的工作。”

苏铭歪着头看了看张达，半晌，他终于开口说话了：“能给我根烟吗？”

“怎么学会抽烟了？”张达身子往后靠在椅背上，“以前在队里，我们每个人都抽烟，叫你一起，就你较真，怎么都不肯学着来一口。”

“没办法，张队。在这种地方，生活太无聊了……”苏铭顿了顿，“也太压抑了吧？”说到这儿，他突然间抬头朝着角落里的摄像头望了过来。那枚正对着他的摄像头，简灵感觉苏铭的眼神仿佛能穿透屏幕，落在了自己的身上。简灵收在自己衣服口袋里的手，莫名地握成了拳。

“你确实跟以前不一样了。”张达走了过去，递给苏铭一根烟，同时帮他点上。

苏铭身子俯得更低了，似乎用力地猛吸了两口烟，才抬起头，吐出烟圈。那烟雾，模糊了他那张棱角分明的脸。

“现在景阳市出现了新的斩首者，你知道这件事情不？”张达回到原本的位置上坐下。

“在这里每天睁开眼，第一件事就是听广播新闻，关心社会动态。”苏铭又吸了口烟说道。

“对于这名新的斩首者，我希望你能配合我们的工作，提供相关的线索。”张达自己也摸出一根烟点燃，但没吸。这一系列的动作，似乎只是为了拉近与苏铭的距离。

“张队，有时候觉得你们真的挺好笑的，我被关在这个地方半年了，现在出现个斩首者，会跟我有关系吗？”苏铭弹了弹烟灰。

“我们通过摄像头录像，排查出嫌疑人是一名较为年轻的男性，作案工具跟你所使用的是一样的。要知道，除了你自己和我们参与了案件调查的警方检方人员，外人并没有机会看到你那柄带着锯齿的凶器的。”张达身子往前倾了过去，“事到如今了，你也没什么不可说的，不是吗？”

“我也可以选择什么都不说啊！反正我都是要死的，对于一个死人而言，还有什么事情需要惧怕，还有什么事情是能被要挟到的呢？”苏铭突然想要伸直自己的身躯，但是因为镣铐的关系，他并没成功完成他想做的动作，“呵呵，这感觉真的很不舒服啊，我不喜欢被这样扣押住，要知道以前每天我都要去跑步的，这样下去，我的腹肌都没了。”

“苏铭，请你严肃一点儿，这新出现的斩首者是一名恶劣的重犯，任由他在外面犯罪，难道你的人性就真的泯灭了？要知道，曾经我们是并肩作战过的！”张达稍微有些激动。

“张队，这个世界变成什么样子，跟我有多大的关系？你们爱怎么调查就怎么调查，反正我什么都不知道，你们走吧，别再来找我问些莫名其妙的事情了，我只想待在这个破地方安静地等死，等待真正的解脱。”苏铭的话语带着自暴自弃的意味，听得简灵揪心。

“事到如今，你明明可以选择做一件好事的。”张达扔掉手中的烟，一手按在了桌上，“或许，你也压根无法对新的斩首者案提供任何的帮助。”

“那你就当我无法为你们提供什么线索好了，毕竟什么是好什么是坏，什么是对什么是错，在我眼里，也都没太多所谓。就算到现在，我都不觉得自己做了什么坏事的，却被困在这里。”苏铭不屑地说着。

“够了，苏铭，我们今天来不是听你说这些没用的。”张达身旁的警察忍不住大声呵斥道。

苏铭耸了耸肩，不再说话。他的头埋得更低了，只顾着抽烟。简灵通过摄像头的角度看过去，苏铭仿佛一名已经失去了自我的瘾君子，蜷缩在自己的世界里面，拒绝跟周遭的人进行正常的沟通。

这个时候，整个审讯室都陷入了沉默。

“这名犯人最在乎的是什么？”坐在简灵身边的那名年轻的警察突然扭过头，朝简灵问道。

简灵整个人一激灵，她当然清楚苏铭在乎的是什么，只是关于那个答案，她根本就不愿意承认。

“我也不知道。”简灵摇摇头，依旧是一副冷静的神态盯着监控屏幕。

审讯室里面，张达扭过头跟他身后的萧静开始小声地说了几句什么，简灵听不到内容。紧接着，她看见萧静转过身子，脸朝着摄像头这边，似乎是在看向自己。这一刻，简灵心中有了些了然，张达刚才跟萧静所谈论的，一定跟自己有关。

简灵倒抽了口气，起身走出了监控室，掏出手机，拨打给萧静。她拿着电话站在过道上，抬头看见耀眼的阳光从头顶的玻璃窗透进来，就像是一种带着希望的光芒将自己围绕，赐予自己内心强大的力量。电话那头，萧静很快就接听了。

2. 苏铭的梦

“萧静，让我进审讯室吧。”简灵坚定地说着，“也许……也许我能帮你们。”

“那……”萧静也有了些迟疑，大概是担心简灵会因为与苏铭面对面而产生巨大的心理压力，“那好吧，我先跟张达说一下，等下回复你。”

简灵重新回到监控室，看到屏幕里面，萧静俯身在张达的耳边说着话，张达犹豫了一下最终点了点头。萧静就掏出电话，打给了简灵，让她到隔壁的审讯室里面去。

走出监控室的简灵，理了理自己身上的衣服，并深呼了口气，一副如临大敌的模样。只是，当她终于推开审讯室的门的刹那，迎接到苏铭看向自己的眼神的时候，她发现原来重新面对苏铭，并没有自己原先所想的那么容易。

“好久不见。”苏铭愣了一下，紧接着连忙挺起腰背，但因为镣铐的缘故，又无法完成这一动作。很明显，他想要自己在简灵面前显得体面一点儿，但无力做到。而他的视线至此开始没离开过简灵。

简灵冲他点了点头，回避开苏铭的目光。她一言不发，站到了萧静的身边，这才开始直视不远处的苏铭。

“简灵，我很开心。”苏铭微笑了，似乎依旧阳光。

“苏铭，我们继续刚才的审问吧。”张达开口说道。

“在这半年里面，我经常都会做同一个梦……”苏铭扭转头，看向了他右边墙壁上。在墙面的上端有一扇小窗，苏铭看了没多久，就闭上了眼睛不再说话。

张达正要开口说点什么，简灵一手按在了他肩膀上，摇摇头示意他保持沉默。

“你做的是什么梦？”简灵朝前走了一步，此时此刻的她如同一位英姿飒爽的战士，有柔情的心肠，也有强硬的盔甲。

“嗯，那个梦很长……很长……”苏铭对上简灵的目光，嗤笑了一下，“简灵，你还愿意听吗？”

简灵双手交叉抱在胸前，眼睑有那么两秒钟的垂下，很快又恢复原本犀利的眼神，朝苏铭点了点。

“有个瘦小的男孩，大概营养不良，头发都是枯黄的，十分孱弱，他老跟在一群大人身后，去捡汽水瓶。那群大人里面，有个老大爷，会塞给他几个瓶子，说今天差不多了，你赶紧回家写作业吧。然后男孩就拖着一袋子的瓶子回家，走得有些吃力，大概他的袋子里面还有别的东西吧，所以特别特别沉，他那小身板十分吃力。”说到这里，苏铭抬起头，眼神越过简灵，看向了张达，“你再给我根烟吧。”

简灵走向张达说：“我来吧。”并拿起了张达面前摆着的香烟和打火机。

简灵一步一步朝苏铭走去，趁着室内的灯光，她把苏铭看得更加清楚了。这个退却了光芒的男子，眼中竟然……竟然似乎有着某种液体在流动般……她默默地给苏铭点燃了香烟，回避着与对方湿润的眼神近距离交会。苏铭朝她点点头，说了句谢谢。简灵感觉自己喉咙发酸，一种会地动山摇般的情绪将要冲破出自己身体一般，吓得她赶紧退后，走回到自己先前所站的位置。

“男孩回到家，家里没人，他赶紧跑去将自己脏兮兮的双手洗干净，在洗手台上有面镜子，他看到自己长的模样并不是那种讨喜的脸孔，于是他决定以后再也不照镜子了。当他这么想着的时候，就听到他的母亲在屋内喊他的名字，于是他赶紧跑出去。只是，他还没来得及拥抱母亲，就看到母亲神色慌张地在屋内收拾家当，然后一手将他抱住，在他额前亲了亲，说我们要赶紧离开了。男孩只是点了点头，他明白突然离开的原因。”苏铭弹了弹烟灰，继续说道，“突然场景就一换，男孩长大了不少，但依旧是一张不讨喜的脸，他拨开人群，看到母亲的尸体，并没有人告诉他发生了什么事。唉……故事似乎就到这里结束了。”

“这就是你梦里的全部吗？”简灵隐忍住自己内心的情绪。

“并没有。”苏铭继续说道，“男孩上高中了，有天上体育课，他跟同学们一起打篮球。然而这个时候，他远远地瞧见了那位他喜欢的女孩在球场边经过，所以他投篮失败，球砸到了混进来校园的那些流氓。他被流氓打了一顿，还被勒索。但是他被打的时候，一点儿都不害怕，他蜷缩在地上，双眼还在球场边上寻找那位女孩的身影，却发现她已经走远了，不见了。他很失落。”苏铭突然叹了口气，问道，“简灵，你觉得螳螂吃伴侣这个故事真的很有趣吗？伤害别人的同时，难道就不是在伤害自己吗？”

“我不懂你在说什么。”简灵双手收在背后，用力地捏了自己后背一把，似乎是在提醒自己要保持理智。

“就到这里打住吧……”苏铭深吸了口烟，只是依旧眼里带着笑意看向了简灵，“我不想再说下去了，并且……对于你们说的新的斩首者事件，我无可奉告。”苏铭说罢，抬头看向身边的警员说，“我要走了。”

“苏铭！”简灵着急向前两步，“你不可以走！”

“怎么？你是对我念念不忘，还是没看够我如今的狼狈模样？”苏铭双手握在了一起。

“你不是愿意为我做任何事情吗？”简灵的语气变得咄咄逼人。

整个审讯室都陷入了一阵沉寂之中，仿佛……仿佛就只剩下墙壁上挂钟的秒针行走所发出的“嘀嗒嘀嗒”声。

过了好久，苏铭终于出声了。他长长地吐出了一口气，似乎将心中的某些拧巴着的结给解开：“好吧，你们去千月街1905号看看吧，那里大概有你们想要的答案。”苏铭不再看简灵，将头扭向了一旁。

简灵感觉自己双脚像是被灌了铅，死死地固定在原地。耳边都是嘈杂的声音，她听不清大家说的是什么。她只觉得自己的世界里面，就只剩下眼前的苏铭，看着他转身，看着他被带走，再次一点一点消失在眼前。

随着走廊外面的铁门“咣当”一声，简灵才真正地意识到，自己刚才在审讯室里面，消耗着苏铭对自己最后的爱……想到这里，她差点儿哭起来。但想着萧静一行人还在身边，她只好低下头，故意放慢步子而落在最后。简灵坚信自己只需要一两分钟的时间，就能将心情平复下来。

第三章　一个叫马旭的少年

1. 一次诊疗

简灵坐在车后排一言不发，而副驾驶位上的萧静拿着手机忙碌地按着。张达因为还需要签几个字，需要等会儿才回到车上。

“苏铭说的地址是一家不对外营业的私人健身会所。”萧静突然转过头跟简灵说道，同时挥了挥手中的手机，“刚局里的同事帮忙查询到的。”

“那需要我跟你们一同过去吗？”简灵随口问了一句。

“再说吧，稍晚一点儿我问问张达的意见。”萧静将手机收好，扭过头来，“简灵，你还好吗？刚才你走进来那一刻，我真的好担心你。”

“我没事，等下你们直接送我回诊所吧，今天还有工作上的安排。”简灵笑笑。

萧静还想说点儿什么的时候，却被突然回来的张达给打断了。

“苏铭那小子真的是……”张达话说到这里打住了。

“怎么了？”萧静好奇地搭了一嘴。

“真的没想到他这个人会如此固执，硬是说要……”张达看向车后座的简灵，不再说话。

“是跟我有关的吧？”简灵问道。

“是的。”张达从衣服口袋里面翻出一封信说，“他坚持要将这个交给你。”

“给我吧。”简灵伸出手，但瞧着张达还有些迟疑的样子，就补充道，“信的内容你们都已经看过了吧？你能把信取出来递给我，应该也不是什么恶心或者不好的内容，是吧？”

张达思考了一下，把信递给了简灵。

说那是一封信，其实就只是一张薄纸片，映入眼帘的是这么一段话：

> 曾经我以为，自己跟你就是被困在一个圆里面的两个人，你在前面跑，我在后面追。只要我放慢脚步，选择慢慢，那么很快我就会发现，其实自己反倒是行走在你的前面。而你，简灵，就会跟随着我的步伐继续在这个圆圈里面一同前行。与你，永远不可能并排。而现实就是，这个圆里面一直只有我一人，像傻子一样奔跑着。

看完了苏铭写的文字，简灵脸色一沉，将信塞进了自己的公文包里面。张达也没多说什么，端正了姿势发动车子。从看守所到诊所的路上，萧静好几次扭头看简灵，始终一脸欲言又止的样子，不忍开口问她关于苏铭的事情。

“你们有什么事情可以随时打电话给我，能配合你们工作的，我都会尽量安排出时间来。”车子到了诊所门前，简灵朝萧静说道。

“好，吃了饭睡个午觉吧，你脸色还是有些难看。”萧静点着头，眼神里面流露出担忧。

简灵害怕别人用这样的神情看自己，所以避开了对方的视线，她快步下车，朝诊所大门走去。

“咦，简医生，我以为你今天都不回来了。”张岩岩看到简灵推门而进，赶紧将一份资料递给她。

“我记得你说今天下午有病人会过来。”简灵径直往自己的诊疗室走去，张岩岩紧随其后。

“是的，刚才我还在寻思着再过个半小时给对方打电话更改预约时间呢。”张岩岩倚着门背，“你昨天说……今天是有很重要的事情需要去处理。”张岩岩低头看了看手表，“嗯，现在已经过了中午一点钟了。”

“事情处理好了，就早点儿回来了。”简灵边说边打开张岩岩给自己的文件，“咦，下午要来的人是马唯斯？”

“是的，这个女人消失好一段时间了。”张岩岩一脸微笑地看着简灵，“看来你又要度过一个比较难熬的下午，哦！不对，是两个四十五分钟。”

“其实她也没有那么难相处。”简灵微微笑道。

“祝你好运，简医生。”张岩岩说罢退出了诊疗室，顺带关上了门。

简灵坐在椅子上，努力让自己心神收拢，驱赶着脑海里苏铭的画面。她开始翻阅过去半年以来关于马唯斯的档案记录。

马唯斯是在三十一岁的时候带着儿子移民到美国的，她跟儿子都是美国籍。而她的先生在国内，已经离世，具体死因马唯斯没有跟简灵提过。当然，简灵也不会主动去问。毕竟一个青壮年男性早早死去，总有些故事不会是马唯斯这个女人想要提起的。到去年，马唯斯才开始带着儿子回到国内。假如自己没记错的话，马唯斯的儿子今年年头的时候已经满十八岁了，是个成年人了。

其实简灵觉得马唯斯跟曾经的郭紫有些相似，都是被寂寞来回摧残着的人。而两人之间最大的不同是，马唯斯是位母亲，她有着比谁都坚强的外壳，毕竟她需要撑起强大的羽翼来保护自己的孩子。多年的出国经历，加上家中的变故，如今她身边已经没有能来往的亲近的人。而简灵的诊所仿佛变成了马唯斯唯一的精神港湾。

关于马唯斯，还有着一个小小的秘密，也只有当面对着简灵的时候，才会表露出来，那就是自言自语。她来见简灵，可以不与简灵进行任何交流，但一定会安静地坐着，自说自话，如同自己和身体里另一个分裂的人格在沟通一般。

在研究人类的非语言行为的过程里能够发现，只要有边缘反应的地方，特别是在一段令人悲痛或充满威胁的经历之中，就会出现一种自我安慰的行为。关于这种安慰行为，不同的人将有不同的表现方式，其中有一种叫“声音安慰行为”。在“声音安慰行为”里面，就存在自言自语，目的也是为了缓解当事人的心理压力。马唯斯就是拥有此种自我安慰行为的人之一。

就马唯斯目前的生活状况，她所有的精力都是花费在她的儿子马旭身上的。马唯斯经常担忧儿子回国后无法适应国内的环境。并且，马旭性格也比较孤僻。因此，马唯斯总是提上那么一两句，说希望带着马旭到简灵的诊所，让他跟简灵聊一下……

想到这里，简灵深深呼了口气，整个人靠在椅背上。她实在不是一个青少年心理的专家，也不擅长解决家庭伦理的案件。只是面对自己的病人，她是不会拒绝的。毕竟，她了解每一位寻求帮助的人的背后内心的无助与彷徨。

时间很快就到了下午的两点五十分，诊疗室的门被敲响。闭目养神的简灵睁开眼，直起身子应道：“请进。”

门被推开了，马唯斯出现在门口，比她预约的时间晚了二十分钟。

“不好意思，要出门的时候，被一些事情耽搁了。”马唯斯略带抱歉地说道，只见她也不走进来，只是站在门口。

“没关系的。”简灵起身走向香薰炉那边。

“简医生……”马唯斯喊住了简灵。

简灵回过头，这时才瞧见在马唯斯的身后还站着一个人，是一名个子比她高出一截的少年。直觉告诉她，那应该就是马唯斯的儿子。

她也一下子明白了马唯斯迟到的真正原因了。

先前马唯斯提起过，她儿子马旭很抗拒见心理咨询师的这件事情。

“都先进来坐吧，我让张岩岩给你们倒两杯果汁进来。”简灵脸上堆着笑容，对着马唯斯身后的那年轻男孩点头示意。

马唯斯将自己身后的男孩拉了进来，一同在沙发上坐下，并对简灵介绍道：“简医生，这就是我儿子马旭，之前给你提过的。”

“妈妈，我不需要心理咨询师。”叫马旭的少年大声说道。

简灵没有吱声，她一边点燃香薰的时候，一边侧着身子，余光投向了马旭，她在偷偷观察这名少年。

马旭个子挺高，有一米七八以上的个子。但是身板比较单薄，穿着的T恤显得有些松松垮垮的。额前的头发有些长，也不知道是因为头发的遮挡，还是他一直头压得比较低，使得简灵无法看清他的长相。简灵又瞥见了男孩穿着一双运动牌子的鞋，还是限量版的。仅仅从他一身的打扮猜测，这是一个在富裕家庭里面长大的孩子。只是这孩子全身所散发出来的气场，很冷漠。

“简医生，让你笑话了。马旭性子挺倔强，不愿意做的事情，我都拗不过。”马唯斯说话声音不大，不知道是因为怕自己说的话会影响到马旭的情绪，抑或是在儿子面前，她一直都表现得较为温和。

“你好！马旭。”简灵上前走到他们的侧方，拉过一张椅子坐了下来。

只是简灵的话音落下老半天，马旭也没有回应她，反倒是将头仰起，自顾自地看着墙上挂着的一幅画。简灵知道，马旭是在拒绝跟陌生人接触，也在抗拒与自己交谈。

“简医生，不好意思，我儿子性格有些孤僻……”马唯斯说道，“这次预约，主要就是带儿子来见见你的，所以我先出去前台那边坐着，你看行吗？”

简灵微笑点点头，应允着。在她接触马唯斯的大半年以来，这是第一次看到对方表现出唯唯诺诺的模样。她越发能感受到马唯斯日常在家中，日子肯定过得不怎么愉快。

刚好张岩岩端着两杯果汁进来，马唯斯就顺道跟着张岩岩一同退出了简灵的诊疗室。

就在诊疗室的门被关上的一刻，简灵留意到马旭稍微地抬起了一下头，看向了门口。也就是这么一瞬间，她才看到了马旭的脸。其实马旭的五官长得不错，棱角分明，眼睛有神，跟马唯斯十分相像。就是脸上皮肤不好，长满了青春痘。简灵估计马旭故意压低头，就是怕别人看到自己满脸的痘痘，这是一种青少年的典型的自卑心理的呈现方式。

“鲜榨的果汁，今天早上送来的水果，很新鲜。马旭，你尝一下。”简灵始终微笑着看着马旭。

马旭依旧不说话，沉默了一会儿，他伸手端起他面前的那杯果汁喝了一口，很快就放回桌子原处。他的头再次仰起，目光又一次落到墙上挂着的画上面。仿佛只有这样，才会让自己的不理睬对方，显得自然很多。

简灵明白了，马旭尽管冷漠与傲娇，但良好的家庭教育，依旧让他有着不会让身边人难堪的涵养。想到这儿，她对马旭多了几分好感。

2. 健身会所

香蜂草精油的香气开始在诊疗室里面蔓延开来，这种清新又带有令人心情愉悦的柠檬香会使得人身心都沐浴在美好的氛围之中，有助于平衡情感。

简灵也看向了墙上的那幅挂画，开口说道：“这幅油画是仿品，真品现在被收藏在法国巴黎的卢浮宫，名字叫《但丁的渡舟》，又名《但丁和维吉尔共渡冥河》，是在1822年的时候，由画家欧仁·德拉克罗瓦所创作的，取材于但丁的名著《神曲》的故事，描绘的是站在船中央的但丁被维吉尔引导乘坐卡隆的渡船，穿过地狱湖的情景。”简灵话说到这儿，故意停顿了下来，她看了马旭一眼，“船上的人物衣着色彩鲜艳，跟河里一群扑向渡船的冥界裸身人物，形成鲜明的对照……”

“作恶者就算有向善与求生欲望，也必然被拒绝吗？”马旭突然打断了简灵的话。

简灵愣了一下，只见马旭依旧盯着那幅画在看。

“那么，你对于善恶又有着什么样的理解？”简灵反问道。

听到了简灵的问题，马旭缓缓转过身子来，看向简灵。这是简灵与马旭之间的第一次对视，不知道为何，看着眼前的马旭，简灵竟然有些熟悉感。

“上帝是残酷的吗？他应允所有人忏悔后可以被救赎，但对自己曾喜爱的路西法，为什么又那么不尽如人意呢？又为什么宁愿看着路西法如同《但丁的渡舟》里的受苦人一样，期待被救赎，却又只能在那儿苦苦挣扎呢？”马旭看着简灵双眼，认真地说道。

简灵刚想回应什么，却见马旭站了起来，朝诊疗室的门口快步走了过去。等简灵反应过来后，那瘦高的身影已经拉开了门。

简灵追上去，但还没走到前台，就已经听到了马唯斯的声音，她正在大声呵斥马旭。

“你怎么突然就跑出来？先前不是已经跟你说得好好的吗？”马唯斯语气里面带着失望，“难道你就一直忍心这样，一点儿都不能理解妈妈对你的用心良苦吗？”

马旭面对马唯斯站着，一言不发，头压得低低的。简灵想要上前制止马唯斯的过激行为，毕竟在旁人面前数落自己的孩子，是会打击到孩子的自信心的。只是，她的步子才迈出一步，便又停住了。因为她能理解一位母亲的用心良苦，倘若她贸然加入到母子之间的争吵，就会影响到作为母亲一直以来在家庭中的威信的。

“小旭，你看看妈妈。”马唯斯语气有点儿软了下来，双手抓住了马旭的手臂，“妈妈没什么能要求你了，就是希望你能健健康康、快快乐乐地生活着。”

久久的，马旭并没有给予他母亲半点儿的回应。这个时候，简灵才朝这对母子走了过去。

“唯斯，马旭需要些时间来适应。”简灵站在了马唯斯的身边，轻声说道。

然而这个时候，马旭再次转身，头也不回地大步走出了诊所，只留下简灵跟马唯斯尴尬地站在原地。透过玻璃门，简灵看到马旭骑上一辆山地车，快速地走了。是的，他逃命般地走了……

“刚才你们不是一起过来的？”简灵看着马旭远去的背影，向马唯斯问道。

“嗯，我平时跟马旭不住在一起，毕竟孩子长大了，需要多一点儿独立的空间的，而且我工作那么忙，怕会影响到他学习。”马唯斯话说得虽然圆满，但是简灵依旧能听得出她的无可奈何。

“嗯，马旭已经成年了，也是到了独立的年纪了。”简灵点点头，试图用这样的回应给予马唯斯一点儿心理安慰。

“真的不好意思，他这次如此匆忙就走了。”马唯斯捋了捋散落耳边的发丝，“这孩子不善于与人沟通，他真的不是故意的，我知道他是因为今天下午还约了健身教练，所以才说走就走。他很有时间观念的，不喜欢迟到。”马唯斯说完，又干笑了两声。然而这一切，让气氛显得更加地尴尬。

“马旭平时还有去健身？”简灵回想起刚才所见到的马旭，身板单薄，她猜测马旭在衣服底下，或许也是有着结实的肌肉吧，但是故意用宽大的衣服来掩盖住原有的身材。

“嗯，已经有很长的一段日子了。”马唯斯说起自己儿子健身的事情，突然眼睛里面像是被点亮了某种东西，“他健身很用心的，平时都十分遵循教练配给他的那些健身餐单，就算我做了他小时候很喜欢吃的食物拿过去给他，他也能忍住不吃的。喜欢运动的男孩子都是不错的，你说对吗？”

简灵仿佛看到了另一个娥姐出现在自己眼前，于是笑了笑，点点头，问道：“那马旭平时都去哪里健身的？”

“哦，就在千月街的一家私人健身会所。”马唯斯随意回答道。

不知道是不是因为过于敏感，简灵紧接着就问道：“是千月街的 1905 号吗？”

“嗯……”马唯斯思考了一下，“我记得是的，简医生，你也去过那里健身吗？”

简灵摇摇头，说道：“刚好之前听朋友提起过罢了。”

“哦，我还以为简医生平时也有锻炼的习惯呢。”马唯斯想了想说道，“我自己平时也去跑步的，如果你有时间，可以尝试跟我一起去跑跑看，等你习惯了，会发现跑步是件很舒服的事情。”

简灵听到马唯斯的这番话，心里更加确信其实马唯斯并没有多大的心理疾病，毕竟跑步运动对于患有焦虑或者抑郁症的病人，是有十分不错的治愈效果的。

“好呀，以后有时间，我找你一起去跑步。”简灵应和道，“对了，马旭去的那家私人健身会所，叫什么名字？”

“哦，我也不知道，没听马旭提起过，之前他说的，都是说去 1905 而已，我先前猜测 1905 就是那个会所的名字。”马唯斯耸了耸肩。

“原来是这样啊……”简灵沉思着。

送走马唯斯之后，简灵快步走进自己的诊疗室，打开了电脑，开始搜索关于千月街 1905 号的那家私人健身会所。是的，简灵作为女人的敏感告诉她，一切的事情不会仅仅是巧合。那家私人健身会所，在一天之内被两个人同时说起，她相信冥冥之中，是在推动自己去求证点什么的。

但是，不论简灵在网上如何寻找，关于千月街1905号的信息一点儿都没有。这使得简灵对于这家健身会所越发好奇了，于是，她拨通了电话给林小嘉。

她边拿着电话，边更换香薰炉上的精油，这一次，她选择了一种独特的香薰精油——没药，这种带着泥土的芬芳的精油能让人提神。

“还没到周末，你就打算约我吃饭啦？”林小嘉接起电话，便打趣道。

“你最近倒是挺记挂着吃这个事情的，打算不做你的时尚行业，改去做吃货？”简灵故意逗她。

“说真的，最近我还真想好好休息一下，尝试去做一名没心没肺的吃货。”接着，简灵就听到林小嘉故意压低了声线说道，“我不是要升职了吗，先前那个人留下的事情太多了，都要压垮我了。”

“你是在公司吧？下班之后我们一起去健身房吧。”简灵也不想继续跟林小嘉闲聊下去。

“你也开始沉迷健身了吗？”林小嘉这个时候声调又恢复了正常，“可以的，李杰也会一起去，我跟他本来就约好今晚一起健身的。你是打算跟我一起去我平时去的那家健身会所吗？”

“没有，我最近找到一间私人健身会所，所以想让你陪我一起过去看看。”简灵并没有把自己对于那家1905号健身会所有所疑问的实话给说出来。

“没问题啊，你把地址发给我一下吧，下班之后我直接过去那边。”林小嘉爽快地答应了下来。

“那好，估计我这边会早一点到那儿。”简灵想了想，“对了，你要是想吃点儿东西再过去，大概晚上七点钟在那边碰面就可以了。”

“可以啊，那晚上见吧。”林小嘉说道。

挂上了电话之后，简灵拿起桌上的车钥匙，她打算回家收拾一下自己，拿一些换洗的衣服，等着今晚去看看那家私人健身会所到底是个什么样子的神秘地方。

3. 马旭的世界

简灵第一次到千月街，发现这边是一个大型的高级商圈，附近还有个高档的住宅区。她心想，也难怪这家私人会所会这样神秘，估计都是专门供那些社会名流消费的地方了。

在目的地附近，她绕了一个圈，才把车停在了一家咖啡馆门前。她其实是想要顺便问路的，没有想到招手指挥她停车的保安告诉她，她要找的健身会所就在咖啡馆的楼上。趁着时间还早，简灵决定先到咖啡馆里面坐坐，等林小嘉过来。

“给我一杯焦糖玛奇朵吧。”简灵微笑着跟服务员说道，并问了一句，“楼上的健身会所叫什么名字？”

“噢，这个啊，我也不知道。”年轻的服务员说道，“我今天刚来的，只知道楼上是家搞健身的，如果你有需要，我等下问问同事再告诉你，好吗？”

“不用了，谢谢。”简灵想着反正自己等下上去就会知道答案，也不着急这一时半刻。

“那好的，请你稍等，很快就为你送来咖啡。”服务员礼貌地退了下去。

这是一家情调十分不错的咖啡馆，昏黄的灯光营造出暧昧又神秘的气氛。她转过头看落地窗外的景色，心里有些莫名的紧张。而就在这个时候，她看到不远处的一棵树底下摆放着一辆山地自行车，那款式跟自己白天所看到的马旭所骑的那辆十分相像。她起身将自己整个人都贴近了玻璃，试图将那辆山地车看得更仔细一些……

“简灵，你在看什么呢?”林小嘉不知道什么时候出现在简灵身后。

简灵因为太过专注于观察那辆山地车，被林小嘉这样突如其来的出现，着实是吓了一跳：“你怎么知道我在这里的?”

“这不就是1905号吗？而且外面就停着你的车子，况且，我进来之前就已经看到你站在这落地玻璃前面了，你是在想什么想得那么出神啊?”林小嘉坐到了沙发上，抬头不解地看了简灵一眼。

“哦，没什么……”简灵讪讪地笑笑，坐到了林小嘉身边。

“李杰说有要紧事需要处理一下，过会儿就来。”林小嘉端起了那杯焦糖玛奇朵咖啡喝了一口，“要健身，还先来杯咖啡，你还是别喝了。”

简灵看着林小嘉一边喊自己别喝，她自己却喝起来，忍不住笑了出来。

“我就是故意让你乐一下而已。”林小嘉放下咖啡，“走吧，上去见识下你推荐的健身会所。”

简灵跟林小嘉两个人从咖啡馆门口旁边的楼梯口，往二楼走去。只是不知道为什么，随着一步一步地踏上阶梯，简灵就觉得自己心跳越发地快。她双手握拳塞进了裤子的口袋里，低下头努力地调整自己的呼吸。

“是这里了吧?”两人站在了一扇不锈钢门前，林小嘉问道。

“应该是了，我也是第一次过来。”简灵朝林小嘉笑笑。

“这地方一看就是不随便对外开放的，你害我要当一回土包子了。”林小嘉说罢，指了指门口上的刷卡器说道，“你看，能进去的都得刷卡。”

“刷卡器上面有个对讲器。”简灵说罢就按下了对讲器的开关。

只是过了好一阵子，那对讲器都没有被接起，继而对讲器发出的连线“嘟嘟”声也停止了。简灵跟林小嘉两个人面面相觑。

“那我们现在要怎么办?”简灵用求助的眼神看着林小嘉。

就在简灵话音刚落，两人面前的门却被里面的人打开了，走出来了一位长相尚算英俊的身材魁梧的肌肉男。

“咦，我以为会没人理会我们。”林小嘉一脚迈向前面，挡在了简灵的面前。

“你们是要来报名健身的?”肌肉男倒是避开了林小嘉的视线，看向了她身后的简灵。

“是的。”简灵从林小嘉的身后走出来，回答道。

“哦，那你们是谁介绍来的?”肌肉男双手插在了腰间。

“介绍人?”简灵皱了皱眉，思考了几秒钟，低声说道，“苏铭……”

“噢!”肌肉男这个时候侧开了身子，让出来一条路，脸上堆满了笑容说道：“其实，两位大美女，就算没有人介绍过来也会接待的，请进!”

听到肌肉男的话，林小嘉不自觉地白了他一眼，才跟随简灵进了这家健身会所。

“两位美女第一次上来，要不先让我带你们参观一下?”肌肉男热情地问道。

简灵不说话，回过头看了林小嘉一眼。

“我是亚太传媒的编辑，这次带朋友一起过来，想先体验一下，之后可以帮你们做一下宣传。”林小嘉朝肌肉男说道。

“哦，没问题的，两位先过来这边，填写一下个人资料吧。”肌肉男将简灵她们领到了前台隔壁的一个小玻璃房里面。

“我们这边申请成为会员很简单的，填写完个人资料就等于免费入会了，然后就有体验课程，之后你们觉得满意就可直接购买课程，我们都有私人教练，一对一教学的。”肌肉男说起话来，滔滔不绝，一看就是业务能力熟练的。

“没问题。”简灵点了点头，这个时候，她看到资料登记表上，写着这所私人健身会所的名称：斐尔健身会所。

“斐尔”两个字，使得简灵心头一震。因为这名字，正是坠落到地狱的大天使路西法，也就是恶魔撒旦的名字。

她扭过了头，透过房间的玻璃，开始观察这家健身会所的大致环境。

会所的装潢都以红色调为主，包括所有健身器材。而在眼前所能看到的几面墙壁上，竟然是画着但丁·阿利格耶里的《神曲》中，关于地狱场景的涂鸦。这一切，让简灵莫名地想起下午马旭对自己所说的那番话。

“两位美女如果有什么不明白的都可以问我，我很乐意为你们服务。”肌肉男的话打断了简灵的思考。

简灵收回了自己的目光，低头嘀咕了一句：“好的。”

“我已经填写完了。”林小嘉将自己的表格递给了肌肉男，“我想看看你们的环境，你带我去逛逛吧。”

说完这话，林小嘉转过头朝简灵使了个眼色：“简灵，你慢慢写，我很快回来找你，然后再一起去换衣服。”

等林小嘉跟肌肉男离开玻璃房之后，简灵低头看了一下自己手上的那份表格。其实她不怎么喜欢填写这种东西。她是一名心理咨询师，基于职业习惯，她不喜欢将自己的个人信息轻易地泄露出去。于是，她只是选择性地填写，也把关于个人职业的那一栏留白。

“简灵，我们去换衣服吧。”林小嘉才出去转悠了没多久，就跑回来了，“这里环境不错。”说罢，又俯下身子偷偷在简灵耳边小声说道，“帅哥挺多的。”

简灵听到林小嘉的话，不禁笑了出来。

“好吧，帅哥，你带我们去更衣室那边吧。”林小嘉拉扯着简灵站了起来，对肌肉男说道。

等两人一进去更衣间，林小嘉就神情古怪地跟简灵说了句：“简灵，我觉得那个肌肉男怪怪的，但是我又说不出哪里不对劲。”

“觉得人家不对劲，还一个劲地对他挤眉弄眼？”简灵笑了笑，也没把林小嘉的话放在心上，毕竟她知道，林小嘉偶尔也有神经质的小毛病。

“那好吧，当我没说。”林小嘉无趣地说道，“等下我先过去器械那边，你可以到跑步机那边看看。”

“好。”简灵点点头。

简灵一个人走到跑步机那边，发现这一区域没人。她心想，过来找私人教练的估计都是为了增肌，而不是减脂的，纯粹的减脂方法多的是，在家天天跳减肥操也奏效。

看着四周的环境，简灵觉得有些不自在，感觉这里全都是深红的色彩，加上墙壁的涂鸦，使得人仿佛真的处于地狱般的煎熬。但是想着既然来了，就不能闹得太别扭，于是她还是踏上了跑步机，开始小跑起来。

简灵很多年没有锻炼了，大学时候为了减肥，周逸朗倒是给自己制订过一套运动计划。结婚之后，自己都忙碌于诊所的工作，不要说跑步，连在家的时间也是少之又少。其实以前，她晚上下班穿过景阳公园的时候，看到夜跑的人们也曾幻想过，如果周逸朗也跟自己如此夜跑一两回，那会是多么美好的体验？只是，生活与工作的紧凑，使得两个曾经紧紧相依的人，不再亲密了。

简灵也不知道是因为觉得独自跑步无趣，还是因为想起周逸朗的事情而导致心头阴郁。所以，才跑了一阵子之后，她就停了下来，想着去器械区那边看看林小嘉的情况。

“马旭？”简灵才刚走出几步，就看到迎面而来的马旭，这让她有些意外。

马旭看了简灵一眼，只是点了点头。然后站在原地，拿着汗巾在擦拭，不再看向她。

“真巧，想不到在这里能碰到你，你每天都过来的吗？”简灵试图继续跟马旭搭话。

马旭“嗯”了一声，但又摇了摇头。这样的回应，让简灵摸不着头脑。

只见马旭上了一台跑步机，跑了起来。简灵赶紧又跟了过去，站在跑步机的隔壁看着马旭。

突然之间，简灵仿佛想到了什么，来不及多思考，话就到了嘴边：“马旭，你认识一个叫苏铭的人吗？”

马旭没有说话，只是摇摇头。过一会儿，简灵还想继续问他点儿什么，马旭却一把关掉了跑步机，朝男士更衣室走去。简灵只能停止了想要继续跟上马旭的行为。

“简灵，你怎么从进来这里开始，就老发呆啊？”林小嘉朝简灵走来，大声地说道。她顺着简灵刚才所专注的方向看了过去，“怎么，看到有帅哥？”

“没有，我就是四周看看而已。”简灵有些尴尬地笑笑，“你怎么这么快就过来找我？”

“就是怕你一个人在这里无聊啊，就过来看看你的情况了，谁知道你一个人站在这儿发呆。”林小嘉边说边试图拉扯简灵到角落。

“怎么了？”简灵不明所以。

“我刚在肌肉男那里八卦到一件事情。”林小嘉双手交叉搭在胸前，一脸得意的神情看着简灵。

“别卖关子，直接告诉我。”简灵说道。

“我肯定会告诉你啊，这事情跟你有关的。”林小嘉左右看了一眼，继续说道，“肌肉男告诉我，说苏铭以前是这里的合伙人之一。”

“这跟我有什么关系。”简灵嘴上是这么说着，但是心里却有着一种不好的预感。

“苏铭怎么跟你没关系……”林小嘉话说出口，赶紧双手捂住了自己的嘴巴，“对不起，简灵，我不是存心的。”

简灵笑笑：“这没什么。”

“那你跟我去另外一边看看吧。”林小嘉边说边挽起了简灵的手。

简灵又回过头看向了男更衣室那边，一脸的担忧。

苏铭、马旭，这毫无关联的两个人，却像是千丝万缕般，此时此刻占据了简灵的脑海。

第四章　奇怪的男人

1. 暴力倾向

林小嘉将简灵带进了瑜伽房，然而里面并没有人。

“瑜伽课不受欢迎?”简灵好奇地问了一句。

“上瑜伽课的人都已经下课走光了吧？又或者，这种私人会所里就装了些男人，瑜伽课没几个人感兴趣吧?”林小嘉边说边拉扯简灵到一块瑜伽垫边上，“来，你躺在这儿，我到你前面去。”

“你打算练会儿瑜伽?”简灵依旧站在原地不动。

“是呀，等我露两手你看看，顺便教你几个瑜伽动作。”林小嘉双手握在一起，扭了扭动手腕，又俯下身体，做了几下拉伸的动作。

“你什么时候学的瑜伽?”简灵好奇地问了一句，才顺应林小嘉刚才的话，侧躺在瑜伽垫上。

“前年的时候，学了差不多一年，后来没继续上了。”林小嘉扭过头看着简灵，得意地指了指自己的小腹，“看到没，这是马甲线，当时就是为了练出这个，才报了瑜伽课，毕竟我也不需要减肥。”

“你还真的是跟着潮流走的。”简灵笑了笑，她想起之前很多明星都争相亮出自己拥有马甲线的图片来增加人气。

“当然，我这职业就是需要敏锐的时尚触觉。”林小嘉卧躺下来，

“你得像我这样躺着，然后慢慢地抬起脚来，弯曲……然后你跟着我说的节奏呼气跟吸气。”

听到林小嘉说的话，简灵有点儿忍俊不禁，毕竟像这种“跟着我说的节奏呼气吸气”的话语，平时都是她自己对着病人说的。

“咦！林小嘉，我怎么觉得你这个动作有点儿奇怪？我之前在网站上看过别人练瑜伽，好像不是这样的。”简灵微笑着看着林小嘉的动作，有些担心地问道。

“不会啊，虽然我太久没练习，柔软度上似乎……”林小嘉喘了喘气，“我的身体似乎没有以前那么柔软了，但动作应该还是标准的……”

林小嘉话音都没落，就听到一个男性的声音插了进来：“如果你很久没练这个动作，最好先停下来了，先练习一些基础的。”

“凯文，你来啦。”林小嘉赶紧放开了她那扭曲的身姿，坐在瑜伽垫上，朝再次探头进来的那位之前开门的肌肉男说道，就这一会儿工夫，林小嘉似乎和对方混得很熟了似的。

“你们都这么熟啦？”简灵乐了，朝林小嘉问道。

“嗯，凯文人挺不错的。”林小嘉凑近简灵身边说道。

简灵一脸疑惑地打量了下眼前的凯文，这个男人长得其实也不像是心思复杂的人，毕竟从他的眼神里面可以看出，算是比较清澈的，应该年纪也不大。

“凯文，你好！我是简灵。”简灵算是比较正式地跟凯文做自我介绍。

“噢，刚才林小嘉有提起你的名字，很好听，很高兴认识你们。”凯文笑的时候露出洁白的牙齿，给人的感觉十分阳光。

“对了，我听说苏铭是这里的合伙人之一？”简灵站了起来，她实在不习惯坐在地上跟别人说话。

“是的。”凯文想了想，似乎在犹豫什么，但最终自顾自地笑了笑说道，“他是我们这儿老板 Peter 的好朋友，先前也是合伙人之一，后来就不是了。”

“为什么后来就不是了？”林小嘉也站了起来，追问道。

“这个……”凯文略带迟疑，有些尴尬地看看林小嘉，又看看简灵，才开口说道，“苏铭因为一些私人原因被 Peter 他们几个清理出去了。”

听到凯文的回答，简灵感觉这个凯文也是个老实人，其实苏铭被抓的事情，整个景阳市的报纸新闻都已经报道了。大家都应该清楚苏铭就是斩首者的事实。只是凯文刚才说的那个叫 Peter 的人，他会不会跟新的斩首者案件有关系呢？

“你刚才说的，你们老板叫 Peter 是吧，平时他会过来健身会所这里吗？”简灵问道。

“会的，平时都会过来。”凯文突然朝简灵怪笑了起来，“我们老板可是个大帅哥哦！”

“那他现在来了没？”林小嘉对帅哥有着天生的关注情结，赶紧插了一嘴。

“他要晚一点儿。”凯文伸手抓了抓后脑勺说道，“不过估计现在也差不多了，平时他七点就在的，现在几点了？”

林小嘉摇了摇头，小声对简灵说道：“肌肉发达，头脑简单。”

简灵知道她所说的人是指凯文。

“嘘……”简灵朝林小嘉使了个眼色，示意她不要说别人坏话。

林小嘉吐了吐舌头，说道：“没事啦，我跟凯文已经是朋友了，他不会介意的。”又转过头，朝凯文问道，“你说的 Peter，他人怎么样？除了长得帅。”

“噢，我们老板人挺好的。”凯文边回答边扭过头看了看瑜伽房外面的情况，又转过脸来，点了点头，“对员工们都不错。”

简灵从凯文这一系列动作里面可以看出，他刚才说的话其真实成分是有待考量的。他似乎是害怕被人听到他在说 Peter 的坏话一样。

就在简灵也顺着凯文的目光看向外面的时候，她发现从大门进来了两个人，其中一位竟然是张达。简灵估计是因为白天提审了苏铭，这一刻张达才带人上来调查了。

晚上的张达上身穿了一件稍休闲的 T 恤，下身是麻棉质地的浅色长裤。倒是他身边的那名警员，穿着一身整齐的警服。

简灵猜测张达今晚过来是临时决定的任务。

他们两人站在前台那边，张达朝前台的左右两边张望着，似乎在观察并且搜寻什么线索一样。而另一位刑警，则跟前台的一位穿着运动装的女孩在说着什么。这一切勾起了简灵的好奇心。于是，她没再管林小嘉跟凯文，任由两个人继续聊着天，自己走到了瑜伽房的另外一边去，一个能让她更好地观察外面情况的角落。

刑警跟前台女孩交谈了大概一两分钟之后，张达他们就被带到了前台旁边的玻璃房里面，女孩脸上笑容热情，并且给他们端来了两杯水，就退出了房间。简灵十分想知道，张达他们所等待的会是什么人？

“简灵，你一个人傻傻地站在那边干吗？”林小嘉突然朝简灵喊道。

“没什么，我就是有些累，休息一下，刚才跑步跑猛了。”简灵随意找了个理由搪塞着。

“那可惜了，凯文说他也懂瑜伽，可以现在指导咱们一下呢。”林小嘉一脸期待地看着简灵。

“听起来很不错，不过你先练习吧，我待会儿再过去。”简灵笑了笑。

“那好吧。”林小嘉回过头看着凯文，“我们先练吧，你先教教我刚才做的那个动作，我是不是已经做得不标准了？”

简灵没理睬身后了，她继续观察着玻璃房的情况。

过了好几分钟，从大门进来一个身材魁梧的男子，穿着贴身的黑色背心，肩膀与手臂上的肌肉显露无遗。走起路来，似乎双手摆动的每一个幅度都在彰显着他体内的力量。

那男子进来之后，径直朝前台旁的玻璃房走去，自始至终简灵都无法看清楚他的长相。他坐在了张达的侧方，背对着简灵。他一坐下来，刚才的前台女孩不紧不慢地又端了杯水进去，放在了黑背心男子的右手边，并且在他耳边小声地说着什么。然后背心男点了点头，并且挥了挥手，似乎就是示意女孩先出去。

这个时候，简灵心中有了些惶恐，因为这个背心男从后面来看，竟然跟苏铭的背影十分相似。只是肤色比苏铭，更黝黑一点儿。

“喏，这就是我们的老板 Peter。”凯文不知道什么时候，出现在了简灵的身后。

“可惜看不到脸了。”林小嘉也走了过来看热闹，“原来简灵你不肯跟我一起练瑜伽，就是为了等大帅哥的出现。”

“哈，你想多啦。”简灵依旧盯着玻璃房里面的一举一动。

“但是只有一个背影，这有什么好看的?”林小嘉摊了摊手，“凯文，我们继续练瑜伽吧。”

“等下你看到 Peter 的正面的时候，可能就会激动起来了。”凯文打趣道。

“那也是等下的事情吧，不过……”林小嘉突然上前，整个人趴在了简灵的肩上，“简灵，我支持你开展新的恋情，要是有看上的就大胆上去认识他吧！只是我没想到你现在喜欢的竟然是肌肉型的男人。”

简灵听到林小嘉的话，哭笑不得。但也因为她的话，陷进了深思。从前自己一直都是比较欣赏像周逸朗那种类型的文质彬彬的男孩，后来遇到了魁梧健壮的苏铭。

“有吗？我自己倒是不觉得?”简灵皱了皱眉，小声自言自语道。

“好啦，我只是跟你开玩笑的。”林小嘉看简灵皱眉，赶紧打断了她的思考，“我知道你有些事情是暂时忘不掉的，需要些时间，放心吧，不管怎么样的选择，我都是会支持你的，我先过去练瑜伽。”说罢，林小嘉就拉着凯文走开了。

简灵回过神来，继续看向玻璃房那边。张达脸上看不出任何情绪，似乎只是一直安静地听着他身边的刑警跟背心男进行对话。他双手平放在桌面上，双脚是交叠在一起的。

当两个人几乎并肩坐着的时候，如果其中一个人的双脚是交叠放的话，从这个细微动作可以看出，两人之间的一些关系。如果两人的关系不错，或者谈话内容是令双方都感到愉快的，那么所压在上面的一条腿应该是指向另一个人的方向的。如果谈话内容是不尽如人意的话，那么这个人就会将双腿换一个方向。这样一来，大腿就形成了一道壁垒，这种阻断的行为是自我保护的一种表现形式。很明显，此刻的张达属于后者。他不甚满意与背心男的这一次接触与交流，双脚不时动几下，但是始终没有对着 Peter 舒展开来。

再看 Peter，他腰背始终挺直坐在椅子上，同时，双手大幅度张开，手掌压在了桌子的边沿。从这一些行为表现上，简灵读取到背心男是一个高度自信的人。

此时的张达，双腿已经不再交叠在一块儿了。他双手按住膝盖，并将身体的重心放于脚上。简灵微微笑了，看来张达很快就要结束这一次不愉快也肯定没有什么收获的交谈了。

果然，没过半分钟，张达就站了起来，冲对方客套了两句，带着那名刑警人员往外走去了。而 Peter 依旧坐在玻璃房内，坐姿也没有任何的调整，只是头抬得更高了，目送着张达两人的离去，就好像一头击败了对手后悠闲的雄狮。紧接着，他端起了手边的那杯水，一饮而尽。然后双手将纸杯揉成了一团，丢到了桌上。

这是一个有暴力倾向的男人，简灵莫名地感觉到一丝危险的气息。

2. 你就是简灵

Peter起身走了出去，跟前台女孩说着什么。他双脚稍微分开，双手插在腰间。简灵猜测他是在吩咐着对方什么事情，女孩一边听着一边使劲地点头。就此看来，在这家斐尔健身会所里面，Peter就是目前最高掌权人，与其说这里的员工都尊敬他，不如说在这种尊敬里面还带有更多的敬畏。

始料未及，这时Peter猛然回过头来望向了简灵，没有提防的简灵跟他四目相视，使得简灵莫名地紧张起来。宽肩长腿的男人，竟然拥有一张五官柔和的脸，神情看上去甚至是一个随和的人，只是那火焰般的眼神已经泄露出这是一位带有强大自我意识的男性，自信的神情里面还有强势。简灵招架不住对方看自己的眼神，赶紧将自己的目光移开，投放到身后不远处的林小嘉的身上。

简灵以为自己已经逃过一劫，却没想到，才刚回头几秒钟的时间，Peter便推开了瑜伽房的门，大步走了进来。她感觉得到身后这个魁梧的男人，像一名掠夺者，一步一步地逼近自己。为了将自己伪装得更为强大，简灵深吸了一口气，扭头强迫自己对上Peter那双深邃的眼。但未曾想到的是，对方压根都没有看自己，反倒是冲着瑜伽垫上的林小嘉在微笑。

“两位美女是第一次上来吗？”Peter笑着。只是他的微笑，简灵最熟悉不过了，标准的职业笑容。里面到底带着热情抑或抗拒的情绪，是看不出半点儿端倪的。

“你就是老板Peter吧？”林小嘉这些年在媒体见过的场面挺多的，面对这样一位一看就很强势的男人，都能表现得落落大方。

“是的，今天有事耽搁了下，怠慢了两位美女，抱歉抱歉。”Peter虽然嘴上在客套着，但是双手收在背后，站得像位高傲的王，“听说你们是媒体的，但好意心领了。我们会所不希望太多曝光，真正能够为会员将服务做到最好，口碑才是根本。”他一本正经地说道。

“哦，也看得出来。并且，你们这里的设备都挺好的，格局也很不错，就是……就是这墙上的涂鸦奇怪了点儿。”林小嘉边擦额前的细汗边说道。

“难道你们不喜欢这种类型的画?”Peter继续笑着，但在简灵眼中总觉得有些诡异。简灵明白，这是因为苏铭将新斩首者的线索指向了这里的缘故。

“也不是不喜欢，挺艺术的，就是觉得整个环境都太红了，跟火焰一样，进来就觉得全身热乎。”林小嘉四周环顾了下，“当然啦，你们的教练不错。”说罢，看了凯文一眼。

“嗯，我们的私人教练都是非常专业的，全部都有正规资格证书的。如果两位美女觉得不错，那么可以在我们这儿办个年卡，或者季卡，这个更划算。”Peter边说边走到凯文身边，轻轻地拍了一下凯文的肩膀。

凯文看了Peter一眼，似乎马上明白了什么，就朝林小嘉说了句：“我很快就回来。”说罢就离开了瑜伽房。

“你去哪里?”林小嘉想要喊住凯文，但凯文完全没有半点儿要回应的迹象，只是自顾自地走了出去。

“他去拿点儿东西，很快就回来。”Peter说话的方式依旧很礼貌。

“哦，那好吧。”林小嘉点了点头，又问了简灵一句，“你要办卡吗?”

简灵因为过于专注于偷偷地观察Peter，一时没反应过来，只是呆呆地看着林小嘉，嘴巴微微张开，老半天说不出一句话来。

“那好吧，你们这里办卡是怎么收费的?”林小嘉随意地问了一句，又补充道，“但是你要知道，像我们媒体的，很多地方都会给我们送健身卡的。我在别的健身会所也有卡，如果在你这儿又办一张，就重复了。”

“这没关系，我可以买一送一。这个你们两位平摊起来，划算多了。”Peter 说着这话的时候，凯文已经走回来了。

Peter 接过凯文手中提着的两个纸袋，递过去给林小嘉：“送给你们的，希望你们会喜欢。”

林小嘉疑惑地接过那两袋东西，打开一看之后，惊喜地倒抽了口气，小跑到简灵身边说道：“你快看，这是运动套装。”然后又小声地说了句，“这个运动牌子挺贵的。”

“哎呀，这小心意也太贵重了吧？”林小嘉故意地对 Peter 说道，“你送了我们这礼物，我们不办卡都觉得不好意思了。”

“不管你们办不办卡，这也真的只是我一点儿心意而已。”Peter 这话说得有点儿油腔滑调的，简灵听着不喜欢。很明显，Peter 嘴上说不需要媒体的人为他这会所如何如何，实际上也还是不想怠慢了林小嘉。毕竟，林小嘉万一给刷一篇负面的文章，会所也会吃不了兜着走的。就目前看来，林小嘉也确实很受用。

“我往后会给你们多做宣传的。”林小嘉笑嘻嘻地朝 Peter 走近了一步，再次小声问道，“价格真的是最优惠了吗？”

“当然。”Peter 微微扬起嘴角的表情，就像是一位悠闲的垂钓者。

“那好吧！”林小嘉点点头，“带我去刷下卡吧。”

“林小嘉……”简灵赶紧上前两步，喊住林小嘉，毕竟她自己也没想过日后还要来这家健身会所，或者说，从她遇到 Peter 开始就有了莫名的回避。

“没关系的，我去付款，我请你就好啦，你在这儿等我。”林小嘉以为简灵只是不想花钱。

碍于身边还有 Peter 跟凯文，简灵也不好多做解释，只好点点头，然后看着凯文带着林小嘉走出了瑜伽房。

“来，你到这边来。”Peter走向了墙边，示意简灵跟着他走。

“怎么了？”简灵不自觉地跟随他走了过去。

“你贴着墙站直，我看看你的体型。”Peter一副专业的口吻，这使得简灵也不好拒绝。

“就这样站着可以吗？”简灵有些不自然，抬头捋了捋耳边发丝。

“嗯，放轻松，双手垂在大腿侧。”Peter站到了简灵的侧旁，稍微地打量了她，“你报一下你的三围，我好给你制订健身计划。”

被陌生男子问起自己的三围，简灵顿时感到脸上火辣辣的，哪怕一直以来对自己的身材也是有着足够自信的，只是如此赤裸地说出来，她还是感觉到一丝的不好意思。

“别多想，而且……”Peter拍了拍简灵的肩膀，“肩膀再放松点。”然后又绕回了简灵跟前，对上她双眼说道，“我是专业的教练，你要相信这一点。”

简灵迎上他的目光，感觉自己心跳得更加快了。因为身体的贴近，简灵嗅到了对方身上的汗味，奇怪的是，这个男人的汗并不臭，似乎汗腺所散发出来的，只是用来吸引异性的荷尔蒙而已。很快，她被自己的这种反应着实吓到了，下意识地咬着下唇，垂下了眼帘，不再看Peter。

简灵不得不嘲笑自己，竟然因为长久缺乏跟男性的接触，以至于变得如此容易地因为陌生男人的贴近，而想入非非。

“嗯，你体型各方面还是不错的。”Peter退后了两步，似乎要将简灵整个人都没入到自己的视线里面去，“你平时应该也是经常坐着工作的吧？肩膀有些高低肩了。”

“嗯，平时坐着的时间比较多。”简灵应答着。

“我教你几个动作，可以治疗腰背的，你先走过来，站立，全身放松。”Peter边说边抬起了简灵的一只胳膊。

简灵虽感到不自在，但也尽量让自己放松，配合 Peter 的指示。

就在 Peter 走到简灵身后，压住她一只胳膊的时候，他冷不丁地冒出一句：“你来找苏铭是想做什么?”

这话吓得简灵使了劲挣脱开来，往后退了一步，跟 Peter 拉开了一定的距离。这个时候，不知从哪里冒出来的一股勇敢劲儿，使得她第一次主动直视 Peter。

从他刚才问出的那句话，简灵明白了，他进来瑜伽房，早就是盘算好来调查自己跟林小嘉的。或者说，他是对自己的身份有着质疑，所以才支开了林小嘉跟凯文，单独地盘问自己关于苏铭的事情。面对眼前这个有着很深城府的男人，简灵全身的神经都警惕了起来。

“我只是听他说起，以前经常会到这里健身罢了。”简灵也不介意跟对方斗智斗勇。

“难道你不知道苏铭的事情?” Peter 明显不太相信简灵所说的话。

“苏铭的什么事情?”简灵故意装傻地问道。

Peter 狐疑地看着简灵，不再说话。整个瑜伽房都陷入一种怪异的气氛之中。

“好吧。” Peter 良久之后，终于再次发话，“我们继续做拉伸的动作，对长期坐姿的人群特别有效。”

简灵也不想跟 Peter 继续周旋在苏铭的问题上，于是也若无其事地接受 Peter 的建议，继续配合他学习拉伸的运动。

整个过程里面，Peter 没再为难简灵。而简灵也不得不承认，在健身方面，Peter 的确是专业的，起码他在训练过程里，不会掺杂私人的情绪。似乎，简灵就真的只是一个普通的学员罢了……这过程里面，林小嘉没再回来。简灵看着外面，发现林小嘉又到了器械区锻炼了。凯文倒还是在前台那边写着什么，应该是在办理会员的登记手续吧。

林小嘉就是这样，喜欢往高难度挑战，柔弱的表面内心十分好强。简灵偷偷想着。

“林小嘉呢？”突然听到瑜伽房门口有人说话，简灵跟 Peter 双双看向了门外。

李杰一身运动装束站在门外，他满头大汗，应该是在附近的公园跑了十公里才上来的，还朝房间内张望着。

“她在那边。”简灵指了指瑜伽房外面，透过房间的玻璃，可以看到林小嘉在凯文的指导下，正跟拉力器搏斗着。

“好了，Peter 先生，我想我们要走了。”简灵觉得李杰的出现，正好让自己有理由结束这场带着诡异气氛的锻炼。

不等 Peter 回应，简灵已经走到门口，跟李杰边说着话边朝林小嘉那边走去。

“你怎么现在才来。”林小嘉见到李杰后，显然不满他的迟到。

“事情有些麻烦，处理完后到了楼下又遇到同事，拉着跑了几圈再上来的。”李杰说话声音有些小，但站在他身边的简灵听得很清楚。

“林小嘉，我们今天就练到这里吧，我想回去了。”简灵说道，“你看，李杰也正好来接你了。”

“哦。”林小嘉点头，“那好吧，我们去洗澡，李杰，你到前台那边等等我们。”

“没问题。”李杰说罢就掏出手机，低着头往前台走去。

“啧啧啧！”林小嘉突然有些生气，“他又打游戏了。”

“哈，他坐在那边也无聊嘛。”简灵挽起林小嘉的手往更衣间走去。

待简灵跟林小嘉洗刷出来后，看到李杰已经不打游戏了，只是若有所思地朝大门口的方向看着，双手插在裤袋里面。林小嘉跑了过去，拉起了李杰的手，两个人似乎说起了悄悄话。简灵落在后头，她发现在前台还站着 Peter，他手里拿着一叠资料在看。

“你怎么还不走？”林小嘉突然扭过头朝简灵问道。

可能因为听到林小嘉的声音，Peter 也同时抬头看向了简灵。简灵尴尬地笑了笑。

“我们先回去了，再见。”简灵朝 Peter 礼貌地说道。

Peter 并不回应，只是沉默地看着她，眼神里面情绪有些复杂。

林小嘉拉着李杰的手，两人已经走出门口了，简灵赶紧跟上。却没发现，Peter 也跟随着到了门口。

“原来你就是简灵。”Peter 用只有两个人听到的声音，在简灵耳边轻声说道。

简灵像是一只受惊的兔子，僵硬在原地，等她身体恢复知觉，回过头看的时候，眼中只落下了 Peter 那魁梧的背影了。她不敢再多逗留一秒钟，抬腿往外面跑去。

3. 林小嘉的小心思

“简灵，一起去吃点儿东西吧。”走到一楼的时候，林小嘉扭过头朝简灵说道。

“才刚运动完，你就要去吃东西?”简灵赶上两步，跟林小嘉并排走着。

“对面就有小龙虾。”林小嘉停下步子，指着道路的对面的一家餐馆笑着说道，“好吧，我承认是因为看到小龙虾就嘴馋了。”林小嘉耸了耸肩。

“一起去吃吧。”李杰看着简灵说道，“难得林小嘉有着兴致，再说运动完就美美地来一顿美食，正好把消耗的能量补充回来。”

简灵看到李杰眼中全都是对林小嘉的溺爱，不禁有些羡慕，于是点了点头，说：“走吧，不过我吃不多，等下别点太多就是了。”

林小嘉欢呼了一声，两手分别挽着简灵跟李杰，往餐馆走了过去。

简灵一直以来也是很了解林小嘉的性格的，不管在别人面前装得多么的女神，但内心还是有着小女孩心思的，看到自己喜欢吃的，就不会多掩饰。在自己熟悉的人面前，喜怒都直接写在脸上的。林小嘉的这一特质让简灵感觉相处起来特别舒服。要知道，简灵是一个猜心人，但长久的猜心也是会有着职业疲劳，感觉很累的。

“老板，三斤小龙虾。”林小嘉一坐下便对老板喊道，“要变态辣的！”

“好吧！又开始了。”李杰低呼了一声。

这个时候林小嘉才反应过来，说道：“对了，还给这位帅哥来半斤不辣的吧。”转过脸，认真的神情对简灵说，“李杰不能吃辣椒，肠胃不好。”

简灵微笑着点了点头：“我都可以的，你们随意，这一顿我请客。”

“为什么？”林小嘉想了想说，“对了，周末你跟萧静要一起出来，我请你们吃饭。”

“看情况吧。”简灵想起了新的斩首者案件，萧静应该也是忙得焦头烂额的了，“最近萧静比较忙，我的时间上是没问题的，你最好自个打个电话问问她的情况。”

“哦……”林小嘉嘟了嘟嘴，“好吧，其实那座冰山哪有不忙碌的时候？一年到头都待在冰柜里面切这个锯那个的，难怪她整个人都那么冷。”

“她很热爱法医这份工作。”简灵突然想起从前大学的时候，萧静忙着做报告的那些日子。似乎从人生的最开端，萧静就已经下定决心，这辈子要全身心投入到忙碌的法医工作里面去了，从此不再得闲。

“不过……”林小嘉突然语调一转，口吻变得有些平静，“我有时候也挺羡慕她的，沉浸在那一份对于执着事情的专注中，能找到自我实现的价值与个人定位。”

其实不只林小嘉会羡慕萧静，简灵自己偶尔也会如此。只是在这个世界上，你不是别人，你永远不能切身体会到别人的世界。每个人都有自己所需要承受的快乐跟悲伤。她明白，萧静有着属于她的烦恼，而自己也需要更好地过自己的人生。

“对了，简灵，我想问你一个事情。”李杰突然一脸严肃，“你跟萧静是很好的朋友，那么你跟张达的关系应该也不错的吧？”

“我跟张达算是朋友吧，你是有什么事情需要帮忙的吗？”简灵说到这儿顿了顿，“是跟案件有关的吗？但是查案这种事情我可能帮不上什么，毕竟你们警队有纪律，张达也是个有点儿死板的人，你应该听说过。”

“不。”李杰摇了摇头，“跟案件无关。是这样的，我待在派出所也挺长的时间了，希望……”他有点儿不好意思起来“希望……希望能调去市局，而且最好是到刑警队。”

“你想要进刑警队？”简灵从前一直都只是在林小嘉的话里大致地听到关于李杰的一些信息。似乎在林小嘉的口中，李杰只是一个安于现状的年轻人。但这么看来，李杰虽然还年轻，但也还是想要有一番作为的，这也是作为一个有担当的男人所必备的特质。

“你去刑警队干吗？”林小嘉打断了他俩的对话，语气明显有点儿不满地说道，“你这小胳膊小腿跟刑警队的标准还差远了。”

“你不用故意打击我，其实我还是很清楚自身实际状况的。”李杰皱了皱眉，说到自己的工作，还是很有自己的坚持与原则的，就算面对自己所爱的女人也没退让，简灵有些喜欢他这个模样。

“我就是觉得你现在也挺好的。”林小嘉声音有些小，伸手拿起一只小龙虾低头吃了起来，仿佛在试图回避这个话题。

“简灵，我会按照正常的程序去申请的，但是希望你也能跟张达提一下我的情况。”李杰拿过了林小嘉手中的小龙虾，剥开了虾壳，将肉放到林小嘉的碗里。

“这个……”简灵看了林小嘉一眼。但是林小嘉低着头，不说话。没多久，简灵就感觉到桌底下有人轻轻地踢了踢自己的脚。她明白，踢自己的人就是林小嘉。她想示意自己不要答应李杰这个事情，但又不能明着说，估计是怕李杰不高兴。

“毕竟你们公安系统里面的事情，也不是我一个外人能插手的，我跟张达之间也不到那层关系。”简灵想了想，“我也就只能跟萧静提一下罢了。”

“这样也是可以的，那就拜托你了。”李杰笑着说道。

“我也认识萧静啊，要找萧静的话，我直接帮你去说就是了。”林小嘉嘀咕了一句，但明显李杰没有听进去，依旧专心地帮林小嘉剥虾壳。

简灵第一次发现，平日里面林小嘉再怎么数落李杰的不够进取，那也只是说说罢了。到了对方真正要做些什么的时候，林小嘉担忧的一定又是做了刑警有着诸多危险的事儿啦，才宁愿他继续默默无闻地待在派出所做个小民警。

简灵自顾自地笑了笑，看来女人啊，真是个不知道应该如何评价的矛盾生物。

这一顿消夜下来，林小嘉明显不太高兴。整个过程里面，李杰多次询问简灵关于萧静和张达的事情，但是林小嘉又因为不想扫兴，只能压着自己肚子里面的话。三斤半的小龙虾，还剩下一半，林小嘉就吵着说要回家了。李杰也由着她的性子应了，但是跟简灵说再见的时候，也不忘再加了一句：“这事就拜托你了。”使得简灵也感觉自己要是不帮李杰去找萧静说上几句，也真的有点儿对不住他的这份热忱。

快到家的时候，简灵接到了林小嘉的电话，她知道这通电话不会三言两语就能结束的。于是，她边用蓝牙耳机接起电话，边将车子停靠到了路边。

“我猜到你会打给我的。”简灵笑着说。

“简灵，这个事情你一定要帮帮我的。”林小嘉似乎已经回到家了，简灵听到了水龙头被开启，有哗啦哗啦的水声，“我在卸妆，你到家了没?”

“还没，把车停在路边，规规矩矩听你吐槽。”简灵将头靠到了椅背上。

“要不我等你到家了再打给你?”林小嘉试探性地问道。

“不用了，我们之间的关系哪里需要这么绕来绕去的，你直接说吧。”简灵落下一点儿车窗。

“唉，我要换卸妆油了，这个商家送的不怎么好用，我眼睑都长油脂粒了。”林小嘉抱怨道，只是很快，她又想起了正事来，“简灵，其实我很担心李杰，作为一个男人，有想法、有抱负是很好的事情，只是，刑警每天的工作都是和亡命之徒博弈，所以……简灵，我……我很怕失去他……”

“我看出来了，你十分在意他。”简灵叹了口气，“其实他要去了刑警队，也不一定是个坏事。如果你爱他，应该为他设身处地着想一下的。而且，刑警的收入也比小小的派出所民警要高不少啊。”

“其实，简灵你是知道的，我并没有那么虚荣。”林小嘉语气有点儿委屈，“就算他收入多了，也多不了多少。我知道他也是想给我更好的生活。他跟我求婚好几次了，只是我都拒绝了。他可能以为我是因为瞧不起他的工资才拒绝他吧。其实不是的，我只是感觉现在还不是时候。你知道的，我自己的事情也还在刚起步的阶段，我真的不想那么早就结婚生子。”

“这些话你跟李杰说过没有?”简灵因为林小嘉的话，再次回想起自己先前的婚后生活。其实林小嘉骨子里面依旧是一个比较传统的女人。在她的观念里面，似乎女人一踏进婚姻就应该将自己的重心摆在家庭上。反观简灵自己，跟周逸朗结婚多年，依旧一心扑在事业上，对于家庭跟丈夫的付出，寥寥可数。而最终的结果才会如此悲哀。

想到这些，简灵沉默起来，不知道要如何开导对方了。

“大概地提过吧。你知道，我这个人好面子，很多话都不好意思说出口的。”林小嘉有点儿泄气，“不管怎么样，我都不想失去他，你应该知道，我是特别没有安全感的一个人。”

“我知道……”简灵涌到嗓子眼里的其实还有后半句，“所以你才时常用各种物质将自己包装起来。”但最终，这话简灵并没有说出来。

“唉！”林小嘉叹了口气，“如果是找萧静跟张达的话，我可以自己去找他们的，毕竟李杰是我男朋友，应该我自己去的，你说是不是？”她话锋又一转，“我也不想你去讨这个人情。”

“林小嘉，你总是那么替人着想。”简灵莫名地有些心疼她。

“我也只是随便想了一下而已，归根究底，我还是不愿意的。”林小嘉语气里面都是无助感。

“撇开李杰想给你更好的生活这些，单纯地从一个男性的角度来说吧。他要去做自己想做的事情是好事，况且当刑警也没有你想象中的那么危险跟辛苦，就是……就是挺累而已。”简灵试图去开解林小嘉。

“是吗……”林小嘉过了很久才说出这么两个不着边际的字儿。

“是啊。”简灵笑了两声，“你卸好妆了没？”她尝试转移一下林小嘉的注意力，不让她深陷在患得患失的情绪里面。

“哦，已经弄好了，正躺在沙发上吃西瓜。我进门第一个事可不是给你打电话，而是先拿了冰箱里那半个西瓜到客厅里让它回下温度来着。”林小嘉语气欢快起来。

“那就好，别想太多了。”简灵看着眼前的路灯，发现自己越来越喜欢景阳市的夜色了。

“既然他想做，我也只能支持他吧。只是我要好好地想一下，到底能如何地去帮他实现这个想法……”最终，林小嘉这样说道。也就是说，今晚的这番对话看起来是简灵在说服对方，实际上不如说是林小嘉自己已经有了些决定，只是需要简灵来给个说服理由让她自己应承而已。

“不着急的，你先等李杰那边走一下正常程序吧。”简灵想了想，“反正你也是认识萧静跟张达，到时候你要约他们出来，也喊上我就好了，反正大家都是好朋友，就当作是大家出来正常聚餐。”

“简灵，还是你想得周到啊。”林小嘉嘴里估计是含着西瓜说话的，有点儿口齿不清，“对了，我跟你八卦个事情。”

“哈，果然八卦才是你的天性。”简灵调整了下自己的坐姿，“说吧，你今天又听到谁的事儿了？”

“就是那个 Peter 啊，那个健身房的老板。”林小嘉已经完全没有了先前的低落情绪。

“你是从凯文那里打听到的吧？”简灵觉得林小嘉在与人交际的能力上果真是铁手腕，仿佛不管遇到什么人，都能很快地跟对方热乎起来。

“是，听凯文说，Peter 很早之前就已经离异，原因似乎是太太去了国外。他们有个儿子，现在已经是五岁了，都是 Peter 在照顾孩子，又当爹又当妈的，估计也是挺辛苦的。”

“嗯，你接着说。”简灵知道林小嘉这个八卦，并不会如此简短就说完的。

“他每天自己接送孩子去幼儿园，晚上到家呢，就会给孩子做饭、指导功课，之后再到健身房。晚上请了个阿姨在他家照顾孩子，这也是他每天要晚上七点以后才到健身房的原因。”林小嘉那边不知道又在切什么东西了，简灵听到刀具发出的“乒乒乓乓”声。

“每天都是因为孩子吗？还确实不太像。”简灵好奇地问了一句。

“我也不知道，反正凯文这么说的，我也这样告诉你。但话说回来，我觉得 Peter 看你的眼神不太一样，你可以抓紧机会哦。”林小嘉语气里面带着笑意。

“你又在乱想些什么事情？”简灵按了按太阳穴。在过去的半年里面，对于自己的单身问题，林小嘉就没消停过。

“你看吧，这种男人其实挺不错的，很有责任感。而且长得也很好。我就觉得你可以适当地尝试一下。不然，我怕你长久身边没有男人会心理不正常。”林小嘉打趣道。

“谢谢你的关心了，我是心理咨询师，对于自己的心理状况还是很了解的。”简灵想到离开健身会所的时候，Peter 在自己身后说的那句话，就不自觉地打了个冷战。

“能医不自医嘛，你觉得 Peter 不好啊？你看他那身材，难道不觉得站在他身边会十分有安全感吗？”林小嘉似乎陶醉在某种幻想里面。

只是简灵并不如此认为，甚至因为林小嘉的这句话，脑海里却浮现出那个关于新的斩首者行凶的画面。如果切换着 Peter 换上那套衣服的话，是不是就如同视频里面的行凶者的模样呢？

“你想什么呢？”林小嘉在电话里面大声喊道，“你又在发呆了，不跟你说了，你赶紧回家，我要去洗澡睡觉了，今晚上好累。”

“没什么，我先回家咯，晚安。”简灵挂了电话，将车子重新发动。

20 世纪 80 年代，美国出现一名被称作“绿河杀手”的连环杀人犯，当时，他被称为“美国杀人最多的连环杀手”。他的受害者都是站街的妓女，或是社会地位极低的边缘人，甚至都不会被统计进死亡数据里面。

最终，绿河杀手落网。真凶是一名出生在 1949 年叫加里·里奇韦的男子，他在华盛顿杀害了四十八名妓女。撇去连环凶手的身份，他还同时是一名尽责的丈夫与父亲，在同事眼中是一个和善并且有耐心的指导者，在邻居心目中是一位友善、皈依上帝的善良男子。

里奇韦有正当职业，有妻子、有孩子、有房子，在人际关系上并没有太多的不如意。但在他的犯案手法上，呈现出了如今人们所熟知的连环杀人犯特质。然而，并没有人真正地明白，他是为了什么而杀人。

那么，Peter，你也是这样的人吗？你那有着责任心的一面背后，会不会因为遭遇了失败婚姻的缘故，而放纵出了一个嗜血凶徒的自己呢？

简灵抬头瞧了一眼马路口的摄像头，不寒而栗地想着。

第五章　关于苏铭的谈话

1. Peter的邀约

次日正午的阳光洒入诊疗室，房间里充斥着淡淡的清幽马郁金兰花香，简灵躺在那张弗洛伊德椅上闭目养神，一切似乎都那么静谧而美好。

突兀的手机铃声突然打破了这个午间的宁静。

简灵一看，是个陌生电话号码。

“你好。”简灵淡淡地接起了电话。

“我是Peter。”对方略微迟疑了一下，“没打扰到你吧?”

简灵寻思着这果然是个有着过度自信的男人，也没问自己是不是简灵。但唐突后，又象征式地问是否有打扰到对方，强势出现又不想让人感到他的失礼。

“没有，请问有什么事情可以帮到你吗?”简灵也礼貌地应着。

“是这样的，今晚上会有个国外的健身教练马克斯先生过来这边做指导，你有兴趣的话可以过来。”Peter似乎生怕自己所说的话不够吸引对方，又补充道，“这位教练有很多不错的健身方法的，能事半功倍，而且……而且他是说英语的，所以我并没有通知每一位学员，你不用担心人太多而学不到干货。”

“这样啊……”简灵故意拖了一下尾音。

“是的，那你晚上有空过来吗？”Peter 再次小心翼翼地询问着。

“暂时我晚上没安排，如果没特殊情况是可以过去的。”简灵想到自己还想继续追查关于新的斩首者的事儿，便开始考虑是否答应 Peter 的邀请，但因为还在犹豫，所以她不想把话说得太满了。

“既然没有安排那就过来吧，毕竟已经办了年卡，就要开始有规律地锻炼了。”Peter 用他的职业口吻来试图说服简灵。

“那好吧。”简灵想起自己往后也是要继续跟 Peter 接触的，那么就尽早让自己进入到状态来，更方便在他身上调查出什么事情来。

简灵的话音刚落，就听到话筒那边的 Peter 不经意地舒了一口气。简灵意识到，这个所谓的有外籍教练过来的话题，不过是 Peter 想要找自己的一个借口罢了。

“那你今晚几点过来？我这边帮你登记一下。”Peter 语气里面带着愉悦。简灵知道，其实像这种预约健身的事情，哪里需要老板亲自做的，交给前台的女孩就可以完成了。于是，她越发好奇起来，Peter 这样找理由见自己，到底是为了什么？

“教练几点会到？”简灵一手支起了身子，坐了起来。

“我晚上七点半才能到会所，然后教练是八点半会到。可以的话，晚上我们先一起喝杯咖啡吧，就在会所楼下的那家咖啡厅，环境很不错的，估计你上次来的时候也有看到。”Peter 说道。

“你是说健身之后去喝咖啡吗？”简灵起身走到梳妆镜前，整理着自己的头发。

“不，外国教练来之前。”Peter 的语气很决绝，这个时候，似乎他又没了先前的小心翼翼，变回了那个充满自信的男子，“七点半，会所楼下的咖啡馆见。”电话那头的 Peter 久久没有等到简灵的答复，似乎有些着急。

“今晚看情况吧。”简灵挂上电话之后，她仰起脸对着镜子，又练习了好几次职业的微笑。接着，她竟然有了些寥落，她发现自己许久没有真正地发自内心欢笑过了。这张虚假的面具戴得越久，仿佛就变得越真实了。简灵想到这儿，揉了揉自己的太阳穴，不想继续深究了……

她明白，自从苏铭的出现开始，自己的生活再也不可能是波澜不惊地过下去的。

她痛恨苏铭，痛恨他自以为是地认为能给自己幸福，更加痛恨他毁掉了自己曾经拥有的一切。但她似乎对苏铭又有着一丝不舍，不舍他能够无条件地为自己付出所有。

这个午间，诊疗室依旧飘散着娇柔的花香，只是简灵的心境并没有被这种香气引导到一种平静的心境。她着急地整理思绪，想要从 Peter 这个人的身上抽丝剥茧，尽早地找出自己想要的一切线索。

一个奇怪的念头突然间冒了出来。简灵将手机再次掏出来放回桌面上，看着墙上的挂钟，时间一分一秒过去。就这样，过了五分钟。

简灵微微笑了笑，再次拿起手机，拨打给了林小嘉。

“简灵，我今天好忙啊。”林小嘉接起电话，第一句就抱怨道。而且，简灵听到电话那头林小嘉似乎还喘着气，还有嘈杂的车流声。

“你去哪里呢？”简灵皱了皱眉头，因为按照平时，林小嘉这个时候应该是舒服地坐在办公室吹着空调，给别人安排完工作。

“有个采访，人物比较大，所以需要我亲自出马，我快到约定的地点了。”林小嘉那边似乎突然停下了那原本在急促行走的脚步，“你找我是有什么事吗？我的采访估计一个小时就结束了。”

“没什么，就是问问你晚上去不去健身会所。”简灵依旧盯着墙上的挂钟。

“哦，原来是这个事情，我晚上不过去了。昨天做了锻炼，增肌这件事情不能操之过急的，隔天去一趟就可以了。怎么？你今晚又准备要过去？”林小嘉问道。

“也不一定，就是问问你。你知道关于健身的事情我是不懂的，你这样说我才知道不需要每天锻炼啊。而且，昨晚不是办了年卡吗？所以就问问。”简灵被问得有点儿心虚。

“你自己看情况吧，也可以问问教练，让他给你制订健身计划。我先不跟你说了，我到了，要先去补个妆，然后去采访了。”林小嘉那边又响起了急促的高跟鞋“噔噔噔”声。

“加油！”简灵想着林小嘉昨天晚上还显露出了一个为了男朋友人身安全而苦恼的小女生模样，这会儿又摇身一变成为都市丽人，不禁笑了笑。只是，这一抹微笑背后更多的是因为挖掘出了某个真相的喜悦——Peter并没有给林小嘉打电话通知外籍教练的事情。那么，也就是说，他之前的电话真正的目的，就是想要约自己晚上过去。

她刚挂上电话，正准备收拾下自己桌面的时候，却发现诊疗室的门口站了个人，是娥姐。

“娥姐，你找我有事吗？”简灵站了起来，朝门口沙发走去。

“你门没关，我敲了好几下了，但你一个人坐在那儿傻笑，是有什么开心的事情吗？”娥姐走了进来，但并没有打算坐下，双手环抱胸前笑着对简灵说道。

“也没什么，就跟朋友聊了几句。”简灵朝娥姐做了个请的动作，“坐吧，说说看，找我是有什么事情？”

娥姐这才坐到沙发上，但是又一脸的欲言又止。

“娥姐，这就是你不对了，我们都认识这么多年了。你找我明明有事，但又不开口，难道不信任我吗？”简灵故意地开玩笑道。

“怎么可能？”娥姐摇了摇头说，“就是想问问你明天早上忙不忙啊？”

“哦，你有事想让我帮忙？”简灵干笑了两声，“我明天早上不忙。”

“那你明天早上要不要跟我去一趟少管所呢？”娥姐脸上堆满了笑

容，“我感觉有你在比较好一点儿。”

其实简灵并不想去少管所的，她始终对于少管所这个地方有着逆反情绪，也不愿意接触太多那些有着暴力倾向的孩子。况且，自己也在烦恼着关于新的斩首者的案件。可是转念一想，似乎又琢磨出了娥姐的本意。去少管所的路程比较远，娥姐对于她自己开车的技术始终有着担忧，不是很敢独自开太远的路程。

“怎么？少管所的那边还需要重新辅导？”简灵试图岔开话题。

“还不清楚，就是说有些状况，少管所那边的领导也想跟我直接沟通一次。”娥姐若有所思，“明天就是周六，要能不去我也想推了，毕竟周末我也只想在家陪陪孩子。”

“这一次接待的人应该还是那个叫秦海波的姑娘吧？”不知道为何，简灵脑海里面，突然跳出了那位一身力与美结合的少女。那个让人感觉透着一丝奇怪的女孩。

“对，还是她，这几天我跟她也一直保持联系来着。姑娘挺不错的。”娥姐对秦海波的评价挺好，“只是心还不够宽，也难免的，毕竟年纪小，哪个少女不是一堆心思，你说是吧？”

“哦？看来她是有跟你聊起自己在情感方面的问题咯？”简灵没想到秦海波那么阳光的一面，背后还会因为感情而烦恼。

“嗯，也就是听她随意地提起过一些，但是可以看出来，她对这段感情十分上心，要知道，越是看起来开朗的人，越是不会轻易说出自己心里所藏的事情的。有时候只是只言片语地提起，就足以说明那件事情在他们心目中是多么举足轻重的了。”娥姐叹了口气，“有时候，我也挺羡慕如今这些小姑娘的，像我那时候，哪里有过这么些的恋爱方面的忧愁，都是一心扑在学业上面，到了应该结婚的年纪，就顺顺当当地找个靠谱的男人结婚生子了。到底什么是恋爱的滋味，我也说不清楚，估计这方面的心理问题，你比我在行。”

“毕竟我跟你的病人类型都不一样，家庭跟亲子方面的辅导，才是你的专业。”简灵苦笑了一下。私底下，她想到自己的感情经历，与其惊心动魄地爱过，还不如平平淡淡地跟一个人相处一辈子。所以在她眼里，娥姐的婚姻生活才是对完美真正的诠释与演绎。

“所以我也给不了她什么实质性的建议，我也跟她提起过，有空可以找你聊聊天，或者会有答案的。”娥姐整个人陷进沙发里面，双眼看着天花板，似乎在沉思什么事情。简灵觉得此刻眼前的这位中年妇女，变得不太像平时那位娥姐了。

“娥姐，你是有什么烦恼吗？”简灵试图问道。

“没，就是在想着秦海波跟我说的话。”娥姐皱了皱眉，说道，“她说她有位男朋友，男的在市区上班，是做健身教练的。”

“健身教练这职业挺好的，我最近也在健身。”简灵也没多想。

“哦，不是，不只是健身教练，好像还自己开了个健身会所。”娥姐抓了抓额头，说道，“这样看来，男方的条件算是很不错的。自己是老板，而且能当健身教练，那说明外在形象与经济实力什么的都很好。小姑娘怕自己抓不住对方的心也是情有可原的，你说对吗？”

“开健身会所？”简灵脑海里自然而然呈现了 Peter 的面孔。

“嗯，好像说是开在千月街吧？”娥姐的话一说出来，简灵竟然感觉自己心里有些惊讶，不会这么巧吧！

“是斐尔健身会所吗？”简灵着急地问道。

“我不太记得了，怎么，你知道那地方？”娥姐随意的一句话，问得简灵有些不知所措。

“没，只是好奇问问。”简灵赶紧避开娥姐的视线，一抬头，正好看到了那幅《但丁的渡舟》。

“你好像挺喜欢这种类型的油画。”娥姐顺着简灵的目光，也端详起那幅油画，“不过我不太懂欣赏洋画，只是我儿子之前有在学。”

“嗯，我是挺喜欢的。”简灵突然想结束这次的闲聊，“娥姐，明天早上我跟你一块儿去少管所吧。”她想逮个机会和秦海波聊几句了。

“太好了，谢谢你啊！”听到了自己想要的答复，娥姐整个人高兴地从沙发上站了起来，“那我先回诊疗室，我们明天见。”

看着娥姐离开自己的诊疗室，简灵又重新坐回办公桌前。只是脑海里面挥之不去的，一直是秦海波跟Peter这两个人的面容。

秦海波那匀称的身段，还有健康的身材，可能就是因为受到了长期的专业健身锻炼才有的成果。而辅导她的人，应该就是她的男朋友。至于她的男朋友，就是Peter吗？

简灵自嘲地瘪了瘪嘴，觉得自己有些奇怪，毕竟秦海波的男朋友到底是谁，现在都不能下定论，不过是自己拿着某些道听途说开始胡乱猜测而已。

下午三点钟，简灵从诊疗室的沙发上起来。睡过午觉之后，她感觉整个人的思路已经没有像先前那么混乱了。她收拾了一下自己，就拿起了车钥匙出门了。

简灵已经忘了自己到底有多久没有逛过商场了。上一次来，似乎是去年春节，因为要给周逸朗的父母买新年礼物才来的。商场的商位似乎已经跟记忆中完全不一样了。简灵跑上跑下，才找到了售卖体育用品的商区。

其实她也不懂自己到底需要买什么款式的健身服装才合适，先前听林小嘉提起过，不同类型的运动所要穿的衣服是不一样的。想来想去，简灵觉得自己怎么变得会为了一个小事情而苦思冥想老半天呢。于是，她随意地找了个大众的运动品牌，挑选了几件顺眼的衣服便匆匆付款离开了。

简灵回到家的时候，感觉整个房子都是一阵闷热气息。她走过去推开了阳台的玻璃门，接着朝楼下看了看。过去的自己，每天回家都会先去看丈夫的车子在不在，后来苏铭闯进自己的生活，她就变成了每天到家之后，都站在阳台看一眼楼下。因为在周逸朗走了的那些日子里，苏铭总会在楼下的马路边静静地待着。

其实简灵知道，周逸朗不在了。而苏铭，也再不可能出现在自己楼下了。

她不知道自己还期待什么……

跑了一下午，出了一身汗，简灵决定去洗个澡。当她站在莲蓬头下，任由温热的水清洗着自己身体的时候，她看着眼前那一排不同的沐浴精油，有了片刻的犹豫。最终，她拿起的是一瓶茉莉花香的。这一个举动，让她觉得似曾相识。是的，就如同自己当初刚遇到苏铭那样，她选择了茉莉。但是，Peter 就是 Peter，他不是苏铭，苏铭靠近自己，本来就是一个圈套。而 Peter，或许只是想在自己身上知道一些关于苏铭的事情……简灵给自己辩解着……

洗澡出来，简灵在镜子前来回地试穿那几套新买回来的运动装。发现衣服也不算是十分合身。她不得不承认，在不关注自己体型的日子里面，岁月已经在悄悄地改变了自己原本所拥有的骄傲资本。一切都真的回不到当初了。

简灵有点儿颓败，最后把新买的衣服又换了下来，穿上平日的衣服，将头发挽起，并且决定化个淡淡的妆。她翻出抽屉里面先前林小嘉送给她的一些彩妆，不禁失笑。

当初林小嘉说这些彩妆十分好用，都是防水的，就算去海边或者运动，都不会脱妆。简灵并不在意，回家之后，只把这大大小小的瓶罐塞进抽屉里面去。毕竟，在简灵心目中，感觉自己不太可能会去海边旅游，她也想不通为什么女人去运动的时候需要化妆的这个问题。如今，一切的答案她已了然。

女人始终都希望自己在异性的面前能有体面的形象。这就是女为悦己者容的道理吧。以前简灵不太在意这些的，只是恢复单身后的她，才如此认真地审视自己的身体跟容貌。

她想起以前遇到的一位男病人，他是个二婚的男人。简灵印象中最深刻的是，他曾经发过这样的一番牢骚：你知道日本的主妇跟中国的主妇最大的差别是什么吗？那就是日本的主妇家里的地板很干净呢，脸也很干净。但中国的主妇永远都是家里的地板很干净，脸很脏，并且引以为豪，觉得勤劳节俭就是美德。但不知道，丈夫回来，只想抱着娇人好好地看一会儿电视或者说说话而已。至于擦什么地板，男人压根就不会在意……

简灵当初觉得这个男病人有些大男子主义，身在福中不知福，反问道："那你找到了你要的吗？"

男人点了点头说："嗯，我现在就是重新娶了个日本老婆，但是问题又来了，她每天跟我鞠躬，我感觉自己每天回家就像参加丧礼……我不想回家了。"

简灵当时听完就笑喷了。

人性都是贪婪的，看不清自己所拥有的，一味地想着自己所缺失的。那么这一次，我能看清楚自己拥有什么，而不应该拥有什么吗？简灵看着镜子中的自己，思考着。

2. 关于苏铭

简灵下车之后，发现虽然刮着风，但空气依然有点儿闷热，估计一场暴雨即将来临。这一次，她才留意起斐尔健身会所楼下的这家咖啡厅，原来名字叫：花藤蜗居。门口栽种着的花花草草，倒是挺符合店名的风格。

她找了个靠窗边的位置坐了下来，看了看手机上的时间，刚好七点整，她比跟 Peter 之间所约定好的时间提前了半小时。她点了杯果汁，服务员贴心地为她同时送上了几本杂志。简灵随意地翻了一下，发现都是一些关于时事政治或者潮流服饰内容的刊物，她并不感兴趣。

她开始觉得有点儿无聊，四周张望起来，打量着自己周遭的环境。

而这个时候，简灵再次看到在咖啡店外面停放着那辆应该是属于马旭的山地跑车。她猜测马旭现在就在楼上的会所健身。马唯斯说过，马旭在国内都是独自居住的，日常代步的就是这辆山地车了。现在一般家庭条件不错的孩子，到了成年家里基本都会给配一辆小车的。很明显，马旭属于特立独行的孩子，他不太喜欢依靠家里。想到马唯斯对他的各种担忧，简灵其实也很想有机会跟马旭好好地再交谈一次。

只是，一旦真正面对这一位十八岁的少年，简灵又感觉自己有点儿无计可施。上一次谈话里，关于“善恶”的话题的讨论，从马旭的话语里面，简灵可以感受到他的内心世界对于人性有着偏执，甚至还透露出丝丝的对于人生的悲观。每个人都需要度过青春期，这一阶段犹如蝴蝶破蛹前需要经历黎明前的黑暗、破蛹时的疼痛。有的人可以顺利地成为飞在阳光底下的蝴蝶，而有的人成了拥有翅膀却想要扑火的飞蛾，飞向了自我毁灭。

想到这里，简灵又忍不住去回想自己先前在物证科的录像带里面所看到的，新的斩首者所骑着的那辆山地车，跟眼前马旭的这一辆十分相像。只是简灵心中依然相信，马旭即便内心较为孤僻，在成长过程里面难免会有多多少少的心理疾病，也不至于成为一个穷凶极恶的模仿行凶者。那位新的斩首者，会不会也是一名和马旭有着同样经历的少年呢？

应该不是，简灵自顾自地摇头。因为年轻人的行事不会太过决绝，而斩首者那段模糊视频里，明显是一位有着极强心理素质的成年人才对。在景阳市里面，到底还有多少辆这样相似的山地车呢？简灵寻思着。

简灵尝试着将自己的注意力从那辆山地车上转移开来，毕竟继续胡思乱想下去，也找不到什么线索出来。只是，她又控制不住自己内心的好奇，为何马旭会找到斐尔健身会所呢？毕竟这家健身会所在网上查不到任何的广告宣传，马旭这么宅的男孩子，应该也是通过朋友介绍知道才对。那么，马旭在国内又会有什么样的好朋友呢？简灵也分明记得听马唯斯提起，马旭不太善于跟人打交道，连出国前那些儿时的玩伴如今也不怎么来往了。

就在这个时候，简灵的手机响了起来，是Peter。

“你到了吗?”Peter说话不紧不慢，简灵听得出来，他应该在开车，四周都十分安静。

“我在咖啡馆。”简灵低头喝了口果汁，发现这家咖啡厅的杧果汁竟然有点儿酸，她被那股子酸劲呛到，猛地咳嗽了起来。

“你不舒服吗?”听到了简灵的咳嗽，Peter不经意地问道，“有没有看医生？这种天气感冒咳嗽都比较麻烦的。”

听到Peter的话，简灵心想，果真是个当了爸爸的人，遇到“病患”就马上奶爸上身了。

“我没事，就是喝东西呛到而已。你在开车吧?”简灵连忙应道。

“嗯，你稍等一下，我很快就到了，在找停车位，先挂电话了，等会儿见。”Peter礼貌地说道。

简灵稍稍探起了身子，一直朝玻璃窗外面看。她总觉得一个男人所选择的车的类型，已经代表了这个男人基本的品位。她想看看Peter会开着辆什么样的车。简灵知道，自己已经迫不及待地想要从各种细枝末节上面去窥探Peter的内心世界了。

没过两分钟，简灵隔着玻璃瞧见了Peter已经出现在对面马路上。可惜的是，她并没有看到Peter的车。她猜测应该是附近都没有停车位了，Peter只能将车停在稍微远一点儿的地方。他一边匆忙地朝咖啡馆跑过来，一边低下头看了下手表。因为他的这个动作，简灵也不自觉地看了看手机，这个时候是晚上的七点三十五分。嗯，Peter距离原本所约定好的时间迟到了五分钟。但从他这个匆忙的样子与刚才看表的动作，简灵解读到，Peter日常其实是个守时的人，这迟到的五分钟已经让他内心着急。

同时，简灵想到先前林小嘉提起过 Peter 每天晚上都会给孩子做好晚饭，并且指导一下学习的事情。她不自觉地笑了，脑海里面自然而然地呈现出一幅关于父与子的温馨画面：在柔和的灯光下，Peter 拿着笔在本子上教孩子写字。画面里，Peter 的眼神里没有了往日的那种犀利与孤傲，只有满满的溺爱与期盼。

这一幅美好的勾勒，引得简灵不禁笑了出来。她喜欢一切美好的愿景，也向往一切温暖的关系。

“不好意思，我迟到了。”Peter 出现在跟前，打断了简灵那些傻傻的幻想。

“哦，没事。”简灵声音有点儿小，赶紧低下了头，她觉得自己刚才的样子有些失态，害怕已经被 Peter 看见。

“刚才你是在想什么开心的事情吗？”Peter 礼貌地接过服务员递过来的菜单，但并没有打开，而是用专注的神情看着简灵，仿佛不愿意错过简灵的一字一句。

“你先点喝的吧。”简灵抬起手抚摸着项链上的瓢虫吊坠，依旧没有正视 Peter。

“那给我一杯杧果汁吧。”Peter 将菜单递还服务员，说了句谢谢。

简灵本想阻止 Peter 点杧果汁的，毕竟自己刚才就是因为喝的杧果汁太酸了而被呛到。她话到嘴边，还是忍住了。她也有点儿小心思，想恶作剧一下 Peter，看看当他喝到很酸的杧果汁之后，会是依旧像现在这般的礼貌，还是会像第一次见面时自己所看到的，他暴力并且强势的一面。

“今晚你约我过来，为的是什么事情？”简灵尝试自己掌握主动权。

“我喜欢你这么直接。”Peter 失笑了一下，说道，“你是认识苏铭的……不对，你跟他不仅仅是认识那么简单。”

“我跟他的确是旧识，也就仅此而已。”简灵并不想跟一个相识不久的人谈论太多关于自己跟苏铭之间的事情。她厌恶并且抗拒谈论。

“我也可以很坦白地跟你说，关于苏铭喜欢你的这件事情，我是知道的。”Peter 眼里始终带着笑意，看着简灵。简灵猜不透 Peter 的笑是善意抑或是恶意，她本以为自己能掌握这次谈话的主动权，没有想到，面对 Peter 这样一位对手，自己还是过于稚嫩了一点儿，又或者说，自己也只是稍微轻敌而已。

简灵调整了下坐姿，双脚交叠，脚尖指向了 Peter 的侧方。她挺直的腰背，想要显出自己在对方面前强大的自信与无畏：“这些事情，其实也没什么值得提起的了，我已经不放在心上了。”

“我能理解你的心情，自我认识苏铭开始，就清楚他是一个骨子里面反社会的人，从来都不在乎旁人的生死。”Peter 双手握住，支撑着下巴。

简灵不太喜欢 Peter 所说的话，哪怕苏铭的确是这样的一个人，但毕竟在她目前所认知的范围里面，Peter 跟苏铭原本应该是关系不错的朋友，还是生意上的合作伙伴。现在 Peter 的话语，无疑就像是朋友因为犯罪被捕之后，他在背后说自己朋友的坏话。

“这样说来，Peter 先生，你一定是个跟苏铭有着相反人格的人了？”简灵意味深长地笑了笑。

听到简灵的话，Peter 愣了一下，一两秒之后，笑了起来，不再说话。

这个时候，服务员为 Peter 端来了杧果汁。简灵正等待着好戏上演。

可是，只见 Peter 拎起果汁，大口地喝了起来，并没有什么异常的样子。

“你觉得这杧果汁好喝吗？”简灵故意地问道。

“嗯？”Peter 放下果汁，“挺好喝的，甜甜的，虽然我平时不怎么吃甜食。”

简灵有些吃惊，为什么她的果汁会异常的酸，口感也有些奇怪。

但是 Peter 的果汁会是正常的呢？似乎被下了小心思捉弄的人，是简灵自己。想到这里，她略略皱眉，开始觉得全身不自在。

“你怎么了?” Peter 看出了简灵的异常。

“我想要一杯温水。” 简灵觉得自己思路开始有些紊乱。

“服务员，给这位小姐一杯温水。” Peter 转身招来服务员说道。

“简灵，你真的不是生病了?” Peter 话语里面带着关心，但简灵看得清楚，他的表情十分平静，没有任何真正担心的情绪表露出来。

“可能是这里的空调太冷了吧。” 简灵暗自呼了口气。

“我想知道你来斐尔的真实目的是什么?” Peter 突然话题一转，“苏铭被抓了的事情，大家都知道的，你不可能无缘无故地说是苏铭介绍过来的。”

“我没有任何的目的，只是为了健身而已。” 简灵双手撑开在桌面上，身体稍微往后倾，“关于斐尔，我也只是以前听苏铭提起过，所以知道也并不奇怪啊，的确是他介绍我过来的。”

Peter 忍不住嗤笑了起来：“怎么可能？苏铭根本不会跟你提起这里的健身会所的。”

“其实从开始你对我一直是持有质疑的态度的，是这样吧？所以不管今天晚上，我会给你什么样子的答案，应该也不可能是让你称心如意的。” 简灵的话语变得犀利起来。

“我并不是不相信你，只是……” Peter 始终略带迟疑，“苏铭的确是不会告诉你关于斐尔健身会所的事情的。”

“那请你告诉我，为什么苏铭不会告诉我?” 简灵盯着 Peter 问道。

只是 Peter 迎上了简灵的目光，并不作答。这使得简灵感觉这是一次无效并且不太愉快的交谈。于是，她决定马上就结束。

简灵站了起来，拿起自己身边的双肩包，自顾自地朝咖啡馆的大门口走去。对于今晚这次咖啡馆之约，简灵懊恼死了。不但是一次不愉快的交谈，最终的结果，还逼迫自己毫无教养般有点儿狼狈地选择先行逃跑了。

“简灵！”Peter从咖啡馆追了出来，一手拉住了她。

简灵本以为被这么一位高大健壮的男子抓住手臂，他所使用的力度会使得自己手臂生疼。然而，Peter的力度竟然拿捏得刚好。

“对不起，我失礼了。”Peter也意识到自己的冒失，连忙松手，“苏铭不会提起这里，是因为我跟他之间有些矛盾。”

简灵不说话，站在原地，看着Peter，她等着Peter把话继续说完。

“我跟他之间，只是外人看起来比较要好罢了。”Peter仿佛下了很大决心般才把这句话给说出来。

“你把所有事情完整地告诉我吧。”简灵也想知道，在Peter的眼中，苏铭做了什么会让他无法认同的事情。

只是Peter低头看了下手表，说道：“找个时间再说吧。时间差不多了，外教要来了，我们先上去吧。”

简灵不太愿意放过这一次打听到关于苏铭更多秘密的机会，于是，她站在原地，不肯跟着Peter上楼。

“好吧，下次我再告诉你，我答应你。”Peter眼里有些无奈。

简灵也明白，如果Peter不愿意，或者他此时只是捏造一些理由来搪塞自己是很轻而易举的。但是他没有这样做，反而答应下次告诉自己，那么Peter应该也是真心实意的。

“好吧，我们先上楼吧。”简灵跟在Peter身后走着。

两个人刚走到楼梯口，就迎来了下楼的马旭。

“今晚有外教的课，你不打算参加?”Peter朝马旭问道。

马旭摇了摇头，说道：“快要下雨了，我要回家了。”

看马旭见到Peter时的态度，相对没太抗拒，简灵猜测在马旭心目中，Peter是个值得他信任的人。

简灵知道马旭也同时看到了自己，只是他假装看不见，抑或说，假装不认识自己？简灵越来越不明白这个少年的精神世界了。他对异性有戒备心？这个猜测突然闪现过简灵的脑海。

简灵站在楼梯口，转过身，看着马旭走向了他那辆山地车快速地骑走了。

天边一道响雷，紧赶着就下起了倾盆大雨。

简灵看着那名骑行少年，在雨夜，渐行渐远的背影。莫名地，她有点儿担忧了起来……

3. 年美芝

第二天一大早，简灵便起来了。她站在镜子前面梳妆打扮，想着今天去少管所会见到秦海波，她不自觉地挑选了一套稍微显得年轻一点儿的衣服，同时将自己的头发扎起，显得更为精神一点儿。

简灵收拾好之后出门了，到了诊所停车场的时候，刚好七点三十分。她看到娥姐已经站在停车场等自己了。简灵把车停好，落下车窗，跟娥姐打了个招呼。娥姐点了点头，上车，坐到副驾驶位置上。

“我今早起晚了，真担心会迟到。”娥姐边说边系上安全带。

“迟一些也没关系啊，我们过去的时间还是很充足的。”简灵点头微笑着。

“就是想着今天早上要出门，所以先给我儿子准备好早餐，赶得要命。”娥姐抽过两张纸巾，擦了擦汗，“今天天气真闷热，不知道会不会又要下雨。”

“现在看着天气挺好的，今天应该不下雨了吧，昨晚已经下过一场了。”简灵回答道，同时，她脑海里面又出现了昨晚马旭在雨里的画面。

“但愿吧，今天下午我儿子还要去参加一场活动，早知道我就安排下周再去少管所了，今天就能接送我儿子。”娥姐一脸惆怅。

简灵本想说点什么，但又觉得自己不好过问太多。她其实想劝告娥姐，让儿子独立一点儿，毕竟要上高中了，需要学着照顾好自己，不能什么都依赖父母。过去很多时候，简灵也是这样来自我安慰，在亲情方面的缺失，她看成一种父母对自己能够早日独立生活的期盼。

“今天的工作量应该不大吧？能赶在中午回来吗?”简灵试图转移话题。

“就是先跟他们领导谈一下，然后今天会单独见那个小女孩。”娥姐从公文包里面翻出一份资料，“哦，就是那个家里条件很好的，叫年美芝的女孩。”

“单独见她？是发生什么状况了吗?”简灵问道。

“我暂时还不清楚，今天过去跟少管所的人谈了才知道。”娥姐似乎对年美芝的话题不太感兴趣，说罢就将自己的座位调低，闭目养神。

简灵也不想多说，继续专心开车。

这一次在少管所停车场迎接简灵她们的人依旧是秦海波。对比起上一次见面，简灵发现她今天的精神状况没有上一次好，哪怕还是一脸的笑意，眼底的那一圈青黑，说明了她这两天的睡眠质量并不好。想到娥姐说起秦海波的感情倾诉，简灵猜测秦海波失眠的原因或许就是因为跟男朋友之间的矛盾吧。

“能再次见到你们，真好。”秦海波有些兴奋。简灵心想，这个女孩平时应该也是没什么朋友的，不然怎么对于才第二次见面的人就表现得如此高兴呢？细心一想，也难怪，在少管所里面，秦海波每天能接触到的都是一些因为各种各样问题而被送进来的少年犯，其次就都是一些比她年长太多的领导。而简灵跟娥姐的年纪，对于秦海波而言，就像两位大姐姐。

“我也很高兴再次见到你。”简灵走向前一步，冲秦海波一笑。

只是，奇怪的是，秦海波对上简灵的目光的时候，神情有些僵硬。

简灵想到第一次见面的时候，这个女孩对自己特别关注，而且也有着要故意接近自己的意味。这一次，怎么就仿佛有些抗拒跟自己接触了呢？

“我们先进去吧。”秦海波朝简灵礼貌性地点了点头，侧身让开路来。

“好的，我也想尽快把事情办完。”娥姐大步往前走去。

“娥姐，今天是有什么要紧事，所以着急回去吗？”秦海波问道。

简灵感觉这个女孩的心思或许远比她外表看起来的细腻。

“也没什么，就是担心下雨。”娥姐第一次没有谈论自己的儿子，而是简单地回应着。

“那也不怕，你们开车过来的，不担心淋雨。”秦海波脸上依旧挂着笑容。只是不知道为何，简灵总感觉走在前头的秦海波在扭过头跟娥姐说话的时候，眼神也在有意无意地偷偷看向自己。

她越来越不懂这个女孩的用意了。

简灵心里继续暗自琢磨着，秦海波的男朋友是否就是Peter呢？假如是的话，她或许知道自己跟Peter已经认识了。毕竟想到Peter约自己问苏铭的事情，那么秦海波跟Peter作为情侣，男女朋友之间应该会提及的吧。难道就是因为知道了自己认识Peter，所以秦海波的态度会如此奇怪？简灵猜测着。

简灵她们再次走进了上次来过的那栋办公楼，这栋大楼给人的感觉依旧冷清。秦海波先将娥姐带去了主任的办公室，然后再把简灵带去了上次她们所到过的那个少管所的心理辅导中心。

“先喝杯水吧。”秦海波依旧热情，仿佛只有简灵一个人察觉到两人相处时的别扭。

“好的，谢谢你。”简灵接过水，坐了下来。

“等下你跟娥姐一起见年美芝吗？”秦海波坐到简灵对面，边说边抬手拨动了一下她额前的刘海。这个时候，简灵留意到她今天手上戴了一串纯银的手链。手链上面还有几个英文字母的手串。只是秦海波的动作太快了，简灵没来得及看清楚那是什么字母。

“看情况吧，等娥姐回来之后，我问问她的意见。”简灵喝了口水，“毕竟我也只是辅助而已，我也不会给予太多的意见。”

“嗯。”秦海波稍微低着头，似乎在思考着什么事情。

“你平时有去做健身吗？”简灵决定试探一下眼前的女孩。

秦海波有些吃惊地抬起头，看着简灵，愣了一下，但又很快恢复原本的神情，微笑着点了点头：“每周会去一次，但平时在少管所这边也会每天锻炼的。”

“哦？那你去固定的健身会所？”简灵问道。

“有的，但是在市区，挺远的。”秦海波眼神又看向窗户那边，简灵知道，她并不想跟自己讲太多关于健身会所的事情。

“我最近也在健身，找了一家私人健身会所，那里的教练挺专业的。”简灵转换了一下思路，试图在言语上刺激一下秦海波，逼迫她把自己想要的答案给说出来。

只是，秦海波听到简灵这么说也不为所动，反而略为欠了欠身体，站了起来说：“我先过去宿舍那边，把年美芝带过来。”

简灵看着秦海波急匆匆地走出了房间，她疑惑自己在秦海波的问题上面是不是处理方式太急了一点儿。

简灵笑了笑，觉得自己有时候其实也想得挺多的。她扭过头来，望向房间里面。少管所的心理辅导中心没什么摆设，显得空荡荡的。简灵一个人坐着，环顾了四周，发现有着一种很冷清的肃杀感觉，如同清晨的街道。她站起来，走到窗户边上朝外面看了看。这时，她发现这扇窗户虽然上了防盗网片，但那防盗网……似乎并不牢靠，上面似乎还有被撬动过的痕迹。并且，那些撬动的痕迹更像是从室外被人用工具所造成的。会有人试图从外面跑进来这里？简灵再放眼看出窗外，发现这栋大楼对面是一片草地，草地的后面就是个大操场。

“小简。”突然，简灵听到有人在身后叫自己。

简灵转过身，看见娥姐就站在门口。

“你在看风景啊?”娥姐边说边走进来，这个时候，她手里多了一份文件。

“是啊，发现少管所的环境其实也挺不错的。”简灵微微笑着，坐到了娥姐的身边，“海波说过去宿舍那边，等下会领年美芝过来。”

娥姐点了点头，叹了口气。

“怎么了？这女孩的心理问题很严重?”简灵关切地问道。

“我们上次过来的第二天，这孩子就试图自杀，幸好被发现并且制止了。少管所的老师尝试和她进行沟通，但这女孩什么都不愿意说。”娥姐摆摆手说道，“上次见她，我觉得她状态还是挺好的，明明是很开朗的一个女孩。”

听到这里，简灵心里咯噔了一下。她很清楚，抑郁症患者通常在别人面前都表现得很开朗，行为也很正常。但到了独处的时候，就容易有思想上的偏差。

抑郁症是躁狂抑郁症的一种发作形式，以情感低落、思维迟缓，以及言语动作减少，迟缓为典型症状，约15%的抑郁症患者死于自杀。世界卫生组织和哈佛大学的一项联合研究表明，抑郁症已经成为中国疾病负担的第二大病。或许年美芝有抑郁症？只是简灵也不敢妄加判断……

年美芝进来的时候，脸色有些苍白，跟她档案上照片形象不太一样。她把头发剪短了，之前的长发现在变成了齐耳的短发。秦海波寒暄了几句便退出了房间，并把门带上。这时，年美芝才抬起头来看了简灵她们一眼，继而又把目光移开，低头看着桌子的一角。

“老师，我的新发型好看吗?”垂着头的年美芝小声嘀咕着。

娥姐跟简灵一时反应不过来，毕竟不知道她口中的那句老师指的是谁。

“你什么时候换的发型啊?”娥姐开口问道。

“就昨天吧，还是前天?”年美芝摇了摇头，“我觉得自己这两三天都不太记得事情。”

简灵一言不发，只是安安静静地观察眼前的年美芝。她发现，这个小女孩其实并不是有社交障碍，她不愿意跟少管所里面的老师沟通，估计也只是一种信任感的问题罢了。但也不排除这孩子是一个心思缜密的人。因为她知道自己能否顺利离开少管所，娥姐的评定意见十分重要。所以她在娥姐面前，需要表现得正常一点儿，至少表现得像是一个拥有正常心理状态的人。

“美芝，你能告诉我，你为什么要伤害自己?”娥姐语调放慢，温柔地问道。

“我没有伤害自己，是有人要伤害我。”年美芝说完这话，竟然转过头，看了简灵一眼，“要是我离开了这里，那些人就会马上把我杀掉的。”

简灵看着年美芝的双眼，她从对方的眼神里面可以看出，这个孩子并不是说谎，但也不是有什么幻想症，只是在编织一些理由来掩饰自己内心的某些痛苦。

“我知道你是相信我们的，对不对?”娥姐走到年美芝的身边，坐了下来。

“在很小的时候，我爸爸就跟我说我是家里的小公主，曾经我也以为自己是的。”年美芝苦笑了一下，“我家里很大，我觉得那就是我的城堡，长大后我就会遇到我的王子了。可惜的是，我遇到了给我吃毒苹果的邪恶女巫，也等来了吻醒我的王子，却等不到真正拯救我的人。”

说到这儿，年美芝“噌”地站了起来：“你们看，我剪短了头发之后，是不是看起来比较像个小孩?”

简灵眼中的她就是个小孩，她有些不解年美芝说的像个小孩到底是什么意思。

娥姐附和地点了点头："是的，像个小娃娃。"

"那就太好了，我不用长大了，不用遇到王子，不用遇到追杀我的人。"年美芝显然沉浸在某种幻想里面。

"每个人都会长大，我们都不能逃避任何东西，更不能躲进自己幻想的世界里面不出来。"简灵的话就像一盆冷冷的水浇到年美芝身上。在少管所的孩子都早慧，按照年美芝的年纪，是不可能听不出简灵的话里意思的。

娥姐用力地拉了拉简灵的手臂，大概她是觉得简灵的话已经刺激到年美芝了。再看年美芝的反应，她只是呆呆地看着简灵，并没有表现出任何激动的情绪。

"我经常都做一个梦，梦里有来救我的王子，但又有一群人在身后紧追着我们，最后……"年美芝垂下了眼帘，"王子用一把匕首插进了我心脏的位置。醒来的时候，我全身发抖。在这个世界上，根本没有王子，没有能拯救我的人。"

"能拯救你的人在这里。"简灵拉起年美芝的手，并将她的手，放到了她自己胸口的位置，"是你自己。"

年美芝眼中有些迟疑，也有些不解，微微张开的嘴巴，似乎想说点什么，但最终还是沉默着。

看着眼前的年美芝，简灵再次想到了马旭。马旭在成长的经历里面，是不是也有着很多不为人知的秘密呢？马旭那么积极地去健身锻炼，是因为需要拯救自己，抑或是去拯救别人吗？

结束了跟年美芝的谈话之后，简灵跟娥姐走出了这栋办公大楼。两个人站在办公楼对面的一条小道上，等待秦海波回来。

"年美芝这个孩子其实没什么太多心理问题。"娥姐说道。

"你也看出来了？"简灵笑笑。

"她只不过是需要更多的自信来面对自己往后的生活罢了。但也能理解，在这个地方待了那么些年，对于外面的世界，全都是未知。”娥姐叹了口气，不再说话。

简灵刚想说话的时候，又瞧见朝自己跟娥姐走来的秦海波。

“我送你们出去吧。”秦海波走了过来，双手插在衣服的口袋里面。

简灵好几次想尝试去看秦海波手链上的英文字母，却始终没能看清楚。因为担心秦海波发现自己的这个举动，她最终还是选择放弃了。

“对了，今天星期六，你要不要坐我们的车去市区见男朋友？”娥姐突然朝秦海波问道。

“不用了，我朋友今天会过来接我。”秦海波说起话来的时候，一脸的甜蜜。

这时候，简灵才留意到秦海波身上背着个双肩包。

“你每个星期有五天都是待在少管所，只有等放假才能见到男朋友吗？”娥姐继续跟秦海波闲聊着。

“是的。”秦海波点了点头说道，“但是我们感情十分好。”她说这话的时候，朝简灵看了一眼。

“对了，简灵她现在也去健身，以后你们两个可以多交流一下呢。”娥姐继续在前头走着，“小简，你去的那家健身会所是叫斐尔，是吧？先前听你提起的。”

简灵留意到，当秦海波听到“斐尔”两个字的时候，身体明显有那么一两秒钟的僵硬。

“那可以啊，以后我就可以跟简医生多交流了。”秦海波虽然这样回应道，但并没有转过头看简灵，甚至语气里面带着一些莫名的生硬。

“好了，我就送两位到这里了，我要在大门口等我朋友过来。”秦海波笑了笑，挥挥手做了个拜拜的手势。

简灵也点了点头示意，跟娥姐往大门口旁边的停车场走去。

其实简灵能理解秦海波的那些小心思，男朋友那么优秀，但自己不能每天在对方的身边，那么肯定会对男朋友身边所出现的女性都或多或少地存在一些敌意。只是，这些敌意一旦被放大化，就会变成可怕的嫉妒心了。简灵感觉秦海波是太爱自己的男朋友了，这样的一段关系持续下去，也不知道是好事还是坏事。但不管如何，简灵还是觉得秦海波是个不错的姑娘，假如她有什么想不通的执念，自己还是很愿意去帮助她的。

“我们赶快回家吧。”娥姐坐上车，系好了安全带。

简灵明白，娥姐其实更多的是记挂着儿子了。

“好的，我会用最快的速度安全地将你送到家的。”简灵打趣说道。

第六章　母与子

1. 路遇

娥姐可能是因为有点儿累了，上车之后没多久便睡着了。简灵虽然看似专心地开车，但脑海里面始终无法停止关于秦海波跟 Peter 这两人关系的揣测。

车在路上飞驰，因为少管所地处偏僻，所以这唯一通往市区的路上，行走的车辆很少。简灵开了大半个小时，也没有遇到一辆迎面而来的车。简灵有点儿疲乏，但也不敢掉以轻心。毕竟，越是路况好的行驶越是容易出意外。她本想着扭开车载的音乐，但转脸看到熟睡的娥姐，怕惊扰了她，也只能作罢。突然，简灵发现有个人骑着一辆山地车，速度很快地跟自己迎面而来。她瞧着身形有点儿熟悉，但也不敢确定，一直到车快跟对方完全迎上了，她才看清楚，那是马旭。

简灵落下车窗，刚想喊住他，然而马旭骑车的速度太快了。简灵还没喊出，马旭就已经过了她的车子。简灵踩下了刹车。她开车门下车，往马旭的方向跑了几步，大声喊叫他的名字。

听到简灵的呼喊，马旭也刹停了他的山地车，扭过头来。他摘下了鼻梁上的那副骑行眼镜，目光落到了简灵身上，眼神里面有那么一丝丝的疑惑，但转瞬即逝。紧接着，他并没有搭话，径直把眼镜再次戴上，转回头去，快速地骑车走了。简灵对于马旭的反应，不明就里。她一直想不明白，马旭为何如此抗拒跟自己接触。但细心一想，可能是因为自己跟他妈妈认识，所以他才不愿意被简灵知道自己太多日常的行踪吧。

简灵重新回到车里，娥姐已经醒来。

“简灵，你怎么啦?”娥姐对于刚才简灵的急刹车，并不生气，反而似乎很担心她。

“我刚才看到马旭了。”简灵关上车门，边系安全带边说道。

“你没看错吧？是马唯斯的儿子马旭吗?”娥姐疑惑地落下了车窗，朝车后方看了下，“这条路是去少管所的啊，他怎么会到那儿去?”

简灵摇摇头：“我也是想不明白这事，按道理他在国内应该没有朋友。又或者，是我多想了，他们这些热爱骑行的人，都是骑着车到处跑的，越是偏僻的地方越是往那儿去。”

“先前接触马唯斯的时候，就听她提起过马旭。”娥姐欲言又止，看了简灵一眼。简灵大概也明白，病人的资料是需要保密的，包括交谈的内容。

“嗯，她也经常跟我提起马旭的事情来。”简灵点了点头，“其实马唯斯本身没啥问题，估计她也就是过分担忧马旭，而导致个人情绪不稳定。”

“可不是嘛，但是就算是马唯斯自己，也不太好沟通，她太多的事情不愿意说出来了，包括马旭的问题也只是很片面的一些信息，我根本无从入手来开导她。现在看来，果真是你比较适合和马唯斯聊天。”娥姐叹了口气，“这么多年来，我都专攻家庭与亲子关系，还有青少年心理方面的。日子久了，以至于我自己在面对与我儿子的问题上，也变得紧张兮兮的。其实这真的不好，你说让我现在尝试去攻别的方向吧，也不好说了。”

“你不喜欢现在的工作?”简灵吃惊地问道。

“也不是，偶尔也想了解一下别的方面的知识罢了，毕竟心理咨询师是一个自我修炼的过程，不断修正自己，才能提供更高质的咨询服务。”娥姐笑了笑，“马旭这个孩子我没接触过，只是听马唯斯说，是个内心自我封闭着的孩子，也不太适应国内的环境。这一点我想不通，按道理，马旭应该会比较喜欢国内的一切才对。我记得听马唯斯说过，他在国外，老被欺负。”

听到了娥姐所说的话，简灵才知道，马旭在国外经历过一些并不好的事情：“马旭在国外是遇到什么不愉快的事情吗？”

“马旭原本在国内的时候是个挺开朗挺快乐的孩子。”娥姐顿了顿，转过脸看了简灵一眼，“要知道积极乐观的童年是塑造一个人完美人格过程中，很关键的一个环节。”

简灵愣了一下，点了点头。她自己也听得出来，娥姐想要表达的是，马旭最初是个性格开朗的孩子。

“之后……他不到十岁便被马唯斯带去了美国。听马唯斯谈起马旭，我印象比较深刻的一个事情就是马旭跟两个黑人小孩打架。”娥姐揉了揉太阳穴，说道，“先开车吧。”

“好。”简灵重新发动了车子，“你接着说。”

通过娥姐，简灵终于知道了更多关于马旭的事。

马旭九岁的时候被带到美国，因为去得仓促，语言方面没有充足的时间学习与准备，所以一下子难以融入到当地的生活环境之中。当然，马唯斯也是十分重视孩子教育，于是给马旭选择了当地的一所名校，在学校里面都是成绩拔尖的孩子。然而，马唯斯的这个选择并没为马旭带来好的影响，无法适应当地的学习习惯，与同学之间的沟通障碍，使得马旭被同学排斥。慢慢地，这孩子变得越来越沉默自闭。当马唯斯发现了这个情况，她立马就向校方申请了退学，自己带着马旭在美国旅游，试图用这样的方式让马旭找回原本开朗的性格。也就是在这趟旅行当中，发生了一件较为严重的意外。

当时马唯斯进去便利店买东西，马旭就在门外等着。这个时候，他看到了两个黑人小孩是跟在马唯斯的身后一同进去的。同时，那两个黑人小孩用英语在背后取笑着马唯斯，说她是黄色香蕉。这一句话，激怒了马旭。那两个孩子很快便从便利店出来，马旭二话不说，上前就直接拉扯住那两个小孩打了起来。对方两人都比马旭高大，马旭自然是打不过的。最后，等马唯斯出来的时候，发现马旭被打倒躺在地上。她匆忙上前，可怕的是看到马旭满口是血，然而，这些血迹并不来自马旭，而是来自其中一个黑人小孩的。马旭把对方的耳朵给硬生生整个咬下来了，当时的场面十分血腥。

马旭被送进医院后，检查出来，他被打断了一根肋骨，需要一段较长的时间来康复。出院之后，马唯斯将马旭接回家里，细心照顾。也就似乎是从回家的那一天开始，马旭变得更加不爱说话了，一整天下来，跟马唯斯之间的交流不会超过五句话。

“在之前，你有接触过马旭这孩子吗?”简灵听了关于马旭的事情后，问道。

“当时每次都是马唯斯自己一个人过来找我的，我还没正式跟马旭见过面，就是上次马唯斯带着马旭来诊所找你了，这母子俩不是在前台吵架了嘛，那是我第一次见到马旭。话说回来，马旭这孩子看上去其实挺不错的，长得高高大大的，气质也很斯文。”只是，娥姐突然话锋一转，“但想到他在美国打架的那个事情，还是让人感觉毛骨悚然的，那么小的一个孩子，竟然能把对方的耳朵给咬下来了，这是下了多大的狠劲才能办到的。小简，你说对吧?”

“我刚开始听你说起马旭，还以为你对他印象一直都挺好的。”简灵笑了笑，“其实对于一个小孩来说，他当时也是出于一种保护自己母亲的本能，你说呢?”

“呵呵!”娥姐干笑了两声，不再接话，扭过头一直看着外面，过了会儿，又再次睡着了。

简灵对于马旭的印象还是挺好的，这孩子虽然不爱说话，也不太愿意搭理自己，但她感觉这只是因为自己跟他的接触还不多，对方没有完全信任自己罢了。看他跟 Peter 之间似乎关系还不错。那么这就说明，马旭并没有别人口中的那么自我封闭。简灵希望自己能找到跟马旭之间相处的突破口，从而能真正地打开他的内心。简灵不清楚自己这样执着到底是为了帮助马唯斯，抑或是因为在马旭的身上看到了曾经的自己。在简灵的生命中，出现过拯救自己的人，只是这个人已经不在这个世界上了……

就在这个时候，简灵的手机突然响起了，她接上了蓝牙耳机，按下接听键。这是一个陌生的号码。

"是简医生吗?"对方问道。

"我是，请问你是哪位?"简灵觉得对方的声音有些熟悉。

然后过了几秒钟，简灵还没等到对方的回答。

"我在开车，请问你是哪位？找我是有什么要紧事吗?"简灵再次耐心地问道。

"我是马旭。"对方应声道，"你在开车，那我晚点儿再找你吧。"

"没事，你说吧。"简灵有些意外，也有些高兴，她没想到马旭会主动找自己，"对了，你怎么会有我的电话的?"

"我刚才打给我妈妈，问妈妈要的。"马旭回道，"简医生，我就是有个事想问你。"

"好啊！有什么事情，你直说。"简灵将车开得稍微慢点儿，似乎生怕自己没能听清马旭接下来想要说的话。

"晚上你有时间吗？我想过去找你。"马旭问道。

"可以啊，今晚吗？你大概几点过来？我可以在诊所等你。"简灵伸手将蓝牙耳机的音量调到最大。

"晚饭后吧，今晚见。"不等简灵回应，马旭就把电话挂上了。

简灵心中也权当马旭这样仓促挂上电话，只是因为心中的紧张或者害羞。只是，简灵想起了上一次见面的时候，马唯斯曾告诉自己，这两天她要到郊区的清风庵清修辟谷，电话不会开机的。

简灵仍试图拨打了一下马唯斯的手机号码，发现对方手机的确是已经关机了。那么刚才马旭所说的找马唯斯要到自己的手机号码的说法，也只是一个搪塞简灵的借口罢了。

意识到马旭的说谎，简灵忍不住去猜测，马旭能找到自己的手机号码，也就只有两个可能性。要么就是上次他到诊所的时候，在前台偷偷拿了自己的名片。要么就是找 Peter，因为自己与马旭有交集的共同朋友，似乎也只有 Peter。只是，如果是找 Peter 的话，那马旭说谎的原因可能就是为了不想让自己知道他跟 Peter 之间关系不错，那么马旭为什么不愿意让自己知道呢？

这个时候，简灵的脑海之中莫名地闪现过秦海波的那张笑脸。她稍稍抬头，看着斜上方的后视镜，身后的公路一直往后延伸，而马旭骑行的这条路，目的地只有一个，那就是少管所……

她想到跟秦海波分别的时候，她拒绝了坐自己的车到市区，并且说有朋友会来接她，那么她口中的这个朋友，难道就是马旭？简灵对秦海波这个姑娘是越来越好奇了，她甚至开始在脑海里面计划，晚上见到马旭的时候，是否能在他的口中，解开更多的谜底。

2. 你给我的花海

“是从这里拐进去吧？”简灵打着方向盘问道。

“行，就这儿靠边停可以了。”娥姐边说边看了下时间，“我不跟你多说了啊，赶着回去给儿子做饭，回见。”

简灵笑笑，看着娥姐进了小区才重新发动车子。她边开车边回想了一下，自己跟娥姐认识很多年了，这是头一次知道娥姐所住的地方。

她突然感悟到，自己在过去的几年里面，忽略了太多跟自己身边的人之间的互动，只一心躲在家庭与工作的世界里面。

时间还早，简灵决定一个人去找家餐厅吃午饭。她开车去了一家在市中心新开的杭帮菜私房菜馆——紫莺楼。这菜馆每个小房间都会有独立的小院子，推开房间里面的落地门，就能看着绿莹莹的植物进餐，让人十分赏心悦目。

这餐厅是先前在诊所听到张岩岩闲聊中提起了，说评价都很高。张岩岩还说菜馆老板是个长得很迷人的男人。简灵觉得张岩岩很可爱，但也对，女人爱看帅哥就跟男人爱看美女一样，谁都有一颗欣赏美丽事物的心。

等菜都上齐之后，简灵发现这家餐厅的菜色摆盘都特别用心，在碟子的周边用各种干花与干叶子弄成水墨画一样的图案。这些用心让简灵一下子就对这家餐馆有了很不错的印象，决定下次跟林小嘉、萧静她们聚餐的时候，就带她们过来好好地吃一顿。

只是，当简灵看到那一盘龙井虾仁的时候，她有了稍微几秒钟的发愣。也难怪，这一道菜使她想到了跟周逸朗刚结婚那会儿，他特意安排了半个月的时间，带着自己在江南游玩了一圈。周逸朗不管到哪家餐馆，都要点上一盘龙井虾仁。

最让人觉得恐惧的事情，不是你已经消失在我的生活里面，而是你已经不在了，我还遵循着你的那点点滴滴的习惯。简灵苦笑着，她知道自己此时此刻，确实是想念周逸朗了。

这一顿饭，简灵吃得匆忙，心思完全不在眼前的菜色跟园林的景观上。

简灵离开了紫莺楼，开车往花田走。她有种迫不及待的感觉，仿佛只有尽快到了花田，才能使得自己心中的那团因为思念而郁结在胸口的闷气得到化解。只是，当简灵到了花田的时候，眼前出现的并不是自己这一路上脑海中所期待看到的花海。成片的花都已凋落了，她站在花场边上，像个不知所措的孩子。

“花开的时候，你离开了我。花落的时候，我还在等待。”简灵嗫嚅着。

“简灵!”简灵听到有人喊她，她朝着声音来处张望了过去，看到钟叔在招手。她深呼了口气，脸上重新挂上笑容，走向了钟叔。

“你好些日子没过来了。”钟叔抬手稍微拉扯了下他头上的那顶遮阳帽的边沿，简灵看到他额上的汗。

“你在忙些什么呢?”简灵从包里翻出一包纸巾递给了钟叔。

“哦，不用不用，我等下进去屋里洗把脸就行了。”说罢，钟叔在自己的肩膀上蹭了两下，把脸上的汗水擦干，“我在晒花，你看，这都挺好看的。”

简灵顺着钟叔手指的方向，低头看去，果真在地上有大大小小的筲箕，而筲箕里面铺满了被晒得半干的花朵。花朵原本的紫色，现在显得更加深了，只是，失去了生气。

“这些花晒干了能做什么?”简灵不解。

“可以装饰房子啊，上次有个人过来花场，问我这花能不能采摘之后做成干花，卖给他。”钟叔憨厚地笑了笑，“我想着把花晒干了之后，给你送过去一些，其他的都给那个人收走。卖花的钱，还能作为花田日常的支出，这样就减少点儿经费上的压力，挺好的。”

“哦？来收花的是什么人?”简灵有些意外，竟然有人会想要收那么大批量的干花，而且这个花田，不知道地址的人是不会寻找过来的。如果只是路过的人，那就更加不可能了。花场外面的公路上，都被两旁高大的树给遮掩住。

“哦，我也不清楚，一个长得挺好看、身材高高壮壮的男人。”钟叔思考了一下，“他电话都没有留下，当时看我答应下来，就给了我几千块的定金。我当时说这钱太多了，但是他说这花是国外的花，值这个价，等过段日子他会再来的，把余下的钱再给我。”

“他认识这花的品种？”简灵虽然有些疑惑，但想着有人懂这花也不奇怪。只是这个人不留下任何联系方式，就让人忍不住想要去揣测他的身份了。

“我不太清楚，他一直说自己很喜欢这些花。不过也是奇怪，他不收新鲜的花朵，倒是要收晒干了之后的。当时看他不太喜欢说话的，也就不怎么问他事情了。我后来没管他，自己回去屋里，他在这儿拍了些照片就走了。”钟叔蹲下身子，摆弄着花朵，“这花也确实好看，要是扔了也是怪可惜的，我自己都舍不得。”

“那个男人是开车过来的吗？”简灵总觉得这个陌生的收花人，应该是自己相识的。

“应该是开车过来的吧？从这儿到市里还是有点儿路程的哦，谁没事走路来这么远的地方？”钟叔站了起来，拍了拍手上的泥土，“对了，今晚上一起吃饭吧，我女儿周末放假，也会过来。你跟逸朗都是我们家的大恩人，我女儿一直都没有正式地当面跟你说过谢谢，这次让她见见你吧。”

“钟叔，你这话说得太重了，这花田是当初逸朗买下来的，我根本就算不上什么恩人。而且，你女儿放假回来，你们父女俩好好相聚一下才对。”简灵突然俯下身，在筲箕里面捡了一朵花，“我晚上还有病人要过来，所以等下次你女儿再放假的时候，我开车带你们出去找个餐厅，请你们父女吃顿饭。”简灵抬起头，笑了笑，“感谢你把这花场打理得这么好，如果没有你，我看不到那么漂亮的花。”

“这不符合规矩了，我老钟做人可是知恩图报的啊，怎么能让你请我们父女吃饭呢？”钟叔摆摆手。

简灵明白钟叔是个老实人，她也不好跟他继续讨论请饭的这个事：“我先回去啦，下次再过来看看。”简灵将手中的干花收进了包包里面，同时站了起来，“对了，要是那个收花的人过来了，你给我打个电话，或者问他要个联系方式，就说我想见见他。”

“这肯定是没问题的，只是他愿不愿意留电话我就不知道了，但是我尽量会拖着他，打电话叫你过来。”钟叔一脸自信的模样，“估计我还是有方法让他留在花场久一点儿的，哈哈。”

“嗯！”简灵环顾了一下四周，“我先回去了。”

“那行，我也进屋了，要拾掇一下，等我女儿过来。”钟叔说起自己女儿的时候，脸上流露着喜悦。

简灵转身，往停车的方向走去。当她走到小斜坡的时候，她转过了身，俯视着整片花田。这花田，是周逸朗留给她的最后的礼物。想到这儿，她突然心中有了一种冲动，想要放下所有纷纷扰扰，离开城市，一直留在这片安静之地，跟钟叔一起打理花田。

明年花开的时候，应该也是整片的紫色花海吧。简灵心中又有了新的期待。

突然从不远处传来了一阵狗叫声，把简灵从美好的幻想之中拉回到现实。她惯性地望向了先前跟林小嘉来的时候，怀疑有人的树丛。这个时候，看到从树丛中跑出来了一个小男孩，因为距离有些远，简灵看不清那个男孩的面容。只看到那个小孩挥舞着手中的棍子，也冲狗大喊大叫，并试图过去用棍子打狗。简灵看得出来，这个小男孩情绪异常暴躁，属于打小就具有攻击冲动的那种熊孩子。

胎儿在妈妈的子宫时期，就已经有吸吮手指的现象，这说明人类在胚胎时期就能够通过这一系列的动作给自己带来身心的愉悦。这种愉悦能使得孩子获得自信与内心的平静。在小孩的零岁到一岁期间，称之为口欲期，孩子一般会表现为吸吮手指。一旦这种方式被破坏，那么孩子只能通过别的方式得到成长压力的缓解，例如咬嘴唇、夹腿，或者刺激生殖器，甚至是脾气暴躁、莫名其妙地发火……

同样地，当小孩成长到一岁半到三岁之间，也就是所谓的肛欲期。假设肛欲期同样没有得到顺利的过渡，那么在口欲期所落下的病根就会在肛欲期表现得更加严重。这也是儿童形成脾气暴躁性格的一个重要原因。

简灵再看向狗那边的时候，发现小男孩已经跑了。她笑笑，毕竟还只是个孩子，再如何情绪不稳，也会懂得自己打不过一只在发狠的狗。

在简灵回市区的路上，天又下起了雨。虽然雨势不大，但已经让路上堵满了车，一个红绿灯等了三回，也无法顺利地通过。她拉起手刹，从包里翻出那枚从花场带出的干花。雨猛烈地拍打在车窗上，“噼噼啪啪”的声响，听得简灵心烦意乱。她想到过去，曾经在雨天，坐在周逸朗的副驾驶位上。两个人说说笑笑，似乎任凭外面的世界如何吵闹，但两个人之间的气氛是温馨又平静的。她无比怀念那些曾经，不知不觉眼泪就从简灵的眼眶流了下来。她低头，看着搭在方向盘上的手，那枚结婚戒指依旧泛着好看的光泽……

她有些恼怒周逸朗，假如他不那么冲动地选择自杀，自己还是能想尽办法找到证据把他救出来的。只是，简灵也同时能体会到周逸朗选择死亡时候的那种绝望。她始终想不明白，在这件事上她最应该恨的人到底是谁……

回到诊所的时候，里面都没人，简灵亮起了前台的灯，再把大门口的玻璃门反锁上，径直朝自己的诊疗室走去。她坐在办公桌前，看了下时间，已经是晚上的七点钟了。白天的时候，马旭说晚饭后会过来诊所，简灵也不清楚他具体到的时间。想到要是自己现在出去吃晚餐，那么马旭来的时候，自己不在就不太好了。于是，她随意地吃了些零食，便开始收拾了下自己的诊疗室。最后，点起了香薰，等待马旭的到来。

简灵准备好一切之后，打开电脑，开始搜索在景阳市是否有花商是专门收购圣女科萝摩多花干花的。她始终对白天钟叔口中的那位神秘男人好奇。她甚至有幻想，这个神秘人身上，会有些跟周逸朗相似的地方。毕竟，她在这个城市里面，除了周逸朗，再也没有遇到一个跟自己一样懂得圣女科萝摩多花的人。自从周逸朗不在之后，简灵总是对自己身边任何跟周逸朗有相似地方的男性，都有着一种莫名的想要靠近的冲动。

简灵还沉浸在思考当中，手机就突然响起来了。来电显示是马旭。

“你是到了吗？”简灵边说话边朝诊疗室门口走去，她不想让马旭在大门口外面等自己太久。

“我要晚点儿才到。”马旭说道，“十一点可以吗？”

听到马旭的请求，简灵很意外，她怎么都没有想到马旭会要十一点才来，毕竟那个点已经很晚了。对于热爱运动跟有健身规律的人而言，都不愿意晚上太晚睡觉才对。

“你没空吗？”马旭得不到简灵的回应，再次问道。

“可以，我就在诊所等你。”简灵收回刚才伸出要去拧开门把的手，揉了揉自己的额头。本来还想叮嘱马旭来的路上小心，对方却把电话挂上了。

简灵扭过头，看着窗外，发现诊所外面的那盏路灯不知道什么时候坏了……

3. 马旭的短斧

简灵走到窗边，看到外头漆黑一片，风吹得树影摇曳，路上也没有行人，有点儿可怕。就着屋内的灯光，她发现窗户的边上有些异样。她俯下身，打开手机里面的照明功能，试图去看清楚。最终，她发现窗户的边沿，似乎有被人从屋外撬动过的痕迹……这痕迹，跟自己白天在少管所的心理辅导中心所看到的一模一样。简灵感觉到一阵的头皮发麻，这一切到底只是巧合还是有什么可怕的事情正朝自己走近，她不得而知。

她紧紧握住手机，心中异常地焦虑。她尝试原地深呼吸，然后才选择朝诊所的大门走去。她从张岩岩的桌子底下，抽出那把有点儿沉重的 U 形锁，将两道门把手都同时锁上。

“我到底是多没有安全感啊？”简灵做完这一切之后，皱着眉头，看着那被自己上了两道锁的大门。

这个时候，她手机收到了天气预报发来的短信息提醒，是一则雷暴警告。她往大门外看了看，心中有些担心，毕竟按照马旭的习惯，他肯定又是自己骑着山地车过来的，这样确实挺危险。她犹豫着要不要打个电话给马旭，说改期的事情。

在简灵还在想着马旭的事情的时候，手机又响了起来。原来是娥姐打来的，她按下了接听键。

“娥姐，有什么事吗？”简灵缓缓坐到前台对出的那条长沙发上。

“你还在诊所吗？”娥姐关切地问道，“我刚收到雷暴警告的信息，你还不回家啊？那个病人要没到的话，你就跟他约别的时间吧，你一个女孩子暴雨天开车不安全。”

“没事，他很快就会过来的。”简灵撒了个小谎。

“那行吧，我也不劝你这个工作狂了，只是尽量早点回家。对了，你自己把门窗都关好，有什么事情可以打给我，晚上孩子的爸爸在家，要真有点儿啥事，我可以让我先生过去接你。”

“嗯，谢谢娥姐。”挂上电话后，简灵看着手机笑笑，她没有想到娥姐对自己会如此上心。但转念一想，一路以来娥姐对自己也是很好的，只是以前都没有认真地在意过什么吧。

接完了娥姐的电话，简灵打消了跟马旭另外约时间的念头。毕竟，这一次是马旭主动提出要来诊所的，她怕自己的好意会被马旭曲解，打击到他开始选择面对心理咨询的勇气与自信。她给马旭发了条短信息，告知他来的路上要是遇到什么不方便的情况就马上给自己打电话，自己会开车过去接他的。只是这信息发出去很久，都没有收到回复。简灵估计马旭是在忙吧，于是也就不在意等他回复自己了。她起身，再次回到自己的诊疗室去。

大概是因为太累了，简灵打算先在诊疗室睡一会儿。盖好毯子，设定好闹钟，她就开始入睡了。迷迷糊糊之中，简灵也不知道自己睡了多久，一直到被室外那猛烈的雨势惊醒。她伸手摸过手机，发现已经是晚上的十点二十分了。距离跟马旭约定好的时间，还差四十分钟。于是，她从沙发上起来，觉得有些奇怪，手机的闹钟响起的时候，竟然没能将自己吵醒。外面又是一道响雷，她吓得转脸望向窗外，只看到雨水来势汹汹地拍打在玻璃窗上。因为没有路灯，这暴雨显得格外恐怖。她心中又开始莫名地害怕，手中握着手机，思前想后，都不知道自己此时此刻能够打给谁寻求安慰。

在夜晚，特别是这样的一个暴风雨肆虐的晚上，人的意志力会特别薄弱，一丁点儿的情绪都会被无限放大。她需要马上找些事情来转移自己的注意力，弱化掉心中的那种无助感。

然而，就在简灵决定到外面前台拿先前让张岩岩整理的病人资料的时候，诊疗室的窗户玻璃突然“啪”的一声响，吓得简灵整个人都僵硬起来。她伸手到门口处的电源开光，一下子把全部灯都给打开了，房间被照得亮堂堂的。她看向窗户，再一步一步走近，可是，她始终不敢完全走到边上。简灵看了一会儿，确定了窗户已经被锁好之后，才松了口气。

“应该是外面风太大，把树枝都吹落了，才打到窗户上吧。”简灵自言自语地安慰着自己。

但为了安全起见，简灵决定去检查一遍整个诊所的窗户是否都已经关好了，这样的雨夜，她心里面始终是有些不踏实。

简灵先去检查了一遍诊所的洗手间，因为她记得张岩岩平时很爱把那边的窗户打开。平时简灵在洗手间放了香薰，但是张岩岩对于精油香薰都不太习惯，每次她去洗手间的时候，都要把洗手台隔壁的窗户打开。亮起洗手间的灯，简灵看到里面的地面都是水迹，她踩着高跟鞋，小心翼翼地跨过那些积水，把窗户关上。

“唉，雨水都被吹进来了。”简灵皱着眉看着地上，过了一会儿，她才发现刚才关窗户的时候，因为外面雨势太猛，自己的肩膀跟袖子也被飘进来的雨水给打湿了。当她走出洗手间，外面的空调一吹，简灵就感觉自己全身毛孔张开，整个手臂都起了鸡皮疙瘩。打了几个喷嚏之后，她怕自己会因此感冒，赶紧跑去前台把中央空调的温度调高一点儿。

简灵才刚走出了长廊，猛地听到了诊所二楼有清脆的声响，那声音……似乎是玻璃被打碎的声响。她想到刚才在自己诊疗室的时候，窗户发出的被敲打声。她整个人警惕了起来，顺手就抄起了张岩岩办公台上的花瓶，护在了自己胸口。她莫名地打了个冷战，拉长了呼吸，尽量使得自己头脑清醒。她边往通向二楼的楼梯口走去，边一只手摸着口袋里面的手机，把报警的电话按出来。

她吞了口唾沫，伸手开了楼梯间的照明灯，缓慢地抬起步子，同时，背紧贴着楼梯间的墙壁，一步一步地往二楼走去。二楼不大，主要就是娥姐的房间跟一个杂物间。简灵清楚地记得，在杂物间是没有任何玻璃物品的。那么刚才自己所听到的那仿佛玻璃碎掉的声响，只可能是从娥姐的房间里面传出来的。

简灵手搭在门把手上的时候，发现自己手心已经湿了一片。她深呼吸，壮着胆打开门，眼前一片漆黑。她快速地摸到墙壁上的开关，房间一下子就光亮了。里面空无一人，她走进去之前，用力把门往墙壁的方向推去，一直到门板已经几乎贴近了墙壁，她害怕门后会藏着人。当她确认了，门后的空间已经不足以站立一个人的时候，她才正式地走进娥姐的诊疗室。

她环顾四周，看到靠窗边的地上散落了一地的玻璃，原来是窗户旁边小桌上的花瓶给吹倒打碎了。简灵将手中的花瓶放在了娥姐的桌上，朝窗边走去。她发现窗户并没有被完全关上，留着一条小缝。这自然就是摧毁花瓶的凶手——暴风袭进来的方位吧。简灵并没有多想，赶紧转身往杂物间走去，并从杂物间拿了打扫的工具，重新回到诊疗室。

简灵记得娥姐很喜欢这个花瓶的，说是有一年母亲节她儿子送给她的。虽然不是什么特别昂贵的东西，但是作为母亲，收到自己孩子的礼物，这份喜悦已超越世间一切了。简灵看着一堆碎片，心中寻思着，等星期一娥姐过来上班的时候，该如何安慰她才好。

简灵把地上的碎片捡起之后，找了张报纸包好。她边整理，边想到自己其实从来就没有给父母送过任何礼物。从前，都是等到过年的时候，周逸朗准备好送自己父母的拜年礼物。其实，他们也期待收到我的礼物吧？简灵叹了口气，再一次确信，爱是对等的，恨也是对等的。只是在父母跟子女之间，父母从来不会记恨，子女永远来不及看见已经拥有的幸福。莫名地，她脑海中又浮现出了在高中的某年春节，父亲送给自己的那件外套。曾经多么美好的事物，偏偏现在她也抗拒想起。因为那件毛衣外套上的花纹，总让简灵联想更多的是苏铭杀人后，在受害者身上所绘画的图腾……

美好的事物，可以成为让人眷恋的回忆，也可以成为噬人心肺的噩梦。

简灵小心翼翼地整理好花瓶的碎片之后，才记起刚才没有把窗户也关上。她朝窗边走去，伸手去关窗户，却发现窗户无法合拢，似乎是被什么东西卡住了。

“难怪娥姐没有关好窗户，原来是坏了。”简灵自言自语道。只是她转念一想，按照娥姐的性格，肯定会当天就跟张岩岩说窗户坏了的事情，并且要求找人当天就修理好的。想到这里，简灵原本搭在窗户门上的双手，条件反射般一缩，握拳放在自己胸口。她站在原地，过了很久，久到简灵感觉自己双腿仿佛已经麻掉了。外面的雨势仿佛没那么猛烈了，她那急促的心跳也随之变得平稳下来。简灵再次上前，试图用力地拉开点儿窗户，看是否有什么异物卡在窗户的轨槽里面。

过了好一会儿，总算是把窗户拉开有十公分的空间了，她上前细看，发现在轨槽里面竟然有细碎的泥土，是带有小石子的泥土。她伸出手指，把那些细小的石子抠出来，只是没抠几下，就发现在窗台上，有着自己一开始没有留意到的像是泥土的印痕。那些印痕，似有若无般延伸到屋里的地板上，并且，像是有被人擦拭过的。简灵似乎想到了什么，退后了两步，再重新看那印痕，一下子，一个完整的鞋底的印痕就出现在简灵眼前。

简灵吓得尖叫了一声，她已经不敢再靠近窗户了。她害怕自己一靠近，就会有人从窗户的另一边出现，并且用什么可怕的工具朝自己砸来。她一手伸进衣服口袋，一边缓慢地后退，直到自己的腰椎间顶到了办公桌的边沿。她再次抱起刚才从一楼带上来的花瓶，只是，依旧不敢轻举妄动。

她不确定是不是有人已经进来屋里了，甚至是躲在这个房间的某个柜子后面。简灵整个人退到诊疗室门口的墙壁前，她不敢贸然走出房间。简灵无法做出抉择，她也不敢轻易地按下手机上的报警号码。简灵害怕一切都不过是自己的虚惊一场。

心中的忐忑、双手的颤抖、浓重的气氛，随着时间一点一点过去，也一点一点地击毁简灵的心理防线。

她已经腿软得站不住了，整个人蹲在地上，只是背依旧是紧紧贴着墙壁的。她再次将手伸进自己口袋里面，而就是这么的一瞬间，她的手机振动了起来。简灵也不记得自己什么时候将手机调成振动模式了。她赶紧拿出来，看到是马旭打给自己。马旭这名字一出现，简灵就感觉自己看到了一根救命稻草。

“有贼！”简灵说话的时候，声音都在抖，“马旭……我在二楼！”

简灵来不及多说，电话那头已经是忙音了。马旭已经挂上电话了，简灵也不确定马旭是否此刻就在诊所的外面。

就在简灵感觉到绝望的时候，她听到楼下发出了巨响。她努力地让自己平静，细心去听一楼的动静。最终，她确认诊所的大门正在被人粗暴地砸着。简灵依旧不能确认砸门的人到底是不是马旭，她甚至感觉自己今晚上是难逃一劫了，于是，她双脚弯曲，抱住了自己。

“简灵！”

听到喊声，简灵赶紧抬头。

只见马旭喘着气，一身淋湿了的衣服，站在了自己跟前。

这时，简灵猛然看到，马旭手里拿着刚才砸门所用的工具是一把短斧头……

第七章　诊疗室的深夜

1. 楼下的声音

马旭拿着斧头的手，仿佛过度用力地握紧。手指关节苍白凸起，彰显着一种力量。

“有贼跑了进来。”简灵带着哭腔说道，同时，手指向了窗户那边。

马旭并不说话，径直走向了窗户那边。他直接把整扇窗户拉开，头探到了窗外，没两秒钟，他又缩回身子。随即，简灵听到猛烈的“嘭”的一声——马旭用力地将窗户拉上，并且锁上了。

“你就在这里等着。”马旭此时表情有些奇怪，那是一种简灵从没想过会出现在马旭身上的凶狠，“你身上都被雨打湿了，找个毯子披着吧。”马旭把眼神从简灵身上移开，自顾自地走出了娥姐的诊疗室。

简灵这时候才想起自己先前因为关洗手间的窗户，而被雨水打湿了衣服。她发现马旭不仅有涵养，也心思细腻，懂得照顾人。

然而，当马旭经过简灵身边的时候。她竟然有了种错觉，仿佛在这个大男孩身上，正在散发出一种可怕的气息。简灵脑海里突然闪现过娥姐跟自己说的，关于马旭在美国跟黑人小孩打架，把对方的耳朵咬了下来的事情。简灵打了个冷战，但又很快冷静了下来，双手贴着墙壁，慢慢地站起。走到弗洛伊德椅上，拿起一条细绒披肩披在身上。

简灵顺势坐在了椅子上，她听见马旭在门外跑来跑去四处搜查的脚步声。只是没过多久，简灵感觉自己所听到的脚步声有些不对劲，仿佛在错落之间，不仅仅是马旭的脚步。隐隐约约地，还有些急促的脚步声是来自于一楼的。简灵吓得从椅子上跳了起来，跑到诊疗室的门口，大声喊道："马旭，在一楼！我听见了。"

马旭从杂物间冲出来，快步跑了下去，等简灵追到楼梯口的时候，马旭已经下到一楼了。

他跑步速度太快了！简灵第一次遇到一个跑步如此快速的人，她估计是因为马旭每天都保持运动的缘故。

简灵猫着身子，俯在楼梯的扶手上，听着楼下的动静。过了好一会儿，她发现已经没有了任何的脚步声。她朝楼下轻声地喊了两声马旭的名字，却没有得到任何的回应。

她环顾四周，走进杂物间，将身上的披肩稍微折叠了下随意地放在角落，同时，顺手抄起一个扫把。简灵屏住呼吸，小心翼翼地一步一步走下楼梯。不知为何，她此时竟然回想起半年多以前，在周逸朗老宅，自己刚走下地下室那条狭窄楼梯时候的画面。她暗自庆幸，暂时并没有闻到任何血腥的味道，说明楼下的情况还是安全的。

简灵下了一半的楼梯，试图再次呼喊马旭。

本以为不会得到应答的，没想到过了半晌，就听到了马旭的回应："楼下没有其他人。"

简灵轻轻地呼了口气，壮着胆子继续往下走去。才刚下到一楼的楼梯口，就看到马旭朝自己走过来。

"难道我刚才幻听了？"简灵依旧四处张望。

"只是一只猫，应该已经跑出去了。"马旭伸手拎过简灵手中的扫把，"要真有贼，你以为这根小棍子能对付得了？你的智商也是让人忧虑。"

"幸好只是一只猫。"简灵知道马旭毒舌也不过是因为担心自己的安危，“可能是住在附近的住户的家猫跑出来玩，但下暴雨就进来躲雨了吧。”简灵试图转移话题，缓解一下气氛。

“大概吧。”马旭跨步再次踏上楼梯，要往二楼走去，他扬了扬手里的扫把，“这是放在杂物间的吧？”马旭回头看了简灵一眼，问道。

简灵点点头，也跟着上楼：“我上去关一下娥姐房间的灯。”

到了二楼，马旭把扫把放回杂物间：“我下去等你。”

简灵本想叫马旭等等自己，再一起下去的，但是马旭似乎并不想。她耸了耸肩，走进娥姐的房间，抽过两张纸巾，打算把窗台上的水擦干。就在此时，简灵发现，刚才窗台边上的那些若隐若现的脚印，已经被马旭走来走去的时候，给踩没了。于是，连简灵自己都没把握确信，之前所看到的那个脚印是不是只是因为自己极度害怕时而将某些东西放大。想着马旭还在楼下等待自己，简灵也就没再深究，最后把房间的灯关上后，带上门便下楼去了。

马旭站在走廊里，看到简灵下来，马上把头压得很低。仿佛刚才那个英勇的少年瞬间消失得无影无踪。简灵心想，马旭始终只是个刚成年的孩子，遇到这种事情，心里还是会有些害怕的，所以刚才的勇敢也是一时逞强出来的。

“进去吧。”简灵率先走进自己的诊疗室。

“外面的门已经坏了。”马旭说道，“不过我把我自行车上的铁锁拿进来了，今晚你回家时候可以暂时用一下。”

“嗯？”简灵转过头，朝走廊的尽头看了一眼，“先不管了，现在有人跑进来，也不害怕什么了。”

“外面的地板被我弄湿了。”马旭说话的语气有点儿像做错事的小孩。

“没事，明天让阿姨过来清洁就好了。”简灵不以为然地说道，走进了诊疗室。

马旭进房之后，将手中的短斧头随意地扔在门口地上，然后就把门合拢。简灵坐在自己的办公椅上，看着马旭完成这一系列的动作。她突然才意识到，整个诊所里面就只有自己跟一个带着斧头的男孩，况且，这个男孩还有过暴力伤害别人的历史。简灵有点儿惶恐了。

“稍等一下。”简灵从椅子上站了起来，走到香薰炉前，更换了另一种精油——马郁兰。这种娇柔的香气，可以促使人的心境平静。

“你妈妈知道你今晚要过来找我吗？”简灵转身，故意问道。

马旭一声不吭，再次仰头，盯着墙壁上的油画看。过了一会儿，才似乎回过神来，冲简灵点了点头。

“其实你跟你妈妈之间的相处，也挺和谐的，是吧？”简灵一步一步朝马旭走近，“上次她在这儿外面说你的事，你应该也没真的放在心上的。”

“我跟她很少说话。”马旭低头，掰弄着手指。

从他这细微的小动作，简灵看得出来，马旭在对于母亲的问题上，有些纠结与矛盾。

“你有什么烦心的事吗？”简灵坐到了马旭的斜对面，双腿交叠，两手看似随意地搭在椅子的扶手上。

“没有。”马旭双手猛地插进了衣服口袋里面。似乎，他也发现了简灵一直盯着自己的双手在看。

“你并不习惯，或者说你并不喜欢别人盯着你看，是吗？”简灵依旧脸上挂着笑容，语气轻松，但是她心中明白这个问题可能会激怒马旭的。她在试探对方是否对于自身的情绪有一定的控制能力。

马旭摇摇头：“不会。”他把双手重新从口袋里面拿出，“我只是有些紧张。”

“你害怕别人发现你的情绪？”简灵并不打算就此作罢。

马旭不再看那幅油画，而是看向了诊疗室的窗户那边，声音突然变得低沉：“我说了我并不是。”

马旭突然间声调的转变，让简灵有点儿害怕，她掀开手中的记事本，用来遮挡住自己另外一只拿着手机的手，并飞快地给萧静发了则短信息：我在诊所，来接我。随即，她快速地将手机放回衣服口袋。

“你在干吗？”马旭突然看向了简灵，眼神里带着几分犀利。

“没什么。”简灵赶紧站起身来，“就是刚想起先前有个邮件忘记收了。”她故意走回电脑前，随意地点击了几下鼠标。简灵觉得自己莫名其妙，为何面对这样的一位少年，自己会有如此之重的防备心？况且，刚才他听到自己喊救命，就不顾一切地砸门跑进来……

“好了，我们现在开始，聊聊你来找我为的是什么事情？”简灵重新走回马旭的斜对面，坐了下来。

“简灵，有的人对你很好，但也会伤害别人，那么这个人是善还是恶？”马旭把沙发上的抱枕，抱在了自己怀里。

一直以来，马旭都喜欢直接称呼简灵的全名，她将这种行为理解为，马旭希望两个人之间是对等的，并不希望自己只把他当作一个孩子。同时，马旭现在抱起抱枕的行为，又说明他不仅仅是有些紧张，还缺乏安全感。那么，马旭即将要说出来的话，估计就是深藏在内心的秘密，这些秘密一旦被别人知晓，可能会对马旭造成一些伤害。所以他才不安……

“马旭，我们就当作是朋友之间的随意聊天吧，而作为朋友，最基本的一点就是能保守彼此之间的秘密。”简灵也从沙发上，拎起另一个抱枕，试图营造出一种两人同等的心理状态，来缓解马旭内心的焦虑，抑或是犹豫。

“嗯。”马旭点点头，同时，似乎也不在意简灵并没回答自己先前问的问题，“我去美国以前，是跟爸爸妈妈一起生活的，后来突然一天，我妈说要带我一起去美国。其实当时听到这个消息我挺开心的，因为平时在电视上看到，美国有很多有趣的东西，只是……”马旭顿了顿，眼皮稍微地抬起一点，看了简灵一眼，“听到这个消息之后，过了大概一周的时间吧，我才知道，所谓的移民去美国，只有我跟妈妈两个人，爸爸不去，他留在国内。我问妈妈为什么爸爸不去，她告诉我说爸爸工作挺忙的，要留在国内。但是爸爸会给我们提供很好的生活，叫我不要担心，还说我去美国就能直接进当地的重点学校念书了，将来会成为很出色的人。”

“我知道你妈妈一直对你期望挺大的，你能理解她对你的用心吗？”简灵问道。

“她在我身上总有各种各样的期望，其实从小到大，我并不抗拒她这份期盼。我只是渐渐地会感到迷失，我不知道自己究竟要成为怎样的人。一路以来，我只不过是成为一个我妈妈心中最想要的那种人。”马旭摇摇头，“但其实，这些都不是最要紧的。”

简灵从马旭的话语里面可以听得出来，马旭对于自己妈妈的感情是十分深厚的，那么他现在只是因为叛逆期，所以才不想要遵循马唯斯的想法吗？简灵觉得男孩子有自己的主见，其实是件好事，但孝顺也是必须的。

“那么你刚才说的这些，就是你心中的烦恼了？”简灵总觉得，马旭心里那些深埋的秘密，并不只是刚刚他所说的那么简单。

“虽然那个时候我年纪不大，但是自己心里也有些明白，我爸爸是做什么的。也正是因为他的工作岗位的缘故，所以我们母子可以一直衣食无忧。每天都会有很多人带着各种礼物来我家，而我妈妈本来也开着好几家美容院，听说都是爸爸那些下属的亲戚朋友会去光顾，生意十分好。”马旭再次抬头看了简灵一眼，但并不接着把话说下去。

简灵从马旭两次看向自己的行为中，可以解读到，马旭是在逐步地向自己敞开心扉，并且希望能在自己的表情中，收获到一种值得信任的信息。

“你父亲现在还在国内吗？”简灵在聆听过后尝试选择主动提问。

“他已经不在了……”马旭这一次，转过了脸，看向那幅《但丁的渡舟》，说道，“是永远不在了，他……他死了。之后我跟妈妈才又回到国内来。所以，什么是善，什么又是极恶呢？爸爸对我跟妈妈一直都很好，但是他犯了错误，最终被判刑，那是不是说他就是罪恶呢？”说到这里，马旭开始哽咽。

“其实从我去美国开始，就已经缺乏父爱，我也说不清自己对爸爸的感情究竟如何。一直到回国之后，每每看到我妈对着爸爸的照片发呆，我就会有种莫名的烦躁跟不安。我想要逃避这种情绪，所以我觉得我一个人住会比较好。可我又放心不下我妈妈，所以我每天都会回去看她。只是我发现，我们两个人之间变得越来越疏离，这感觉也深深地让我恐惧。所以我无论多不愿意放下她，也不得不减少回去看她的次数。我总想着，只要我们不见面，就不会有争吵，争吵是会让关系变得糟糕的元凶。”马旭说完这些，似乎松了口气，整个人往沙发背靠去。

“父母总不能陪伴着我们度过一辈子的，有时候就算父母都在世上，但作为子女的，也可能不能跟对方很好地相处，就正如我。”简灵苦笑道。

马旭有些吃惊地看着简灵，大概是他没有料想到，简灵也会向自己袒露心声吧。

“真的不怪她，我不可能怪我妈妈的，对不对？”马旭似乎在努力克制住内心的另一种情绪，“我总想自己可以变得足够强大，强大到可以保护我妈妈，但又始终做不到……”马旭表情有些痛苦地仰望着天花板，“这让我感到痛苦，极其痛苦。”

简灵起身，走到马旭的身边，坐下。她本想伸手搭上马旭的肩膀，但深知这个孩子日常与人交往中，时刻都保持着距离。于是，简灵那伸到半空的手，又缩了回去。只是默默地坐着，等待着马旭的继续倾诉。

“简灵，在你的生命中有特别想要保护的人吗？”马旭突然问道，“我一直犹豫不定要不要和你聊起我自己的问题，是因为，我觉得你无法体会到我这种心情，而不是出于对你的不信任。”

简灵转脸看向这位少年，他眉宇间有着一份与他年龄并不相称的成熟与哀伤。她不知道自己该开口说些什么，像马旭这样已经长年经历着矛盾的人，对于人世间的许多道理都是已经熟悉并且铭记的。

“你没有吗？”马旭见简灵不说话，再次问道。

“曾经有吧，但那个人已经不在了，而且……我想要保护的时候，已经太迟了。”简灵转过脸，她也不希望马旭看到自己因为想起周逸朗而浮露出来的痛苦。

过了许久，马旭才“哦”了一声。

整个房间都静默了起来……

2. 审判者

“你的父母都还在吧？”马旭突然问道。

“是的。”简灵点点头，“但我们并不生活在一起。”

“他们也在这个城市吗？”马旭似乎对简灵的事情感兴趣。

“以前也在景阳市，现在不在了。”简灵也不介意跟马旭分享一下关于自己的事情，“但是自小我跟他们都是聚少离多的，所以在某些程度上，我能理解你。”

听了简灵的话，马旭眼神暗了下来，似乎在思考着什么，眉头深锁着：“你说大人们都怎么想的呢？整天口口声声说为了我，但连我最想要的一个快乐的童年都给予不了。”

“在未来的某一天，你会明白过来的。”简灵此刻有些同情马旭。毕竟简灵回想起自己的成长过程里面，还是有很多值得回忆的事情与很多快乐幸福的片段。而马旭，从他去美国的那天开始，所有的快乐便戛然而止了。这对黄皮肤的母子，在异国相依为命，再多的锦衣华服，怎么能填补得了内心的那份对于家庭温暖的缺失呢？

“再说说你的事吧。”简灵双手交叠放在自己的大腿上，刚才那被渲染开来的伤感，仿佛从没发生过一样。

可马旭如同一尊石像，坐在沙发上，毫无反应。他似乎仍然固执地在思考着刚才的问题，思考着简灵给予他的答案。马旭原本分开的双腿，此时合拢到一起。双手握拳放在膝盖上，宛然一位虔诚的教徒，在祷告着什么……嘴巴若有似无般，一张一合。

“这不是你的错。”简灵想起很多人，在成长的过程里面，他们因为遭受到无法承受的痛苦，从而会产生一些偏执的念头——我不应该来到这个世界上，我就是一个错误的存在。这种偏念，会使得人过分责怪自己，在日常生活或工作中，缺乏自信，因而导致更加无法健康并且正面地面对人生。

听到简灵的话，马旭身体一颤，随即松开了原本紧握在一起的拳头。只是，头依旧压得很低，默不作声。

“我相信，你是能听懂我刚才那句话的意思的，真的没必要责怪自己，更加不要伤害自己。”简灵的后半句话，其实也不过是在猜测。有“自我过错”偏念的人，有时候会做出一些伤害自己的事情，希望自己能得到惩罚，从而获得心灵上的一种解脱，或者说是安慰。

“就算我懂又如何？一切都太迟了……”马旭的呼吸急促起来……

“今晚你过来找我，就是希望能让我帮你。所以，我值得你信任，所以我刚才所说的话，也是值得你去相信的。”

“我……”马旭似乎想继续说什么，却硬生生地又打住了，他仿佛……仿佛在等待着什么。

见此状况，简灵转过身，伸手摸上墙壁上的开关，将这个诊疗室的灯光切换成稍微昏暗的黄色灯光。她知道，人在伤心的时候，并不太愿意将自己暴露在光亮的地方。

时间就这么过了好几秒钟，简灵留意到，马旭的肩膀有了稍微的起伏。她知道，对方开始重新释放自己内心的情绪了。

“爸爸在国内出事之后，我就不想上学了。家里的经济情况不如从前，看起来华丽的城堡也不过是个空壳。为了家里的巨大开支，妈妈开始变卖东西，她以为我不知道，但其实我什么都明白。她总是说，只要我好好学习，让她承受什么都可以。她真的是傻，就算那个时候，我还没成年，但我已经不是个孩子了。”马旭说着说着，双手捂住了脸。

与此同时，简灵听到了抽泣声。

“我想尽一切能赚钱的办法，但是……但是我不能做犯法的事情，妈妈知道会伤心的。我直接逃学，去做各种兼职。她说我们家里也不至于经济状况差到需要我如此，可是，家里只有我这么一个男人了。我需要去扛起这个家，哪怕只是一点点，我也会觉得舒心与好过点儿。”马旭痛苦地抱着头。

“最终，妈妈怕我在美国会变得越来越极端，就决定回来。其实，她很早就想回来，只是害怕因为爸爸的事情会受到牵连，所以她还是咬紧牙关，在美国硬是挺了那么久。说到底，她都是为了我。假如没有我，她或许就能拥有更加美好的人生了。”马旭突然放下双手，一拳重重地打到了沙发上，“简灵，为什么想要变得强大，是那么困难的事情？一直以来，我以为只要自己长大了，身体变得强壮了，就可以变成一个强者！可我所遇到的所有事情，都在告诉我，我的想法是多么的天真跟幼稚！你告诉我，到底为什么会这样？”

当下，诊疗室内所切换的昏黄灯光正柔和地裹住了少年。他蜷缩的身体，似乎是一个已经回到了母体内的胎儿……脆弱、敏感、无助。

“我能体会的。”简灵语气尽量轻柔。

“不可能，你怎么可能体会得到呢？”马旭大声吼道。

眼看马旭的情绪逐渐失控，简灵害怕自己无法掌控接下来所会发生的一切意料之外的状况。于是，她暗自做了个大胆的决定。

简灵站了起来，她像是一位审判者般，带着冷漠并且决断的神色，俯视着眼前这位沉浸在悲伤之中的少年。在这空间里面，需要有一位绝对理性的人作为主导者和引导者。那么，那个人必须是简灵。

“我给你读一些文字吧。”简灵走到了窗户旁的柜子边上，从柜子的抽屉里面拿出了一本封面已经有些破旧的书。

这本书是简灵在半年多之前收拾诊疗室的时候发现的。她多次揣测，究竟是哪位病患抑或是朋友过来诊疗室的时候遗漏了的。可惜，她翻阅了自己所有病患的资料，都没有发现有谁是喜欢阅读但丁诗集的。

后来，简灵有一次无聊地翻阅了一下这本旧书，发现里面竟然有市一中图书馆的印章，并且有一张借书记录。在那张记录上，最后的借书人写着：草木皆非。

简灵莫名地第一时间想起了苏铭。她也只是感觉自己多心罢了，倘若书是苏铭的，他又怎么会选择悄悄留下？

“我想你会喜欢这本诗集的，是但丁的《神曲》。”简灵手里捧着书，双眼始终看向马旭。

听到简灵的话，马旭错愕地抬头看向简灵，嘴巴半张开，依旧沉默。而简灵，在微弱的灯光里面，看到了一张瘦削并且长着青春痘的脸上有着泪痕。

“因此，我为你安全着想，我认为你最好跟随我，我来做你的向导，我把你带出此地，前往永恒之邦。”简灵微微笑，一只手捧着书，另一只手稍稍握成了拳头，举在了自己的耳边，“你在那里将会听到绝望的惨叫，将会看到远古的幽灵在受煎熬，他们都在为要求第二次死而不断呼号；你还会看到有些鬼魂甘愿在火中受苦，因为他们希望有朝一日前往与享受天国之福的灵魂为伍。”

马旭安静地听着简灵所读出的字句，脸上的表情开始变得平静。

“倘若你有心升上天去瞻望这些灵魂，有一个魂灵则在这方面比我更能胜任，届时我将离去，让你与她同行；因为坐镇天府的那位皇帝不愿让我进入他统治的福地，这正是由于我生前曾违抗过他的法律。”简灵将举起的手比出了一个手指，放到了自己的眉间。

“他威震寰宇，统辖天国；天国正是他的都城，有他那崇高的宝座。啊！能被提升到天国的人真是幸福难得！于是，我对他说：诗人啊！我请求你，以你不曾见识过的上帝名义，帮我逃出这是非和受苦之地，把我带到你方才所说的那个地方去，让我能目睹圣彼得之门，看一看你所说的如此悲惨的幽魂。于是他起步动身，我则在他身后紧跟。”读到这儿，简灵将手指比成了“二”。

马旭的眼神开始变得有些迷离，并且，身体正试图往后靠去。简灵知道，时间到了。

“看着我的手，就让我带领你吧，这个世界都会随之安静，你的身心都会得到安宁。现在，你可以安稳地入睡……”简灵比出了“三”的手势。

简灵站在原地，看着不远处的马旭。然后轻轻地放下了手中的书，小心翼翼地脱下了脚上的那双高跟鞋，似乎生怕任何一点儿细微的声响，会使得刚进入被催眠状态的马旭从梦中惊醒过来。她走近马旭，重新拾起刚才被随意放在茶几上的那本记事本。这个时候，马旭的呼吸已经变得平稳，眼皮并无明显的颤动。

“这是一个漂亮的地方，是吗？”简灵语气温柔。

“嗯。”马旭喉咙里发出一个声音。

“能跟我描述一下吗？”简灵聚精会神地留意着马旭脸上的任意一个细微变化。

“这是一片树林，但我说不出树的名称，全都很高，似乎已经长到了天空之中了……我听到了有水流的声音，估计在我附近有一条河，并且水流湍急。”马旭说完，抿着嘴巴，似乎梦中的他正处于一个思考的状态。

“跟着声音的方向，去寻找那条河流吧，可能会有更美的景色。”简灵低下头，快速地在记事本上记录着——参天大树，湍急河流。

“虽然声音很近，但是我觉得自己还是需要走上一段路程的，我的腿变得好短，手掌和脚掌也变小了。”马旭说这话的时候，嘴巴露出了一个笑容。

简灵知道，马旭是在梦中回到了童年：“你现在是穿着自己过去最喜欢的衣服吗？”

“这双鞋子，上面有我很喜欢的老虎图案，是爸爸送我的。”马旭脸上也同时流露出一种自信的神情，“当时说是在海外买的，我的玩伴们都没见过这么好看的鞋子。”

“那你现在穿着自己最喜欢的鞋子，在树林里面走着，寻找那条河流，身边还有些什么吗？”简灵再次在本子上记录着——鞋子，父亲。

“我好像……已经找到河流了。”马旭眼皮开始有些明显的颤动，说明他情绪有些兴奋，“哇，好漂亮啊！是一座瀑布，太壮观了！在瀑布的上面还有彩虹，小鸟飞到彩虹上面了。我闻到了水的气味，也闻到了花的香味。”马旭此时就如同一个玩心大发的孩童。

“水很清凉，我刚喝了一口，现在正走去瀑布底，那边好像……”马旭顿了顿，“好像有人。”

“好，你慢慢走，不着急，小心路上的石头。”简灵有些好奇，在马旭的梦里面会出现些什么人。

“妈妈……”马旭低声轻呼了一声。

“你看见妈妈了？”简灵总觉得有些不对，毕竟马旭呼喊那声妈妈的时候，神情并不像一个孩童看见母亲时候的那种雀跃。

“妈妈不舒服，躺在灌木丛里呻吟着……”马旭的面容开始变得扭曲，“有个不认识的男人压在妈妈的身上！”

简灵留意到，马旭的双拳握紧了，并且额头上有了细汗。回想马旭刚才那句话里面提到的“不认识的男人”，简灵就意识到，或许是马唯斯曾经的房事过程里面，被幼年的马旭所看到。她觉得这种回忆并不适合出现在此时，于是她赶紧重新引导马旭：“马旭，你赶紧看回自己刚才来的那条路，回到树林里面，你就能回家了，回到童年的家中。”

“不，我要把那个男人砸死，我脚下就有块石头！”马旭咬牙切齿地说道。

“马旭，你等等，那都是假的，只是一种引诱你走向黑暗的幻象。”简灵有点儿着急，“现在你只需要听我说的，放下手中的石头。”

马旭眼皮颤动异常地快，甚至全身都开始颤抖。过了很久很久，才再次开口说道：“我已经靠近他们了，我要杀死他，这不是幻象！”

“马旭，回来！”简灵立马站了起来，手中的记事本散落到地上，“哗啦”一声。只是，马旭依旧深陷在梦里，并没有被这突兀一声打扰到。

“马旭，你能听见我的话吗？”简灵走到了他的身边。

但马旭双唇紧闭，全身依旧轻微地抽搐。

简灵深深地叹了口气，明白此时此刻，事情已经不在自己的掌控之中了。

“那个男人，你认识的，对不对？”简灵知道自己所问的问题过于残忍，只是她更加深刻地明白，每个人都需要揪出内心深处的痛苦，直视并且面对，才能真正地救赎自己。

“啊！”马旭大声吼叫着从梦中惊醒。

马旭瞪大了双眼看着简灵，眼中有愤怒，有惊慌，有不解。

简灵不知所措地站在原地，她想要走近马旭，偏偏双脚不听使唤，依旧一动不动。

“骗子。”马旭脸上的表情依旧惊慌，“噌”的一下站了起来，冲出了诊疗室，落荒而逃一般。

简灵知道自己窥见了马旭一些内心中，某些并不愿意透露的秘密，她有些羞愧，有些懊恼。她赶紧也跑了出去，希望能跟马旭继续好好地谈一下。然而，当她跑到前台的时候，已经没了马旭的身影。地上全是雨水，掺杂着一些模糊的脚印。

因为大门的锁已经坏了，简灵将门合拢，再将前台那儿的沙发推到门后，刚好将整个门口给堵住了。然后她就跑回了自己的诊疗室，等待萧静的到来。

回想起刚才马旭惊醒的一幕，简灵猜测他刚才在梦中的最后，一定是经历了什么可怕的事情。但具体是什么，她不得而知。本以为今晚上可以在跟马旭的交谈之中，了解到他内心深处的烦恼，偏偏最终弄巧成拙。简灵也感觉自己有些对不住马旭，她竟然没有经过马旭的同意，就催眠了他。

她苦思冥想，最终，还是掏出了手机给马唯斯发了一则短信息：

> 最近碰巧地发现，跟马旭在同一个私人会所健身，就想起你先前委托我的事情，所以等你回来之后，我想跟你更多地聊聊关于马旭的事情，希望能帮助到你们母子。

按下发送键后，简灵舒了口气。其实她约马唯斯过来，也是为了能在马唯斯口中，更多地了解到马旭的事情，以便于走进他的内心世界。

毕竟，经过今晚，她知道马旭的问题并不如自己先前所看到的那么简单……

简灵看着手机，没有收到回复，她再一次确信，马唯斯的电话没有开机。那么，马旭今晚上过来找自己，马唯斯依旧是不知情的。

其实，马旭明知道自己跟马唯斯认识的，那么只要他妈妈跟自己见面，就会知道他隐瞒的是什么。那么，马旭为什么会选择一个如此容易被拆穿的谎言呢？简灵以为马旭只是心思单纯，但他今晚上表现出来的细腻让人有许多的不解。

3. 萧静的小小心思

屋外，雨势又开始变得猛烈。简灵蜷缩在诊疗室的沙发上，安静地等待萧静过来找自己。这个时候，她的目光正好落到了墙上方的那幅油画上。

美国心理学家勒伯斯基（Luborsky）曾经组建了一个研究小组，他们发现来访者在治疗中讲述了他们与自己身边不同人的关系以及所发生的故事（如他们的配偶、恋人、家庭成员、朋友甚至是治疗师）。在他们所讲述的绝大数的故事之中，可以发现很多一致的主题和冲突。这一现象，被标记为核心的冲突与关系主题（CCRT）。研究小组所聆听到的这些故事，主要都是来访者表达了自己与他人的关系中，所憧憬的愿望，即他人的反应和最终自己的反应。最终，在研究中，出现频率最多的来访者愿望是亲密和接受、被爱和理解与坚持自我和独立。而来自他人的最普遍反应是拒绝和反对、控制、失望和沮丧、不被接受与无助。

勒伯斯基简明地总结为：

> 我希望反抗控制，并且不被强迫去服从或者被压制。但是那个占支配地位的人控制和压倒了我。所以我感到被支配、顺从、无助与被欺骗。

在这种关系模式下，潜在着一种很少被意识到的愿景——顺从他人，被控制。这种愿景起始于儿童早期。如与父母的分离主题。

简灵回想与马旭的谈话里，他在提及自己与母亲关系的时候，曾两次否定自己对于母亲的责怪。而事实上，他的行为就已经在是与非的矛盾里面行走。他试图挣脱家人对自己的枷锁，但面对相依为命的母亲，他又始终被亲情的道德标准所制衡着……

马旭分不清对错，但事实上，这个世界又是否真有绝对的对与错？包括简灵自己也在这种边缘磕磕碰碰走到如今。

突兀的手机铃声将简灵的思绪拉回。

“简灵，你还在诊所里面吗？我在门外。”萧静说话的时候，喘着气，“你发生什么事了？那沙发好重！我推不开。”

“等我一下。”简灵才想起自己把沙发横在了门内，于是赶紧扔下手机，跑了出去。

简灵跟萧静两个人一里一外，好不容易才将诊所大门的那条长沙发挪开。萧静进来后，一脸不可置信地看着简灵。简灵讪笑，不解释，直接领着萧静进去诊疗室。

“你一个人在诊所折腾什么？”萧静拿着简灵给她的毛巾，站在镜子前擦拭头发。

“没什么。”简灵不想解释，“就是外面门锁坏了，我一个人害怕，所以拖个沙发堵着。”

“看来你最近去健身了这么两次，还是有点儿成果，力气都变大了。”萧静回头看了她一眼，笑了笑，“那么重的沙发都能自己搬过去了。”

“也还好吧。”简灵回想了一下刚才自己搬动沙发的情形，心中不得不感叹。人在情急之下，真的能爆发出自己未知的潜能啊。

“今晚上一直忙，要下班的时候看到你发给我的信息，就赶紧打个车过来了。”萧静满腹心事地停住了手，只是看向了窗户那边。

“怎么了？工作不顺？跟张达吵架？”简灵端了杯温开水给萧静，

“不可能啊，我们神奇女侠是打不死的哦！”

萧静接过水杯，喝了两口之后，才开口说道：“今晚上张达出警了，也不知道要什么时候才回来，今夜的雨真大。”

“你是担心他的安危吧？不会有事的，还有一群同事在。”简灵试图安慰萧静。

萧静苦笑，摇摇头：“我自己是警察，又找了个警察做丈夫，比别人要多担忧很多，有什么好说的呢？不说这个了。”

“那好吧，等雨势稍微小点儿的时候我们就回家。”简灵第一次发现原来萧静跟林小嘉一样，也是有这些女儿家心事的。

“咦，我们的学霸还会看这么文艺的书？”萧静看到了刚才被简灵随意放下的那本但丁的《神曲》。

“也不是我的，不知道哪个病人忘在了这儿。”说罢，简灵赶紧将书收好放回柜子抽屉里面。她的潜意识里面，似乎生怕萧静看到书里的那个学校印章，还有那张借书单上的名字……

每个人的心里都藏有无法轻易告知别人的事情，可是简灵总认为，只有那些从来都无法透露出来的事情，才能称之为内心深处的秘密。苏铭是她的秘密，一个可耻的秘密。于是，关于这一秘密的一丝一毫，她都不能表露在旁人眼中。包括，苏铭本人，也不能。

两人将诊所大门锁上，这雨夜的凌晨，街道上冷冷清清。也因为不断打落在玻璃上的雨丝，简灵只能小心翼翼地开车，萧静却落得悠闲，坐在副驾驶位上埋头按着手机。

“萧静，你最近是不是很忙?”简灵忍不住问了一句。

“还好。”萧静收起手机，“新斩首者的案件，上头十分重视，根据苏铭所提供的线索，我们一直在排查围绕着健身会所的各种人物之间的关系，但结果……”

“结果什么都没查出来?”简灵脑海中不自觉地浮现出了 Peter 的脸。

“在健身房并没发现任何疑点，大家都感觉是被苏铭耍了。”萧静说话的时候，手搭在车窗边沿，手指有一搭没一搭地敲打着玻璃。

“是吗？”简灵犹豫了一会儿，最终还是开了口，“苏铭不是这样的人，到了这种地步，他也没必要骗……”话语里面的“我”字还没说出口，她赶紧改口成，“没必要骗大家。”

“简灵，你相信苏铭的话吗？”萧静这句看似随意的话，却狠狠地击中了简灵的内心深处某一片柔软处。

“我只能以一名心理咨询师的角度来看，苏铭当时所说的话，是能够相信的。”简灵拐着弯来回答萧静的问题。

“又或许是我们侦查的时候忽略了点儿什么，所以还查不出端倪来吧。”萧静似乎也无意继续关于苏铭的话题了。

“萧静，这样吧。”简灵不自觉地咬了咬下唇，说道，“就让我单独见一次苏铭，或许，会要到你们想要的答案。”

见萧静不作声，简灵又补充了一句：“毕竟，目前在所有人当中，只有我最了解他。”

“这个事情我没办法做决定，但是，我可以明天回局里面请示一下。”萧静也知道简灵是个跟自己一样执着的人，“其实有你的帮助，对于我们来讲，无疑是一件十分好的事情。但是我更多的，还是关心你的个人意愿与感受，况且……”

“你是想告诉我，就算不让我去帮忙，景阳市还有一位能用得上的叫沈非的心理医生，是吧？”简灵干笑了两声，“前些日子在某个心理学论坛讲座上，我见着他了，这段时间最让他费心的应该是他那越来越秃的脑门，估计没时间应酬你们了，所以还是由我来吧。”简灵每次说起这位在景阳市里和自己一样小有名气的沈医生，都会变得有着小小的亢奋。

“说起他你就酸溜溜的，哈哈。”萧静也忍不出扑哧笑出来，“得了，明天我一到单位就去请示这事。”

“对了，有个事我跟你说一下。”简灵方向盘打了个大弯道，转进了环岛。

“什么事?”萧静问道。

“就林小嘉的男朋友李杰，你知道的吧？他先前跟我提起过，想要申请调去市局刑警队。”简灵话到这里停顿了，等待着萧静向自己提问点什么。

“我知道这个事情，他已经递交了申请，张达也跟我说起过。李杰一直以来表现都是不错的，张达对他印象挺好，只是……”萧静转过脸看着简灵，“刑警可是个苦差，林小嘉她清楚吗？据我所知，林小嘉是打算跟李杰结婚的。”

“是啊，林小嘉虽然看起来疯疯癫癫的，但其实说起结婚这个话题，还是挺认真谨慎的。她每天嘴上说着不要结婚，自由万岁，不过是因为没有安全感罢了，假如李杰真去了刑警队，估计她就更加没安全感，整天疑神疑鬼了。”简灵很能理解林小嘉的心情，作为好姐妹，是应该支持林小嘉的想法的。

“唉！就拿张达来说吧，起早摸黑的，每次出警我的心其实都是悬着的。大家都以为我是一个专注工作的人，其实是因为只有迷进了工作当中，才能阻止自己胡思乱想。作为女人，我不愿意看到林小嘉变得跟我一样，每天对爱人担忧。所以，在我们三个人当中，要说真正脑子里放着工作而没那么多儿女情长的人，是你简灵。我跟林小嘉都不算。”萧静这个时候，又摸出手机，随意地看了一眼。

简灵知道，萧静是在等张达的信息。但很明显，张达还没忙完。

“我只是觉得李杰作为一个男人，他想要实现自己的理想，是值得支持的。”简灵稍微侧过脸看了萧静一眼，“其实这个世界，每个人都如此，你真正想要做的事，谁又能拦得住呢。”

“简灵，我不知道是应该说你冷漠，还是说你已经参透了人生。”萧静叹息道。

简灵笑了。她突然觉得，过去一年里面自己所经历的一切，已经让自己的观念变得无法与萧静同步了。

是我真的变冷漠了吗？她在心中问自己。

看简灵不说话，萧静似乎在想自己刚才所说的话是否有点儿过了。她刚想再说点儿什么缓解气氛的时候，她的手机便响起了。看到来电显示是张达，她脸上便露出了欣喜的笑容。

“收队了吗?”萧静柔声问道，仿佛一天下来的疲惫都被这通电话给冲刷掉了。

“嗯？什么?”萧静突然表情又变得凝重，“好的。”

“发生什么事了吗?”简灵见萧静神色不对，有些担心地问道。

“那名新的斩首者又出现了，在酒吧街。他对一名夜归的女孩行凶，只是这次没成功，女孩正被送去医院抢救，而行凶者作案时被人发现后，就赶紧跑了。”萧静说道。

“有录像吗?”简灵莫名地想起今晚上在诊所看到的奇怪脚印。

“还不清楚，我得赶回去市局了。”萧静想了想，“等下你的车借我，我自己开回局里。明天周末，天气不好你也别出门，毕竟……最近不太平。”

“要不我现在直接送你回市局吧?”简灵询问道。

“不看着你进小区我不放心，我自己是警察，不管遇到什么状况，都比你更能控制住场面。”萧静一脸的严肃认真。

“好吧。”简灵也不想跟萧静较这种劲，她清楚萧静是对自己好。

“车子我看明天或者后天开回来给你。切记，你最近不要晚上一个人出门，顺便提醒下林小嘉，晚上也少跑去参加什么时装秀或者 Party 了。”萧静叮嘱道。

简灵点了点头。

跟萧静说再见之后，简灵一人撑着伞往小区门口小跑进去。她一直走到了有遮阳棚的地方才放慢脚步。

这个小区里有着有点儿复杂的七弯八拐的设计，简灵记得自己刚住进来的时候，周边栽种的小花小草，如今都已经长得茂盛了。白天观看是一派不错的景色；到了晚上，特别是现在凌晨时分，就显得有点儿阴森了。但幸好小区里面的路灯，会一直开到天亮的。时不时小区的保安在轮流巡逻，不然简灵都不敢一个人在小区里面走动了。

而当简灵快要走到自己那栋楼的电梯间的时候，却猛然看到一个高大的人影。她停住了脚步，原地朝前张望着。在这里住了多年了，她可以确定那个高大的人影不像是住在自己同一栋楼的。那么……不知道为何，简灵感觉到那个人影似乎也同时发现了自己，并且也同样在观察自己。这让简灵感到不安，她赶紧四处张望，只是该死的并没看到平时会出现的保安巡逻队。这使得简灵心里越发没底，不知道自己此刻是应该继续往前走，还是掉头走出小区。就这么过了两三秒钟，她决定还是先打电话给萧静。只是，当她拿出手机的时候，就看到上面有一条未读取的信息，发件人竟是Peter：

我就在你楼下，有些事想和你聊聊。

简灵抬头，再次望向那个高大的人影，这才意识到，对方或许正是Peter了。只是，她开始犹豫到底要不要上前？关于Peter这个人的背景，简灵始终欠缺深入的了解，加上秦海波的关系，她越发觉得这两人有着某种神秘。况且，Peter是怎么知道自己的住址的呢？在俱乐部登记的时候，明明填写的不是自己的真实住址……

这一晚，仿佛真的注定会是个不眠夜……烦躁的雨响、不安的心跳，交织成网，笼罩住整个景阳市。

第八章　午夜来访者

1. 一次深夜的聊天

美国临床心理学家艾尔伯特·艾里斯（Albert Ellis）在20世纪50年代提出人格理论及心理治疗方法。这种理论及治疗方法强调认知、情绪、行为三者有明显的交互作用及因果关系，特别强调认知在其中的作用。

在心理治疗手段当中，他曾提出挫折ABC理论。A（Activating Event），即挫折本身；B指人对挫折事件的想法、解释和评价；C指在特定情境下，个体的情绪反应及行为的结果。而所谓的非理性信念（irrational belief）通俗地讲就是对A——挫折的不合理认识。挫折是否引起人的挫折感，不在于事情本身，而在于对挫折的不合理认识。人既是理性的，又是非理性的，人的大部分情绪困扰和心理问题都是来自不合逻辑或不合理性的思考，即不合理的信念。

关于非理性信念的其中一个特殊表现就是：这种不合理的信念认为某一事情发生了，必定会非常可怕，非常糟糕，非常不幸。个体一旦具有这种信念，就会产生焦虑、悲观、抑郁等不良情绪体验。

在过去的半年里面，简灵每天都在这种非理性信念的情绪当中备受煎熬。苏铭对她的影响是有点儿可怕的。他已经严重地辐射到简灵的日常生活、待人接物，让简灵会无端产生莫名情绪跟恐惧。对于简灵而言，也仿佛只有留在自己诊疗室的时候，才能用自身所学的专业知识来控制与保护住自己。

于是就在此刻，Peter站在不远处。而简灵手里拿着手机，脑海里对于Peter这人的品性与行为已有千百回考量。她渐渐发现，不太敢相信自己的判断能力了。

适时，手机的短信铃声响起。她拿起一看，依旧是Peter发给自己的：

你应该睡了吧，那我先走了，原本是想跟你聊聊关于苏铭的事情。

看到这则信息后，简灵想起了先前萧静在车上说的苏铭提供的虚假线索。最终，简灵咬了咬牙，朝电梯间大步走去。

“我刚回来，进小区正好看到你的信息。”简灵也实在想不出什么别的开场白。

“自己一个人回来的吗？”Peter看到简灵后微微笑了笑，他的话刚问出口，似乎便发现了自己话语中的失礼，连忙解释道，“这么大的雨，我以为会有人送你回来。我有些唐突了，不好意思。”

“你是有很要紧的事情找我？”简灵心中也不是没有疑虑的，倘若只是为了说苏铭的事情，Peter并不需要在这样的一个下着暴雨的深夜，一直站在楼下等自己回来？

“嗯。”Peter点了点头，很快又摇摇头，“也不是要紧事，只是先前我答应过你，会给你好好地说一下关于苏铭的事情，今晚在景阳公园夜跑遇到雨，便径直过来找你了。”

“所以，你一直在这儿等我？”简灵始终觉得Peter的理由牵强。

“我不是答应过你吗？”Peter突然笑了笑，眼神里面流露出的真诚让简灵有点儿不设防，她赶紧掉转了自己的目光。

“那……”简灵四周张望了一下，“我们找个地方坐下来说说吧，那边走过去有个亭子。”简灵指了指自己的右方的一条小径，小径尽头除了她所说的亭子，还有一个保安的值班岗。

“嗯，那过去吧。”Peter 率先迈开步子。

简灵跟在他后头，发现 Peter 个子比苏铭还要高出不少，就算是在昏暗的灯光下，也能够清晰看到他鼓囊囊的肌肉。

“怎么这么晚回家?”Peter 说话的语气并不像是想要从简灵的答案里面寻获什么，更像是出于一种关切或者寒暄。

“晚上有个病人过来，待得比较晚。”简灵也不打算隐瞒些什么。

“如果下次再遇到这种情况，可以打电话给我，我去接你回家。”Peter 说完这话，回头看了简灵一眼，嘴角微微上扬。

简灵不明白 Peter 这话的用意，只好权当是作为一场相识，看到自己是位独居的女性而提出善意的建议。

“很少会出现像今晚这样的情况的。”简灵并不想过于直接地拒绝对方的好意。

“嗯。”Peter 双手插进了衣服口袋，不再说话。

简灵从他的这一动作，解读到自己刚才的回答让这位一直以来都充满自信的男人，有那么一刹那的尴尬。人在被拒绝的时候，会想要将自己的身体尽可能地收藏起来。

“亭子还有多远?”Peter 换了个话题。

“拐了这弯就到了。”简灵手朝前方指了指，“小区管理不错，夜晚会有保安队轮流出来巡逻。”简灵说完这话，明显地看到走在前头的 Peter 肩膀有一下的僵硬，但很快恢复正常。

简灵暗自回想自己刚才说的那话，明显就是说者无心，听者有意了。Peter 应该是发现了自己对他那有点儿明显的防备心，所以才这样说话来提点他。简灵本想再解释点什么，却发现 Peter 已经走得跟自己拉开了距离，甚至已经快步走进了亭子里面。

等简灵也进去亭子后，Peter 从身上掏出了一个小型的手电筒，照了照亭子里面的石板凳："没有被淋湿，你可以坐这儿。"

"你有带手电筒的习惯吗？"简灵好奇地问道。

"嗯，以前试过晚上家里突然跳闸了，全屋漆黑一片，我儿子就被吓哭了。从那次开始，我每天身上都会带着个便携式小电筒。"Peter 的回答毫不含糊，话语里面甚至可以感受到他作为一名父亲对自己孩子的疼爱。

"你儿子挺幸福的。"简灵往石板凳上一坐，感觉一屁股的凉意，不禁打了个冷战。

"第一次听到有人这样评价我。"Peter 收起手电筒，"可能平时我也不会跟别人提及自己家里的事情吧。"

"你儿子有四五岁了吧？"简灵随意地问了一句。

"嗯，你怎么知道的？看来你也挺关注我的嘛。"Peter 此时望向简灵的眼神里面，有些说不清道不明的暧昧。

"啊？"简灵连忙低下头解释道，"我没有打听过你的事情，只是……只是听别人说起过而已，你多心了。"

"是吗？"Peter 的最后一个字，似乎故意拉长了尾音，带着几分戏谑。

简灵感觉到自己是被 Peter 调戏了，有些恼怒，但又不好发作，硬是忍了下来。

"算是扯平了。"Peter 得意地说道。

听到他的话，简灵先是愣了一下，随即就明白了 Peter 的意思。简灵还真的没想到 Peter 也会有这么小孩子气的一面。原来他是为了刚才自己拒绝了他的好意而故意捉弄而已。想到这一层，简灵哭笑不得。她昂起头再次望向这个男人，突然发现他并没有自己第一次见他时的那么无法相处。又或许，每个人故意伪装出来的外在，也只是一种保护色……只是，Peter 要保护的会是什么重要的人抑或事呢？

“我们说说苏铭的事情吧，你今晚过来找我不就是为了此事？”简灵收起笑意，故意露出一张严肃的脸孔。其实简灵心里面，也是同样地住着个孩子。只是，连她自己都没发现，为何在这个只是见过两三次面的男人面前，自己的这一面会被唤起。

“好。”Peter 也没在意此刻简灵所刻意表现出来的姿态，上前两步，坐到了简灵的身边。

“我跟苏铭是高中同学。”Peter 说出这话的时候，简灵一愣。

“你也是市一中的？”简灵没想到 Peter 竟然是自己的师弟。

Peter 却摇摇头，说道：“不是，苏铭是中途转学进来的，我高中在景阳市实验中学，他在我高三那年转进来，苏铭比我大一些。”

“哦。”简灵点点头，“苏铭以前曾经跟我一个高中，在市一中，但比我低一届。以前在学校关于他的事情，我从没听说过。倒是后来才知道一些，包括他中途转学的事。”

“那么……”Peter 欲言又止。这让简灵以为他将要告诉自己什么比较要紧的秘密，她屏住了呼吸，安静地等待着。

“那么，你倒是比我大两岁啊，之后我是不是得叫你一声大姐呢？”Peter 话锋一转，让简灵恨得直咬牙。

“这又如何，我内心还是很年轻的，只是生理年龄比你大两岁罢了。”简灵这话说得有点儿没底气。Peter 因长年的健身运动，看起来不但身体线条健美，整个人的精神面貌都显得比同龄人要年轻些。

“好了，说回苏铭的事情，不逗你了。”Peter 仿佛也怕自己继续开简灵玩笑，真的会惹怒她，“按照你刚才所说的，你清楚他中途转学的原因？”

“大概知道一些吧，可是当时我已经毕业了，所以也只是听说过，到底几分真假，我也说不清的。”简灵始终不想说苏铭那些不好的过去。

“以前我没问过他这个事情，一直以来，我都以为苏铭是觉得我们实验中学的升学率高才中途转过来的。毕竟我们也是名校啊，以前市一中的升学率比不上。哦，我扯远了，不好意思啊。”Peter 继续说道，“在学校的时候，我跟他也并不是特别熟，只是比起其他同学来，我们之间稍微有些话题那种。但关于他家里的事情就不了解了。我读书的时候就是个书呆子，平时很少跟其他同学互动的。苏铭读书也十分刻苦，所以我那时候还是比较欣赏他的，觉得我们都会考上最好的学校。”

“以前的苏铭是什么样子的？”简灵想起以前苏铭在一中上学的时候，据说也是挺孤僻，“我听说他在市一中的时候，看上去弱不禁风，转学之后，是不是就开始慢慢变得强壮起来？”

“没有，依旧是一瘦皮猴，脸上长满了痘痘，整天刘海盖了半张脸，老师也不管他的仪容仪表，毕竟是优等生嘛，成绩好就行啦。况且苏铭那人，看着就不是会惹事的人，老师们都认为他是很规矩很听话的。”Peter 又看了简灵一眼，继续说道，“我高中的时候其实挺帅的，现在就是老了一点点而已。”

“我也听别人这样形容过他。”简灵咬着下唇，脑海里面拼命地搜索，自己在高中时期是否真的遇见过这么个模样的苏铭？然而，她什么片段都捕获不到。

“后来毕业，我跟苏铭偶尔会联系一下，我去了别的城市上大学，他却没走远，直接进了警校。不知道他怎么想的，明明还能有更好的未来的。”Peter 说到这里，突然嗤笑了下，“直到很多年后，我才知道，他不想离开景阳市，是因为他认为你始终都会在。所以，我觉得他挺傻，就这么等一个暗恋的女孩子，太没有必要了。”

“或许吧。”简灵不想回应太多，她始终抗拒牵扯到自己与苏铭之间关系的话题，“后来你们怎么开起了健身会所的？”

“反正当时他只是作为一个小股东，投了笔钱进来。他本身就有工作的，平时不会理会健身房的经营情况，偶尔会过来健身。他跟员工之间也没有互动，大家知道他是老板之一罢了。不过，在别人眼中，我跟他应该是关系不差的朋友。实际上，我们总是意见不合。”Peter说了这话，双手撑到身后的凳子上，两腿往前方舒展开来，呈现一个比较放松的姿态。

“你们什么方面的意见不合?”简灵有些好奇。

“这个以后再说吧，也不是要紧的事情。就是回想起他对你所做的一切，渐渐才能明白苏铭到底是如何极端的一个人。”Peter若有所思地看向前方的小径。

“都过去了。”简灵语气变得有些冷淡。

“嗯，你能走出来就好。”Peter从身上摸出一包烟，点燃了一根。

火星冒起的时候，明暗之中闪现Peter的侧脸，棱角分明。Peter似乎发现了简灵在看自己，也扭过头看着她，吓得简灵“噌”的一下站了起来。

“你怎么了?”Peter问道。

“没什么，腿有点儿麻，站一下。”简灵随意地扯了个小谎来掩饰自己的心思，“其实，我有个问题想问你的。”

“好，你说。”Peter吐出了一个烟圈。

“你跟马旭的关系很好吧?”简灵的这个问题，问得小心翼翼，毕竟她先前一直认为这两人之间关系挺好的，只是马旭对此并不愿意透露而已。所以，她不知道对于Peter而言，是否跟马旭也是一致的想法。

“并不算。”Peter侧头说道，“你还是坐下吧，我不习惯抬起头跟人说话。”

简灵心想，这个男人始终还是有些大男子主义的，她也感觉没必要在这种小细节上面跟他计较，于是就顺应着继续坐回石板凳上。

“跟马旭关系好的人是苏铭。虽然苏铭不常来健身会所，但当初介绍马旭来的人，正是苏铭。以前他们三个人走得很近，甚至不局限于在健身房。”Peter又抽了一口烟。零星的火光在黑暗中，一明一暗。

“三个人?”简灵没想到还有第三个人的存在，“是谁啊?”

“我之前的女朋友。”Peter答道。

“秦海波?”简灵有点儿激动。

Peter点了点头，没说话。

“不好意思，我……我……”简灵自知自己有点儿失态。只是事情的发展也太让她意外罢了。她没有想到，苏铭跟秦海波竟然也是旧识，难怪跟秦海波第一次见面的时候，就觉得那女孩的视线总是落在自己的身上。

“等等，你说是前女友？你跟秦海波分手了?”简灵问道。

“怎么，你很在意这个事情?”Peter发出爽朗的笑声。这让简灵十分尴尬。

“我不在意，我跟秦海波也只是见过两次罢了。”简灵算是看清楚了Peter的故弄玄虚了，“诊所的另一位同事接了少管所的工作，让我一同过去，所以我才跟秦海波有了些接触。”

“哦，这个我早就知道。”Peter将烟头扔在地上，用脚踩灭了。然后又从衣服口袋里面掏出一张纸巾，将烟头包好，塞进口袋里面。

“你扔烟头的习惯倒是挺好的。”简灵越发觉得这个男人有涵养。

“嗯。”Peter似乎并不在意简灵对自己的称赞，“他们三个人呢，很喜欢约着一起出去骑行，但我就不太喜欢户外的运动。有一次，我看天气不错，带着我儿子开车出去兜兜风，主要是想着孩子天天待在市区也挺没意思的，直接往郊外开去。没有想到，在路上，我就看到他们在骑行，当时很好奇他们会去到什么地方，于是我就把车先停在一边，毕竟那儿也就只是一条直路，我就跟儿子在后面去追他们。”

“后来呢?”简灵问道。

“后来我重新追上去的时候，发现他们的山地车居然扔在了路边。

我把车停好，带着儿子下车看看。发现那里有条小路，其实也不是真的是路，都是被踏扁了的草，远处有座老宅子，估计他们是往那儿去了。我没发现什么有趣的事情，便带着儿子上车往回走了。”Peter 突然伸手在自己大腿上打了一掌，“有蚊子。”

“那老宅子在什么地方?”简灵脑海里隐隐有了某种猜测。

“上城村，一路过去。”Peter 说完，继续埋头去打蚊子。

听到 Peter 的话，简灵心里咯噔了一下。上城村一路过去的长满杂草的小路有座老宅——这分明就是周逸朗的老宅啊！简灵不敢继续往下想，她害怕马旭跟斩首者案也有着什么牵连。

“你怎么了?”Peter 发现了简灵的沉默。

“有蚊子。”简灵面无表情道，“挺晚的了，还是回去吧，下次再聊。”说罢，简灵就站了起来。

“好，回去早点儿休息。”Peter 点了点头，跟在简灵身后，走出了亭子。

雨不知道什么时候停了，整个小区安静得只听得到两个人的脚步声……

2. 被复原的诊所

简灵回到家，发现自己白天出门的时候，又没有关上阳台的门。风吹得纱帘乱飞，她仿佛一下子想到了什么，赶紧脱下鞋子，赤脚跑了过去。

“糟了。”简灵苦恼地看着阳台门边沿上的积水。

打开阳台的灯，只见阳台的排水口不知道什么时候堵住了，整个阳台变成了小水塘。她皱着眉，感觉这一天下来，全部事情都糟糕透了。

她有些挫败地蹲下，看着眼前的一摊水，摇摇头。最终决定还是等到明天打电话给管理处，让人上来修理一下阳台排水口。

这时，手机又响起了，一看是萧静打来的。

“我才稍微有空，所以看看你平安到家没。”萧静电话那头依旧嘈杂。

“嗯。”简灵不太想说话。

“你还好吧?”萧静似乎察觉到简灵情绪上有什么。

电话这头的简灵听到萧静对自己的关切，喉咙就发酸。人就是如此，自己独自面对小小问题的时候，可以稳住情绪。偏偏这个时候如果有别人对自己施与安慰或者关切，就会突然间感觉特别委屈，甚至控制不住眼泪。

“还好。”简灵尽量压低自己的嗓音，故意制造自己只是太过疲惫而已。

“很累吧？去洗个澡就早点儿休息。”萧静说道。

“好，我会的，晚安。”简灵边说边扶着阳台门的边沿站起来。

跟萧静通完电话之后，简灵转身关好阳台的门。整个房子，似乎这下子才算彻底地安静下来了。面前的客厅漆黑一片。

她想起自己在诊所的遭遇，身体打了一个激灵，赶紧神经兮兮地跑去将全屋的灯都打开，并且将所有窗户都锁紧。这一切都做完之后，她才舒了口气，瘫坐在沙发上。

她看着天花板，开始琢磨 Peter 晚上跟自己所说的那些话。

跟 Peter 只见过两三次面，对于他的人品，简灵心里没底。最初的时候，只觉得他是个带着危险气息的并且有些暴力倾向的健壮男性。后来在林小嘉的口中，听到关于他家庭与儿子的事情，发现 Peter 实际上是一个对家庭有着很强责任心的人。

如果他说的话都是真的，那么去周逸朗老宅子的苏铭岂不是还有着两个同谋？只是，为何苏铭对于此事只字不提呢？他又是如何能在审讯过程里面，将这些事情说得滴水不漏呢？事情到了现在，苏铭才透露出让萧静她们去斐尔健身会所，是因为想让警方能侦查出马旭跟秦海波是有关联的吗？假如真的是三人作案，苏铭为何到了现在才透露出蛛丝马迹呢？

退一步来讲，倘若 Peter 是对自己撒谎，想混淆视听，那么，他的目的又是什么呢？

想到这里，简灵就懊恼了，刚才应该问清楚 Peter 那次遇到苏铭三人骑行，到底是哪一天所发生的。她翻出手机，本想马上打给 Peter，但当她看到手机上所显示的时间的时候，便打消了念头，已经太晚了。

不过，假设 Peter 是故意撒谎的，那么就算自己给他打电话，也未必能得到真实的答案。

简灵走进浴室，随意地洗刷了一下，只是温热的水似乎始终没能冲洗掉她身上的疲惫，又或许，她真正累的是心。世上千百种能被治愈的病，唯独心病是无法被彻底治疗康复的。不管是多积极正面的人，总有不为人知的阴暗面。有的人能控制住从自己潜意识中跑出来的魔鬼，有的人不能。

简灵回到房间，将房门反锁，一个人躺在双人床上，用被子将自己整个人裹得严严实实的。

简灵脑海里开始变得混乱，这半年以来，自己所接触过的病患的脸孔一张一张地呈现在自己眼前。

在早期弗洛伊德的关于心理治疗师与病人之间的关系研究之中，发现了精神分析中的移情概念——心理治疗师就像容器一样。病患把个人的情感转移到医生身上，如果心理咨询师想要战胜移情，那么就要给病人指出他的情感并不是源自于目前的境况，并且不可能把这种个人的情感转移到医生身上，而是他们在重复某些早前就已经发生在自己身上的事情。

而简灵是一名心理咨询师，作为这样的一个巨大的情感容器，除了需要强大的内心之外，每天还需要将自己的个人情绪，也寻找到更得当的宣泄方式。偏偏在过去的半年当中，简灵一次又一次地否定了自己，或者说，是放弃了对自己内心的自我对抗。于是，每当夜深人静，情绪的决堤都像是一种邪恶的虫子在腐蚀着她的身心。

是自己对人性不够了解？抑或是对人性的越发不信任？简灵不得而知了。

耳边似乎响起了自己所接见过的每一个来访者那细细碎碎的声音，吵得简灵头痛欲裂。

爱的得不到回应，恨的得不到化解……

简灵第二天醒来的时候，依旧觉得自己头脑混沌，吸了吸鼻子，似乎昨晚因为空调温度调得太低，而有些受凉了。回想昨天晚上所发生的事情，就像是做了一场噩梦。坐在床上，看向了窗户，她猛地记起了诊所的门坏了的事情。

“你在诊所吗？”简灵打给了张岩岩。

“在啊，简医生你今天不过来吗？”张岩岩问道。

“不是，我就想跟你说下诊所门坏了的事情，你等下打电话到管理处，让他们找人过来维修。”简灵从床上起来，抚着头，缓缓走向房门口。

“修门？”张岩岩语气带着疑惑，“那是要换门锁吗？”

“门坏了啊。”简灵站在门背后，深呼吸，她有点儿烦躁，感觉张岩岩听不明白自己说的话。

“没有啊，门是好的。”张岩岩回应道，“你是指门锁有问题吗？那我等下叫管理处的人来上点油就好了啊，不需要换新的。”

“门没有坏？”简灵刚要打开房门的手，僵硬在半空。

“是的，门很好。”张岩岩想了想，问道，“简医生，你是哪里不舒服吗？”

“不是……”简灵咬着下唇，“那……那娥姐的诊疗室，有个花瓶碎了，你帮我跟娥姐说一声吧，昨晚风太大，窗户没有关紧，就给吹到地上了。”

“没有吧？我今早上给娥姐拿文件的时候，进去看到一切还好好的啊。”张岩岩肯定地回答道。

“花瓶完好地摆在原处？”简灵越发迷糊了，“那么你看到娥姐房间的桌上有用报纸包好的玻璃碴吗？”

“没有啊，要是有娥姐肯定会问我的。”张岩岩再一次地肯定道。

“那好吧，没什么事情了。”简灵背抵在门上，缓缓滑落，坐到了地上，“你好好上班吧，我有些不舒服。”

“你今天还会来诊所吗？有一位想要预约的病人。”张岩岩问道。

“哪位病人？约的是什么时间？”简灵回想一下，也没想起来今天是有预约的。

“杨玉啊，她今天一大早打电话说要来的，约的是中午。”张岩岩电话那头响起手指敲打键盘的“啪嗒啪嗒”声。

“我等下就过去。”简灵挂上电话，头仰起看着天花板发怔。

如果诊所的门是好的，花瓶也还在。那么昨晚在诊所所发生的一切只是幻觉？简灵想到这里十分后怕，甚至是怕自己出现了精神分裂。只是，倘若自己并没有任何精神方面的疾病，唯一的解释就是，昨晚在自己离开诊所之后，有人潜进诊所，把一切东西都善后，并且恢复原状。能做到这个分儿上的人，目的是什么？简灵只觉得头皮发麻，拿出手机，想要打给萧静，毕竟昨晚是萧静去诊所接回的自己。但一转念，似乎还是要求证下张岩岩所说的话。简灵赶紧简单地梳洗了一下，下楼才想起车被萧静开走了。她深吸了一口气朝诊所方向走去。只是刚走出小区，就看到了开着车过来的萧静。

“我刚想打电话给你。”萧静落下车窗说道。

“不赶时间吧？先送我回诊所。”简灵拉开了车后座的门。

“接下来要连续几天的加班了，跟打仗一样，所以想着先给你把车开回来，不然也不知道自己要什么时候才有空了。”萧静话语里面带着无奈。

“斩首者的案子吗?”简灵想起昨晚萧静在送自己回家的路上接到了市局的电话，说新的斩首者又出来作恶了。

“嗯。你今天有病人赶着接待吗？这么匆忙赶回去。”萧静似乎对于这个案件不想解释太多，转移了话题。

“也不算匆忙，就是我自己起来晚了，约好的时间不想改。”简灵寻思着要不要对萧静说下诊所里奇怪的事，但一转念，又似乎不想太过扰乱这位本就匆忙着的姐妹。

“如果精神不好就在家多休息，没必要那么拼。”萧静关心道。

“昨晚上你进来的时候，有留意到诊所大门是坏了的吗?”简灵终于没忍住 。

“没留意啊，只是发现你用一张长沙发从里面给堵住了，当时外面雨很大，我只想着把门推开。”萧静从后视镜中，与简灵对视了一眼，“昨晚到底发生了什么事?”

简灵转过脸看着窗外：“没什么，我最近有些精神紧张。”

回到诊所的时候，张岩岩说杨玉提前到了，已经在诊疗室等着自己。简灵看似在听张岩岩跟自己说话，其实她一直撇过头盯着诊所的门锁在看。果然，门锁跟大门都是完好的。她看到这些，心中一沉。

“简医生?”张岩岩走到简灵跟前，手在她面前挥了挥，“你听见我说话了吗?”

“哦?”简灵才反应过来，“听见了，我先进去。”

简灵说罢便自顾自地朝诊疗室走去。其实她也没听清张岩岩后来对自己所说的话，只是感觉此刻自己需要做点儿别的事情来转移注意力，例如赶紧回到诊疗室与杨玉交谈。

自从杨玉升级做妈妈后，两人有半年没有见过了。到这一刻出现在简灵面前的她，身材稍微有点儿发胖，一头盘起的细软头发，低胸的刺绣连衣裙，将身材包裹得显露山水之外，更加凸显出她的美好来。简灵快速地上下地打量了杨玉一眼，眼神在对方的小腹上短暂地停留了一两秒钟。心想，杨玉如今已经生了孩子，她是一位名副其实的母亲了。

“简灵，很久不见。”杨玉说话的时候，脸上并无表情，反而自顾自地走到那张弗洛伊德椅上躺了下来。

简灵还以为杨玉当了母亲之后，在心理方面或多或少会有些改变，没有想到，她如今的状态依旧有点儿像两人第一次见面时候的情形。

“最近是有什么烦心事儿吗?”简灵柔声问道。

“其实我并没有什么事情可说的。”杨玉想了想，补充道，“昨天晚上……”她欲言又止。

“是孩子的事情?”简灵大胆设问。

“哈哈。”杨玉听到孩子的字眼就不自觉地开心起来，“我孩子很好，是我昨晚……”说到这儿，她又垂下了眼帘。

“方便告诉我吗?”简灵问道。

“不确定是不是，就是看到了一些可怕的事情，下着雨，很模糊。”杨玉眉间深锁。

“所以?”简灵边说边往香薰炉那边走去。

“用薰衣草精油吧，我只想好好睡一觉。”杨玉说到这儿，叹了口气，“也许是我幻觉而已，所以一直没睡好，我今天过来是希望能安稳地休息一下。”

简灵不知道杨玉究竟是看到了什么，但自己又瞧不出什么端倪。只好把香薰点上，她自己也半卧在沙发上，静静地看着杨玉，看着杨玉像个孩子一样，在自己的诊疗室里同样静静地睡觉。

杨玉睡醒后，并没有再多说什么。一个如她一般嫁得不错的女人，似乎又总有着某些不能说的秘密。她走后，简灵并没有急着走出去，她独自坐在诊疗室里，手里拿着电话，感觉自己是在等待着什么，但具体是等什么也说不上来。

突然诊疗室的门被敲响，张岩岩站在门外。

“简医生，要没什么事情，我下午需要请假哦。”张岩岩说话的时候，脸上洋溢着幸福。

“是去婚庆公司吧？”简灵想着张岩岩的婚期也近了，“想要什么结婚礼物？”

“太客气啦，心意到了就可以。”张岩岩双手插进衣服口袋，“找个时间，我也想跟简医生聊聊天。”

“婚前恐惧？”简灵半开玩笑地问道。

张岩岩眼神有短暂的闪躲，但很快脸上又再次挂上笑容：“大概吧，我也不清楚究竟是什么，我所学的心理学知识暂时还解答不了我自己的问题。”

“没关系，找个时间咱俩随意聊聊，结婚前紧张是正常的情绪，不用担心。”简灵安慰道。

“谢谢，我先走咯。”张岩岩微笑着退了出去。

其实，简灵觉得更能帮助张岩岩的人是娥姐，而不是自己。在婚姻这门功课上，娥姐比较成功，所以简灵也不懂为何张岩岩会想找自己来聊这些心事。但转念想到，张岩岩可能因为感觉跟自己比较能打开话匣子吧。

一直到下午，简灵本打算发信息问萧静，关于自己提出单独跟苏铭见面的事情，手机便响了起来，来电显示竟然是马唯斯。

“简灵，我在清风庵呢。”马唯斯心情似乎不错。

“你不是在辟谷吗？我以为你会一直关机呢。”简灵打趣道。

“哈，憋不住了。我收到你信息，就赶紧打给你了，关于马旭的事情，你愿意帮我，我很高兴。”简灵能从马唯斯的言语间感受到感激。

“我想……”简灵突然蹦出一个有点小孩子气的念头，“我现在过去找你吧。”

“现在？清风庵很远哦，不过……”马唯斯顿了顿，说道，“也可以，我帮你安排下房间，你晚上可以在这边睡，如果你方便的话。”

“好。”简灵有些迫不及待，她脑子里的谜团变得不再重要，变得有点儿迫切地憧憬着那辟谷中的安宁。

从市区开车去清风庵，是从这座硕大城市的最东边去到最北边。简灵很少独自开车去那么远的地方，随着天色渐渐暗下来，四周的景象开始变得荒芜，她才突然发现心中有着一些忐忑。接着，她发现这份暗淡，似乎并不是黑夜的提前到来，而是弥漫了半边天际的乌云在缓缓向自己的世界接近。

终于，天边闪过强光，随即便是一道响雷。滂沱大雨，说来就来。公路上并没有太多的车辆，微弱的路灯已经被迅猛的大雨浇得遮挡住了光芒。简灵有点儿看不清前方的路了，但她又不敢停下车来。瞬间的彷徨无助，使得她想起周逸朗被捕的那一个夜晚……无助与悲切，如同疯狂涌入的洪流，将车厢中的简灵包裹。她眼泪不自觉地滑落。最终，她一脚猛地踩下了刹车。头埋在方向盘上，半张开的嘴巴，呜咽声之中，似乎还伴随呼喊着那个遥远的名字：“逸朗……”

3. 音箱意外

清风庵建在青峰山的山顶，山本来就不高，实际上也就只是个小山丘而已。由于车辆不准进山，所以简灵的车只能停在山脚茶园前的停车场里面。

从山下走到清风庵，需要徒步大半个小时。因为下过雨，山里的空气都飘着水雾。简灵手持电筒，踩着泥泞的山路。身边不时有鸟低掠过她，风吹得树林里的叶子沙沙作响。简灵感觉这大半个小时，心与灵都在缓缓落下，缓缓放松。到她终于快走到清风庵入口的时候，那清风庵门口昏黄的灯光下，简灵看到两个小小的人影。

“简灵。”其中一人朝简灵招了招手，正是马唯斯。简灵加快了步子上前。

“累坏了吧？”马唯斯一身素衣，头发随意地扎起在脑后。

“还好。”简灵笑笑，抬头擦着脸上的细汗。

“这边的路是不太好走。”站在马唯斯身边的老尼说道，她那收拢在帽子里的浅浅头发已经泛白，脸上也布满了岁月锋刃掠过的刻度。但这些，并不曾影响她眸子里那一抹清澈：“施主，请进吧。”

“这位是静仪师太。”马唯斯走在老尼的身边介绍道。

“嗯，静仪师太你好，我是简灵。”简灵第一次跟出家人打交道，有些不知所措，生怕自己不懂规矩而冒犯出家人。

“你们随意便好。”静仪师太似乎看出了简灵的拘谨，她回头看了简灵一眼，“今天这场雨下过后，我害怕山路滑，担心你这位新来的朋友。现在既然到了，我也先回房间了。还有些晚间的功课要做。要知道，我们这些出家人，其实也有挺多自己给自己找来的并无太多意义的事儿。”

简灵点了点头，看着静仪师太朝回廊的另一头走去。

“来，我带你去吃点儿东西。”马唯斯亲昵地挽起了简灵的手，朝前堂走去。

斋堂是一间小平房，屋内的布置跟简灵原先的想象有点儿出入。墙壁上有简灵看不懂的佛家壁画，房顶的横梁是布满了虫眼的木头，木头上还有着简单的草木雕花。

“其实在清修的地方也不能太讲究了。”瞧见简灵进屋后一直打量四周的环境，马唯斯说道。

“嗯。”简灵点了点头，说道，“我第一次来这儿，还以为条件会艰苦一点儿，没想到，是一个这么清雅又舒适的地方。”

“哈。”马唯斯笑出了声音，“又不是苦行僧，没必要故意弄得太艰苦，就这样清爽舒服便好。来，我给你舀碗米粥，在这儿也就只能吃这些食物了。”

“我没关系的，都可以。”简灵双手接过马唯斯递过来的热粥，“谢谢你。”

“先吃饱肚子，然后我们回房间聊聊天。”马唯斯起身，一副正欲离开的模样。

“你要去哪里？”简灵问道。

“我去静仪师太那儿拿点东西，你吃完就在这儿等我回来。”马唯斯边说边从自己脖子上取下一串珠子。那是由一根很细绳子穿起的木珠项链，坠子是颗木雕的莲花，“戴着这个，心就安了。”

眼看马唯斯退出斋堂之后，简灵才开始端详起刚才对方给自己的项链。

人有信仰其实是件好事，起码心有所依靠，精神有所寄望，也能激发人的良知。简灵边喝着粥边想着。

马唯斯回来之后，带着简灵回到房间。

“今晚你跟我一起睡，这儿已经没有多余的房间了。”马唯斯略带抱歉地笑笑。

“没关系的，我本来就是想要过来跟你聊聊天的。”简灵坐到了靠门口的一张木椅上。

“这是我在静仪师太那儿拿过来的干净道服，你今晚就穿这个睡觉吧。”马唯斯递给简灵一套衣服，然后指了指屏风后面，“你可以在那边换衣服，穿这个睡觉会舒服点儿。”

“好的。”简灵接过道服走到屏风后面，“只是这衣服，我有点儿不知道怎么个穿法，有点儿复杂。”

“不介意的话，我可以帮你。”马唯斯站了起来，朝屏风那边走了两步。

“好啊，我不介意。”简灵也不是那种扭扭捏捏的小姑娘了。

“那我过来啦。”马唯斯也走进屏风后面，拿起一件里衣，“先穿这个，来，我帮你挽着头发。”

“嗯。”简灵自顾自地开始穿起那身棉麻质地的里衣。

“你身材真好，以前我也是这么瘦的。”马唯斯话语里带着感叹，“这些年的奔波，吃再多的保健品也无法有这样光洁的肌肤了。岁月啊，真是刀刀催人老。”

“其实，你看起来还是很年轻。”简灵也能想象得到这些年来，马唯斯独自一人带着马旭的辛酸，连忙安慰道。

“感觉也就只是一副空壳罢了，里面可能都坏了。”马唯斯的话有些让简灵领悟不过来，“来，双手举起，我帮你把带子绑一下。”

“事情总会变得好起来的。”简灵看到马唯斯皱着眉头的模样，不知道为何就想起自己这半年以来独自走过的日子。

曾经，简灵会幻想，要是自己跟周逸朗在先前拥有一个孩子，大概在丈夫不在的日子里面，自己的日子也不会过得像现在这么煎熬。起码孩子能够成为自己精神上的寄托，而孩子……也是自己跟周逸朗之间爱情的延续。如今，看到马唯斯独自带着儿子生活，日子也同样过得并不如外人所熟知的那般风光。

“简灵，你结婚了吗？”马唯斯看到了简灵无名指上的钻石戒指。

“是的。”简灵不掩饰，但也不想解释什么。

“你丈夫应该对你很好吧？”马唯斯拿起罩衣帮简灵套上，“一个女人能过得风生水起，并且始终保持年轻状态，离不开身边男人的宠爱。”

“嗯，我丈夫的确对我很好……”简灵这话说得自己心里微微发酸，但还是努力笑笑，看了马唯斯一眼，“那你呢？”

“我？”马唯斯有点儿疑惑地看着简灵，“已经穿好了，出去坐着聊吧。”

“对啊，马旭的爸爸以前对你应该也很不错吧？”简灵坐在圆木桌边，倒了两杯水，其中一杯放到了马唯斯面前。

“马旭的爸爸……”马唯斯思考了一下，笑了笑，“是挺好的，起码作为男人，他曾经给了我们母子稳定的生活。毕竟在这个世界上，你不能什么都想要的，这也是我后来才明白的。”马唯斯摇摇头，叹着气，“我知足了。”

“你们当初恋爱的时候，应该也是很甜蜜的吧？”简灵想从他们的婚姻里面捕捉点儿什么。

“也没什么甜蜜不甜蜜的，当时我年纪还小，马旭的爸爸比我大挺多的。他很懂得照顾人，是个知冷知热的男人。所以，我很快就跟他结婚了。婚后的日子，他也是比较忙的，在家的日子不多。幸好结婚没多久我就有了马旭，回想起来，那些日子过得倒是真的挺开心的。”

听到马唯斯谈起过去，眼角流露出的笑意。简灵知道自己有些羡慕她。

“对了，你跟你先生结婚多久了？”马唯斯突然反问道。

“嗯……”简灵垂下了眼帘，“好几年了。”

“那你们不打算要个孩子？”马唯斯一手支着下巴，“并无恶意，也就随意问问，每个人都有自己想要的生活方式，我明白。”

“曾经很想要孩子，但一直怀不上，也就作罢了。”简灵深呼吸，转移话题，“后来你一个人带着马旭去了美国，那你先生一个人在国内，你们很久才见一次吧？”

马唯斯点了点头，说道，“所以说，如果可以，真的宁愿日子过得简单一点儿，起码一家人能在一起。”

“那当初你怎么不回来一家人团聚？就是为了让马旭得到更好的教育？”简灵不解。

“各种原因吧。”马唯斯端起面前的水喝了一口，拿杯子的手抬得有点高，似乎是故意遮挡住简灵的视线，不让对方看到自己此刻的表情。

“那后来又怎么决定回国了？”简灵并不打算让这个话题就此作罢。

“马旭的爸爸走了之后，马旭在国外的情况不好，所以就回来了。毕竟国内是马旭熟悉的环境，对于我而言，也是如此……”马唯斯双手握住杯子，手指轻微抖动，“在外面漂泊，太累了。”

“马旭的爸爸是从事什么行业的？”简灵终究忍不住问出这个问题。

“哦，也就是在单位上班，没做什么了不起的事业。”说到这儿，马唯斯再次端起杯子，重复不久前的动作。

简灵也明白，像马唯斯母子俩曾经能在美国过上那么好的日子，那马旭的父亲也不可能只是一个很普通的单位员工而已。只是，这些简灵也不会知道，马唯斯也不可能提起的。

“后来马旭的爸爸是因为什么事情而走的？”简灵咬了咬牙，问题有些尖锐了。

“人已经不在了，也没什么好说的。”马唯斯并不在意简灵的问题，笑笑说道，“记住他曾经的好便足够了，不是吗？”

这话听在简灵耳中，也直接击落到她的心中。对啊，她自己就是一直记住了周逸朗的好，至于最后的他，背负着不好的名声走了的，纷纷扰扰，其实都不值得一提。

“也对，毕竟现在你们母子也过得挺好的。”简灵尴尬地笑笑，站了起来，随意地走动两步，打量着房间的布置。

“这里挺舒服的，我很喜欢到清风庵来。”马唯斯手指了指自己之前给简灵的那串挂在脖子上的小珠子，“这是附近的村民手工做的，本来就打算带一串回去给你，挑来选去的，发现还是我自己戴着的这串最配你。”

简灵低头，看着坠在自己胸前的那颗莲花坠子：“莲花？”

“出淤泥而不染，洁净。”马唯斯走到了简灵身边，意味深长地说道：“也代表复活，涅槃重生。”

“谢谢你，我很喜欢。”简灵有些意外，马唯斯似乎话里有话，但她明白，那都是善意。

“只是偶尔发现你也会有眼神落寞的时候，虽然我不清楚在你身上发生过什么事情。简灵，你可别怪我八卦。”马唯斯似乎在清风庵辟谷两天之后，心情变得好了，想法也积极了一些。

“对了，马旭的爸爸走了之后，你就一直没什么想法吗？”简灵突然想起了上次催眠马旭的时候，他提到在梦中有个陌生的男人，“我是说对于那方面的想法。”

“你说的是哪方面的想法？”马唯斯双手交叠在胸前，其实她也懂简灵话里的意思，但是故意装傻，“是男朋友吗？”

“嗯，毕竟当时你还年轻啊，女人这辈子说长不长，短也不算短。”简灵将林小嘉曾经对自己说过的同一番话给搬了出来。

“有过，以前我有个男朋友叫戴维。”说到这里，马唯斯便打住了。

“马旭见过他吗？”简灵继续问道。

“见过，但是马旭很不喜欢他，虽然我明白对于一个孩子来说，心中除了自己的亲生父亲外，很难接受妈妈跟别的男人走近。只是，马旭的反应也有些过于激烈，这也是我当时想不明白的。不过，也无所谓了，已经过去了。”马唯斯若有所思，走到窗边，推开了窗门，凉风习习。

“是因为马旭的原因，所以你才跟那个戴维分手了？”简灵上前，站在了马唯斯身边。她发现今晚风很大，抬头也看不见月光。

“戴维后来出意外死了。”马唯斯微微笑了笑，“估计这就是命吧，跟我在一起的男人总是落不到个好的下场。”

“怎么可能呢，一切也不过是巧合吧。”简灵拍了拍马唯斯的后背，问道，“戴维出事的时候，你也很伤心吧？”不知道为何，简灵说这话的时候，脑海里想到了苏铭……

“已经想不清楚到底是什么样的心情了，形容不来。那时候，家里挂在墙上的音箱莫名其妙就掉下来，刚好砸中了他的头部，送到医院之后，还痛苦了几天才走的。”马唯斯说话的声音变得有些哽咽。

“当时情况那么混乱，你估计被吓坏了吧。”简灵关上一扇窗门，“晚上山里太凉了，湿气重，小心点儿身体比较好。”

“我也不记得自己当时是怎么面对的，是，也的确是混乱，幸好那会儿马旭不在家，不然就吓坏他了。”马唯斯感叹了一下。

“马旭去哪里了？”简灵转过身，背倚靠在窗栏上，她实在觉得有些冷了。

“当时马旭去了夏令营，没在家里。”马唯斯说罢，打了个喷嚏，“感觉今晚还得下雨。”

听着马唯斯的话，简灵总感觉哪里不对路。马旭一直都比较喜欢独行的，怎么会愿意去参加夏令营呢？她脑海里闪现出了几个关键词语：石头，音箱，陌生男人，戴维……

简灵不由得全身打了个激灵。

“你怎么了？觉得冷是吧？”马唯斯一手抚上简灵的手臂，“还是别站在窗边了，我们去被窝里面聊天。”

“好。”简灵点了点头，她觉得自己应该将此话题到此为止了。

简灵跟马唯斯有一搭没一搭地聊着一些生活中的琐碎事情，没多久，马唯斯便睡着了。而简灵半躺在床的另一侧，毫无睡意，哪怕身体早已感到疲惫。

一直到深夜，外面淅淅沥沥地下起了雨，简灵赶紧掀了被子下床去关窗户。为了不惊扰到马唯斯，简灵没有开灯，而是拿出手机，就着手机微弱的光走到窗边。

关好窗户，重新拎起手机的时候，简灵发现不知道什么时候，收到了萧静发来的信息：

斩首者又出现了，今天发生了一起命案，嫌疑人锁定一名叫马旭的男子。

简灵手中的手机滑落，“啪”的一声撞击到地面。她转过头看向熟睡中的马唯斯，感觉自己的脊梁凉了一片……

第九章　斩首者马旭

1. 被抓获的凶手

第二天，天微微亮的时候，简灵跟马唯斯便起来梳洗。对于前一天晚上收到萧静信息的事情，简灵好几次想开口说些什么，最终还是忍住了。

只字不提……只因为一整宿简灵都想起当初周逸朗，是因为自己而冤死在看守所的。当一切都没得到最终的证实之前，有些东西并没必要过早地去透露。可能，马旭被抓也不过是另一场误会。

她已经害死了自己的丈夫，如今不能因为一时冲动而误了别人。况且，跟马旭的几次接触下来，简灵始终认为马旭不至于做出杀人的事情来。

待马唯斯跟其他来辟谷的人一同出门去做早课之后，简灵才收拾离开。

静仪师太将简灵送到山脚，一路上，两个人也没交谈。简灵并无信仰，她不知道自己应该如何跟佛门的人攀谈。

“我车就停在里面。”简灵指了指不远处的停车场，“送到这里可以了。”

静仪师太点了点头，说道：“日后有空可以过来清修辟谷。”

“好。”虽然简灵口上这样应着，其实也不过是客套而已。

“当然，你也可以只当是过来散散心。”静仪师太似乎一眼就看出了简灵的顾虑，笑了笑。

“我只是有些不适应。”简灵被看穿，有些抱歉地解释道，“怕自己不懂佛门的规矩。”

“这个世界上的事情其实从来都只是被人想得复杂了的。”静仪师太拍了怕简灵的手臂，“哪里有那么多的规矩呢？放轻松点，心就会宽一点儿的。”

人性也确实是太复杂了。这话简灵没有说出口，她回过头看了看身后的青峰山。

“或许这里能让你变得简单点儿。”静仪师太说道。

“但是一旦简单了，就容易受到伤害，不是吗？就因为身处复杂的环境才变得需要步步为营。就算能短暂地躲到这里，也不过是逃避罢了，离开这里，依旧需要回到来时的地方，去面对。”简灵有些忧伤。

静仪师太摇摇头，从自己衣服袋子里面翻出一小串的挂饰，放到了简灵掌心，“这可以挂在车上，护你平安。”

简灵摊开手心，发现又是一颗木莲花。

“昨天马唯斯也送了我一颗木莲花，我觉得挺好看的。”简灵说道。

“看来她也希望你能得到新的生活。”静仪师太笑了笑。

“是重生？”简灵皱着眉头看向静仪师太，“师太，这样看来，现在我这张脸已经藏不住事情了，任何一点点情绪都能明明白白地落在别人眼中，也不知道是好事还是坏事。”

“何必在意？”静仪师太对简灵挥了挥手，“早点回去吧，有空便常来。”

简灵将木莲花藏在手心，握了握紧，朝静仪师太点了点头，算是道别，便往停车场走去。钻进驾驶位后，简灵将木莲挂在后视镜上面。回城的路上，她每看一次后视镜，都不自觉地看一眼木莲，脑海里就想起静仪师太说的那些话。

在防御机制里面，有一种叫“投射”：把自身不能接受的愿望或想法归因于另一个人。曾经，简灵就把周逸朗的事情只归根于苏铭，或者自己身边的其他人。

基于“重生”的概念，大概就是一个自我内心的修行过程，一个关于化解与原谅的过程。首先，就是原谅自己。想到这里，简灵又不自觉地抬头看了一眼木莲挂饰，嘴角露出浅浅的笑意。

几个小时过去后，简灵已经回到了景阳市市区，但是她并没有选择回家，而是将车子朝市局的方向驶去。

萧静在市局上班，但简灵极少会过去找她，平时两个人约见面都直接到约定的餐厅或者电影院，要不就是萧静到诊所找简灵。从半年多以前的斩首者案件开始，简灵变得熟悉了去市局的这条马路。这事情在简灵眼中，或多或少有点可笑。因为她这好几次地跑到市局，都不是单纯地为了找萧静。关于“斩首者”的案件，竟然如此地纠缠到了她的世界里，这也是让简灵始料未及的。她不能退，也无法躲，只能前进。

“我现在就在市局外面。”简灵将车停靠在路边，打给了萧静。

“因为昨晚我给你发的信息？”萧静果然聪明，永远是一下子就能猜透简灵的心思。

“对的。”简灵也不想拐弯抹角，“我想见见马旭，能安排吗？”

“怎么突然要见犯罪嫌疑人？”对于简灵的要求，萧静是有些意外的，毕竟长期以来，关于“斩首者”案件，简灵都是回避的。

而电话这头的简灵，确实也不知道应该如何回答了。自己为什么要见马旭呢？单纯地只是为了求证他不是凶手的判断吗？

“你认识马旭？”见简灵迟迟没有回答自己，萧静心中也开始有了各种猜测。

简灵捋了捋发丝，一只手始终拿着电话贴在耳边，另一只手拉开车门下了车，站到了马路边上。她心中也是有了些考量，到底该如何告知萧静，关于自己跟马旭之间的关系。假如明白说只是自己的一个病患，抑或是另一个病患的儿子，那么难免会让萧静觉得为难。

“得了，你也别说什么了。”萧静那边叹了口气，“简灵，这个案子目前还在调查，你跟马旭如果是旧识的话，我能体会到你此刻的心情，只是我们这边暂时也不可能安排外人见他。甚至，我们还联系不上嫌疑人的家属，很多程序上的事情，轮不到我一个人做主的。”

“他是我的病人，我想，我可以走进他的世界听听他真实的声音。”最终，简灵情急之下也只能这样地告知了萧静。

“你都这样说了，我能不帮你吗?”萧静笑了笑，继续说道，“这样吧，我中午出来跟你吃饭，但是你要见马旭，暂时来说是不可能的。”

简灵明白，萧静中午出来跟自己吃饭，就是想要尽可能地回答自己的一些问题。她也不能过于为难萧静。

“好，谢谢你。”简灵说道。

“那你是在外面等我呢，还是去餐厅等我?”萧静问道。

“我就在市局外面等你吧，我跑了个长途也有些累了。”简灵边说边重新坐回车上。

“那行，但是我事先声明哦，很多事情也是不允许透露的，你清楚吧?”萧静似乎在整理文件，简灵听到电话那头敲打键盘的声音。

“我知道。”简灵舒了口气。

萧静那边的键盘声打住了：“那一会儿见。”

“你先忙吧。”简灵挂上电话。

简灵将驾驶位的椅子放倒，舒适的卧姿让她有些想睡觉。其实昨天晚上，她一直无法入睡，心里记挂着马旭的事情。但又害怕吵醒马唯斯，所以连翻身的动作也尽量轻柔。简灵担心，马唯斯辟谷完出山之后就会知道马旭的事情，不知道她会如何面对，又能否承受得住。

市局就在简灵的右手边，简灵躺在驾驶位上，眼神一直盯着市局大楼看。莫名地，她突然感觉，从自己第一次踏进市局开始，就如同有巨大的阴谋在交织着，却又让人无法捕捉到丝毫的端倪。

经不住困意，简灵在车上小睡了不知道多久，一直到听到有人敲打车窗，她才惊醒过来。窗外正是一身警服的萧静。

“上车吧。”简灵落下车窗，跟萧静说道。

这时，简灵也留意到，萧静一脸的困意，眼袋很明显。简灵估摸着萧静在前天晚上，也是在市局里面加班了。

“先不说话，给我五分钟。”萧静边说话，边把座位椅调低。

“你想睡一会儿是吧？”简灵问道。

萧静朝简灵笑笑，点了点头。

看着闭目养神的萧静，简灵莫名地心疼起来。不管萧静表现出来的是多刚强的样子，但到底是个女孩子。简灵又想到了林小嘉，如果像李杰这样的男孩，进去了刑警队，那么他所面对的应该是更苦更累的工作量。那么，林小嘉这样一个喜欢时刻让男朋友陪着的女孩，到那时候两个人还能好好相处吗？

简灵苦笑了——人总是这样，当你为了一个事情而去努力完成另一个事情，最终往往都是得不偿失，失去了初衷。

她又侧过脸看了看市局，那些犯下罪恶的人，他们的初衷又是什么呢？苏铭这种恶魔所犯下的一切的罪与恶，仅仅就是如同他所说的，因为自己吗？简灵不得而知，她想再次见苏铭，但可能吗……她曾经以为自己最了解苏铭的内心，现在感觉，她对于自己周遭的一切都很陌生。

“不多休息会儿？”简灵看到萧静不知道什么时候睁开了眼，盯着自己看。

“睡不着，我就是这坏毛病，认床。”萧静边说边把座椅调整回来，

"简灵，你知道我刚才在想什么吗？"

简灵一手搭在窗沿边，支着下巴，"你想什么？"

"这大半年以来，我总是在害怕一件事情。"萧静这个时候看到了简灵挂在后视镜上的那颗木莲雕饰，好奇地伸手摸了一下。

"你害怕什么？"简灵转过头看向萧静，她似乎在认真研究木莲。

"害怕你这个小女人会变得陌生、难以琢磨。苏铭的事情，完全摧毁了你原本的生活，而你……"萧静顿了顿说道，"内心并没有外人看到的那么强大。周逸朗对于你而言，不仅仅是丈夫那么简单，他在很长的一段日子里面引领着你前进，引领着你向这个世界靠近。"

"所以你怕我会变成魔鬼吗？"简灵皱了皱眉。

"我害怕你拒绝这个世界，拒绝再信任自己身边的人。"萧静一只手搭在简灵肩膀上，"但是目前看起来，情况也还好。"萧静笑笑。

"什么叫情况还好？"简灵抚上萧静的手，握在自己掌心。

"起码对于我、对于林小嘉，你还是信任的。但是对于其余的人，你失去了信心，我说得对吗？"萧静抽出自己的手，指了指木莲雕饰，"如果有一种好的信念能带你走出迷惘，我也很高兴。"

简灵笑了出来："萧静，你想多了。这只是清风庵的一位师太送我的，挺有意思的一个人。怎么？你以为我开始去求神问卜，抑或说要躲开到红尘之外？"

"你选择什么方式都不重要啊，你依旧是我所认识的简灵就足够啦。"萧静伸了个懒腰，说道，"不说这个了，我们说说马旭的事情。"

简灵点了点头，说道："我知道要是我来发问的话，很多事情你都是不可对外公开的，所以我不问了，你把能告诉我的直接说出来吧。"

"是这样的，马旭在前一天夜晚行凶的时候，被一个有偷窥嗜好的人偷偷装在别人家门口的摄像头拍到了，以前虽然也有监控捕捉到，但是没能拍到正面，这一次是拍到他的脸了。再加上我们对比了先前的受害者遇害时候的录像，行凶者的身形跟马旭也都是高度吻合的。"

萧静说道。

“等等。”简灵打断了萧静的话，“你说是基本吻合的，这是什么意思呢？是不是说还不能百分之百肯定，而只是基本吻合的，是吗？”

萧静想了想，点了下头：“嗯。”

“所以目前可以肯定的是有着马旭的视频，只有前一天晚上的那一单凶案而已？”简灵试图抽丝剥茧般分析事件。

“可以这么说。”萧静笑了笑，“你什么时候变得如此条理清晰，还要不要我继续说。”

“好，我给你拿瓶水。”简灵转过身，探到车后座给萧静拿了瓶水，递给了她。

“还有最为关键的一点是，这一次受到攻击的女孩没死，目前人在医院，而且醒来了。”萧静喝了口水，“水挺甜。”

“别管这水了，那个受伤的女孩现在是在医院对吧？”简灵问道。

“是的，她醒来之后，我们给她辨认了一下照片，她也指证了马旭就是昨天晚上对她行凶的人。”萧静说道。

“萧静，也就是说目前可以认为马旭是昨晚那个袭击案件里的凶手，但是关于先前的斩首者案件，还无法百分百确定是跟马旭有关的，对吗？还有一点，现在女孩在医院，并且已经醒来，意识清晰，那么马旭就是杀人未遂。我这样理解，没错吧？”简灵认真地问道。

“没错，目前的情形是这样。”萧静翻出手机，低头看了看，再次抬头看向简灵，“刑警抓捕马旭的时候，发现他的背包里面有凶器和一把短斧头。”萧静说罢，将手机递给简灵看，“你看照片。”

简灵接过手机，看着手机里面的照片，手不禁一抖，手机差点儿掉了下去。

“怎么了？”萧静一把捉住简灵在颤抖的手，“哪里不舒服？还是发生了什么让你害怕的事情？你可以告诉我。”

“让我想一想。”简灵说话的时候，似乎嗓音都在颤动。

照片里头，被拍摄到的那一把短斧头，跟马旭来诊所找简灵那天晚上，他所用来砸门的斧头是一样的。只是……只是照片上的短斧，上面布满了血迹。想到这里，简灵头皮发麻，感觉自己后背冒出了一身的冷汗。

“简灵……”萧静在一旁担忧地喊着简灵的名字。

“我没事，我们去吃饭吧。”简灵不敢过于显露自己的情绪，赶紧放下手刹，踩上油门，将车子往前方开去。

2. 套头衫的人影

“这家店最近都很火，你是提前好几天订位的吧?”萧静踏进“紫莺阁”的大门便问道。

“也没有那么难吧？我等你那会儿给这儿打了电话的，客服就说给我留好房间了。”简灵挽起萧静的手，朝不远处的服务员说道，“简小姐，两位，今早上打电话来预订过的。”

服务员并没细问，上前便领着她们两人往长廊那边走去。

“又或者，是我运气好。”简灵得意地说道。

“是吧……”萧静语气狐疑，转头四处张望着，只见视线范围的房间的房门上都挂上了“免扰”的牌子，说明今天紫莺阁的生意确实爆满。

“好啦，进来吧。”简灵朝还站在房间外的萧静招了招手。

“说说苏铭吧?”简灵转过脸看向萧静。

“对啊，你之前不是说想要单独见他吗？这事够呛，我可能帮不到你的。”萧静拿起筷子，吃起了餐桌上的餐前小菜，岔开了话题，“嗯，杭帮菜就是甜，不过看着挺精致的。”

“什么时候变得不爱吃甜食了?”简灵揉了揉发丝，支着下巴问道。她在顺应着萧静所掩饰的尴尬，毕竟萧静所供职的警队，并不是一个个人意愿可以随意而为的团队。

“最近这一两年吧，快餐吃得太多了，口味似乎也变了，不知不觉……”萧静故意拉长尾音，似乎接下来还有话要讲，但简灵等了好几秒，也不见萧静接话。

“是吧？不知不觉间。”简灵喃喃自语。

“当我们要被一些东西所改变，其实只需要三个月的时间，就能成为习惯。这一改变是不动声色的，想想其实有点儿可怕。”萧静似乎话里有话，可简灵听不出里面有何玄机。

菜肴很快便送了上来，依旧是上次简灵所点的那些。

简灵提起筷子夹了块虾仁，动作却又突然停住了。看向了萧静，问道：“抓获马旭的现场，还有什么线索，是能够告诉我的吗?”

“简灵，我发现你现在真的是越来越喜欢管闲事了。”萧静放下手上的筷子，端起自己面前的绿茶抿了一口。

“什么都不能告诉我吗?”简灵将虾仁往口中送去，稍稍抬起头，墙壁上的一幅水墨田园画，画里的山峰再次让简灵想起了静仪师太，以及这会儿还和师太在一起的马唯斯。

“能说的，我似乎都已经透露给你了。”萧静放下杯子，摊摊手说道，“甚至照片都给你看了。”

听到萧静提起照片的事，简灵脑子里再次浮现那些令人毛骨悚然的画面，不自觉地又打了个冷战。

“简灵，你是不是知道什么事?”萧静望向简灵双眼，“一提到照片，你就神色不对。”

简灵并不说话，只是摇了摇头。

萧静略微尴尬地再次动起筷子，低头默默吃菜。

午饭后，简灵送萧静回去市局，便自己开车回家。车驶入停车库后，她在车上安静地坐了会儿。本想整理下思绪，却发现在这狭小的空间里面，人会更加地心烦意乱。最终，她收拾好东西下车，往电梯间走去。

不知道什么时候，电梯间的广告栏换成了 LED 小电视，上面来回地播放着汽车广告。简灵看着广告，想起以前遇到苏铭的时候，还刻意去留意他开的是什么款式的汽车。她一瞬间明白过来，在两个人相遇的时候，不仅仅是苏铭在设计圈套让自己步步沦陷，自己也是自以为聪明般飞蛾扑火。

回到家中，简灵才想起自己还没叫管理处上来帮自己清理阳台的积水。她皱了皱眉，跑到杂物间找了个扫把跟塑料桶，再往阳台走去。只是当她打开了阳台门之后，却发现积水已经退去，地面上连灰尘的痕迹都没有，仿佛是被人清理过一般。她挠了挠头，寻思着是不是雨太大了，积水太多了反倒自己把排水口冲开了。

关好阳台的门，简灵回到客厅，又一次躺在沙发上。思绪依旧比较乱，她总是心绪不宁，总预感着会有什么可怕的事情发生，偏偏自己找不出半点儿蛛丝马迹。

马旭到底是个什么样子的人，简灵一直以来都凭借着自己的专业知识来判断。但她同时也忘记了，在心理学上的所有信条，往往也是让人看不清楚真相的障碍。只是当那一把带着血迹的短斧照片赤裸裸地呈现在自己眼前了，简灵不得不相信，过于自信的判断，使得自己差点儿就掉到一个危险的境地，就正如当日自己对苏铭的判断一样。

她再次想起了，马旭在自己诊疗室的一幕幕。每每，马旭都像是一头受到过严重伤害的小兽，对于旁人的接近特别敏感。当然，这也都是她最初的感觉，只是到了现在，或许是因为心中埋藏了太多秘密，而故意营造出来的疏离感罢了。马旭有得体的一面，也有不为人知的凶狠一面。到底魔鬼与天使，哪个才是马旭内心的主导者，旁人无从得知。

简灵摇了摇头，她又一次想起了苏铭。马旭就仿佛是苏铭的一个小缩影，拥有着两面人生，在正义与邪恶之间存活。又或许，苏铭的出发点更加纯粹一点儿，只是为了自己。简灵这样想着……渐渐地只感觉眼皮越来越重。

天空的月有些残缺，云也飘得特别低，世界被蒙上了一层淡淡的雾。简灵不知道自己睡了多久，睁开眼的时候，看到的便是这么一派景象。如同梦幻，但又似乎真实。是梦抑或是清醒，她早已分不清楚了。

她缓缓地站了起来，面对空荡荡的家，有种不知所措的茫然。她微微笑了笑，觉得需要出门走走，顺便吃点儿东西。又或者，她可以穿过景阳公园，去诊所里看看。

今晚上小区门口的马路上很安静，别说车辆，连人影也不见。仿佛这个城市里只剩下简灵一个人在孤独地活着。更蹊跷的是，简灵发现自己刚才走出小区的时候，大门口的保安也没站岗。简灵朝隔壁街道的那家西餐厅的方向一步一步走去。经历了之前的暴雨，让明明只是初秋的路边铺满了落叶。脚每踩下一步，便有一声清脆的“沙沙”声响彻整条街道。连天空飞过的鸟似乎都能被惊扰到，从而更改了原本的飞行轨迹。

一步，两步，三步……简灵边低头看自己踩着树叶边数着步伐，可能是因为感觉今晚太安静了，使得人一下子就变得想要放慢原本的生活节奏。简灵觉得这样数着步子，也是一件挺有趣的事情。就仿佛是回到童年，无数个秋冬，自己一个人在家的院子里面踩叶子、数树枝掉下来多少。而自己低头所看到的自己的黑色短靴，也在视线中慢慢幻化，变成了一双红色的有着蝴蝶结的小皮鞋。

简灵意识到，走着走着，竟走回到了自己的儿时。她有惊恐，但莫名而至的更多是欣喜。

突然间，简灵发现那单调的“沙沙”声有了些许变化。不再像是自己脚下的那种力度所踩出的声响，那细微的变化是来自于更沉重的受力。并且与自己每一次下脚的节奏，出现了差异。

简灵身体有那么一瞬间的僵硬，她并不敢回头细看。这时，猛地一阵风吹过，卷起了若干枯叶。简灵本能地提起步子就朝前拼命跑去，尽管，她并不清楚自己背后是否真的有人追来，却总感觉到有股无形的危险气息在逼近自己身后。简灵也不知道自己究竟是往哪个方向跑去的，等渐渐缓下步子的时候，才惊觉自己四周的环境已经换了场景。

然而，这个时候喘着气的简灵，似乎来不及细想太多，她只想赶紧找个地方躲起来。她突然想到一个地方，主意一定她立刻驱车前往。不知开了多久，就在她抬起头，呼吸稍微变得顺畅之后，她看到了远处的那所老宅子——周逸朗的乡下老宅。

门前的杂草，长得并没有记忆中那样高，只到了简灵的脚踝那儿。她环顾四周，并没看到有任何人出现。她壮胆朝老宅走去。

老宅大门被简灵轻易推开，她迈步走向地下室的入口。只是还没走到那儿，她便听见了里面似乎有着细碎的脚步声。这声响吓得她赶紧躲到距离自己最近的一扇木雕花屏风后面，并且缓缓地蹲了下来。她还不敢把头探出去观察什么，只是把呼吸尽可能地拉长，似乎是怕自己稍稍重一点儿的呼吸声会影响了自己即将窥探外面的情形，更怕会被人发现自己的存在。

外面的脚步声有轻有重，这说明在屏风的另一边不止一个人。认真细听，他们似乎在讨论着什么。简灵有些犹豫，但最终还是探出了头。只是让她意外的是，她透过屏风缝隙所看到的人正是苏铭。他侧脸对着自己，望着右边的一个高大身影。在两人的另一方，有一个穿着套头衫的人。紧接着，苏铭对面的男子侧过了身，简灵差点儿惊呼了出来，并连忙用双手捂住了自己的嘴巴。是的，她所看到的另一名男子，正是马旭。

简灵吓得赶紧把身子缩回屏风里侧，只有那双手，依旧死死地捂住嘴巴。她不能让自己凌乱的呼吸，暴露自己的行踪。而外面，却就此安静下来，一切的一切变得悄无声息。

许久，简灵再次探头，发现并不宽敞的房间里已经空无一人。她站到了刚才他们三人所站的位置的时候，却闻到了一股似曾相识的刺鼻的味道，是血腥味。这可怕的味道使得简灵毛骨悚然，她不知道那些鲜血究竟是来自于苏铭，抑或是……马旭，不论是他们之中的哪一个，都是简灵不希望面对的事实。于是，她尝试壮着胆子，继续往气味的方向走去。

只是简灵没走出几步，她前方的暗处却赫然出现了那个穿着套头衫的黑影。他微微低着头，拦在了简灵想要追寻的真相前面。因为他帽子边沿压得太低的缘故，简灵根本看不见对方的面容，只看见他的衣服上血迹斑斑，双手也沾满了鲜血，还顺延着手指，一滴一滴地坠落到地上。他的右手紧握着一把短斧头。接着，他冲自己歪了歪头，扬起了这柄短斧。

简灵再次开始奔跑，身后也依旧是那紧紧跟随自己的踩着树叶的声响。耳边的风像刀子般刮过简灵的脸颊，直到……她看到了自己前方那个戴帽子的黑影再次出现了。他仿佛是等待简灵已久，高高地举起斧头，要朝简灵劈来。

这一刹那，简灵惊吓得大喊起来！

简灵猛地坐起，满头大汗，眼前是空荡荡的客厅，心有余悸。

简灵抽过纸巾，擦了擦额头上的汗。她起身走到阳台，推开玻璃门，迎来一阵凉风。凭着栏杆，放眼看去，景阳市已经笼罩在夕阳的余晖之中。无意间，她又看向了楼下从前苏铭每次所站的那个位置。紧接着，她惊恐地发现，那里竟然有个穿着套头服并且将衣服帽子戴上的人，和梦境中的黑影似乎一模一样，宛如从简灵刚才的梦里追踪而来。不同的是，这一刻的他坐在一辆山地车上，正仰头望向了自己。

当他发现简灵也正注视着他时，他探手把山地车上夹着的水壶摘下，仰头喝了一口，并戴上了耳机，扬长而去。

是自己多心吗？简灵赶紧转身回到屋内，待她走到厨房倒水的时候，发现自己依旧因为害怕而手颤抖着。

3. 小众电影

简灵记得自己家里是有望远镜的。她走到书房，从书架上翻出一小箱子，里面是以前周逸朗每次出差带回来的一些杂七杂八的东西，基本上都是带给自己的小礼物。对于这些东西，简灵一直都没有真正地把玩过。就像是此刻她手上所拿起的一只小公仔，记忆中好像是叫缘分天使，是周逸朗从欧洲带回来的。收到这东西的时候，简灵总是不解，她只觉得丈夫依旧当自己是个少女。如今她又有点儿明白了，如果一个男人溺爱你的话，那么在他心中，你一直会是一个少女的模样。

叹了口气，简灵放下公仔，继而从箱子里面翻出一个崭新的望远镜，金属外壳在光线底下亮着光。

她拿着望远镜走到窗边，稍稍地拉开纱帘，只露出一条缝隙。将望远镜对准了楼下刚才所看到的戴帽子的人的方向。然而，那人早已经不见了。简灵自嘲自己多心，或许刚才所看到的那个人只是凑巧经过而已。将东西收拾好之后，简灵坐在了书房的电脑前，决定找些事情做来打发时间。

简灵点开了城中新闻，看到了最近有新的电影上映。她本来也没兴趣去多关注，只是在阔大的广告栏下面，又有着一则小广告，上面所刊登的正是关于一位名叫白子恒的导演的新电影信息。

“白子恒”这三个字将简灵的思绪拉到了很遥远的高中时代。那时候，同学之间很爱讨论一些新晋的专门拍小众电影的导演，当中所被讨论的人物里面就有白子恒。

后来简灵升上了大学，有一次白子恒到景阳市做一个电影分享交流活动，她打算翘课偷偷跑去，谁知道才跑到公交车站，就遇到了周逸朗。当时的周逸朗一脸得意扬扬，双手交叠在胸前，对简灵说道：“我就知道你会出现，要去看白子恒，是吧？”

简灵像是做了亏心事的小贼，脸“唰”的一下就红了，勉强地点了点头。那一刻，她以为周逸朗会严肃地训斥自己不该翘课，同时将自己拎回去上课。没有想到，周逸朗什么都不说，只是走了过来牵起她的手，并且很潇洒地在路边拦截了一辆出租车，两人一同往活动现场奔去。

简灵很安静地坐在周逸朗身边，过了好几分钟才开口：“你怎么不说我？”

“我知道你一直很想见见白子恒。”那时候的周逸朗笑起来像个孩子。

“可是，你今天也有课啊。”简灵抬头看着周逸朗的侧脸。

“噢，听说没有翘课就不算上过大学，只能算是被大学上了。”周逸朗爽朗的笑声惹得简灵更加不好意思。

“流氓。”简灵一记粉拳打在了周逸朗的胸膛上。

这个时候，电脑上的宣传片视频已经缓冲完毕，开始播放，里面采访的声音将简灵拉回了现实之中。

宣传片里面的白子恒，在打扮上跟从前的风格无异，只是如今的他戴着个帽子，在后脑勺那儿扎着辫子。可以看出来，白子恒已经有些年纪了，原本留着板寸头的他如今显露银丝。可面对记者，他的眼神依旧像从前一样透露着清澈与执着。看到这儿，简灵决定要去看一下白子恒所导的新片。

在网上订好电影票之后，简灵趁着时间还充裕，决定给自己煮一顿晚餐。她打开冰箱，拿出一份冰鲜鸡肉。其实简灵并不热衷于烹饪，在刚结婚那一年，倒是装模作样地学过几道菜。时间太久远之后，她已经忘记了当初看着自己做的热气腾腾的菜肴被端上餐桌时的那份激动与满足，更已经忘了跟自己同坐在餐桌边上，那个男人看着那些暗黑料理时哭笑不得的表情。

想到周逸朗，她的心再次隐隐作痛。她又将鸡块放回冰箱，把冰鲜饺子取出。没多久，煮熟了的饺子一个一个浮上了水面。她将水饺舀起装进盘子，再端到客厅放在茶几上。以前家里甚少开炉煮食，周逸朗走后，简灵更加不愿意自己一个人坐在餐桌上进餐。

打开电视机，看着那些无聊的电视剧，吃着东西，简灵反而觉得没那么寂寞。

晚上七点，简灵不紧不慢地收拾，之后准备去电影院。她回想了一下自己上一次进电影院是什么时候，竟然已经想不起来了。林小嘉一直说婚后是被婚姻绑着双腿，变成单身之后，就是被心绑着双腿。简灵笑笑，心中感叹那个平时看起来没心没肺的林小嘉，其实总会不经意间就道破了真相。

电影院并不远，所以简灵没考虑开车，她走过小区里面那些弯弯曲曲的林荫道的时候，竟然莫名地想起 Peter。她寻思着可能是因为在这个小区住了那么多年，唯一一个陪自己走过这儿的小道的人，也就只有 Peter 的缘故。而周逸朗陪自己走过很多很多的路，最终，在两人的家的楼下的这条路，反而没有一起走过。

而就当她刚走到小区门口时，对面马路的一棵树后面隐隐约约似乎有着一个人影。甚至简灵还依稀看到，对方穿着的是黑色的套头衫。简灵开始紧张了，她连忙往后退，趁着对方还没发现自己，赶紧转身往小区跑。

回到家中后，简灵再次翻出望远镜，往刚才所发现的神秘人方向看去。突然，戴帽子的人转过了身，似乎也是看向了简灵这边。

简灵倒抽口气，只因为那个神秘人正是 Peter。

Peter 穿着一件灰黑色的 T 恤，胸前有些花纹图案，正在那棵树下来回踱着步子。简灵屏住了呼吸，似乎自己的呼吸会让远处的对方发现似的。接着，她看到对方把衣服上的帽子戴上，双手插在腰间，一时看向了马路对面，一时往上仰望。简灵往后缩了缩，将窗帘再次拉了拉。因为距离，简灵也无法看清楚 Peter 脸上的表情变化，自然无法洞悉对方在作何思想。又过了一会儿，他又转过了身子，背对着马路，并拿出了手机在打电话。虽然只是一个背影，但这个时候的他给人的感觉，就如同简灵第一次在斐尔健身会所所见到的一样，带着那种扑面而来的压迫感。

同时，简灵想到之前那晚，Peter 也是在没有事先通知的情况下，大半夜地跑到自己家楼下。种种诡异使得她感觉自己仿佛是被对方监控了一般。当她意识到这些的时候，心中越发忐忑，甚至是联想到了下着暴雨的那晚，自己在诊所遇到了惊心动魄的事情。简灵不敢再贸然地自己下楼，但是又不清楚接下来该如何打算，就在她一筹莫展的时候，她翻出了手机，本想打给林小嘉，没想到，她看到了手机上面，竟然有好几通的未接来电——因为先前将手机设置了静音，所以没有听到。

就在这个时候，手机屏幕再次闪烁了起来，上面显示着 Peter 的名字。简灵握住手机，另一只手掀开纱帘，看向了对面马路上的 Peter，考虑着自己是否要接这通电话。但转念一想，Peter 的种种行为表明他是一个固执的家伙，要是自己没有接这通电话，估计他会持续地打过来，并且一直站在自己家楼下。于是，简灵按下了接听键。

“刚在忙吗？”Peter 问道。

“哦，我睡着了。”简灵放下纱帘，但还是继续靠窗站着。

“还好我没猜错，你是在家的，不然我白跑一趟了。”Peter 的语气听起来充满了自信。

“说不定我是在诊所呢？”简灵不喜欢老被猜中自己的行踪与心思，特别是被这个还算不上熟悉的男人所猜透。

“睡得这么沉，又怎么可能是在诊所里呢？再说，你诊所里只有个沙发而已，也不是很好睡。”Peter 分析得头头是道。

只是电话这头的简灵，听到了 Peter 的这番话后，更多的反倒是担忧起来。因为，Peter 是没有去过自己诊所的，又怎么知道自己在诊疗室的时候，只能躺在沙发上休息呢？难道，是马旭告诉过他关于诊疗室里面的布置，抑或是当日的苏铭？

不管是何种理由，简灵都无法说服自己不对 Peter 的行为做出怀疑与揣测。

简灵干咳了两声，问道：“那么，你找我是有什么事情吗？”

“也没什么特别的事情，就是想找你吃顿晚餐。”Peter 回答得倒是坦然与直接。

“今天你不用接孩子放学？”简灵尝试拐个弯来拒绝他的邀约。

“不用，今天孩子去参加同学的生日会了，我才能够有点闲工夫出来。”Peter 心情依旧不错。

“哦，难怪你也就只有今天有空过来找我吃饭了，原来是因为不用照顾孩子。”简灵这话说得有点儿酸溜溜的，或许，在简灵的潜意识里面，就是在想方设法地让 Peter 能对自己留下不好的印象，从而跟自己保持距离。

“是吧，简灵，我……我就是突然想见见你。”Peter 用了一种不容拒绝的口吻，“我就在你楼下，我等你。”

对于 Peter 这种自信，简灵反倒有了逆反，只是又不好发作，最终略带迟疑地说道：“我刚才已经吃过晚餐了。”

“这样啊，那就有点儿可惜了，还想说带你去一家很特别的餐厅吃顿晚餐。”Peter 这时候的语气听起来，的确带着几分失落。

简灵不说话，在等待 Peter 主动说再见并且挂线。

“那么我们去看电影吧。”Peter 话锋一转，“你知道白子恒吗?”

“嗯?”简灵没有想到 Peter 也会知道白子恒导演，要知道，他的片子可是极其小众，甚至被主流一度评价为烂片的。简灵有点儿反应不过来。

“他的片子很好看，虽然评价不高，但是我相信你会喜欢的。”Peter 说起白子恒也是兴高采烈的样子。

“这样啊……”简灵故意装作带着犹豫的口吻，并且对 Peter 装傻，“白子恒是谁啊？男主角吗?”

“就是一个导演的名字，以前他有部电影叫《初恋的手》，拿了不少奖项的，不过已经是很多年以前的旧片了。不过，你不知道白子恒也不奇怪，毕竟他是专门拍小众电影的。”Peter 回答道。

“那是纪录片吗？一般小众电影都是指那些纪录片或者文艺片的。”简灵手上把玩着一支钢笔，其实她知道《初恋的手》这片——是一部关于爱情的电影。

“是一部拥有独立灵魂的电影。”Peter 突然傻笑了起来，说道，“这一次他的新片听说又有新尝试，我这两天一直想着要去看，所以，我能不能邀请你陪我一起去看呢?”

“那好吧，我需要收拾一下。”简灵依旧把语气装得平淡。

直到挂上电话之后，简灵才发现自己莫名地笑了起来。她没有想到在自己的身边竟然还有人是迷白子恒的。如果 Peter 真的是事先对自己的一切都调查清楚，那也算得上一种用心良苦。不管何种出发点，简灵明白自己已经是避无可避的了，那就选择去面对 Peter。

简灵打开衣柜之后，想起之前 Peter 打趣说自己的年纪比他大。于是简灵斗气一般，故意选择了一套稍微淑女风格的连衣裙。坐在梳妆台前，简灵看着镜子里面的自己，的确不算是年轻了，只能说是站在青春的尾巴上而已。与其故作姿态地装少女，不如直接展示熟女的魅力。

只是，当简灵要拿起眉笔的时候，手便停顿了。她想起前不久，林小嘉就吐槽自己画眉的手法，一看就有年代感的。于是，简灵又火急火燎地跑到书房，打开电脑浏览器，搜索现在最流行的画眉样式。看视频大概看了五分钟，简灵心里有了个大概。

重新坐回梳妆台前，简灵信心满满地拿起眉笔，认真地描画了起来。不过，当她放下眉笔的那一刻，她看着镜子中的女人，竟然平白添了两根大粗眉，她想号啕大哭。果真复古风格的眉毛不是每个人都合适啊。简灵翻出刷子把眉毛修整了下，眉峰稍微显露，眉的尾端拉长了一点点，这样看起来，会显得人温婉一点儿。

简灵把一切都弄好，发现自己这样随意地捣鼓便用了快半个小时，而楼下的那位男人，却连一个催促的短信都没有。简灵心里有点儿暖暖，她赶紧拎起挂包下了楼。

今天的天气不错，傍晚街道的风清清凉凉的，稍稍吹起了简灵的裙摆。她看向站在马路对面的 Peter，不知道为何，此时此刻的他在街灯的照射下，显得有几分温柔。似乎跟自己前不久下楼所看到的他，判若两人。难道 Peter 有两个完全不同的面具？简灵又忍不住开始胡思乱想。

简灵迈开步伐，朝 Peter 走去。只是，才刚踏出一步，她便停住了。因为，就是那么的一霎间，她感觉有道反射过来的光束，掠过自己的双眼。这使得简灵吃惊，她猛地回过头看身后，却发现并无不妥。

心再次提了起来，因为……因为简灵感觉到，似乎有什么人正在暗处看着自己，就好像之前她躲在楼上用望远镜看楼下的人一样……

第十章　年美芝的电话

1. 秦海波与马旭

“刚发生什么事了？”Peter上前一步，问道，“看你正准备过马路，却突然站在原地。”

“刚才？”简灵再次回过头看了看自己身后，捋了捋耳边的发丝，“没什么，就有个石子磕到鞋跟而已，我们走吧。”

“好的，但是我们需要走一段路，我把车子停在隔壁街道。”Peter回答道。

听到了Peter的话之后，简灵有那么一瞬间的错愕。因为她想起以前苏铭过来接自己，就是故意将车子停在小区外面，原因是要避开小区门口的摄像头。那Peter将车停到隔壁街那么远，也是同样的原因吗？如果是一样的原因，那么Peter是一个做事和苏铭一样缜密与暗怀鬼胎的人了。

“我不习惯坐在车上等人，而且多走路对身体比较好。”Peter突然间的话打断了简灵的那些胡乱猜想，“你也应该多运动的，女人到了一定年纪，要开始注重自己身体健康。而且你已经办了健身卡，都没见你来斐尔多少次，这样不行。锻炼是个持之以恒的事情，以后我会多监督你。”

“难道我现在的身材不够好？另外，你这句‘女人到了一定年纪’是什么意思？我年纪大了？”简灵噘起嘴巴，带着点小性子的口吻。

“你身材还算可以，只是线条不够健美，一看就是长期坐在电脑前的人，并且，还有点儿高低肩。”Peter 滔滔不绝，这使得简灵有些恼怒，Peter 对于自己的健身事业果真是够专业了，一点评起来就头头是道，像是一名医生在冷静地给病人解释病情，完全不用太顾及对方的情绪。

简灵放纵着对方的说教，尽管 Peter 的大实话并不是很中听，但她喜欢感受男人对自己执着的事儿认真说道的味道。很快，两人上车，简灵坐在副驾驶位，自觉地系上了安全带。

Peter 坐在驾驶位，看着简灵完成一系列动作，嘴边挂着笑容。

“有什么问题吗？”简灵觉得 Peter 的这微笑有些奇怪。

“简灵，你今天是怎么啦？”Peter 终于忍不住，大笑了起来。

“我今天什么怎么了？”简灵以为自己脸上有什么脏东西，赶紧低下头，去挂包里面翻随身镜。

“你今天的眉毛像两块海苔粘上去的，也有点儿像蜡笔小新。”Peter 止住了笑，“也就是上车了我才留意到。”

听到 Peter 的话，简灵的手僵硬住，脸上的肌肉也是僵住的。心中狠狠地骂自己，没事学什么新式画眉。

“那我擦掉好了。”简灵边冷冷地说道，边从包里抽出一包纸巾。

“别。”Peter 突然按住了简灵的手。

Peter 这突如其来的一下子，使得简灵心猛地颤了一下。是的，她太久没有试过跟异性有身体上的触碰了。这些都让她不知所措。

“不好意思。”Peter 很快便将自己的手缩回，然后发动了车子。

因为有了刚才的那一幕，车里的两个人都略显尴尬，似乎谁都不愿意主动再开口说话了。这种状态一直持续到两人抵达影院。

“没想到人还不少。”简灵看到眼前站着等候入场的，基本都是成双成对的情侣。

“是啊，都是情侣。”Peter一点儿都不避讳地说着，“白子恒的爱情文艺片放的场次很少，但并不是没有人喜欢的。最起码，我就很喜欢。”

简灵有点儿气恼对方在自己面前所树立的对白子恒的忠诚，但她又不想反驳，她稍稍低着头，将脸转向了另一边，不想让Peter看到自己噘起的嘴唇。

“对了，你找个位置坐着，我去买饮料。”Peter说完这话，便往一旁走去。

不知道为何，简灵看着Peter的背影，使得自己心中又泛起了一些莫名的涟漪……而对方的身影渐行渐远消失在人群中的一刻，简灵更是有着一种莫名的无助一般。

“我和他并不是很熟，竟然会在一起看电影。”简灵自言自语道。她随意地找了个位置坐下来，看了看自己的两旁，还真的都是情侣。她有些尴尬，故意朝着Peter的方向看去，似乎试图给身边的人知道，她不是一个人过来的，只是坐在这儿等人。

唉，什么时候单身都成了罪过了？简灵心中苦笑着。

Peter很快就回来了，他递给简灵一瓶红茶：“来得太早了，还有半个小时。到外面阳台上走走吧，这儿人多，太吵了。”

简灵点了点头，起身跟着Peter走到了阳台外面。

“对了，上次你说会再跟我说说苏铭的事情的。”简灵看着远处的楼房，也喝了一口饮料。

“今天不聊这个话题吧。”Peter将盖子拧上，“我们之间可以聊点儿别的，要说苏铭，日后的机会多得是。”

简灵不知道该如何接话，在她心目中，能与Peter产生共同话题的，似乎除了健身，就只有关于苏铭。

“对了，你跟秦海波接触得深吗？”Peter问道。

“之前去少管所，跟她见过两次。”简灵有些不明白，Peter不想和自己说道关于苏铭的事，却怎么会突然提起了秦海波，“怎么？你是有关于她的感情烦恼，需要我这名心理医生为你做开导？这可不行哦，你得打电话到我诊所来，跟诊所的张岩岩预约一下。”

简灵说得一本正经，然而Peter根本不在意：“你跟她熟吗？”

“不熟，没怎么聊过。”简灵看了Peter一眼，继续说道，“这姑娘看上去不错。女孩子小心眼肯定是有的，要两个人感情不错，那就继续好好相处下去。两个人吧，能走到一起都不容易，不要去苛求完美……”简灵说完这话，自己反倒有点觉得酸了一点儿。

“但是，我不爱她。”Peter打断了简灵的话，“甚至，我有点儿怕她。”

“是吗？那么Peter先生，既然你不爱她，那最初的时候又为什么要和人家开始呢？是不是我应该理解成为，你们男人在最初都会满心欢喜，最后，这些欢喜又会消失得一干二净呢？”简灵有点儿愤愤起来。

“我不是这种人，最起码我自己觉得不是这样的人。”Peter一脸严肃地说，“我对感情很认真的，不过……你数落得也是。一段关系出现问题，肯定是我自身有些问题。好吧，我换种说法吧，我曾经，曾经喜欢过她吧，可事到如今，我害怕她。”

说到这儿，他叹了口气：“简灵，我可以和你聊聊秦海波的事吗？这么久了，我没有和人真正一起聊过这一段感情，实际上，有些东西憋在心里，很难受的。”

“你说吧，况且，我对你说起她用到害怕这个词之后，有了些好奇心了。”简灵转过身，腰靠在栏杆上，双手交叠于胸前。

Peter点了点头说道：“我是一年前跟秦海波认识的，认识不久，两个人就在一起了。当时我也没有考虑太多，这姑娘整天跟着我，然后想想我身边也需要个女人，孩子也需要个妈。当时的我，认为她也很不错，就在一起了。”

“是因为……她比较年轻？”简灵问道。

“事实证明了，年轻女孩对于自己需要一段什么样的爱情，并没有定义。”Peter 意味深长地看着简灵，“我需要的还是年纪跟自己差不多的女人，比较有共同话题。当时反正就是觉得秦海波心思挺细的，她在少管所工作，所以我感觉她应该对小孩会比较有耐心跟爱心。”

“嗯，这个理由我能接受。”简灵点了点头。

“后来在一起之后，才知道她挺奇怪的。”Peter 一脸痛苦地说道，“她对我管得很严厉，除了会查看我的电话记录之外，还会各种打听来确认我说的话到底是真的还是假的，到处去求证我的每一句话。”

“那有什么具体的事例吗？”简灵看着 Peter 的表情，就觉得他有些可怜。

“有一次，我跟协会的人一起出去短途旅行，出发之前我就已经跟她说起过，一行有多少人，几男几女，我跟谁睡同一个帐篷，反正各种琐碎各种细微的事情，我都交代清楚了，叫她不用多猜疑。结果，后来我知道，她竟然上网用地图软件，直接定位我所在的位置，打开地图场景，看我是不是真的在露营的地方，在做着什么。唉！这女人真的挺花时间在谈恋爱这事上了。再加把劲儿，她可以去开个什么专门捉奸的公司，估计两三年就能成富婆了。”Peter 语气十分懊恼。

“她只是缺乏安全感。”简灵叹了口气，“在感情里面，女方经常都会因为缺乏安全感，而变得神经质，多疑。”

“你说的这个情况是更年期吧？”Peter 皱着眉头。

“能说正经的吗？”简灵白了他一眼，“你到底了不了解女人？”

“唉，这世界上估计没有一个男人敢拍着胸膛说自己是最了解女人的了。”

Peter 又拧开了饮料，喝了一口，继续说下去：“况且，有一个事我始终觉得有些古怪。秦海波居然跟苏铭还有马旭，他们三个人走得很近。这在我看来是不可思议的。”

“哦？”听到 Peter 提及苏铭跟马旭，简灵倒是来了兴致，“他们三个人经常在一起，哪里让你觉得不可思议了？”

“苏铭是什么性格，不需要多跟你解释了。马旭那孩子很内向，虽然平时见到我挺礼貌挺客气的，但也总是很阴郁的样子。本来我寻思着通过健身，多将他往阳光的一面引导，没想到他自己很抗拒。这样性格的两个人，跟秦海波对比起来，反差太大了。她给人的感觉是那种很阳光的女孩。况且是在少管所工作，那么应该就像我刚才所提到的那样是个很有爱心的姑娘才对。所以他们三个人能玩到一块儿去，还关系很好，这怎么不让人觉得奇怪呢？”Peter 看着简灵，似乎在等待她给予自己肯定。

“是你想多了吧，性格迥异的人也是能成为很好的朋友的。”简灵笑了一下，“看来，更年期多疑的人是你哦。”

“别拐到我身上来嘛，我再给你说个事情吧，不过，你不要因为我今天的絮叨，而觉得我有点儿三八就是。”Peter 有些懊恼，“有一次我儿子生病了，孩子吃了药睡着了已经是晚上快十点钟了。那天阿姨没走，留在我那儿帮我照顾儿子，可能她想着我一个大男人，会照顾不好生病的孩子。我想着阿姨在，就回了斐尔一趟。我平时没什么事，都会过去的。结果我到了那儿，因为比较晚了，已经没什么学员了。我就打算跟前台的妹子说几句话，问问会所有没有什么情况之类的，我还没开口，前台就说秦海波在里面。我当时就觉得很奇怪，因为那天不是周末，她怎么不在少管所跑这儿来了，而且她要监管我，应该到我家去，不是待在会所。当时我也没细想什么，就到健身区找她了，你猜我碰到什么事？”

“我不是占卜的。”简灵摊了摊手。

Peter 耸了耸肩：“我在健身区找了很久，都没有见着秦海波，当时就心想，她可能已经健身完了，去了冲洗换衣服，我就打算走到更衣室那边等着。结果我还没走近更衣室，竟然看到她是从男更衣室出来的，当时她的头发还没干，一看就知道是刚洗过澡的。本来我还以为可能是女更衣室里面有什么问题，导致她需要过去男更衣室那边，毕竟已经比较晚了，没什么人，将就一下也是情有可原。于是，我刚想掉头走回前台，吩咐下前台等第二天找人上来检修一下女更衣室的卫浴系统。没想到啊，我就看到马旭也紧跟着从男更衣室出来了。”Peter 说到这儿，拿着饮料瓶的手不自觉地收紧。

“冷静点儿。”简灵眼神盯住了 Peter 的手。

Peter 对上了简灵的眼神，又低头看了眼自己的手，很快恢复了原先轻松的状态：“这事情我并没有声张过，毕竟当时我已经在躲避她，自然也不会去挑明什么。只是，这事也让我一直耿耿于怀。”

他再次喝了一口手里的饮料：“当时看到马旭也从男更衣室出来了，我就闪到一边去，躲在一台器械后面，再稍微探出身子，看他们两个人搞什么鬼。”

简灵眨了眨眼，不说话，只是一心等待 Peter 把话说完。

“两个人很贴近，在说着话，因为距离远，我听不见他们说的是什么。然后我又看到马旭抬起了一只手，去帮秦海波拨刘海。这就是我为什么说这两人关系不单纯的最主要原因。秦海波的鬓角有道浅浅的疤痕，她很在意这个事情，为此才留着刘海来作为遮挡的。”

“我看过她的疤痕，在右边的鬓角。”简灵回应着，“就是无意间看到的。”

“对啊，开始我不知道啊，那时候我就伸手去帮她拨刘海，她就一下拍开我的手了。后来两个人相处久了，变得越来越亲密了，她才不再介意我拨开她的刘海。但是马旭伸手过去，秦海波一点儿都没有闪躲。”Peter 继续说道。

“你看到秦海波当时的表情啦？”简灵反问道。

“没有。”Peter 没好气地说道。

这回答让简灵哭笑不得：“大哥，你想象力也确实太好了点儿，或许事情并没有你想象的那么复杂啊。”

“简灵，你没谈过恋爱吧？”Peter 挑了挑眉。

他的这句话把简灵直接噎住。

“不然你怎么会不懂情侣之间的那种敏感呢？”Peter 继而补了一句。

“我婚都结了，怎么没谈过恋爱。”其实简灵回答这话的时候，是挺心虚的，毕竟回想到过往自己跟周逸朗之间的相处，自己是没心没肺的，一直都是丈夫宠着迁就着自己。

“包办婚姻吧？”Peter 不依不饶。

“行了，这个话题到此为止，老扯东扯西的，你跟秦海波的事情才是本次谈话的主题。”简灵感觉 Peter 总是很轻易就能波动到自己的情绪。

“好吧，那天也许真的只是我太敏感吧，后来两个人也没有其他的亲密举动，我自己也先走了，跟秦海波没碰上面。第二天我问了前台，得到的回答是女更衣室的卫浴系统是正常的，并没有坏。后来，她每次到健身会所，马旭也会出现，两个人说说笑笑的。其实作为男人，是应该有风度点儿，况且，我也真没有那么多小小心思去深挖什么。”Peter 这话说起来，有些委屈。

“这也可以说明是你占有欲强，挺大男子主义。放大了一些或许并不是那样的想象而已。”简灵这么说道。

“听你这话，还没想到你俨然是一位女权主义者啊。”Peter 感叹了一句。

简灵第一次听到有人是如此评价自己的，同时，很明显她也不太喜欢这个标签，本还想去反驳什么，却看到 Peter 扭转了脸，看向了远处的某一个角落。

“怎么了？”简灵关切地问道。

“不知道是不是因为以前被秦海波整天盯着，所以我现在变得有点儿神经兮兮的，偶尔会觉得有人在暗处偷偷观察着自己。”Peter 失笑，

“当然，这应该都是我多想的。”

Peter 的话让简灵想到自己前不久走出小区，也有相同的异样感觉，不禁打了个冷战，也朝着 Peter 望向的方向望去。

“对了，我想起一个事情，想问问你。”简灵说道。

“你说呗。”Peter 收回自己的目光，头转了回来。

“你最近有去少管所接秦海波吗?”简灵想到了那天，从少管所回来市区的路上，碰见了骑行的马旭。

“没有啊，我都好多天没有见过她了，躲她都来不及，怎么会去少管所接她。”Peter 似乎发现了简灵脸色不对劲，“你看到有人去少管所接她?”

简灵摇摇头：“没有，我也只是随口问问。”

“那就不谈她了，时间差不多了，走吧，电影快开场了。”Peter 看了看表说道。

简灵点了点头，跟在他身后。

只是，又想起 Peter 刚才的话，简灵不自觉地边走边回头，再一次望向自己身后……除了那些原本也站在阳台外的人群，她并没有发现有什么可疑的人物。

2. 年美芝的电话

影厅的灯光终于暗了下来，有着白子恒特色的浅蓝色底影像，开始出现在幕布上。简灵稍稍侧过脸看了 Peter 一眼，心中莫名有了百般滋味。时间仿佛一下子又回到了大学的时候，而坐在自己左手边的人正是周逸朗。

“白子恒长得好看吗?”周逸朗在简灵耳边小声问道。

“当然好看。”简灵手抓了一把爆米花塞进嘴里。

“比我还好看？”周逸朗抢过简灵怀里的爆米花。

“肯定比你好看。”简灵笑了，没好气地回答道。

“凭什么比我好看？”周逸朗似乎也生气了，伸手将爆米花抱到自己手中。

“就凭白子恒不会抢我的爆米花啊。”简灵伸手抢了回来，低声说了句，“幼稚。”

周逸朗却瞬间被逗得开怀大笑，怜爱地将手搭在了简灵肩膀上：“看来他一定不是个吃货。”

那昏暗的放映厅里面，就着电影银幕微弱的光，简灵看到了周逸朗的侧脸。那一刻的她，有种想马上嫁给周逸朗的冲动，似乎婚姻两字就能代表了永恒，代表了两个人能一直相守到人生的终点。

然而，时间与场景猛然切换，如今坐在简灵身边的人是Peter。她苦笑了一下，收回自己看向对方的视线，转过脸，将注意力重新投放在电影银幕上。

大概有十分钟后，简灵发现自己完全没办法静下心来观看。她时而调整自己的坐姿，时而拨弄自己的裙摆。

“你怎么了？”Peter似乎也察觉到简灵的不对劲，关心地问道。

简灵摇摇头，小声回应道：“没什么。”

Peter半信半疑地看了她一眼，没再说什么。

简灵越发不自在了，她脑子里越来越乱，完全无法与银幕上的故事去融合。她有些无力地看着，心里猜想是不是因为自己长大了，就不再喜欢白子恒的作品呢？抑或说，过去是因为有周逸朗陪着，所以才那么喜欢去追逐白子恒的作品？

就在简灵思绪联翩的时候，口袋里的手机振动了起来。她似乎找到了一根救命的稻草，匆忙之间也顾不上看到底是谁的来电，直接跟Peter小声说了句：“我出去接个电话。”便压低身子，朝门口走去。

观影厅外面的楼道间，正对着风口，简灵只能背对着风接起了电话。是一个陌生的电话号码的来电，接起后几秒钟，对方都没有说话。

“你好，是谁啊?”简灵始终耐着性子，她担心是手机信号接收不好，所以对方没听到自己说话。她拿着手机，快速地环顾了四周后，往刚才跟 Peter 聊天所站的阳台方向走去。

“简医生。”对方终于开始说话了，这是一个似曾相识又带着点儿稚气的女孩子的声音。

“我是，请问哪位?”简灵凭着栏杆站直，另一只手捋了捋自己耳边的发丝。

“我已经从少管所出来了，很感谢你先前的评估报告。”对方顿了顿，继续说道，“哦，我是年美芝。”

“美芝?”简灵脑海立马浮现出那一双眼神清澈的大眼睛，“恭喜你，往后好好的，不要再犯错了。”

“嗯。简医生，我是今早上回家的，但是……但是家里要给我安排跟心理医生见面，我不喜欢这样的事情，我也很清楚自己的心理状况，而且……”年美芝说话有些迟疑。

“嗯，你的评估报告已经说明你心理状态是不错的。”简灵肯定地说道，但话锋一转，“只是接下来，你需要学习如何重新建立家庭关系，所以如果有心理医生的帮助，效果会好点儿，或者说是……会比较快点儿建立起来。”

对方听了简灵的话，并不作声。简灵心里也是有些考量，担心操之过急会造成年美芝的逆反心理，毕竟是个青春期的孩子，有叛逆的心理是属于正常的。

“既然你不想见家里安排的心理医生，那么你是希望我能帮你说服家人吗?”简灵试探性地问道，其实简灵并不太想去多管别人家里的事情。当下马旭的事情已经让她感到头疼了。

“反正我已经跟爸爸说了，我是不会去见他们所安排的心理医生的。只是，我也不想家里太担心自己，于是就想起了你。”年美芝在电话那头重重地叹了口气，“简医生，其实我没有那么逆反。”话到这儿，年美芝却打住了，仿佛是在等待简灵的回应。然而简灵并未接她的话，于是，她继续说了下去，“待在少管所的日子，想明白很多事情。简医生，现在我最希望见的人是你。”

在听完年美芝的话后，简灵是有些意外的。首先年美芝比她所估计的要懂事，其次就是娥姐才是评估报告的主要负责人，可对方却找了对于儿童心理学半吊子的自己。

简灵转过身，看向了对面的那些高楼大厦，还有更远处的那些稀疏的灯火。莫名地，简灵感觉到一阵疲惫，来自心的疲惫。

“简医生?”年美芝加重了语气喊道，“你在哪儿?”

“我在外面，你刚才说的那些话，我都听明白了。”简灵感觉拿着电话的那只手有些发麻，于是将电话换到另一只手上。

“你告诉我具体位置吧，我现在过去找你。”年美芝语气中带着点儿愉悦，似乎是因为自己成功说服了简灵为自己做心理辅导。

“现在?”简灵皱了皱眉，想起了还独自坐在观影厅里面的 Peter。随即思考了片刻，还是答应了下来，“那我把诊所的地址告诉你，我们半小时后见?”

“不，我不去诊所。”年美芝一下子，语气就变得抗拒起来，“我们找家咖啡馆见面吧，去诊所感觉太奇怪了，我又没病。”

“那好吧，我等下信息发个地址给你，是家环境不错的咖啡馆。”简灵笑了笑，心想着对方始终还是个稚嫩的孩子，对于看医生这件事情都是抵触的。

“好的，我现在就跟爸爸说，谢谢你，简医生。”年美芝乐呵呵地挂了电话。

简灵将电话放回衣服口袋里面，才刚转过身，竟看见 Peter 不知道什么时候也走了出来，站在自己的不远处。他一只手插在裤子的口袋里面，另一只手中夹着烟，星火一明一暗。简灵朝他走去，对方站在原地，似乎已经意料到她会走过来，所以依旧气定神闲般抽着烟。

“不好意思，我出来太久了。”简灵略微尴尬地笑笑。

“没事，只是担心你所以出来看看，发现你只是在讲电话，我就放心了。”Peter扭过头，找到垃圾桶，将手中的烟灭了并且扔了进去。

“我要先走了，抱歉。”简灵依旧脸上带着微笑，“有个孩子想跟我聊聊，所以……下次我请你吃饭吧？”

“如果你是因为看不成这次的电影，想要道歉而约我吃饭，那……”Peter思考了一下，说道，“能和你一起吃饭，不管是什么理由促成的，我都很开心。”

“那还能请求你一个事情吗？”简灵朝电影院大厅看了过去，“我猜你也不太想一个人继续看电影的，那么可以送我过去咖啡馆吗？”简灵说罢，顽皮地吐了吐舌头。

“行啊，为美女服务当然乐意。你要去哪家咖啡馆？”Peter问道。

“就去斐尔楼下那家店，环境挺安静的。”简灵边说边往电梯口走去。

“可以，没问题，那家咖啡馆环境的确不错，而且老板我也认识，等下你们要喝什么吃什么，都入我的账。”Peter还没得到简灵的回应，就赶紧掏出手机拨打了一通电话。

简灵在旁边听着Peter讲电话，大概也能猜到一二。他是打给了咖啡馆的老板，似乎吩咐对方给他准备一份叫什么“蜜之风暴”的甜品。简灵低下头，发现自己竟然不自觉地笑了。似乎太久没有被人认真宠爱过了，这种久违的感觉，使得她一下子就有些心花怒放的。

简灵跟Peter一同到了咖啡馆的时候，便看到年美芝坐在了靠窗边的位置，而她的对面，坐着一对上了点儿年纪的夫妻，简灵猜测那应该就是年美芝的父母了。她大方地走上前，先是朝年美芝点头一笑，然后转过脸，跟那对夫妻打招呼。

“简医生，请坐。”年美芝的父亲一身儒雅的气质。简灵猜测，这应该是一位曾受到过不错教育的男子。

“好，你也坐，大家都别客气。”简灵说道。

“我们俩到外面走走，你跟美芝聊聊。”中年男子始终客气，没等简灵的回应，便牵起他身边的女子，正欲离开，只是才走出一步，便又回过头看了看年美芝，说道，“爸爸就在外面等你。”

年美芝并不说话，只是一脸乖巧地笑笑，同时点了点头。

等年美芝父母都离开后，简灵才坐到了年美芝的对面。

“简医生，这是你男朋友吗?”年美芝看了一眼还站在桌边的Peter。

“哦，不是。”简灵这时才想起了一直被自己忘记了的Peter，“他是我的一个朋友，碰巧顺路送我过来的。”

“真的是顺路吗?”Peter故意地说道，眼神带着几分戏谑看着简灵。他的眼神，盯得简灵感觉有几分窘迫。

“好啦，不打扰两位美女，我自己找个位置坐着。”Peter笑了笑，又看向了年美芝，挤眉弄眼地说道，“我就一个人远远地坐着。”

“不，你坐下来，我们一起聊天。”年美芝似乎对Peter印象不错，心情大好地说道，“反正也只是随意说说话，多个人热闹些。”

“那我就不客气了。”Peter坐到了简灵的身边，并且似乎故意地往简灵再靠了靠。在旁人看来，这两人俨然就是一对情侣的模样。

简灵有些尴尬地瞪了Peter一眼，偏偏对方并不在意，反而主动地跟年美芝攀谈起来。不知道为何，简灵发现自己竟然对这个整天爱捉弄自己的Peter，生不起气来，甚至觉得这人有些有趣。

3. 红房子的呻吟声

“你好，我叫年美芝，你是简医生的男朋友吧?”年美芝说这话的时候，却是看向了简灵，她似乎也在偷偷地打量简灵的表情变化。

只是简灵这一次并不着急辩解什么，而是抬手接过服务员递过来的菜单，转过脸看向 Peter，说道：“你看看，想要喝点什么？”

Peter 感觉到了简灵并不喜欢这个关于“男朋友”的话题，赶紧接过菜单，“我来帮你们点餐就好了，你们先聊天。”他说罢便站了起来，但又似乎思考了一下，探过身子，靠近年美芝。他微微笑着，压低了嗓子说道，“我还在考核期，所以别乱说，简医生会不高兴。”

这话声音不大不小，也正好落到了简灵的耳中。简灵一脸哭笑不得的模样看向 Peter，本来还想说些什么的，却见对方已经一溜烟地跑了。

“简医生，这男人挺好的。”年美芝看着 Peter 的背影说道。

简灵看向眼前的少女，这是两人第一次在少管所之外的地方见面，没有了先前的拘谨，两人似乎都挺适应当下的气氛。

今天年美芝的嘴唇抹了淡淡的口红，整个人出落得精神多了，再细瞧一下，她那头被剪短了的头发很适合她。

“你的口红挺好看的。”简灵笑笑。

“是阿姨送给我的，就是我后妈。”年美芝大大咧咧地说道，“其实她人也挺好的，但是要我现在就喊她妈妈，我暂时还做不到。当然咯，一切都只能交给时间，只是迟早的事罢了，你说是吧？”

简灵点了点头：“嗯，当然，你比我想象的要懂事很多。”

“其实什么才叫懂事？是能配合着大人们心中的意愿去行事，就叫懂事？”年美芝嘟了嘟嘴，很明显，她并不喜欢别人称赞自己懂事。

“或者说是懂得了不随意伤害自己身边的人，而某些退让其实也是无伤大雅的，你觉得我说的对吗？”简灵边说边留意着对方的神情变化。

年美芝笑笑，不说话，侧过身去翻自己的挎包，没一会儿就掏出了一管口红，递给了简灵。

“这就是你阿姨送的口红？”简灵接过后，放在手掌心看了一眼。

“漂亮吧？”年美芝双手合十，抵在了下巴处，“小时候，我经常拿她的口红画画，画在墙壁上，画在镜子上。这行为很傻，是吧？其实我知道自己只不过是嫉妒她拥有那么多漂亮的东西罢了。我可稀罕她那些口红了。感觉只要抹上了就能马上变大人一样，或许……或许我是迫切地想要长大吧。我也想长成像她那样好看的女人。”

简灵将口红递还给年美芝，说道：“每个女孩子小时候，都想要玩妈妈的口红，穿妈妈的高跟鞋，渴望长大。”

“那你小时候也如此吗？”年美芝瞪大了眼睛，一脸天真无邪地看着简灵。

“很可惜，我妈妈并没有抹口红的习惯。”简灵摆了摆手，“她也不爱高跟鞋，我唯一做过的傻事，只是偷偷地把她的那些发饰都夹到自己头上。”

“原来简医生小时候也这么有趣的，那太好了，这样看来我并不是那么奇特的孩子了。”年美芝舒了口气，又压低了声音说道，“出了少管所的感觉，真的太好太好了。”

“那以后得好好珍惜自己的人生了。”简灵正色说道。

“嗯。”年美芝点了点头，顺带将口红小心翼翼地放回挎包里，“爸爸跟阿姨对我都很好，我很感恩，最让我庆幸的就是，我有一个妹妹了。妹妹长得很可爱。”

简灵这才想起当初看年美芝的档案，里面就有写到关于她将怀孕的继母推下楼的事情。再抬头看眼前的少女，其实简灵也无法相信那会是事实。

“生活会变得越来越好的，你要确信这一点。”简灵伸手握了握年美芝，试图给予她鼓励与勇气。

年美芝淡淡地笑笑，刚想说话，就瞧见了朝她们走来的 Peter，于是她稍稍仰着头看向了简灵的身旁，最终目光落在了 Peter 手中的一份甜品上。

“这叫‘蜜之风暴’，只有老板在的时候才做得了这个东西，其他的店员都不会，我特意打电话叫老板回来给你们做的，赶紧试试看。”Peter满脸期待地看着简灵。

“哥哥，你叫什么名字呢？”年美芝拿起勺子正准备开动，却停住了手中的动作。

“对了，我都忘了自我介绍，叫我Peter就好。”Peter拿起桌上的一个勺子，再取过一张纸巾，将勺子擦了擦，递给简灵。

简灵接过勺子，说了句谢谢。说这话的时候，她不敢正眼看Peter，毕竟，对方刚才拭擦勺子的细心行为，让自己有了悸动。而这些细微的情绪，很容易从眼神里面不小心流露出来……简灵只好假装故意地冷漠低头，弱化被看穿心思的可能性。

“接下来你有些什么打算吗？”简灵抬头问年美芝。

“还没想好，反正先休息一段时间，陪陪家人吧，妹妹喜欢黏着我。”年美芝边说边往嘴里塞了满满一口的水果冰，露出心满意足的表情。

看到年美芝的样子，简灵也忍不住打心底欢喜起来。

“简医生，你跟秦海波熟吗？”年美芝突然放下了勺子。

“不熟，只是去少管所见过两次面，怎么了？你跟她之间有事？”简灵有些惊讶地问道。

“我上次见她看你的时候，眼神不太一样，以为你们私底下有来往，或者说有些交情之类的。”年美芝嘟了嘟嘴，“那个时候就奇怪，像简医生这样的人怎么会跟秦海波有来往呢？思前想后，也只猜测她找过你做心理咨询罢了。”

“怎么？你觉得她需要找心理医生？看来你对她的事情比较了解哦。”简灵打趣地说道。

“不，不，不。”年美芝连忙摆手，“我怎么可能了解她呢，这个人那么奇怪，有时候笑嘻嘻的，更多的时候就莫名其妙地变得冰冰冷冷的模样。我就猜测这种人，心理上有不为人知的疾病，我比她正常得多啦。”

“哈哈，毕竟她是个大姑娘了，有些少女心思很正常的，不能就这样说人家有心理疾病啊。”简灵觉得年美芝说话直白，不懂得拐弯抹角，始终是个孩子的心性。

“才不信呢，她明明……”话说到这儿，年美芝却打住了，看看简灵，又看看 Peter，一脸的欲言又止。

“想说些什么呢?”简灵摊开手，示意年美芝可以放松下来。

“就是有次，撞见了她的好事……”年美芝憋红了脸。

“什么好事?”Peter 这个时候就显得有些紧张与着急，但很快他便发现自己的失态，赶紧调整了一下坐姿，连忙解释道，“我只是有些好奇。”

“是吧?”年美芝疑惑地看了 Peter 一眼。

简灵心中了然 Peter 的好奇心，但也不说穿，只是笑笑：“是发生什么不能说的事?”

“也不是不能说，反正也不止我一个人知道，后来很多人都知道，虽然那时候李老师叫我们不要乱说出去，不过孩子们之间，还是偷偷说开了。”年美芝又舀了一口水果冰，咬得“咯嘣”响，“我想想啊，好几个月之前的事情了，那天大白天的，李老师叫上了我还有另外两个同学，一起到红房子那边剪草。”

“红房子?”简灵记忆中少管所并没有红房子。

“就是心理辅导中心那栋楼，你在里面当然看不见，在操场看过去，对着操场的那面墙，刷的是很大一片红色油漆，听说是以前不知道哪个学生淘气，大半夜偷偷跑去那边，在墙上涂鸦给整的，很大一幅画。因为远远看就是红色的一片，所以我们都叫那儿红房子了。事实上谁整的都没查出来，少管所的领导对于这个事情就不了了之了。”

年美芝撑着下巴，一副思考状态，“哦，对了，后来校长找了油漆工，把墙又给刷回现在这颜色了，所以你没看到也不奇怪，但是我们习惯了叫那儿红房子。”

“这样啊……”简灵点了点头，“那你继续讲。”

“前一天是运动会，我们几个人全身骨头都要散架了，那会儿让我们去剪草谁愿意啊，所以就做得磨磨蹭蹭，李老师就说我们四个人偷懒。”年美芝说话语气里面带着委屈，“不过，李老师后来估计也想起了我们前一天才参加了运动会，所以第二天都没啥体力了，后来叫我们都先回去，说晚上再出来剪草。这样想想，李老师人挺好的。”

简灵双手交叠在胸前，身体靠在了椅子背上，双脚往前伸了伸：“后来呢？”

“晚上比较晚了，宿舍那儿都熄灯了，李老师重新带着我们四个人过去红房子那边剪草。当时我们几个也没说话，估计大家心里都是想着赶紧把事情做完，早点儿回宿舍休息。大概这样过了半个小时吧，我想上厕所，就跟李老师报告一下，没想到我人刚站直了腰板，就听到了不寻常的声音！”年美芝特意地压低了声音，还倒抽了口气。

简灵也配合着年美芝，将自己的身子朝前靠了靠，问道：“那是什么声音？”

“呻吟声！刚开始我以为自己听错了，赶紧拉扯过当时离我最近的同学，让她停下手上的事情细心听听，后来其他人看我们都站在原地不动，都紧张起来，包括李老师。晚上的少管所太安静了，那呻吟声就显得特别突兀，大家都听得一清二楚。我特意看了李老师一眼，她整个脸色都变了。”年美芝说到这儿的时候，脸上也泛起了红潮。

“声音是在操场那儿？”简灵皱了皱眉，余光扫了Peter一眼，发现他脸色已经铁青。

“不是。”年美芝摇摇头，“是在红房子，我们几个小姑娘大气不敢喘，虽然有些事没经历过，也不是啥都不懂的。李老师叫我们几个别乱跑，继续剪草，她进去那栋楼里面看看，就在那会儿，身边的同学拉扯了一下我的衣服，示意我看过去红房子的一边角落。我一看就吓死了，那儿有个人影！可以看得出，那人影是个男的，高高瘦瘦的。我们都肯定他是从楼里逃跑下来的，而且他身手很敏捷。他快速骑上一辆自行车，哦，不对，应该是辆山地车来着，就那样溜了啊。啧啧，真的够迅速的。可以猜测，那男的心理素质很好，遇事不惊慌。”

“看来你还懂心理学啊。”简灵打趣说道，“那李老师那边究竟怎么个情况呢？在心理辅导中心有发现什么了吗？”

“有！”年美芝重重地点了下头，“过了十几分钟，李老师回来了，她身后跟着过来的人就是秦海波……”

“嘭！”突然一声响，打断了年美芝的话。简灵看向自己身边的男子，只见 Peter 右手紧握成拳头锤在桌上，沉默着。

“他没事，你接着说。”简灵将自己的左手伸到了桌子底下，轻轻地拍了拍 Peter 的大腿两下，示意他冷静点儿。

“秦海波那会儿衣衫不整，脸色红得跟什么似的，这模样啊……”年美芝故意地拉长了尾音，“应该就是刚做完爱。”

“好了，就说到这儿吧。”简灵冷冷地说道，她有些担心这个话题继续下去，会使得 Peter 情绪失控。

“哦。”年美芝有些无趣地低下了头。

“你小小年纪，不能随便乱猜这种事情。”简灵感觉自己语气有些过硬，于是换了比较温柔的语调说道，“那些事情跟女孩子的声誉有关，更是不能随意拿来八卦的哦。”

“这又不神秘，哪里是随便乱猜，我十几岁的时候就跟男孩子偷偷亲过嘴了，知道很多事情的。”年美芝大大咧咧地说道。

“好，好，好！我知道你晓得的事情多了，秦海波的事情就打住不说了。”简灵有些着急。

“你刚才说的那辆山地车，车外面是不是有个反光标志的？”Peter

突然换了一副异常冷静的口吻问道。

“是啊，山地车不都后面有反光标志的吗?”年美芝笑了笑，看向了 Peter。

“是这个形状的吗?”Peter 拿出自己的手机，翻了一张照片，放在桌子上。

“我看看。”年美芝拿过手机，“对，就是这种图案的，这像什么呢？图腾？我没看懂。”

一听到“图腾”的字眼，简灵便条件反射般地打了个冷战。

“哦，这是一只站立着同时张开了翅膀的鹰。”Peter 露出了诡异的笑容，“谢谢你。”

年美芝不知道 Peter 为何跟自己道谢，有些懵然地“哦”了一声。

“你这标志哪里来的?”简灵不解地问 Peter。

“斐尔之前送给会员的礼物包里面，就有这种山地车反光标志。”Peter 回答得很轻松自在，这使得简灵心中隐隐有些不安，因为她清楚，很多人在做出偏激行为之前都表现得十分正常，甚至说是正常得不符合此人的常态。

简灵心中对于山地车的主人已心中了然，但也不敢说破，只是手心捏了一把冷汗……

第十一章　一个叫秦海波的女人

1. 关于伤害

在 Peter 送简灵回家的路上，他一直沉默着，这使得车厢内气氛有些凝重。简灵估摸 Peter 是因为年美芝谈论起秦海波的事情，而导致他心情郁闷。但 Peter 仿佛并不打算与自己谈论那些事情，所以简灵也同时选择了沉默。

时间一点一点地过去，距离到家的路程还有很大一段路。这样凝重的气氛，使得简灵自己也有些受不住了。她按下了车窗，留出了大概四指宽的缝隙，让晚风钻进了车厢内。

“我记得你不太喜欢吹空调，那还是享受下大自然的风吧。”简灵略带调皮的语气说道，而后，又带着关心地问道，“晚上你没吃晚餐，肚子不饿吗？先前我听说健身的人都必须三餐固定的。”

“嗯，真没想到你对于健身的事还略知一二，瞧你平时都不怎么运动。”Peter 说道。

“你今晚上第二次说我不运动，其实我大学的时候运动是为了减肥。”话音刚落，简灵才反应过来，自己已经很久没有跟别人谈论过关于自己读书时期的事情了。

“哦？”Peter 听到简灵的话之后，仿佛来了点儿兴致，“没想到简医生曾经是个胖妞啊。”

“也不是很胖吧，只是希望自己能够变得更苗条、更好看一些罢了。”简灵边说边努力地去回忆过去的自己，究竟是个什么模样的，却发现记忆已经变得有些模糊，似乎唯独剩下了那个常陪伴在自己身边的高瘦男子的身影。

“想什么那么出神?”Peter 的话打断了简灵的思绪。

“没什么，只是觉得有点儿闷，不介意我把车窗都打开吧?”话语刚落，简灵便将车窗又打开了点儿。

“女人好像都这样的，虽然嘴巴上像是在征求别人的回应，但实际上已经针对自己的想法有所行动了。”Peter 仿佛话中有话，听得简灵心中千回百转。

“看来你过去曾经被女人伤害过。”简灵本想着用玩笑的口吻来说这话的，谁知道话一出口，竟然变得带有点儿嘲笑的意味，这使得她内心莫名地紧张与惆怅，生怕对方会因此生气，毕竟今晚上 Peter 的情绪始终处于不稳定的状态。

“我内心很强大的。男人与女人之间，不是你伤害我就是我伤害你，但说到底，都是自己伤着自己的。”Peter 惨淡地笑了笑。

“这话应该怎么理解?”简灵缩了缩脖子，总感觉当下的气氛其实并不适合来探讨这种男女之间的话题。

“事实就是如此，你倘若受到伤害，那只是你给了别人伤害你的机会。假如你毫不在意对方，谁能真正伤得了谁。可怕的是，我并不惧怕给别人这样的机会。”Peter 叹了一口气。

听着 Peter 的语气带着忧伤，简灵赶紧转移了话题，说道：“对了，我觉得年美芝这孩子挺好的。”简灵说着话，还时不时偷偷打量着 Peter 表情的变化，“我相信她未来的路会走得越来越好，你有没有这样的感觉?”

“那这次就轮到简医生你来给我讲讲你的独特见解。”Peter 装出了一副洗耳恭听的模样。

“她年纪还小，可塑性是很大的。再回去看她的童年，并没有什么实质上的伤害别人的心思，一般小孩在零到六岁间的成长比较关键，如果在这六年的时间里面，没有顺利地度过每个阶段性的发展，就容易造成性格或者行为偏差。”简灵继续一本正经地说道，“零到一岁半是口欲期，一岁半到三岁是肛欲期，三岁到六岁就是性蕾期，这三个阶段十分重要。而后面还需要经历潜伏期与青春期，那父母与孩子身边的人都比较容易介入干预。毕竟小孩的认知都已经有了，能分辨是非黑白的。”

“那么你说说年美芝后来推别人下楼梯的事，这要如何去解读？”Peter 问道。

“缺乏关心，而偷东西成瘾这种事情经过心理治疗都能康复的，并不是什么大事。况且她现在懂得感恩，感受到家里的温情，一切都能促使她拥有强大并且包容的内心。”简灵发现自己第一次能跟学习心理学以外的人，如此讨论关于自己专业方面的话题。

“看来你很有自信。”Peter 淡淡的语气，“人性是最复杂的，你永远都参透不了，很多时候你信心满满，最终结果可能会让自己失望。当然了，我不是在说年美芝不好，我只是……只是不想你会受到伤害。”

“我怎么会受到伤害呢？年美芝不会对我做出什么不好的事情的，这小姑娘虽然曾经犯错，可是内心是善良的。”简灵坚定地说道。

“我不是说她会伤害你，而是感觉你这个人不管遇到谁，都会先相信人是性本善的。”Peter 瞥了简灵一眼，“不过除了对我，估计第一次见面的时候，你就将我纳入坏人的行列了吧？”

“你是承认自己长得像坏人了吗？”简灵“扑哧”一声笑了出来，突然脸色一正，问道，“那，你会是坏人吗？你会伤害我吗？”

“这个世界没有绝对的好坏，我只是想你能保护好自己就足够了。”

Peter顿了顿，继续说道，“只是作为朋友的一个忠告罢了。”

“那我谨记了。不过刚才我是在说年美芝的事情，现在怎么扯到我的问题上了?”简灵以前对于自己的谈话技巧还是挺有信心的，但没想到每次面对Peter的时候，都会被对方掌握了主导权。这让她感觉有些郁闷。

“毕竟我不了解那小姑娘，不好评价。但是我了解……”Peter话说到这儿，似乎想起了什么，话锋一转，“没什么了。”

“你了解什么?”简灵追问道。她似乎心里早就意料到对方的答案，内心有那么一丝丝的期待。她一门心思地等到他说出那句：“但是我了解你。”

“不告诉你。”Peter露出了个大笑容，接着便不再说话。

“果真是个不会聊天的男人啊。”简灵没有听到自己心中所想要的答案，感觉有些无趣了。

“简灵，你当初为什么会去学心理学?”Peter有点儿刻意地转换话题，“在我眼中，你不像是一个在成长过程里面有遭受过自己无法承受的痛苦的人，你看起来总是那么纯粹。”

“你是认为我年轻的时候，并不会敏感细腻，并且少年不知愁滋味?”简灵第一次听到别人如此评价自己。

“也没别的意思，只是好奇就问一下，你们女人简直就是这个世界上最复杂的动物了。”Peter无故地皱了下眉头，哪怕只是那么一瞬间，但仍然落到了简灵的眼中。

简灵猜测，Peter是又想起了关于秦海波的事情了。

两个人都不再说话，一直沉默到车子驶到了简灵的小区门外。

“我先回去了，晚安。”简灵边解开安全带边礼貌地说道。

“简灵。”Peter眼看简灵即将离开车内，突然喊住了她，“自己小心点儿。”

Peter说这话的时候，简灵的身后突然一辆疾驰的车呼啸而过，巨大的引擎声使得简灵听不清他的话。于是，简灵仅仅微微笑着，浅浅地点了下头，便关上车门，朝小区走去。

当简灵快走到自己的那栋楼的时候，发现楼外很热闹，围了一大群人，还有小区的保安朝地下车库进进出出的。这让她有种不好的预感。简灵赶紧上前，在混乱之中走进了车库。

她往自己的停车位走去，还没靠近，一名较为年轻的保安人员便阻止了她的去路。

“不好意思，女士，我们需要保护好现场，因为已经报案了，现在正等待警察过来。”年轻保安一脸认真地说道。

“那是我的车。”简灵伸手指了指前方。

“不好意思，我这边需要跟你核实车辆信息，这儿的车好些被砸了，我们正在进行车主登记。”保安员便朝自己的右后方喊了一声，“大方哥，这边登记一下，这位是车主。”

“你好。”那名叫大方哥的西装男很快便站到了简灵的面前，“你好，我是物业公司的员工，需要跟你这边核实跟登记一下相关的信息，等会儿我们会一起交给警察的。”

简灵点了点头，她有些厘不清思绪，心里嘀咕着难道有贼跑到小区来敲玻璃偷东西了？她同时想起过去，那名神秘的快递员大白天进到自己家中偷走了周逸朗的靴子的事情。这一切，使得简灵不禁打了个冷战，同时在脑海里快速地思考着自己是否搬到保安严密的小区去。

“是这样的，一开始有业主来物业处说车的窗户玻璃被砸碎了，然后我们就派了人过来车库查看，一看发现好几辆车都被砸了。”叫大方哥的物业人员回过身看了一眼简灵的车，说道，“就目前来看，你的车只被砸了挡风玻璃，具体是什么人做的，我们只能等警察过来进一步调查。等下警察会跟你进行沟通，所以女士你先别离开，一起在这里等着吧。”

简灵皱了皱眉，对于眼前的这些人所说的话并不想细听。于是只简短地跟对方核实了一下车主信息，便转过身，一个人站在角落里。她看着眼前的情景，别的车主基本上是由一两个男性在场陪伴着的。而自己只有一个人，这难免心中有些害怕与孤独。简灵不喜欢这样的情绪，她转身往电梯间走去，这一刻心里只想着尽快离开车库，回到家中。

不知道为何，简灵一进电梯后，就有种被人在暗处监视的感觉。她暗自深呼吸，将挎包搂在胸前，她甚至害怕电梯门一打开，会有无法预料的事情发生，她伸手摸进挎包里面，将雨伞掏出来，紧握在手中。

电梯门缓缓打开，门外的感应灯也随之亮了起来，简灵站在电梯内，仍不敢踏出。她静下心来听电梯外的动静，过了几秒钟，电梯门正要自动关闭之际，简灵按住了电梯的“开门”开关。此刻，她感觉到放在按键上的手指正发抖。

最终，简灵深呼吸了几下，走出了电梯。她左右两边瞧了瞧，发现楼道里并没有什么异常。这才壮着胆往自己的房号走去。

因为楼道里面过于安静，简灵听见自己掏钥匙的动静很响亮，甚至有些刺耳。钥匙间摩擦的“叮叮当当”声使得她莫名地感到一阵忐忑，也不懂自己究竟在害怕什么。

或许是来自于童年的某些记忆。小时候，外婆都会讲故事哄简灵睡觉的。而外婆念叨得最多的一句话就是：“赶紧睡觉，不要说话哦，不然妖怪会因为听到我们家有声音而跑进来的。”年幼的简灵听着外婆的话，看向了窗户那边，也不知道外面摇曳着的是树影抑或真的是妖怪的身影，吓得她赶紧闭嘴合眼，就算没有睡意也假装在睡觉了。

长大以后，哪怕已经知道那些妖怪故事都是假的，不过是大人编造来骗取小孩片刻的安静。但那些童年的记忆、童年的恐惧，总是伴随着简灵的长大。所以她很惧怕在安静的夜里会突然出现一些响亮的声音，似乎那些声音就是在预示着将会有不好的事情发生一般。

简灵为了赶紧驱散钥匙的“叮叮当当”声响，手中开门的动作变得更大，希望尽快能把家门打开，赶紧躲进屋里。偏偏，她发现钥匙孔怎么都无法顺利地插进去。这使得她气急败坏，甚至感觉自己所有的情商在这一刻变得完全为负值。她从衣服袋子里面找出手机，打开了手电筒功能。

她俯下身，将手电筒的光线对准了钥匙孔一看，让她哭笑不得。因为钥匙孔里面不知道被什么东西给堵住了，在钥匙孔的隔壁还贴了张派大星的笑脸贴纸。看到这些，简灵刚才那跳动得有点儿异常的心，才稍稍恢复正常。

“估计又是楼上熊孩子的杰作。”简灵摇摇头，自言自语道。

她想起楼上那户人家的孩子，经常被住在这栋楼的其他住户上门投诉的。不是往楼下扔自己制作的水袋把经过的人给砸了，就是淘气地在别人家的门上画画，反正就是各种层出不穷的花样。至于简灵为什么把这个堵钥匙孔的事件联想到那孩子的，因为有次简灵回家的时候，在电梯里面就碰到过那熊孩子。当时小男孩怀里抱着个派大星的公仔，再看他脚上也穿着双派大星的鞋子。

简灵再次俯下身去看了看钥匙孔旁边贴的那张贴纸，笑了笑。收起了手机，转身再次往电梯间走去。

“唉。”简灵边叹气边看了看手机上的时间，心里寻思着已经这么晚了，就算找物业帮忙，应该也找不到开锁的师傅过来了。那么现在，她只能选择回去自己的诊所住一晚上了。

简灵走出小区，往景阳公园走去。在过去的大半年里面，她都没有再像从前那样，步行穿过公园到诊所上班了，都是自己开车，绕一大圈过去的。

简灵站在马路边上，看着对面的景阳公园，才发现门口原先摆放的盆栽都撤掉了，换上了一些卡通造型的灯饰。不知为何，明明是可爱造型的卡通，但在夜光灯的照射下，卡通的表情显得特别怪异，让人看了不寒而栗。

这让简灵莫名地想起苏铭来，他以前是园林局的员工。有一次聊天的时候，苏铭提及过关于景阳公园的园林设计。

当时，苏铭说："门口不应该摆那么几盆如此死板的松树盆景，还是鲜花比较漂亮。而且整个园区的鲜花也确实太少了，都是些树跟草，这样并不好看，你说对吧？"

"那你觉得应该栽种些什么样子的鲜花？"简灵的印象之中，男性一般都不太喜欢鲜花的。

"感觉紫色的花不错。"说罢，苏铭一脸深情地看着简灵。

那个时候的简灵回避过了苏铭火辣辣的目光，甚至自欺欺人地认为一切都不过是错觉。她努力说服自己，苏铭只不过是个普通朋友而已。其实，那个时候，简灵也不明白苏铭口中所说的"紫色的花"是在暗示什么。

简灵拉回思绪，将挎包甩到自己身后，正要穿过马路，却听到不知道从哪个方向传来的自行车铃声。这突兀的声响吓得简灵一惊一乍的，赶紧加快脚步往公园方向走去。当她走到公园入口的时候，不经意地瞥了门口那个卡通灯饰一眼，心中懊恼自己总是在吓唬自己，明知道会使得人心中不舒坦的东西却偏偏要去看。

走进公园，空气中似乎凝固着某种特殊的气味，简灵在脑海里面寻找关于这种气味的记忆，最终搜寻到一丝信息的时候，她全身僵硬起来，双脚再也踏不出半步。这气味有些像……像是血腥的味道。

突然，简灵的肩膀被不知道什么人碰撞了一下。她很快便清醒过来，回头一看，发现是一个身形比自己高壮的夜跑人刚碰撞到自己。

"应该是不小心撞到的吧？"简灵心里嘀咕着。

想到这儿，她环顾了四周一下，也不知是否心理作用，周遭的那几根路灯明明都已经亮起来，灯光却显得特别暗。在这样的一个环境之下，让简灵不寒而栗。

深呼吸后，简灵将耳边的发丝拨弄到耳后。手掌特别刻意地摩擦了好几下，再双手握拳，手指用力地紧了紧，过了约莫十秒钟才松开。这是一种自我打气的方式，简灵也深知自己并不是那种遇到一丁点儿风吹草动便一惊一乍的小姑娘，过去半年生活被阴霾笼罩，才导致自己杯弓蛇影的。

做完这些细小的动作，简灵便朝着自己原本的路线，继续走去。走了一小会儿，简灵察觉到身边已经没有夜跑的人了，她便加快了步伐。只是，让她有点儿懊恼的是，今天穿了双新鞋子出来，脚跟磨脚。她蹲下身，从挂包里抽出一张纸巾垫到脚跟的位置。

“这样就能走得舒服点儿了。”简灵自言自语道。

只是，当她一抬头，竟然发现自己所站的地方，就是……就是当日自己第一次跟苏铭正式见面的地方。不偏不倚，头顶正是当时受害人尸体被挂起的位置。简灵感到一阵不适感涌上心头，甚至感觉自己胃里有什么东西在灼烧着。她不再理会脚跟上的那些细节问题了，双手将挎包抱在胸前，跨出了很大一步，试图用这样的方式尽快逃离现场。

是的，是逃离，简灵莫名地同时感觉自己后背一阵寒气，那是一种危险的警告信号。她必须尽快地、最大努力地逃离这个地方。

任谁都没想到，适才跨出了两大步子，简灵便感觉到整个人的重心往前倾倒。因为一时没反应过来，她重重地摔倒在那并不平整的水泥地上。脚踝上的疼痛告诉简灵，她的脚踝崴到了。她试图双手撑起自己的上半身，大概是因为这一跤摔得太没有防备，腰部的神经依旧处于一种麻麻的状态。这一切，让简灵并不能顺利地撑起自己的身体。她额头渗出了细汗，不知道哪里来的一阵风，吹得她头皮发麻。

猛地，一声清脆的自行车铃声划破苍穹般，几乎要刺破了简灵的耳膜般。简灵条件反射般地想到自己不久前过马路的时候，所听到的自行车铃声。她心里认定了，这就是来自同一辆车上的声音。

简灵伸手进去包里摸电话，她清楚地知道自己全身在颤抖，心里一味地自我暗示：镇定！镇定！镇定！

看到手机屏幕发出微光的时候，简灵心中一阵窃喜。只是刚解开了密码锁，竟然因为手抖的缘故，手机掉在了地上。

简灵将手臂最大限度地张开，指尖刚触碰到手机，顺势朝着最后的通话记录的按键按去。突然感觉到自己身后有什么呼啸而过，是的，是一辆山地车飞驰而来。而车上的骑手，快速地用他手中的一根棍子朝手机砸去。

简灵目光顺着那根铁棍往上看去，还没来得及看到对方的模样，猛地，后颈就传来了巨大的疼痛，在意识消失前，她唯一的祈求就是自己刚才的那通电话能顺利地拨出……

2. 水泡

简灵恢复意识的时候，发现自己头痛欲裂，很自然地伸出一只手抚着头。她不清楚自己此刻所处的究竟是什么地方，只看到眼前的四周一片漆黑，她猜测这里应该是一个废置已久的地方，因为空气中都充斥着霉菌的气味。

"欢迎来到死神的家园。"刺耳的电子变音声响从简灵的头顶前方传来。

"谁?"简灵如同惊弓之鸟，全身汗毛竖起。也不知是因为被颈部的疼痛阻碍，还是惊吓过度使然，她始终坐在地上保持身体原状。

"嗯，大家都叫我'斩首者'，对于这个名字，你应该很熟悉啊。"对方不紧不慢地说道，甚至语气里面还带有几分嘲笑的意味。

听到对方的回答，简灵内心咯噔一下。在她脑海里面，斩首者这个名称所能让人联想到的就是苏铭跟马旭。但是这两个人都已经被逮捕了，那么眼前的人不可能是他们其中一员的。又或者说，斩首者还有第三个人？想到这儿，简灵不知不觉间，手心渗出了汗。

“斩首者，从来都不止一个人，难道你一直都没发现吗?”对方随即发出了一阵哄笑。

那诡异的笑声落到简灵耳中，竟然让她心中有了几分镇定。简灵知道，在眼下的这场博弈之中，对方越是表现出虚张声势就越是证明他心中的不淡定。

“不管斩首者是一个人两个人三个人甚至更多，但你们最终都是逃不过的。”简灵不屑地说道。是的，她在试图激怒对方，在愤怒之中，人就容易暴露自己的缺点。

“哦？这么说来，你一点儿都不惧怕接下来我会对你做些什么事情。”对方话音刚落，简灵的正前方便亮起了明晃晃的两盏大灯，强光的闯入使得人睁不开眼。

“我不管你是谁，也不管你将要做什么，但是我希望你最好还是放我回去，晕倒之前，我已经报警了，警方一定能找到我在这里的。”简灵一手挡在自己眼前，给自己眼睛缓和的时间，试图适应室内的灯光。

“你真的是个无趣的女人啊，既然这么无趣，他们怎么都这样喜欢你呢？真让人不解。”对方朝前走了两步。

这个时候，简灵才发现，对方是一个戴着面具的人，无法被看清面容。

“你想知道我是谁吗?”对方边说边将头上的帽子摘下，一头长发散落。

看着眼前的情形，简灵脑海之中竟然是浮现起了秦海波那张神色怪异的脸。

紧接着，对方摘下了面具，露出了一张与简灵脑海之中所吻合的脸。将简灵打晕，并且绑架到这个地方的人，的确是秦海波无疑。

“很惊讶?”秦海波似乎早就预料到简灵看到自己面容后，所表露出来的反应。

“的确会惊讶，但也就仅此而已。”知道对方是秦海波之后，简灵显得更加镇定了，毕竟她清楚，对方不是那种长相凶猛的壮汉。女人跟女人的搏斗，自己还是有几分胜算的。况且，简灵并不打算与对方硬碰硬，她心中已经开始盘算，如何用心理谈判技巧来说服秦海波放了自己。

秦海波扔掉了耳机，简灵估计那个就是秦海波刚才跟自己对话的时候，所使用的变音器了。

“简灵，我并不喜欢你。”秦海波朝简灵走了几步，咬牙切齿地说道，“打从我第一眼看到你开始，我就非常讨厌你。”

“好，每个人都会被喜欢，理所当然也会被不喜欢的。你不喜欢我自然有你的理由，不过……”简灵故意干咳了两下，笑着继续说下去，“你不喜欢我，跟我又有什么关系呢?”

“当然有关系，正是因为你做了让我不喜欢的事情，才如此地讨厌你，希望你尽快从这个世界上消失。”秦海波话音刚落，便利索地走到她身旁的一台机器边上打开了开关。

“滋滋”的锯齿声响提醒着简灵，这是一台磨刀的电机。

“半年以前，苏铭就应该用这玩意儿把你的头颅锯下来的。不对，他那把已经被警方带走了，这一把匕首是属于我的。”秦海波不知道从哪里抽出了一把带有锯齿的长匕首，稍微一看，已经可以确定，跟当日苏铭行凶的工具是一模一样的。

“好看吗？我很喜欢这把长匕首。”秦海波将匕首朝简灵的方向挥动了两下，又将匕首靠近了她自己的颈间，比画了一个拉扯的动作：“就这样一下、一下、一下地将你的头颅锯下来。应该挺有趣的，你说对吧?”

简灵一言不发，只是安静地看着秦海波的独自表演。

秦海波将匕首放到了磨刀电机上，金属之间的碰撞火花四溅。这一切落在简灵眼中，更像是秦海波在自编自演的一场闹剧。她清楚秦海波先前是因为感情的问题找娥姐做心理辅导。面对一个因为感情而走向极端的女人，简灵始终心中有些怜悯。

“你其实是个不错的女孩。”简灵边说，边伸手揉了揉自己脚踝的位置，身体似乎已经习惯了疼痛，让她并没觉得现在的身体有多难受。

“别说得你很了解我一样，不过……”秦海波关掉机器，将匕首放在了机器台上，饶有兴致地看向简灵，“反正你很快就要死了，那么我现在就让你多说点儿吧。”

简灵明白，秦海波是想要激发起自己的情绪，想看到自己害怕、激动抑或向她求饶。只是，这很明显都不是简灵眼下会做出来的事情。

“那么，你跟我说说，你做这些的原因吧。”简灵趁着秦海波不注意，自己偷偷打量起四周的环境。

“你想知道的，其实是关于斩首者的杀人动机吧？”秦海波笑了笑，走到了简灵的跟前，居高临下般俯视着她，“我真的不喜欢你这副嘴脸，头颅做成石膏铸件应该也不太好看。”

“咦，你睫毛挺长的。”秦海波身躯稍微探前，说了这么莫名其妙的一句话。

“斩首者是苏铭、是马旭，也是我。我们三个人都特别讨厌夜游的女人，所以我们所杀的对象都是夜游女性。”秦海波垂下眼帘，看了简灵一眼，似乎也在试图从对方的表情上面捕捉到什么。

“说下去。”简灵避开秦海波的目光。

“你一定很想知道到底为什么吧？只能很抱歉地告诉你，我也不知道。又或者说，是苏铭一直在保护你，将你保护得太好了，很多事情，他都不愿意透露的。也正是他的保护，以至于此时此刻，你竟然一点儿也不害怕我。”秦海波双手交叠在胸前，“而马旭，他这个孩子怎么说呢，明明心中就藏着魔鬼，我们不过就是顺势推了他一把罢了。他每天活在痛恨自己母亲的日子里面，也是煎熬啊，看着就可怜。”

“马旭不恨他的母亲。”简灵脑海里想起了那个暴雨的晚上，马旭在自己诊疗室的情形。他的确有难以启齿的秘密，但他爱着自己的母亲。这一点，简灵从他的眼神里面是可以解读出来的。

“而我……”秦海波并不在意简灵所说的话，“我很看不惯那些总是纠缠在 Peter 身边的女学员，她们表面上一脸单纯的模样，实质都是在打着他的主意。”

“你真的确定自己爱 Peter 吗？”简灵打断了秦海波的话。

“你凭什么说我不爱他？”秦海波突然提高了音调，激动地说道，“就是你这样的女人，一肚子的歪门心思，还想要勾搭他！”边说着边提起了脚，往简灵身上重重地踢去。

简灵身子单薄，受不起这样突如其来的冲击力，加上秦海波平时都有健身，力气自然不小。但是，在气势上简灵始终不愿输给对方，她双手硬撑在地上，将整个上身躯勉强地支撑住。这时，从简灵微微颤抖的肩膀可以看出，她正在忍受着一股巨大的疼痛。

不管如何，简灵还是心里暗暗庆幸，自己终于找到了秦海波的软肋了。

“真可笑，女人喜欢自欺欺人我算是见识多了，但是像你这种厚脸皮的，还真的第一次遇见。”简灵的口吻变得针锋相对，同时，她发现秦海波的手指正缓缓收紧。对，简灵确定了，此刻的秦海波开始变得心虚了。

“少管所我去了两趟了，心理辅导中心的窗户有明显被撬动过的痕迹。一开始，我也没多心，你反倒是给我解释了起来，这让我留了个心眼。”简灵因为喉咙的干渴咳嗽了起来。这里的空气实在太闷了，散发着霉味，使得简灵此刻脸色发白，她自己自然是没有发觉这点变化。她一手按住自己的胸前，一手撑住身子，继续说道，“我第二次去少管所的时候，你要出去大门等的人就是马旭吧。我在回去的路上，正好遇到正在往少管所方向骑行的马旭，并且，能将我的手机号码给他的人，只有你了。”

听到简灵所说的话，秦海波瞪了过去，说道：“你最好闭嘴，否则我现在就先将你弄死，我本来还想跟你玩个有趣的游戏的。”

“你跟马旭在少管所心理辅导中心苟且的事情，当时被所里的人撞见过，你没想到我会知道这个事情吧？事实就摆在眼前，你告诉我，你还是要信誓旦旦地告诉我，你是爱 Peter 的吗？”简灵冷笑了一声。

“我是做了那些事情又如何？”秦海波突然脸色一正，“Peter 不是一个正常的男人，他从来都没有那方面的需要。我深爱他的同时，但我也是个正常的女人，也是有那方面需要的，那么只好找马旭下手了。”

听到秦海波的回应，简灵有点儿吃惊，可是她也没有多想，心中只是寻思着 Peter 是因为不爱秦海波，所以不会跟她发生关系罢了。

“不管如何，你想要杀我，这又是为了什么？”简灵对上了秦海波的双眼，“就因为我也是 Peter 的学员吗？”

“是，但也不是。”秦海波俯下身，伸出一只手，指尖轻轻掠过简灵的脸颊，“虽然 Peter 身边那么多女学员，可是我从来没有真正伤害过她们其中一个，毕竟 Peter 对她们从来都不曾亲近过，偏偏……”秦海波说到这儿，忍不住用两指捏住了简灵的下巴，“偏偏，他对你不一样，我看得出来。”

“我跟 Peter 只是普通朋友。”简灵被捏着下巴，艰难地说道，“你应该看得清楚，我对他从来没那方面的意思。”

“哼，不管你是什么样的态度，但 Peter 对你是很上心，作为女人，如果连这点儿敏感心思都没有，那么就太失败了。”秦海波终于松开了手。

只见简灵那原本苍白的脸颊，被秦海波捏得留下了两道触目的指痕。这惹得秦海波开始变得有些兴奋。

“说不是，是因为我不想马旭被彻底定罪，最好的办法就是有新的斩首者案件发生，那么马旭就还有回旋的余地了。”秦海波语气淡淡的，但眼神里面分明流露出几分落寞。这全都收进了简灵的眼底。

“马旭已经被摄像头拍到他作案了，也被指证出来了，根本没有任何的回旋余地，你别傻下去了。”简灵同情起眼前这个已丧失理智的女人。

“那我还能怎么办！”秦海波突然叫嚷起来，双手伸进了自己的发丝间，面容扭曲地冲简灵吼道，“难道苏铭要没了，我还要眼睁睁看着马旭没了？你是心理医生，你肯定是在使用什么计谋来欺骗我不杀你！”

“你不能再说话了！”秦海波情绪激动地走向了那台磨刀机器，抄起了长匕首，眼神凶狠地朝简灵走近。

“本来想多留你一会儿的，但是你真的太不识趣了！那么结果就只有现在去死，你死了之后，马旭就能没事的。”秦海波叫嚣道。

“你怎么知道 Peter 不爱你呢？”简灵情急之下问道。

听到了简灵的话，秦海波不由自主地垂下了原本举着匕首的手，双眼放光般看向简灵，问道：“他跟你说过他爱我？”

话虽如此，但秦海波还是一脸不可置信般地盯着简灵。

“你想知道答案？”简灵摇摇头，说道，“反正我都要死的，那么就带着秘密死去好了。”

“你把答案告诉我，你说完，或许一切还有余地。”秦海波站在原地，不再逼近。

简灵暗自舒了口气，庆幸自己算是赌对了，秦海波心中始终是爱着 Peter 的。

“这样，我先给你讲个故事，讲完了，我再告诉你答案。”简灵抬头看她，笑了笑，“一定会告诉你。”

“你说吧。”秦海波硬生生地吞了口唾沫，仿佛在试图平复自己的情绪，耐着性子来等待一个自己一直想听到的答案。

简灵翻过身子正坐在地上，抬手捋了下一直遮挡在自己额前的发丝。她需要在最短的时间内，将自己调整到最好的谈话状态。

“从前，有个国王十分溺爱他的女儿，溺爱到一刻都不能离开，并且不管女儿要什么，他都千方百计给她办到。有一天，外面下着大雨，水积在庭院之中，雨滴打在积水上，溅起许多水泡来。国王女儿看到之后，对于那些水泡十分喜爱。于是她就向国王要求说：我要那水上的泡泡，把它们穿成花鬘，装饰头发。国王回答道：水泡这东西是取不起来的，怎么可以穿成花鬘呢？你痴了吗？然而听了国王的话后，女儿便说：若是不给我穿成水泡花鬘，我便自杀。听到女儿的话之后，国王便开始惶恐，只得召集全国的巧匠，并威胁说倘若工匠做不到这个事情，便要被处死。这个时候，有一位老工匠自认能做到这个事情。后来老工匠跟国王女儿说：我只会做鬘，不会拣择水泡的美丑，请你自己捡取水泡，我好穿花鬘。国王女儿便自己捡取水泡，但是她取来取去，水泡到手就坏灭了。忙了一整天，一颗泡泡都拿不到。她弄得疲劳厌倦起来，一转身就跑入王宫，说不要水泡了。她向国王诉说道：水泡这东西原来是虚伪的，拿到手一刻也停留不住，我不要了。”

话说到这里，简灵发现秦海波并无任何的反应，只是依旧站在原地，双眼看向前方，甚至眼中失去焦距一般。

“你在想什么？”简灵问道。

“没什么。”秦海波低头看简灵一眼，“等你死后，我会这么做的。”

“怎么做？”简灵深呼了口气，这个时候，她已经感觉自己到达了不管是身体还是精神上的极限了。

“给所有一切一个了断，也算是自己的了断吧。”秦海波突然嗤笑起来，“但现在，我依旧想做魔鬼。”

秦海波一手紧握匕首，跨步上前，另一只手抓住了简灵的头发，将她整个人提起。

简灵感觉到冰冷的刀刃已经贴紧了自己颈间的皮肤，她虚弱得已经说不出一句话来。当匕首上的锯齿第一下撕拉在皮肤上的时候，她原本紧闭的双眼瞬间睁大。

“我记得自己小时候，家里每天都是让我切猪食，那时候我才五岁不到。刀子很钝，也不知道怎么的，就切到我的手了。看着鲜血汩汩流出，我就生气地把刀子甩在桌上，偏偏那刀子反弹过来，直直砍在我鬓角。啊，好疼啊。但是，根本没有人理会我。”秦海波在简灵耳边说罢，拿着匕首的手力气又变得重了一点儿。

“不知道别人被刀子割的时候，是不是也跟我当初一样那么疼。”秦海波叹了口气，“也许我应该让你死得痛快一点儿，但是想着你对苏铭所做的事情，也是替他不甘心。既然他那么心软，只能是我来亲自让你体会什么叫生不如死，让你慢慢地看着自己流光身体里的血。”

简灵感觉到自己胸前已经湿透，是的，她清楚那是自己的血已经浸透衣服了。此时此刻，她开始变得感受不到身体上的疼痛，也许是因为筋疲力尽，也许是因为她此时已经意识到自己今晚再也没有获救的机会了。

刺鼻的血腥味蔓延开来，简灵苦笑。自问自己对于气味的敏感，但怎么都没有想到有一天自己会在这样的情景之下，闻到自己血液的味道。这味道带着不甘，也带着绝望。

简灵的思绪开始蔓延，那久远的记忆，一下子就在脑海里面如同电影放映般。

那是大学校园里面的广播站，简灵赶到那儿的时候，只有周逸朗一个人在收拾整理东西，午间的光线透过窗帘，贴在了他的脖间。

“学长，我帮同学送东西过来的。”简灵鼓起勇气说道。

“好的。”周逸朗没抬头看她一眼，直接接过简灵递过来的文稿。

“哦，那个……”简灵发现自己并不想马上离开，脑海里一直搜索能跟对方说些什么话题。只是她呆若木鸡般站在原地过了大半分钟，依旧想不出什么妥当的话语，最终有些颓败地说了句再见。

“简灵。”周逸朗突然叫住了正要离开的简灵。

简灵转过身，才发现周逸朗已经站得几乎贴上自己的胸前。

“做我女朋友吧。”周逸朗牵起简灵的手，握了握紧，“这一整个月都是你帮同学送文稿过来，如果我今天不说这句话，我怕你的同学要继续病完整个学期了。”

被猜中了自己小心机的简灵，只觉得脸颊火辣辣的。最后，她咬着下唇，“嗯”了一声。

“我看你也是不怕死的。”秦海波的话一下子将简灵拉回现实之中。

简灵嘴角微微笑，闭上了眼睛，心中默念：逸朗，我来了，你一直在等我的，是吧。

就在这原本一片死寂的时刻，简灵仿佛听见了巨大的撞击声音，她不知道发生了什么事情。随即，她的耳边很吵，秦海波依旧拉扯着已经虚弱到无法动弹的自己在挥舞着什么。

在简灵失去意识之前，似乎看到了 Peter 的样子。Peter 在对自己说着什么话，但简灵已经听不到了……

尾 声

今天是简灵出院的日子。她环顾四周，病房里都是消毒药水的味道，简灵有些抗拒，但也不得不躺在这样的环境里面度过了十余天。

“你总算好起来了。”Peter拎过放在床头的小瓢虫项链递给简灵。

“其实我一直没有问过你，那天晚上，你是怎么发现我被秦海波劫持到那里的。”简灵接过项链，挂到脖子上。

“你的最后一通电话，我接起之后，你那边没说话，但听到周遭的动静，我就意识到你出事了。而且秦海波她能藏匿的地方不多，以前她是知道我表哥有个废弃的仓库的，至于她怎么会知道那地方，你需要听解释吗？”Peter瞧着简灵，一脸坏笑。

“我并不想知道。”简灵双手交叠在胸前，挑了挑眉，“就好像我再也不想听你说起这个女人所有的事一样。”

“好了，我们走吧。”Peter提起了简灵收拾好的衣服。

简灵大步走在前头，却发现Peter略带迟疑地站在原地。

“你是有什么事想说？”简灵身子靠在病房门口，“难道你要我这么个造型陪你发呆？”

“简灵，其实，其实今天也是苏铭执行死刑的日子。”Peter朝简灵走近，手抚上简灵的肩膀。大概是因为他一直以来也不清楚简灵对苏铭是种什么样子的感情吧，此刻他想给对方一些鼓励，抑或说是精神上的支撑。

听到 Peter 的话，简灵有那么几秒钟的愣神，随即便微微笑了笑，问道：“你可以陪我去个地方吗？”

简灵从殡仪馆取出周逸朗的骨灰，一路紧紧抱在怀里。Peter 瞧不出简灵的想法，只能沉默地陪在她的身边。

“去花田？”Peter 看着身旁的简灵。

“之前我丈夫送我的。”简灵脸上依旧瞧不出任何的表情，“到那边去吧。”简灵指了指两人身后不远的小山坡。

简灵打开骨灰盒，趁着风起了，她扬起了周逸朗的骨灰。

骨灰被吹向了空中。

其实那被吹散的哪里是周逸朗的骨灰，分明就是过往一切的爱与恨，过往一切的笑与泪。

两人从小山坡下来，正打算回程，却碰见了刚到花场的钟叔。

“咦？原来你们认识呀。”钟叔惊讶地看向了 Peter。

“你跟钟叔认识？”简灵扭过头问 Peter。

“他就是先前收干花的人嘛。”钟叔笑开了眉眼，朝简灵说道。

Peter 耸了耸肩，半开玩笑半认真地凑近简灵耳边说道：“看来冥冥之中，你我有着注定。”

简灵没搭理他，跟钟叔说了再见后，径直朝车子停放的位置走去。

Peter 追着上前，情急之下拉住了简灵的手。只是这一次，他不再在意自己的行为是否失态，始终握住简灵的手不放。

“你干吗呀，耍流氓？”简灵故意瞪了 Peter 一眼。

“我也是最喜欢圣女科萝摩多。”Peter 的话说得不着边际。

简灵垂下眼帘，心中早就既定，Peter 要说的话肯定不是这种傻不拉叽的言语。

“我会一直陪着你守护这片花海的。”Peter 说罢，也不管简灵的意愿，直接用力将她拉扯进怀里。

简灵下巴抵在 Peter 的肩膀，她闭上眼，只听见了美妙的风声……